青梅煮酒，那些影響後代數千年的

三國梟雄與豪傑

從宮廷鬥爭到戰場廝殺
烽煙四起中不滅的豪情

詭異殘酷的宮廷鬥爭、血流成河的無情疆場……
隨波逐流雖總是多數，迎難而上卻從不缺席！

呂航 著

在亂世沉浮裡，演繹了可歌可泣、永不言敗的人生
在跌宕起伏中，譜寫了氣勢如虹、波瀾壯闊的史詩
漢末三國時期英雄豪傑，無論成敗，他們都曾為改變命運而殊死搏鬥

目錄

自序

說明

第一章　英雄輩出

013　第一節　贅閹遺醜
016　第二節　禍福相倚
019　第三節　黃龍見譙
023　第四節　亂世能臣
026　第五節　帶頭大哥
029　第六節　國士赴難
032　第七節　中平不平
035　第八節　臣節不墜
039　第九節　大廈將傾
042　第十節　多事之秋
046　第十一節　斬盡殺絕
050　第十二節　自此敗亂

第二章　風雲際會

055　第一節　人生幾何
058　第二節　山重水複
061　第三節　我自西向
065　第四節　大浪淘沙
068　第五節　莫問出處
071　第六節　無堅不摧
075　第七節　人在江湖
078　第八節　天道好還
082　第九節　惺惺相惜
085　第十節　鏗鏘前行
088　第十一節　烽煙四起
092　第十二節　泗水不流

第三章　逐鹿中原

097　第一節　英雄之器
100　第二節　雄姿傑出
103　第三節　弘毅寬厚
107　第四節　王霸之略

目 錄

110	第五節	三觀不合
113	第六節	力挽狂瀾
116	第七節	壯士斷腕
120	第八節	顛沛流離
123	第九節	天煞孤星
126	第十節	披荊斬棘
131	第十一節	物競天擇
134	第十二節	明爭暗鬥

第四章　重整山河

139	第一節	歲月崢嶸
142	第二節	陰晴圓缺
145	第三節	拔劍四顧
150	第四節	周公吐哺
154	第五節	隨心所欲
157	第六節	青梅煮酒
161	第七節	強盛莫敵
164	第八節	蛟龍入海
168	第九節	猛銳冠世
172	第十節	大戰在即
175	第十一節	針鋒相對
179	第十二節	義薄雲天

182	第十三節	運籌帷幄
185	第十四節	出奇制勝
188	第十五節	為政之要
192	第十六節	星漢燦爛

第五章　天下三分

195	第一節	寄人籬下
199	第二節	抱膝長嘯
202	第三節	魚水之合
206	第四節	高祖之風
210	第五節	終不背德
213	第六節	明於事勢
217	第七節	坐斷東南
221	第八節	雄姿英發
224	第九節	人心向背
229	第十節	驚濤拍岸
232	第十一節	大江東去
237	第十二節	志在千里
241	第十三節	分道揚鑣
244	第十四節	刀光劍影
249	第十五節	如此而已
255	第十六節	涅槃重生

第六章　千古風流

263	第一節	人心叵測
266	第二節	弱肉強食
270	第三節	暗流湧動
273	第四節	馬革裹屍
277	第五節	必有漢川
280	第六節	天下有變
284	第七節	窮途末路
288	第八節	亦正亦邪
295	第九節	霸業成空
299	第十節	百折不撓
303	第十一節	勵精圖治
306	第十二節	北伐中原
310	第十三節	半生明主
314	第十四節	棋逢對手
318	第十五節	忍者無敵
323	第十六節	鷹揚之臣
330	第十七節	波詭雲譎
335	第十八節	渭水秋風

目 錄

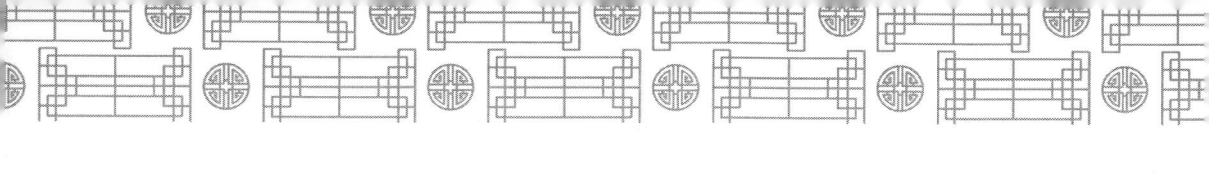

自序

歷史有情、人有義。

隨波逐流雖總是多數，迎難而上卻從不缺席。

君不見，曹操下令把袁譚首級懸掛示眾，並惡狠狠說：「敢哭者戮及妻子。」貪生怕死一大片，捨生取義總有人。袁氏故吏王修昂首挺胸、大義凜然地回應：「生受辟命，亡而不哭，非義也。畏死忘義，何以立世？」言罷痛哭流涕，哀慟三軍。當曹軍執法隊正要捆了王修行刑，臉色凝重的曹操突然開口：「義士也，赦免！」

君不見，司馬芝與母親前往荊州躲避戰亂，途中不幸遭遇強盜。同行眾人都丟下老弱逃走，唯有司馬芝默默守護在母親身旁。強盜拔刀相向，司馬芝邊叩頭邊說：「你們殺我吧，但請放過我的老母親。」強盜們面面相覷，不禁感嘆：「此人孝子，殺之不義。」

君不見，胡昭養志不仕，辭袁紹、拒曹操，歸隱山林、躬耕樂道，以研讀經籍自娛，遠近鄉里無不敬愛，就連叛亂賊寇都非常佩服，相互發誓約定：「胡居士是賢者，我們不得侵犯他在的地方。」《三國志》為此赫然寫下八個字：「一川賴昭，咸無忧惕。」

君不見，呂布拔出佩刀衝袁渙大喝：「為之則生，不為則死！」──要求寫信辱罵劉備。袁渙面無懼色地笑道：「我只聽說用德行羞辱別人，沒聽說用汙言穢語。我先前跟隨劉將軍，正如現在跟隨呂將軍。假設有一天，我離開將軍，也反過來罵你，這樣行嗎？」呂布瞪大眼珠，無言以對，只好寶刀歸鞘。

君不見，戰敗誓死不降的賈逵，囚禁於土窖，性命朝不保夕。賈逵仰

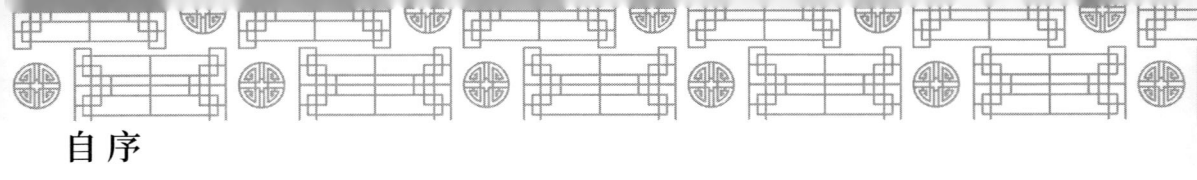

自序

天長嘆:「難道要讓忠臣死在這裡嗎?」看守祝公道心生惻隱,又欽佩賈逵在危厄中仍能堅守節操,冒死把他連夜放走。《魏略》所載祝公道救賈逵不足百字,然不能掩其俠氣迴盪千年。

君不見,郭淮毅然追回要去洛陽受刑的妻子,並寫信轉告心狠手辣、權傾朝野的太傅司馬懿:「我的五個孩子哀痛欲絕,捨不得他們的母親。如果他們的母親死了,我就會失去五個孩子。如果五個孩子沒了,也不再有我郭淮。」司馬懿久久凝視來信,只得作罷。

君不見,緊鎖雙眉的劉備,站在小沛城上,望著城外扶老攜幼的逃難百姓,一籌莫展、憂心如焚。劉備非常清楚,燒殺搶掠、得勝而去的曹操大軍,很快會捲土重來,自己帶領的散兵遊勇,絕非對手!然而明知必敗,還是決定留下,無數次跌倒又無數次爬起來的劉備,折而不撓、從不認命。

君不見,諸葛家的 14 歲少年,行走在哀鴻遍野的徐州大地,目睹了鮮血染紅的泗水,記住了造成這一切的罪魁禍首。十三年後,諸葛家少年長大成人,英姿颯爽、羽扇綸巾,面對黑雲壓頂的幾十萬殘暴軍隊,篤定選擇:與曾經屠殺徐州父老鄉親、當時挾天子之國賊曹操,在赤壁殊死一戰。

君不見,軍事戰爭史上最神奇的一幕 —— 人多勢眾的圍城叛軍給勢單力薄的被圍將領磕頭!受過傅燮將軍厚恩的數千胡騎,整齊地跪在城外,聲淚俱下地懇求孤立無援的傅燮放棄抵抗,並承諾護送其回到家鄉。傅燮喟然長嘆:「亂世更需要浩然正氣,我既然守衛這片疆土,就一定要與此地共存亡。」傅燮率領士兵出城列陣,與含著淚的胡騎廝殺在一起,終於得償所願、盡忠報國、戰死沙場。

是他們這些英雄,在亂世沉浮裡,演繹了可歌可泣、永不言敗的人生;是他們這些英雄,在跌宕起伏中,譜寫了氣勢如虹、波瀾壯闊的史詩;

是他們這些英雄，在詭異殘酷的宮廷鬥爭、血流成河的無情疆場之外，凝聚起推動人類社會進步的無窮力量。

讓我們走進這段群星閃耀的歷史，讓我們領略這個氣象非凡的時代，讓我們追隨這些逆襲英雄的足跡，也讓我們審視自己的理想、原則與底線……

自 序

說明

　　本書中的人物和故事，主要來源於《三國志》、《後漢書》、《華陽國志》、《漢晉春秋》、《世說新語》、《資治通鑑》、《建安七子集》、《三國志集解》等書籍，也有作者基於各類史料的延展推斷和個人分析，並不作為歷史考證和研究的依據。

說 明

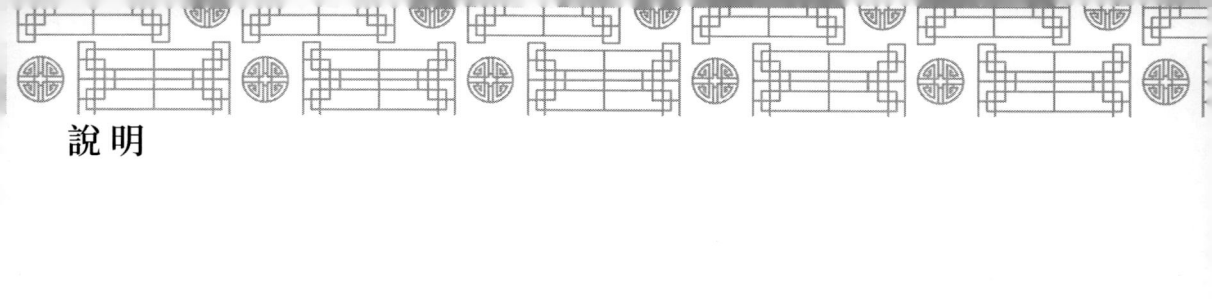

第一章　英雄輩出

　　人，總要有一點精神。即便一團混沌，也要撥雲見日；即便希望渺茫，也要奮力一搏；即便無力回天，也要飛蛾撲火、也要螳臂當車。無論成敗，英雄無悔。

第一節　贅閹遺醜

　　出身不能選擇，能選擇的是，自己今後的道路。

　　年少輕狂的曹操，夜色下手持雙戟，站在人生的十字路口⋯⋯

　　人這一生，智商很重要，情商更重要，但最重要的，還是格局與志向。是做吃喝玩樂的紈褲子弟，風流快活？是當溜鬚拍馬的閹黨高官，作威作福？還是成為中興大漢的能臣，乃至一匡天下的英雄？曹操有了大致方向——他猛地攢緊雙戟，不再猶豫，闊步走向宦官老大張讓的府邸，決定改變自己的人生軌跡。

　　《異同雜語》記載：「太祖（曹操）嘗私入中常侍張讓室，讓覺之；乃舞手戟於庭，逾垣而出。」就是說，曹操順利潛入張讓臥室，準備替天行道。但張讓能當老大，自然不白給，很快察覺出室內異樣，連忙呼喊護衛隊。曹操不想年紀輕輕跟一個閹人同歸於盡，趕緊退到庭院，揮舞手戟阻止護衛靠近，飛身越牆而出。護衛們很可能窮追不捨、狂喊亂叫，彰顯出震耳欲聾的強大聲勢，但因此也消耗不少氣力，步伐漸漸沉重，沒能追上悶頭狂奔的曹操。

第一章　英雄輩出

　　刺客跑了？丟人丟到家的張讓怒了！自從禍國殃民的漢靈帝登基後，跟主子性情相投的張讓迅速升任中常侍，與另一個中常侍趙忠深得寵信。漢靈帝經常大言不慚地說：「張常侍是我父，趙常侍是我母。」要風得風、要雨得雨的「漢靈帝乾爹」張讓，家門口哪天不排著若干求辦事的官員？哪裡受過這樣的驚嚇？不用說了，一定是受到宦官集團打壓的「黨人」（禁錮不能做官的士人）所為！

　　張讓敲破腦殼也猜不到，刺客竟來自宦官陣營！曹操出身宦官之家，養爺爺曹騰是大宦官，入宮三十多年，歷經四位皇帝變換而巋然不倒，封費亭侯，官至大長秋。曹騰不僅把皇帝、皇后伺候得很好，還擅長推薦賢能，他保舉的張溫、種暠等都位至公卿，替曹氏家族編織了極其深廣的人脈網。老爸曹嵩也本著多磕頭少說話、逢年過節廣撒錢的原則，與張讓、趙忠等奸佞宦官沆瀣一氣，確保了官運亨通。

　　按理說，曹操生在如此興旺昌盛的權貴之家，只要養好身體別夭折，等著享福就行了。可是曹操偏偏不按套路出牌，非但不肯依仗家族庇蔭，安享唾手可得的榮華富貴，還要與宦官集團一刀兩斷，開闢屬於自己的道路。在常人看來，曹操放棄坦途、選擇險峰，簡直得了瘋病。但曹操認為，這是擺脫「腌臢不堪」出身，成為「超世之傑」的無比正確的起點。

　　腌臢不堪的出身，猶如伴隨曹操一生的夢魘。《楚國先賢傳》記錄，曹操年輕時，屢次拜訪名士宗承，然而在清流雅士雲集的會客廳，根本沒人搭理他。有一次，曹操趁宗承起身離席，厚著臉皮衝上前，滿懷期盼地伸出手，懇求指導關照。結果宗承瞥都不瞥，直接拂袖而去！大庭廣眾之下，身材矮小、其貌不揚的曹操淪為笑柄！

　　二十多年後，權傾朝野、貴為司空的曹操以為能把面子找回來，於是志得意滿地問：「宗老師，現在我們可以交往了吧？」沒想到，宗承依舊霸氣回應：「松柏之志猶存。」握有生殺大權的曹操愣在原地。何止宗承！汝

第一節　贅閹遺醜

南名士許劭、陳留名士邊讓、魯國名士孔融、平原名士禰衡乃至眾多東漢太學生，無不對曹操嗤之以鼻！

腌臢不堪的出身，也是激勵曹操前行的不竭動力。既然低三下四的懇求交往沒用，那就做一件驚天動地的大事，做一件高談闊論的名士想做又不敢做的大事！曹操不做則已，做就做狠的，準備刺殺士人集團最痛恨的宦官老大張讓！

斬首行動前，曹操很可能會告訴洛陽城內名士雲集的反宦官團體──由青年士人領袖袁紹、南陽名士何顒發起成立的帝國菁英小團體。接到宦官之後要去刺殺宦官老大的通知，袁紹等人既歡欣鼓舞，樂見閹黨自相殘殺；又將信將疑，確定不是曹家闊少喝多吹牛？為驗證真偽，年輕時做過刺客的何顒，大抵自告奮勇，尾隨曹操前往。

《後漢書‧黨錮列傳》記載：「初，顒見曹操，嘆曰：『漢家將亡，安天下者必此人也。』」雖然史書沒有明確指出何顒在何時何地表揚的曹操，但何顒不是信口雌黃的面相先生，不會沒有根據就武斷某某能否安天下。一定是曹操做了讓何顒都忍不住點讚的猛事，而這事極可能是──刺殺張讓。何顒也許很感慨：小團體成員都遭到宦官迫害，可站出來刺殺宦官老大的人，竟是宦官之後曹操！

在何顒的強烈保薦下，曹操終於擠進名士雲集的小團體。透過這個人脈平臺，與許多成員建立起很深或很神祕的感情。這些人有知遇提攜的名士何顒，有慷慨解囊的恩公衛茲，有英勇獻身的鐵瓷鮑信，有夜色獻計的許攸先生，有策馬追隨、最終分道揚鑣的摯友荀彧，有莫逆之交、最終反目成仇的大俠張邈，更有一生恩怨情仇梳理不清的袁紹大哥。

曹操與袁紹，不只有官渡大戰的金戈鐵馬、殘陽如血，他們也曾在帝都洛陽把酒言歡、兄弟情深。別看袁紹年長八九歲，但曹操因從小缺乏父母教誨、遊蕩無度，飛鷹走狗、吃喝玩樂方面的造詣更深。哪有新開張特

第一章　英雄輩出

色飯館,哪個酒樓釀製出新品好酒,哪又湧現出歌舞名妓,曹操幾乎都清楚。《世說新語》宣稱,曹操甚至開發出驚險刺激的遊樂項目,比如拉著袁紹潛入舉辦婚禮的莊園,劫持新娘子!

豐富多彩又緊張炫酷的娛樂活動,不僅贏得袁紹的歡心,也使張邈、許攸喜歡上聰明伶俐能亂搞的小兄弟曹操。《魏略》指出:「攸字子遠,少與袁紹及太祖善。」《三國志‧張邈傳》指出:「太祖、袁紹皆與邈友。」

曹操、袁紹、張邈、許攸,新豐美酒舉起來,相逢意氣為君飲。四個好兄弟,都未曾料到,二十多年後,竟生死對決。

洛陽的美好時光,成為難以釋懷的記憶。

人生若只如初見,該多好!

第二節　禍福相倚

沒有人,從小立志做國賊。

沒有人,不想做中流砥柱,不想青史留名。

沒有人,願意在千年以後被抹成戲臺上的白臉,供世人笑罵。

熹平三年(西元174年),年僅20歲的曹操被舉為孝廉,懷著對大漢王朝的無限忠心,踏上仕途。

孝廉是西漢設立的察舉考核科目之一,後來逐漸成為漢代官員的重要選拔途徑。孝廉本意是「孝順親長、廉能正直」,本意雖好,但只要涉及人事安排、職位調動等利益分配,執行起來,難免走樣。到東漢中晚期,孝廉名額已為權貴壟斷,豪門世族互相吹捧,比如張三推舉李四的兒子,李四反過來推舉張三的孫子,最終變成諸如此類的圈內繁殖。

第二節　禍福相倚

　　曹操在圈內。憑藉曹騰留下的深厚人脈，又有曹嵩的清脆銅錢穿引，年紀輕輕的曹操便獲得孝廉資格，起步之快，一般士人子弟望塵莫及。據東漢帝國有關規定，舉為孝廉將擔任郎官，作為皇帝侍從在宮內考察三年左右，然後按表現授予相應職位。但俗話說得好，金錢就是時間。所以，曹操的仕途之路，沒有最快，只有更快。

　　熹平四年（西元175年），曹操只當了幾個月郎官，便被委任為洛陽北部尉。平心而論，初入仕途可以分配在京畿要地做官，已是相當不易，不知曹嵩付出多少努力。然而曹操身在福中不知福，仍覺得官太小，四處託關係、找門路，一心想當洛陽令。

　　理想很豐滿，現實太骨感。負責人事安排的選部尚書梁鵠不買帳，作為士人集團菁英以及儒學界和書法界的雙料大咖，壓根兒看不起宦官之後的曹操。若不是尚書右丞司馬防的強力舉薦，別說洛陽令，恐怕洛陽北部尉能不能讓曹操做，都不一定呢。

　　只是三十多年後，梁鵠先生追悔莫及——昔日待分配工作職位的小曹，已搖身變成說殺誰就殺誰的曹大丞相。《四體書勢》序言寫道：「鵠懼，自縛詣門。」意思是說，梁鵠讓人把自己綁起來，惶恐不安地登門謝罪。所幸宰相肚裡能撐船，曹丞相沒有難為人，而是溫言細語地說：「老梁，知錯能改就是好的，過去的事不提了。聽說您書法造詣很深，留在我身邊寫條幅吧。」

　　梁先生出洋相的事，年輕的曹操無法預見解恨，此時只能憋著一肚子不滿上任。儘管曹操沒做上拉風的職位，但風必須拉起來。曹操很可能受祭祀社稷的五色土啟發，製造出若干套五色大棒，掛在衙門口，號稱不避豪強，有犯禁的一律棒殺。不過，五色大棒掛了大半年，漸漸落滿塵土，卻從來沒動過。

　　出其不意，才能攻其不備。就在洛陽權貴以為五色大棒是裝飾品時，

第一章　英雄輩出

曹操突然出手！漢靈帝寵幸宦官蹇碩的叔父，犯了不准夜行的禁令，曹操立即下令逮捕棒殺。蹇碩的叔父挨著五色大棒的一通好打，猜想腦子混亂不堪：小曹丕是自己人嗎？都是宦官親屬啊，打錯人了吧？很遺憾，蹇碩的叔父至死也料不到，宦官之後的曹操，竟要跟宦官集團決裂！

要想旗幟鮮明地與宦官集團劃清界限，順利摘掉「閹黨餘孽」的醜陋標籤，曹操必須刺刀見血。但血怎麼見？這是大學問。如果用五色大棒懲戒宦官集團小馬仔，顯然起不到轟動效應；如果用五色大棒幹掉「漢靈帝乾爹」、中常侍張讓的近親屬，轟動是轟動，但必然給曹家帶來巨大麻煩。曹操耐心等待大半年，最終選擇抓捕蹇碩的叔父，用分量不重也不輕的宦官親屬開刀，既表明嚴肅認真的決裂態度，也不至於讓曹嵩兜不住。

「京師斂跡，無敢犯者」——表面風平浪靜，實際波濤暗湧。奸佞宦官咬牙切齒，迅速對「吃裡扒外」的曹操反攻倒算。儘管曹操秉公執法，曹氏家族又樹大根深，甚至與宋皇后家族都有聯姻，但奸佞宦官有的是陰損招數。

奸佞宦官紛紛誇讚曹操德才兼備、精明強幹，是帝國不可多得的棟梁之材，強烈建議提拔這樣年輕有為的幹部到基層鍛鍊——去遠離洛陽的頓丘縣（兗州東郡所轄）擔任縣令。很快，老辣狠毒的奸佞宦官用稀鬆平常又相當有效的明升暗降，回敬了稚嫩率真的曹操，替他上了東漢官場殘酷鬥爭的第一課。

熹平六年（西元177年），曹操前往頓丘縣的東行路上，也許會經過中牟縣城北部一個名不見經傳的小渡口——官渡。這裡易守難攻的地勢，給酷愛研究《孫子兵法》的曹操留下深刻印象。二十多年後，曹操選擇在此迎接人生大考，開啟巔峰之路。正所謂冥冥之中自有天意！人生失意的每一步，何嘗不是明日輝煌的基石？

不經歷風雨，怎麼見彩虹？三十多年過去，時任大漢丞相的曹操，回

憶起擔任頓丘令的往事，仍然非常自豪，並以此勉勵兒子曹植：「我為頓丘令，只有二十三歲，跟你現在的年齡一樣。追憶當時所作所為，無悔於今。」曹操追憶什麼？是不是在任期間大有所為？史無明文，不得而知，但從曹操任職時間判斷，他可能來不及做功蓋千秋的偉業，因為他很快被免職。

光和元年（西元178年），宋皇后遭到奸佞宦官誣陷，不僅丟掉皇后職位，遠近親屬也受到牽連。宋皇后哥哥的妻舅——頓丘令曹操，受到廣大奸佞宦官的特別「照顧」，有關曹操與宋皇后哥哥來往甚密的奏章，一封接一封遞到御前。所幸曹嵩具備很強的「鈔能力」，大抵及時拿出鋪天蓋地的「清脆脆」化解讒言，否則曹操恐怕不只丟官免職。

失之東隅，收之桑榆。光和元年（西元178年）冬，仕途坎坷的曹操悻悻回到家鄉沛國譙縣，卻因此遇到他一生中最重要的女人——以賣藝為生、四海飄零的卞氏。貌若天仙、婀娜多姿的歌舞美女，曹操在洛陽城見得多了。然而，當面色蠟黃的倡家之女，在大疫橫行、餓殍遍野的中原大地，舞出與時代抗爭的不屈，舞出對多舛命運的不撓。

落寞失意的曹操，突然心生漣漪。

留下吧！

第三節　黃龍見譙

熹平五年（西元176年），沛國譙縣的天空，出現若隱若現的黃龍。

真龍天子在洛陽坐著呢，沛國譙縣的黃龍是怎麼回事？負責皇宮警衛的光祿勳喬玄非常忐忑，悄悄問主管天象的太史令：「這是您專業，幫忙

第一章　英雄輩出

分析分析，什麼徵兆？」太史令壓低聲音說：「此地有王者興起，用不了五十年，黃龍還會再現。」喬玄的臉都綠了，因為他明白，這是暗示大漢王朝進入垮臺倒計時。

光和元年（西元 178 年），喬玄升任全國最高軍事長官——太尉。儘管喬玄的個人仕途更上一層樓，但東漢王朝當真日益衰敗，各地叛亂多如牛毛，天災人禍此起彼伏。焦頭爛額的喬玄，不禁時常想起沛國譙縣的黃龍事件，越發惴惴不安。

喬玄正煩悶，曹操來求見！光和二年（西元 179 年）立春前，賦閒在家的曹操很可能來到洛陽，藉著給當朝大佬拜年，順便看看有沒有可以填補的空缺職位。雖然喬玄的軍政事務非常繁多，但依然熱情接見了他——來自沛國譙縣的曹操。

年近七旬的喬玄與二十歲出頭的曹操年齡懸殊，卻很投緣。他們同是孝廉出身，都擔任過洛陽執法機關負責人，曹操是洛陽北部尉，喬玄是洛陽左部尉。他們也都崇尚法治，喬玄因抗拒權臣、不徇私情而聞名，曹操則用五色大棒殺掉犯禁的當紅宦官的叔父。

而且早在六七年前，喬玄已經關注到在太學進修的曹操。《續後漢書》記載：「初，魏武帝為諸生，未知名也，玄甚異之。」之所以喬玄慧眼識珠，很可能是因為曹操與眾不同。也許，在其他太學生勤奮背誦儒家經典時，曹操常常捧著《孫子兵法》愛不釋手，或是掄起雙戟一通狂舞。

除此之外，曹家和喬家在官場上似乎也有淵源，喬玄受到過司徒種暠的大力推薦，種暠得到曹騰支持當上司徒。相當於張三的爺爺幫過李四，李四幫過王五，如今丟官的張三孫子來找飛黃騰達的王五，請幫忙看看面相、提振聲名，王五尋思：大家是互相提攜多年的老朋友，得辦、得辦。

當然，如果喬玄看不上眼，即便託關係來訪的世交子弟，他也只會說點場面話，比如尊重老師、團結同學等。但喬玄與曹操深談後，不禁讚

嘆：「天下將大亂，唯有治國安邦之才可以拯救，能安天下的是你小子！」喬玄又說：「我見到的名士很多，都不如你，你要繼續努力！我老了，願意把妻子、兒女託付給你。」

喬玄和曹操的脾氣秉性相投，又有人情在，二人越談越真摯，甚至開起玩笑。年邁的喬玄說：「我死了以後，你小子要是路過我的墓地，不拿好酒和燒雞來祭拜，假裝看不見過去，肚子疼別怨我。」說罷，喬玄和曹操相視大笑。

二十多年後，統一北方步伐鏗鏘有力的曹操，沒有忘記喬玄的玩笑，沒有忘記喬玄關懷至深的勉勵，親自撰寫飽含敬意的祭文，以隆重禮數祭奠去世多年的恩公：「吾以幼年逮升堂室，特以頑鄙之姿，為大君子所納。增榮益觀，皆由獎助，猶仲尼稱不如顏淵，李生之厚嘆賈復。士死知己，懷此無忘……」九泉之下的喬玄可以瞑目，曹操不僅有安定天下的雄才偉略，更有感恩之心。

丟官免職的年輕人，能得到當朝太尉的賞識，實屬幸運；叱吒官場的重臣，能找到值得相託的年輕人，更是不易。臨別，喬玄主動替曹操出主意：「你應該去結交『月旦評』的大當家許劭，得到他的評價，名聲一定大振。」

可惜千人千面，不是每個人都願意提攜後輩，比如名士許劭。許劭先生是漢末風雲人物，他和兄長創辦了聞名遐邇、盛極一時的第三方評價機構──「月旦評」，常在每月初一發表對人物或詩文字畫的品評。無論是誰，只要一經他們褒揚，身價就會蹭蹭上漲。

有利可圖，趨之若鶩。為求一語好評，不僅一般士人官吏對許劭兄弟敬若神明，即便出身名門望族的袁紹，也是謹慎小心。史書記載，袁紹進入許劭任職的地界前，機敏乖巧地脫掉華麗服飾，散去車馬隨從，裝作一副清心寡欲的賢德模樣。比起這些表演系的青年才俊，宦官之後又不善造

第一章　英雄輩出

作的曹操，想獲得許劭讚揚？難如登天！

人世間總是如此千姿百態，有看重實做能力的喬玄，就有計較家庭背景、第一學歷的許劭。即使有太尉喬玄的引薦，曹操又客客氣氣送來超級大禮包，許劭也是板著臉不評價。曹操一看軟的不行，那就翻臉來硬的吧，《後漢書・許劭傳》記載：「操乃伺隙脅劭。」

具體怎麼脅迫沒說，估摸曹操十有八九是這麼談：「我說許先生，您知道宦官老大張讓吧？當今皇帝都常說『張讓是我爸』，可我敢去找張讓晦氣。張府那麼多護院兵丁，也沒把我怎麼樣。敢問您是當今皇帝什麼人？護院有多少？現在能不能痛快給個評價？」許劭作為消息靈通人士，想必早就風聞過曹操的逸事，心裡難免咯噔好幾下。

經過一番認真思考，許劭覺得品牌價值固然重要，但生命更可貴。許劭不得已做出評價：「君清平之奸賊，亂世之英雄。」除此以外，史書還記錄了許劭的另一種評價：「子治世之能臣，亂世之奸雄。」兩種說法雖大不相同，但均有所褒揚。

客客氣氣裝大爺，立刻翻臉耍橫。如此戲劇性地獲得評價，惹得曹操肆意大笑起來。曹操一生不愛用所謂名士，大概與年輕時的遭遇息息相關。求隻言片語好評，又花錢又刷臉，最後玩起黑社會才辦妥。在曹操看來，這些名士仗著出身好，道貌岸然裝清高，著實可憎！放在太平年代還能裝點下盛世輝煌，亂世一點用沒有！上馬不能打仗、下馬不能治國，只會對別人指指點點、誇誇其談。

許劭也是聰明人，聽出曹操笑聲中的詭異。許劭覺得，如今大漢王朝朗朗乾坤，曹操正是那清平的奸賊！待曹操笑聲漸逝、背影漸稀，許劭興許突然一愣。

莫非世道要變了？

第四節　亂世能臣

　　世道也不是說變就變，全是慢慢「作」出來的。

　　東漢帝國堅持不懈地「作」了很多年，外戚專權、太后干政、奸佞宦官和士人集團鬥來鬥去，搞得各地叛亂層出不窮，黎民百姓苦不堪言。如此火燒帝國眉毛的緊迫時刻，卻又迎來熱衷賣官鬻爵、認太監當爹媽、不顧百姓死活的漢靈帝登基。日薄西山的大漢王朝，宛如一輛搖搖晃晃的破車，一會兒車窗碎一塊，一會兒車燈滅一盞，一會兒軲轆掉一個⋯⋯

　　看人要一分為二。漢靈帝於國家來說，是不折不扣的昏君；於個人來說，非但不昏，還很聰明，絕對配得上諡號「靈」。尤其在驕奢淫逸領域，漢靈帝極具天賦，在「千歲萬歲喜難逾」的浪蕩歌聲中，與嬪妃、宮女淫樂在豪華「裸泳館」，長夜飲宴、整日迷醉，好不快活！漢靈帝曾大發感慨：「使萬歲如此，則上仙也。」

　　除了這些露骨刺激的活動，漢靈帝還研發出不少豐富多彩的遊樂項目。比如，模擬人生這款遊戲，就是漢靈帝的傑作。漢靈帝在後宮指導修建高仿洛陽街市，自己與扮成市集攤販或街頭行人的宮女玩起角色扮演。漢靈帝的身分視心情而定，一會兒是賣東西的張老闆，一會兒是買東西的李富商，或是跑到仿造街市的酒店大吃大喝，故意找碴兒與假扮店主的宮女吵嘴、打架、廝鬥，玩得不亦樂乎。

　　有什麼樣的主子，就跟著什麼樣的奴才。為配合漢靈帝的奇思妙想，以張讓、趙忠為首的奸佞宦官挖空心思，積極探索酷玩新花樣。奸佞宦官先是弄來宮內沒有的驢車，喜得漢靈帝如獲至寶，每天駕車轉來轉去，搞得皇宮塵土飛揚。玩膩了沒關係，奸佞宦官又研發出新項目——給狗套上朝服、頂上賢冠，扮成大臣模樣上殿，逗得漢靈帝拍手大笑：「哈哈，

第一章　英雄輩出

好一個狗官！」

玩是玩高興了，但銀子從哪裡來？修建美輪美奐的淫亂花園，精心雕琢的高仿市集，價錢不菲的驢車，「狗官」的精美套裝，哪個項目不花錢？叛亂遍地開花、賦稅日益萎縮的東漢帝國，根本無法維持漢靈帝的高消費。不要緊，窮則思變嘛，聰明的漢靈帝與奸佞宦官一起動腦筋，迅速找到搜刮錢財新路徑——既然百姓榨不出油水，那就刺激大臣掏錢。

最能展現漢靈帝絕世聰明的創造性舉措橫空出世——賣官鬻爵。雖然買官賣官以前就有，但漢靈帝賦予了它全新內涵，並摸索出一整套有章可循的規則。剛開始賣官，漢靈帝多少有點扭捏，公開叫賣的主要有關內侯、虎賁、羽林等爵位和職務，像三公九卿等重點職位只是偷偷賣，三公每個千萬錢，九卿每個五百萬錢。結果不賣不知道，一賣嚇一跳，權貴子弟買官需求非常旺盛，財政收入得到顯著增長。

受到供需關係影響，官位標價應聲大漲。起初賣五百萬錢的九卿，很快飆漲到兩千萬錢。嘗到財源廣進的甜頭，漢靈帝索性放開手腳不要朝廷臉面，不僅把三公九卿等重點職位加入公開售賣行列，連官吏的正常調動、晉升或新官上任都要支付賣官標價的三分之一或四分之一。為確保賣官產業健康平穩有序發展，漢靈帝還創造性地發明出分期付款、打折優惠、競標拍賣等多種模式，推動賣官鬻爵達到歷史新高度。

眼看官位可以買，不缺錢財保駕護航的曹操，很快迎來複出機會。光和三年（西元180年），漢靈帝下詔讓公卿推薦熟悉《古文尚書》、《毛詩》、《左氏春秋》、《穀梁春秋》各一人，授予議郎職務。財大氣粗的曹嵩極可能果斷出手，充分發揮善於花錢、勇於花錢的特長，迅速打通各個環節。奸佞宦官都是識錢財的「俊傑」，從來不跟「清脆脆」較勁，立即表示舊帳一筆勾銷，轉而交口稱讚曹操「能明古學」，是議郎當之無愧的人選。

用錢開路，無所不能，曹操順利「競聘」成功。議郎作為朝廷高級調

第四節　亂世能臣

查研究員，職級高於洛陽北部尉，但沒有執法權，更沒有威風凜凜的五色大棒。不過議郎有發言權、建議權，那就口誅筆伐吧。26歲的曹操，本著做一行愛一行的原則，滿腔熱忱地履行議郎的職位職責，調查研究工作開展得一絲不苟，時常發表意見，對朝政數度切諫。

只可惜，曹操盡心竭力寫的調查研究報告，如泥牛入海，杳無音信。曹操作為思想端正的好員工，工作沒成效，沒有怨老闆，而是從自身找原因。也許行文不夠流暢，或是角度不夠新穎，還是證據不夠確鑿？曹操沒有氣餒，摩拳擦掌地積極找選題。

終於，寫大文章的機會來了。光和五年（西元182年），漢靈帝下詔要求按百姓歌謠檢舉不法官員。本來是為民辦實事，可在奸佞宦官的干預下，不出意外地搞砸——檢舉出的「不法官員」，全是清官！受冤枉的官員及家屬陸續跑到帝都告御狀，司徒陳耽等正直官員滿腔義憤，發表懇切意見，強烈要求追查幕後黑手。

這事鬧得沸沸揚揚，迅速成為社會輿論焦點。曹議郎怎能放過這麼優質的選題？他立即進行仔細調查研究，掌握大量一手資料，寫出有關此事的詳實報告。曹操秉燭疾書的心血之作，終於打動近乎麻木不仁的漢靈帝，破天荒下發傳閱，並對徇私舞弊的奸佞宦官，給予口頭嚴厲批評。

工作有成績，欣喜又若狂。對於曹操來說，上司賞識最重要，因為薪資獎金無所謂，反正他家不缺錢。首次得到大老闆肯定的曹操，跟大多數上班時間不長的年輕人一樣，激動得熱淚盈眶，燃起做事業的萬丈雄心。曹操深感不能辜負皇恩浩蕩，打算再接再厲，寫出越來越多的精品報告，興許年老退休，可以編出本《曹議郎建言獻策集》呢。

鋪好紙張、備好筆墨，曹操凝神靜氣，準備再寫一篇深度追蹤報導，卻獲悉到不幸消息：前不久帶頭仗義執言，要求嚴懲幕後黑手的司徒陳耽，遭到奸佞宦官誣陷，蒙冤下獄了。

第一章　英雄輩出

夜色燈光下，曹操拿起手中的筆，放下，又拿起，又放下……

這支筆上，灑滿了悲傷的目光。

第五節　帶頭大哥

漢末三國，英雄會聚。

有想匡濟天下的曹操，就有想改朝換代的袁紹。

建寧四年（西元 171 年），26 歲的袁紹終於脫下孝服，結束了匪夷所思的六年喪期，從家鄉豫州汝南郡來到帝都洛陽，發起成立反宦官團體──帝國菁英小團體，張邈、許攸、伍瓊、劉岱以及曹操等人相繼加入。

作為帶頭大哥，長得帥是必須的，《三國志》和《後漢書》均誇獎袁紹「姿貌威容」。袁紹大哥不僅形象好、氣質佳，還特別有錢，出手闊綽，賙濟朋友、餽贈禮物十分瀟灑。相比帥氣的外表和花不完的錢財，袁紹的家族背景最是羨煞他人。

袁紹出身於東漢帝國中晚期最顯赫的家族──汝南袁家。從袁紹高祖父到叔叔袁隗的四代人，每代都有人位列三公（太尉、司徒、司空），汝南袁家成為東漢時期第一個完成「四世三公」偉業的家族。袁氏家族成員擔任的其他要職，以及受袁氏家族提攜舉薦的門生故吏，更是數不勝數，遍布天下。

如此名門望族的有錢帥哥想交朋友，能是難事嗎？不僅毫不費力，而且應接不暇。當大家得知袁紹要組建帝國菁英小團體，很快一傳十、十傳百，權貴子弟坐著韁繩鍍金的高級馬車，寒門才俊坐著簡陋的柴車，蜂擁

第五節　帶頭大哥

而至。一時間，袁紹豪宅被圍得水洩不通，周邊交通一塌糊塗，連史書都忍不住記錄下這次塞車盛況，號稱：「輜軿轂，填接街陌。」

「士無貴賤，與之抗禮。」看到大家爭先恐後來入群，袁紹大哥非常高興，無論來訪者的身分地位如何，都謙遜有禮地熱情接待。看到袁紹大哥這麼平易近人，來訪人員感動得稀里嘩啦，紛紛表示願意跟著混社會。人帥、有錢、仗義、出身名門又深得人心的袁紹大哥，在鮮花和掌聲中信心爆棚，認為自己必將成為引領時代的主角。

想當主角不容易，運氣如何很重要。袁紹初始運氣極差——雖然找對宅門，但進錯肚子。袁紹是小妾所生的庶子，家族地位與弟弟袁術等嫡子有天壤之別。袁家歷來枝繁葉茂，嫡子也沒全部載入史書，更何況庶子。眼瞅要湮滅在浩瀚無垠的歷史長河中，袁紹運氣卻突然爆好起來——袁紹伯父去世，而且沒有兒子。袁紹幸運地過繼到伯父家，搖身變成嫡子。

康莊大道走起來！袁紹被順利保送至東漢帝國最高學府進修。由於學習努力，成績優秀，十幾歲便當上郎官，二十歲擔任兗州東郡的濮陽令，一時間風光無限。如果不出意外，按照袁紹二十歲當縣令的速度，二十五歲就得當上郡太守，三十歲拿下州刺史，三十五歲大機率官居九卿之一。然後熬夠年頭，遲早位列三公，成功締造袁氏家族「五世三公」的神奇。這種人生不是沒有，但不屬於袁紹。

跌宕起伏才是英雄的人生。年輕的濮陽令袁紹正準備大展宏圖，運氣忽地又衰了。由於奸佞宦官與士人集團的衝突愈演愈烈，袁紹作為士人領袖李膺的外親（女婿或孫女婿），很可能要被捲入深不見底的政治鬥爭漩渦。恰在風雲莫測之際，袁紹的繼母去世，聰明的袁紹立即辭官跑回老家，宣稱要服喪三年。

一晃三年過去，袁紹沒等來東山再起的機會，卻面臨更加危險的處境——永樂少府李膺等百餘名反宦官士人遭到抓捕，慘死黃門北寺獄，

第一章　英雄輩出

史稱「黨錮之禍」。奸佞宦官還以「黨人」罪名，禁止反宦官士人及其家屬乃至門生故吏做官。

好漢不吃眼前虧，聰明的袁紹於是乎突發奇想，聲稱要為二十多年前去世的過繼之父，補服喪三年。功夫不負有心人，長達六年的服喪，終於讓袁紹完美躲過奸佞宦官與士人集團的流血衝突，還捎帶手贏得大孝子的讚譽。

在張讓、趙忠為首的奸佞宦官壓制下，袁紹大哥不得不賦閒十幾年，從壯志凌雲的青年，忍到早生華髮的中年。眼瞅袁紹又要湮滅在浩瀚無垠的歷史長河中，運氣突然再次爆好起來——在大疫橫行、糧食歉收的天災人禍下，吃不飽飯的幾十萬百姓不忍了，跟隨著酷愛宣講「致太平」的張角大師，把本不太平的東漢搞得更不太平。

凡事就怕比，有真刀真槍幹仗的張角大師做參照，滿嘴怨氣的「黨人」似乎也沒多可惡。聰明的漢靈帝度德量力、從善如流，及時聽取各方意見，果斷取消「黨人」不能做官的禁令，號召大家盡棄前嫌，先團結一致打倒叛軍再內鬥。於是乎，近二十年無官可做的小團體成員，紛紛藉機復出，擔任了不少軍政要職。長期志不得伸的袁紹大哥卻不領情，誰耽誤他的青春，他就要找誰算帳。

東漢帝國欠帳太多，得排隊討。張角大師奮勇爭先地走在前頭，吹響埋葬東漢王朝的號角。張角為什麼十幾年如一日，堅持不懈地密謀推翻東漢王朝，他又靠什麼凝聚幾十萬忠實信徒？在《後漢書》中以大逆不道、妖言惑眾、非法行醫等各種負面形象出現的張角，到底是怎樣的人？

細細品味史書內容，即便從抹黑張角的文字中，也可以看出——張角能認字讀書、能治病救人、能組織領導。如果換個說法，張角大師似乎稱得上有文化、有愛心、有能力。只可惜，不同立場的表述取捨，讓張角的真實面目撲朔迷離、無法還原。

能夠確定的是，東漢帝國被揍得很慘。光和七年（西元184年），張角大師引領青、徐、幽、冀、荊、揚、兗、豫等八州的三十餘萬徒眾，頭裹整齊劃一的黃色頭巾，高呼「蒼天已死，黃天當立，歲在甲子，天下大吉」的口號，從四面八方同時發難，史稱「黃巾起義」。

一時間，黃巾軍銳不可當，東漢的甘陵王、安平王先後被俘，眾多刺史、太守相繼戰死，州郡失守，吏士逃亡，百姓響應，天下震動。

歷史車輪，滾滾向前。

第六節　國士赴難

江山代代有忠臣。

東漢帝國生死存亡的關鍵時刻，湧現出張鈞、向栩、呂強、曹操、孫堅、傅燮、盧植、朱儁、皇甫嵩、董卓……文臣不惜命、武將不怕死，大漢忠臣數不勝數。不幸的是，這些忠臣的最強悍對手，不是黃巾軍，而是東漢王朝的皇帝——漢靈帝。

一個忠臣——郎中張鈞被漢靈帝殺了。黃巾叛亂爆發，張鈞先生心急火燎，上奏說必須順應民意，殺掉罪惡的十常侍（不止十個，士大夫為罵起來順口，簡稱「十常侍」），只要這樣做，不用出兵討伐，黃巾亂軍就可自行消亡。漢靈帝看完奏章，內心五味雜陳。一方面覺得張鈞迂腐，難道現在殺掉十常侍，張角大師能投案自首？另一方面覺得張鈞說得有道理，國家搞得這麼亂，不能是皇帝的責任，宦官才是罪魁禍首。

漢靈帝把奏章給張讓、趙忠等奸佞宦官傳閱，嚇得他們摘掉帽子、褪去靴子，一個勁兒磕頭認罪，表示願意出錢貼補剿匪軍費。漢靈帝見錢眼

第一章　英雄輩出

開，氣頓時消去一大半，又轉頭對張鈞發怒道：「你太狂妄，難道十常侍沒一個好人嗎？」機靈的張讓聽出話裡玄機，連忙私下指示閹黨官員，誹謗張鈞與黃巾叛軍有來往。這麼明顯的打擊報復能看不出來？漢靈帝愣是裝糊塗，讓張鈞下到大獄，任由他死去。

前仆後繼，侍中向栩又來了。漢靈帝聽說向栩有奏章，沒看就腦袋疼。向栩是出名的性格古怪，喜歡披頭散髮呆坐，往往一坐就是大半天，時不時放聲長嘯，陶醉於精神世界而不能自拔。坐累了，向栩先生便騎著毛驢去市集乞討，或是邀請眾多乞丐朋友到家裡住宿吃喝。這種不著調的狂士，能有破敵良策？

奏章果然相當雷人。向栩表示：「大漢王朝以孝治天下，不要興兵討伐，只要派人宣讀《孝經》，黃巾亂賊可以自己消失。」漢靈帝氣炸了，明白向栩不是提建議，而是諷刺自己沒有以孝治天下。看到「乾兒子」不高興，張讓趕忙跳出來，誣陷向栩是黃巾亂軍內應。還是「乾爹」體貼，漢靈帝心領神會，把向栩扔進大牢，再後殺了。

知難而上，中常侍呂強挺身而出！呂強直言勸諫漢靈帝，表示只有殺掉貪腐官員、任用賢能人士，才能平息黃巾暴亂。為剷除宦官隊伍的另類，「漢靈帝乾媽」趙忠親自出馬，汙衊呂強不僅喜歡妄議朝政，還常常躲在陰暗角落裡，偷偷閱讀《漢書‧霍光傳》（霍光曾廢立皇帝），絕對有不臣之心。

都是宦官，差距怎麼這麼大呢！漢靈帝早就煩透為人直率的呂強。既然「乾媽」千辛萬苦找到殺人理由，絕不能浪費，立刻下令抓捕。呂強看到來勢洶洶的士兵，知道必然有去無回，怒目而視地大喝：「大丈夫盡忠國家，怎能受你們這些獄吏的侮辱！」說完憤而自殺！宦官呂強用實際行動表明，一個人是不是大丈夫，要看心有沒有被閹割。

漢靈帝是昏君，但並不糊塗，知道無論殺忠臣還是殺貪官，或是讀什

第六節　國士赴難

麼《孝經》，都不可能解決幾十萬黃巾亂軍，唯一有效的辦法，是比試大刀與戰馬。漢靈帝緊急派出四位能征善戰的將領——北中郎將盧植、左中郎將皇甫嵩、右中郎將朱儁、東中郎將董卓，領兵出擊討伐。

北中郎將盧植，堪稱文武全才，不僅平息過九江叛亂，還是通古今學的大儒。盧植率軍對陣張角大師帶領的十幾萬冀州黃巾軍，雖一時難以速決，但已占據明顯優勢。眼看勝利在望，漢靈帝派來不懂軍事卻能巡視戰況的小太監。有人勸盧植拿錢打點小太監，免得生事，可盧植是大知識分子，給太監塞錢的齷齪事，做不出來！

戰場勝敗，往往不取決於戰場。沒撈到外快的小太監氣憤不已，覆命時一通誹謗，表示黃巾叛軍毫無戰力，之所以久拖不決，全怨盧植畏敵如虎、貽誤戰機。聽了不懂軍事的小太監彙報，不懂軍事的漢靈帝怒火中燒，立即把懂軍事的盧植革職問罪，由東中郎將董卓接任主帥。

董卓是不可多得的軍事幹將，不僅頗有謀略，而且勇猛善戰，騎馬飛馳時可以左右開弓。這項技能不得了，一是帥氣，二是厲害。一般騎兵是左手持弓右手引弦，如果左、中、後方有敵人，相對好辦；如果右邊出現敵人，則需撥轉馬頭調整方向。在時間就是生命的戰場上，能夠左右開弓的董卓，一直罕遇敵手。

史書記載，董卓縱橫西北戰場幾十年，殺敵無數、屢受嘉獎，不誇張地講，穩坐漢末軍功第二把交椅。只要給董卓足夠時間，不是不能戰勝黃巾軍。可惜漢靈帝一如既往沒耐心，董卓上崗兩個月沒取勝，便也得到與盧植同樣「減死罪一等」的重罰。

幸好還剩兩名幹將。右中郎將朱儁平定過交趾叛亂，軍事經驗豐富。討伐黃巾叛亂中，朱儁帶領孫堅等將領浴血奮戰，功勳卓著。左中郎將皇甫嵩更厲害，出身名將世家，從小看慣行軍列陣、血染徵鞍，成年後擔任與匈奴比鄰的北地郡太守。在討伐黃巾叛亂中，皇甫嵩帶領曹操、傅燮等

將領，大破潁川黃巾軍，而後南征北戰、連戰連捷，最終剿滅十幾萬冀州黃巾軍，並把及時病死的張角大師「剖棺戮屍，傳首京師」，堪稱平定黃巾之亂的最大功臣。

皇帝添亂、宦官弄權、戰將蒙冤，在亂哄哄的狀態下，竟然只用九個月，便把黃巾叛亂平息。無論過程怎麼爛，結果都是好的，漢靈帝很高興，對皇甫嵩、朱儁、曹操、孫堅等立功人員加官晉爵。蒙冤入獄的盧植，也因皇甫嵩的美言獲釋，喜得尚書職位的安慰大獎。

最倒楣的莫過董卓先生。直到年底，漢靈帝大赦天下，董卓才與其他偷雞摸狗的罪犯一併釋放。灰頭土臉的董卓重見光明，想必酸甜苦辣一起湧上心頭：老子與西涼亂賊打過大小百餘戰，保衛朝廷立下赫赫戰功。臨危受命討伐黃巾軍主力，兩個月沒分勝負就慘遭免職問罪，還有沒有天理？如今黃巾叛亂平息，你們一個個加官晉爵，只有老子在牢裡待著。不遇到大赦，我還出不來了！我呸，這等昏聵黑暗的朝廷，老子不保了！

歷史反覆證明，每一個王朝的覆滅，都不是缺少精兵猛將。

第七節　中平不平

為昭示天下重歸安寧，漢靈帝改年號為中平。

沉浸在自欺欺人氛圍中不能自拔的漢靈帝，迫不及待重操舊業——賣官鬻爵。

曹嵩是賣官政策的受益者。曹家錢財多，能用錢擺平的事，從來不叫事兒。中平四年（西元187年），主管財政工作的大司農曹嵩，也不知從哪裡弄來的一億錢，以碾壓性優勢競標成功，買下三公之首的太尉。趕上曹

第七節　中平不平

嵩這樣願意買官又不缺錢的金主，皇帝和大臣自然其樂融融，可朝廷主動任命的官員也強行收錢，畫風自然很難和諧。

劉陶是賣官政策的受害者。朝廷任命劉陶為京兆尹，卻要收取上千萬錢的到崗費。劉陶兩袖清風，沒錢買官也恥於買官，氣得稱病不辦公。由於劉陶是漢室宗親，又在黃巾暴亂前舉報過張角是恐怖分子，表現得很忠心，漢靈帝不好撕破臉皮。錢不交就算了，但京兆尹這種能賣錢的實權職位得騰出來，讓劉陶改任諫議大夫吧。

鑒於先到任後交錢有弊端，容易形成壞帳。漢靈帝及時改變遊戲規則，要求先交錢再上任。朝廷任命的鉅鹿太守司馬直，不幸趕上新政。清廉奉公的司馬氣得直火冒三丈，斬釘截鐵地表示，我沒錢。朝廷表示，你是名士，給最大優惠，減免 300 萬錢，可以吧？司馬直仍舊表示，我真沒錢。朝廷堅持表示，你是名士，讓你分期付款，這樣可以吧？司馬直無奈表示，生病不能辦公，官不當了。朝廷乾脆無賴表示，你是名士，這官必須你當，不當也得當，賣定你了！

要麼沉默，要麼抗爭，義憤填膺的司馬直選擇後者。司馬直懷著對東漢帝國的赤膽忠心，寫下一封抨擊奸佞宦官亂政的奏章後，憤而吞藥自殺。賣官竟把大臣逼死，一時間朝野震動，厚皮厚臉的漢靈帝都有些不好意思，下令暫緩催繳賣官款。然而司馬直的壯烈死諫，並不能改變漢靈帝靠賣官鬻爵的決心。沒過多久，漢靈帝的賣官鋪重新開張，生意照舊。

司馬直不能枉死！諫議大夫劉陶拍案而起、直言上書，列舉朝廷諸多弊政，憤怒痛斥不法宦官。然而有原則有底線的忠臣，很難鬥過無原則無底線的奸佞。劉陶奏章的文采再好、論據再充分，也比不過張讓等宦官的一句誹謗：「尊敬的陛下，當年劉陶說張角是叛逆，他怎麼知道？莫非與張角早有來往？」劉陶怎麼也想不到，自己出於忠心的舉報，反而成為通賊鐵證。

033

第一章　英雄輩出

　　面對如此不要臉、沒有臉的對手，等待劉陶的只能是，陰冷、潮溼、血腥的黃門北寺獄。這所由宦官掌管的臭名昭彰的監獄，從「黨錮之禍」的士人領袖李膺，到黃巾叛亂後上書直言的張鈞、向栩，不知多少忠臣慘死於此。劉陶淚如雨下、仰天長嘆：「恨不能成為伊尹、太公那樣的功勳名臣，只得與死諫忠臣做伴了。」不肯受辱的劉陶，憤然絕食而亡。

　　司馬直和劉陶的殉國消息，傳到青州濟南國。看著花大價錢買來的兗州東郡太守委任狀，濟南相曹操感到莫大羞愧，以及難以名狀的悲戚。曹操很清楚，如果沒有老爹拿錢鋪路，自己怎能保送到東漢最高學府進修？年僅20歲被舉為孝廉？21歲出任洛陽北部尉？打死蹇碩叔父安然調任頓丘令？頓丘令被免沒兩年，又出現在更高等級的議郎職位？沒有任何軍事作戰經驗，居然可以擔任騎都尉，指揮帝國精銳騎兵？打敗潁川黃巾軍，其他戰友繼續奔赴前線，自己卻能升遷為濟南相？很明顯，沒錢萬萬不能。

　　但錢不是萬能的。錢可以買來官位，卻買不來理想抱負——「欲作一郡守，好作政教，以建立名譽，使世士明知之」。曹操是這麼想，也是這麼說，更是這麼做！中平二年（西元185年），曹操擔任濟南相不久，便開始大刀闊斧革除弊政，一口氣奏免轄區內的大部分縣官，搞得貪汙腐敗分子「小大震怖，奸宄遁逃，竄入他郡」。

　　打狗也要看主人。儘管縣級小官不起眼，但誰沒個二大爺或者三伯伯，說不定跟張讓、趙忠都能勾搭上。果不其然，一時間控訴曹操的奏章，沒完沒了地湧到御前。為幫兒子鏟事，曹嵩猜想又掏出大把人見人愛的「清脆脆」，買來東郡太守。見錢眼必開的漢靈帝很給面兒，既然曹操在濟南國沒處理好各方面關係，那換個地方，重新好好做吧。

　　不能改變現實，又不想向現實低頭。曹操眼前的東郡太守委任狀，既散發著令人作嘔的銅臭味，又飽含父愛深情。曹操深知，自己的臭脾氣改不了，漢靈帝的脾氣也相當臭，如果在東郡太守職位繼續整頓吏治，很可

能要連累老爹，一起去黃門北寺獄報到了。

曹操啃老有底線——可以坑爹錢，不能要爹命。努力工作得不到認可的曹操，決定採取廣大傷心打工族的絕技：泡病假。曹操經過深思熟慮，託病謝絕赴任東郡太守，選擇掛著議郎虛銜，以養病為藉口，回到老家譙縣。

曹操在縣城東面五十里，找到一處山清水秀的地方，修建起鄉間小別墅。春夏時節，曹操在這裡靜心讀書，重溫《孫子兵法》、《史記》、《漢書》、《詩經》、《易經》等經典著作。秋冬時節，曹操則約上曹仁、夏侯淵等哥們兒弟兄，縱馬打獵、健身娛樂。

難得瀟灑又愜意！曹操從 20 歲步入仕途，近半個世紀的奮鬥歷程，不是東征西討，就是宮廷惡鬥，只有在頓丘縣令被免和託病不任東郡太守期間，才得以短暫賦閒。雖說仕途發展閒下來，但家庭生活收穫大。第一次賦閒，曹操遇到一生最重要的女人。第二次賦閒，這個女人為曹操生下一個有帝王氣質的兒子。

《魏書》記載得有聲有色：「有雲氣青色而圜如車蓋當其上，終日，望氣者以為至貴之證，非人臣之氣。」

不用當真，史書諸如此類記載，往往是後補。

當然，勝利者有權力完善歷史。

第八節　臣節不墜

中平四年（西元 187 年）冬，曹操的第三個兒子，自帶滿滿的祥瑞之氣，誕生了。

第一章　英雄輩出

曹操高興得合不攏嘴，因為著實不容易，從第二個兒子到第三個兒子，足足間隔九年。

綜合各類史料記載推斷，曹操在20歲前迎娶丁夫人為妻，至遲在20歲迎娶劉夫人為側室。劉夫人在熹平四年（西元175年）或熹平五年（西元176年）生下長子曹昂，隨後生下長女和次子曹鑠，於光和元年（西元178年）或光和二年（西元179年）去世。沒有生育能力的丁夫人把曹昂等子女收養，視同己出、悉心撫育。光和二年（西元179年），曹操為了小家庭能繼續添丁進口，納卞氏為妾。

不知什麼原因，卞氏來到曹家七八年，一直沒能生出一兒半女。儘管曹操一生妻妾、兒女眾多，有姓氏的妻妾至少十五人，有名字的兒子至少二十五人，女兒至少七人，但截至曹操託病回到譙縣，家庭關係還很簡單，只有一妻一妾及三個兒女。

直到中平四年（西元187年），卞氏的肚子終於有了動靜，在年底產下一子。抱著大胖小子的曹操，心情肯定錯不了，按說應該給孩子取個陽光燦爛、積極向上，甚至壯志凌雲的響亮名。但曹操經過一番深思熟慮，竟取了有些古怪的──「丕」。曹丕？什麼意思？聽著就陰鬱，與出生時的祥瑞氣質，完全不符啊。

曹操作為開建立安文學的大作家，給孩子起名，大抵都有深意，不會隨便亂來。比如，曹昂出生時，曹操剛剛棒殺當紅宦官的叔父，名聲大振，便取了含有「奮發向上」意思的「昂」。又如，曹鑠出生時，曹操仕途受挫擔任頓丘令，便取了含有「光亮」意思的「鑠」，暗含是金子總會發光。

曹丕出生時，曹操已在官場摸爬滾打十多年，鼻青臉腫的跟頭摔了好幾次，很可能有了新認知。正如二十多年後，曹操在〈十二月己亥令〉所言：「去官之後，年紀尚少……從此卻去二十年，待天下清。」也許，有意

第八節　臣節不墜

韜光養晦、等待時機的曹操，給曹丕取名，想到《易經》「否」卦的闡釋：由安泰到混亂，由通暢到閉塞，小人勢長，君子勢消的黑暗時期。

面對混亂不堪的朝廷，曹操選擇隱忍，有人卻沉不住氣。老友許攸寫絕密信給曹操，丟擲極不輕鬆的話題——再造乾坤。原來，冀州刺史王芬祕密糾集許攸等人，密謀趁漢靈帝回河間國（冀州境內）省親時，廢除漢靈帝，殺掉十常侍，擁戴合肥侯稱帝。王芬等人估摸曹操鬱鬱不得志，又有軍事才能，搞叛變用得上，便動了拉他入夥的想法。

冀州叛亂的始作俑者王芬，早有大名，是著名的「黨人」，位列「八廚」之一（廚者，能以家財救濟世人的名士）。按黨人排名次序，先是「三君」，後面依次是「八俊」、「八顧」、「八及」、「八廚」，這樣算來，王芬在數以千計的黨人裡，排名高居第二十八名至三十五名之間。

主要幫手許攸的黨人排名雖不靠前，卻是關鍵先生。許攸冒著各地叛亂的刀山火海，不畏艱難地從洛陽跑到冀州，顯然不是遊山玩水，大機率是袁紹大哥及帝國菁英小團體的全權代表。許攸到場助陣，給王芬傳遞了明確的訊號，你不是一個人在戰鬥！

儘管反叛團隊強勁有力，但是曹操絲毫不為所動，態度堅定地表明立場：「廢立皇帝是天下最不祥的事。」緊接著，曹操很有耐心地擺事實、講道理，首先分享了兩個廢立皇帝的成功例子，「古代人權衡成敗、計較輕重，然後施行成功，只有伊尹和霍光。伊尹是心懷至忠誠意，又有宰相權勢，位列百官之上，廢立才得以完成。霍光是受先帝託國重任，又憑藉皇室宗親地位，內有太后秉政的支持，外有群臣同心的大勢，廢立才可以摧枯拉朽。」

曹操下結論：「你們只見到古人成功的容易，卻沒有看清楚當前的困難。好好想想吧，你們結眾連黨的這點實力，有當年七國之亂的七國強嗎？你們要立的合肥侯，比起七國之亂的吳王、楚王怎麼樣？都不如吧？

第一章　英雄輩出

他們都失敗了，你們別扯啦。」不出所料，王芬、許攸另立中央的企圖，很快被聰明的漢靈帝識破。王芬畏罪自殺，許攸等人上演大逃亡的戲碼。

只要條件不成熟，就不動手。如果條件一直不成熟，就一直不動手。曹操在廢立皇帝和代漢自立的大是大非上，始終保持行動上的克制。曹操的前半生，自不用多說，一直熱衷匡扶漢室，想盡辦法、排除萬難也要奉迎天子。雖然曹操挾天子以令諸侯後，漸漸對漢室缺乏敬意，但他在相當一段時間裡，並不敢踰越紅線。

史書記載，有位想拍曹操馬屁的大臣，曾大肆散布改朝換代言論：「承漢者魏也，能安天下者，曹姓也，唯委任曹氏而已。」曹操聽聞後，趕緊派人轉告那位大臣：「天道深遠，幸勿多言。」乃至曹操晚年受九錫、封魏王，位極人臣，自己仍是不興禪讓。

對於曹操一生不稱帝，歷來眾說紛紜。有人說，曹操需要高舉大漢的金字招牌，對外征伐不臣、對內安撫人心，有道理。有人說，名門世族看不起宦官之後的曹操，得不到廣泛支持，有道理。有人說，曹操重實權輕虛名，至高權力在手，是不是皇帝不打緊，也有道理。還有人說，曹家世受皇恩，曹操大半生又在拚命高喊誓死捍衛大漢王朝，一會兒指責袁術「淮南弟稱號」，一會兒嘲諷袁紹「刻璽於北方」，把圖謀不軌的天下群雄蔑視好幾遍，很可能講著講著，把自己講出心理障礙。總之說法很多，各有道理。

也許，根源就是兩個字──「時運」。從曹操拒絕王芬、許攸等人的答覆中，可以清晰地看出，深入研究過史書裡廢立皇帝事件的曹操，主要覺得時機不對。曹操是有追求、有理想的蓋世英雄，希望水到渠成、實至名歸。

如果時運到了，不是不可以；如果時運沒到，那就罷了！

我就做周文王吧。

第九節　大廈將傾

冀州陰謀沒得逞，涼州叛亂再燎原。

漢高祖十一年（前196年），一位花甲老人率軍平叛得勝，途經故鄉痛快酣飲，即興唱道：「大風起兮雲飛揚，威加海內兮歸故鄉，安得猛士兮守四方！」誰能為我守住大好江山？漢高祖劉邦感慨發問。三百八十多年後，漢靈帝也在問，但語氣一點不抒情，而是焦急萬分——涼州又亂了。

涼州叛亂不是新鮮事。東漢中晚期以來，涼州已經爆發數次大規模叛亂，起起伏伏幾十年。所幸東漢帝國祖墳噴火，同時湧現出三位特別能戰鬥的將軍，並稱「涼州三明」，總算勉強控制住局面。可惜好景不長，隨著「涼州三明」相繼離世，皇甫嵩、董卓等涼州精銳部隊又調到中原討伐黃巾亂軍，涼州叛軍趁勢復起，攻城略地、愈演愈烈。

大廈將傾，總有英雄欲力挽狂瀾。這個英雄不是蓋的，就連漢靈帝也不敢惹。平樂觀大閱兵時，漢靈帝指著旌旗招展、軍容嚴整的數萬軍隊，不解地問他：「漢軍如此威武勢眾，為何還有那麼多反賊？」他沒好氣地說：「還不是陛下寵信之人的子弟做的『好事』！」

漢靈帝不敢正面回答，敷衍道：「我已閱兵提振士氣，又賞賜財物，這樣可以吧？」他直言不諱地說：「臣只聽說過炫耀德政，沒聽過比士兵多寡。」漢靈帝只好尷尬地笑道：「說得對，你我相見恨晚，以前沒有大臣像你這樣說實話。」

放眼東漢帝國，狗熊脾氣的漢靈帝怕過誰？說廢皇后就廢皇后，說罵太監就罵太監，說殺忠臣就殺忠臣，唯獨面對他的挖苦，非但不生氣，還得笑臉相迎。不是因為他長得帥，而是涼州對東漢極為重要，他對涼州又

第一章　英雄輩出

極為重要。這就是剛猛忠正、無所畏懼的涼州名士蓋勳。

涼州叛亂復起時，蓋勳擔任涼州漢陽郡長史，雖然官不大，膽子卻很大，敢和涼州刺史（涼州軍政「一把手」）左昌先生叫板。左昌以為天高皇帝遠，誰也管不了，大肆貪汙數千萬軍費。涼州各級官吏都很識趣，睜一隻眼閉一隻眼，權當智商不夠沒發現。唯有蓋勳氣不過，屢次找到左昌，言辭激烈地要求他全部退贓。

理虧詞窮的左昌先生，隨即萌生借刀殺人的邪惡念頭，下令蓋勳駐守漢陽郡阿陽縣，面對涼州叛軍主力。左昌以為蓋勳兵微將寡，必定城破身亡，不料蓋勳透過數次英勇作戰，愣是守住縣城。當然，由於蓋氏家族顯耀西涼百餘年，一直厚待各族百姓，深得人心，不排除涼州叛軍不忍痛下狠手。

涼州叛軍離開漢陽郡，轉而攻打金城郡。蓋勳預料金城郡不能久持，趕緊請求左昌派兵救援。左昌正忙著繼續貪汙軍費，哪有工夫顧及什麼脣亡齒寒？結果金城郡失守不說，軍事才能卓越的朝廷官員——涼州從事韓遂等人——也率部加入叛軍，局面開始失控。

報應很快來了！韓遂率領叛軍包圍了漢陽郡冀縣（左昌先生辦公地點）。左昌沒有禦敵良策，臉皮倒有城牆拐彎處厚，居然無恥地向蓋勳求救。蓋勳不計前嫌，急忙帶領援軍趕來，並把韓遂等人約到陣前，完全不顧敵眾我寡，劈頭蓋臉就是一頓臭罵，責問他們為什麼背叛朝廷？

韓遂等人應該受過蓋氏家族厚恩，捱罵也不敢還嘴，只能低三下四辯解道：「左昌要是早些聽從您的建議，派兵救援金城郡，或許我們還能改過自新，如今罪孽深重了。」韓遂等人邊說邊嘆氣，立刻解除對冀縣的包圍。

不久，漢軍某部又被涼州叛軍包圍。蓋勳再次奉命救援，途中不幸遭遇伏擊，士兵傷亡慘重，僅剩百餘人。蓋勳也身負三處創傷，但依舊力戰

第九節　大廈將傾

不退，組織士兵擺成魚麗陣，做殊死抗爭。眼見要全軍覆沒，蓋勳指著不遠處的路標，視死如歸地大喊道：「我戰死後，埋在這裡吧！」

帶隊打伏擊的叛軍首領，深受蓋氏家族厚待，見恩公誓死不逃，急得顧不上敵我立場，趕忙跳出來攔住叛軍士兵說：「蓋長史是賢人，若殺死他，會遭天譴！」蓋勳確實不是蓋的，人家救他，不謝也就罷了，還破口大罵：「死反賊！你知道什麼！快來殺我！」

「眾相視而驚」——叛軍士兵被蓋勳的決意求死，嚇得驚懼沒了主意。好在上司就是上司，叛軍首領沒有慌張，二話不說、翻身下馬，懇請蓋勳騎乘。蓋勳肯定不會騎叛軍的馬，猜想又是一通聲色俱厲的怒罵。迫不得已，叛軍士兵只好把蓋勳象徵性綁起來，一路好吃好喝地護送回漢陽郡。

敗仗打得如此風光霸氣，立即引起東漢朝廷的高度重視，火速提拔蓋勳擔任漢陽郡太守。做了一段時間，蓋勳說要辭職回家，以便療養身心。這哪行啊！漢靈帝趕忙下詔，把蓋勳請到洛陽任職。漢靈帝很聰明，知道十幾萬涼州叛軍大半是蓋勳的支持者，萬一哪天洛陽被叛軍包圍，只要蓋勳破口大罵就能解圍，絕對是「鎮國神器」。

可惜蓋勳只有一個，沒有蓋勳的涼州，要涼！中平四年（西元187年），韓遂擁兵十餘萬向東漢皇家祖墳方向進犯。正是關鍵時，涼州漢軍發生譁變，諸多將領精神抖擻地加入叛軍，涼州局勢自此完全失控。人多勢眾、氣焰滔天的叛軍乘勢追擊，直撲漢軍的涼州大本營——漢陽郡冀縣。

大廈將傾，總有英雄要青史留名。只剩些老弱新兵的漢陽郡冀縣，守是守不住。既然守不住，那就死守吧——平定黃巾叛亂立下大功，卻遭奸佞宦官排擠，來到涼州擔任漢陽郡太守的傅燮，抱定成仁的決心。

其實，生的希望就在眼前。涼州叛軍有數千胡騎兵，曾經受到傅燮的

善待，不忍發起進攻。於是，軍事戰爭史上最神奇的一幕出現──人多勢眾的圍城叛軍向勢單力薄的被圍將領磕頭。幾千胡騎兵齊整齊地跪在城外，聲淚俱下地懇求孤軍無援的傅燮放棄抵抗，並承諾護送其回到家鄉。

傅燮俯視著跪在城下的幾千血性漢子，感慨萬分！這些懂得感恩的騎士，為什麼成為叛軍，涼州戰局又怎到如今地步？！傅燮兒子勸道：「皇帝昏庸、宦官當道，我們與叛軍兵力懸殊、無法抵擋，不如返回家鄉徵募勇士，再考慮拯救天下吧。」

傅燮揮手打斷，慨然長嘆：「正所謂『聖達節，次守節』，商紂這樣殘暴的君王，都有伯夷為他絕食而死。如今朝廷還沒有商紂王那樣殘暴。亂世更需要浩然正氣，平時拿國家俸祿，遇到戰亂怎能逃跑投降？我既然守衛這片疆土，一定與此地共存亡。」

為臣盡忠，死又何妨。開城門，迎戰！最後時刻，傅燮不再堅守城池，率領士兵出城列陣，與含著淚的胡騎兵廝殺在一起，終於得償所願，盡忠報國，戰死沙場。

得知英勇陣亡，歷來沒心沒肺的漢靈帝都哀痛不已，下詔追封傅燮為「壯節侯」。

曾經「漢秉威信，總率萬國，日月所照，皆為臣妾」的大漢帝國。

一去不復返。

第十節　多事之秋

人都死了，封侯又有什麼用！

傅燮殉國的噩耗傳到譙縣，曹操含淚嘆息！

第十節　多事之秋

　　三年前，曹操、傅燮響應朝廷從戎號召，與左中郎將皇甫嵩在潁川郡大破黃巾軍，何等風發意氣！傅燮所部還生擒三個黃巾首領，更是居功至偉。傅燮本可因此封侯，但由於抨擊奸佞宦官，得罪了「漢靈帝乾媽」趙忠，不僅沒封侯，還被排擠到涼州。如今傅燮壯烈成仁，忠魂在天！哀哉痛哉，做忠臣怎麼這麼難！

　　其實，做昏君也挺難。自從涼州淪陷，各地叛亂分子備受鼓舞、風起雲湧。張純在冀州發動叛亂，殺死右北平太守和遼東太守；觀鵠自稱「平天將軍」，率領叛軍攻打桂陽；休屠各胡叛亂，殺死并州刺史；汝南葛陂黃巾軍攻沒郡縣……

　　自中平四年（西元187年）夏季以來，不到一年時間，東漢各州郡長官職位空出不少，卻再也賣不掉。缺錢搞花活的漢靈帝非常苦惱，吃不好飯、睡不好覺，心情相當沉重。對於天下大亂、民不聊生，漢靈帝從不背鍋，必須是太監搗亂或是公卿無能。於是，漢靈帝按照大老闆的標準做法，憤怒罷免名義上的軍事領袖──太尉曹嵩。

　　其實，做奸臣也挺難。曹嵩不容易，從小過繼給宦官，認下不陰不陽的曹騰為爹。曹嵩長大為官，也不得免俗，還得依靠奸佞宦官，與不陰不陽的張讓、趙忠等奸佞宦官為伍，逢年過節輸出無數強勢貨幣。得到奸佞宦官庇護的曹嵩，仕途倒是順利，官至大鴻臚、大司農，又不惜花費巨資買來太尉，圓夢位列三公。

　　曹嵩的太尉癮還沒過夠，半年不到便被找碴免職。曹嵩肯定不甘心做冤大頭，猜想透過與奸佞宦官的友好協商，在給曹操謀得都尉的基礎上，又在即將組建的西園禁衛軍中，爭取到排名第四的典軍校尉職位。別看只是校尉，但並不簡單，因為西園禁衛軍是漢靈帝親手操辦，是寄予無限希望的帝國新軍。

　　其實，做大將軍也挺難。表面上，組建西園禁衛軍是要加強東漢帝國

第一章　英雄輩出

軍事力量。實際上，根本目的在於制約大將軍何進。這不是何進臆想，因為漢靈帝把西園禁衛軍八校尉之首的上軍校尉，授予給寵信的宦官蹇碩，並規定上軍校尉可以節制其他七個校尉，甚至大將軍何進都要聽從指揮。

「一人之下，萬人之上」的職位，歷來高危。即便沒有風吹草動，大將軍何進都如坐針氈，更何況漢靈帝明目張膽地削弱大將軍權力。從小販賣豬肉的何進先生會算帳，知道自從妹妹何皇后與漢靈帝感情不和後，何家人便如同待宰的肥豬。只不過，殺豬無數的何家兄妹，不打算任人宰割。

其實，做皇后也挺難。《後漢書·皇后紀》記載：「（何氏）家本屠者，以選入掖庭。長七尺一寸。」由此推斷，沒權沒勢的何氏，極可能以妙曼身姿和一雙無敵大長腿，擊敗萬千佳麗，得到漢靈帝劉宏的寵幸，生下皇子劉辯。不久，宋皇后被廢，母以子貴的何氏力壓群芳，主宰後宮。

紅顏尚未衰，恩寵卻已斷。才貌雙全、聰慧體貼又出身名門的妃子王榮，憑藉情詩無敵橫空奪愛，成為漢靈帝的新寵，生下皇子劉協。心狠手辣的何皇后，氣急敗壞，立刻派人毒殺了王榮。這讓情詩沒聽夠的漢靈帝暴跳如雷，若非張讓等宦官拚命磕頭、好話說盡，何皇后十有八九會一命嗚呼。

儘管何皇后保住性命，但是徹底失去漢靈帝的寵愛，連劉辯都不受漢靈帝待見。而王榮所生的劉協，在漢靈帝母親董後的悉心撫養下，冰雪聰明、知書達理，還越長越像漢靈帝，恩寵日盛一日。雖說何皇后不太聰明，但也知道漢靈帝想做什麼！何皇后只好悄悄翻出庫存毒藥，分好份數，準備鋌而走險！

做什麼都挺難，最難還是做忠臣。中平五年（西元188年），曹操接到典軍校尉的任命，決定結束隱居，帶著小妾卞氏以及襁褓中的曹丕，來到洛陽赴任。儘管跟曹操有殺叔之仇的蹇碩是頂頭上司，但曹操不擔心他打

第十節　多事之秋

擊報復。因為黃巾叛亂後，東漢朝廷的格局已大變樣，眾多小團體成員復出擔任要職，奸佞宦官再也不能一手遮天。

特別是頭頂「四世三公」家族光環的袁紹，得到大將軍何進的全力提攜，先後擔任侍御史、虎賁中郎將等職，又成為西園禁衛軍排名第二的中軍校尉。袁紹組織成立的小團體也蓬勃發展，吸納鮑信、荀彧、荀攸、淳于瓊等眾多俊傑，與王允、劉表等老牌「黨人」建立起緊密連繫。

時隔四年，曹操再次回到洛陽，洛陽早已物是人非。一生致力於行賄受賄的曹嵩，終於決定金盆洗手，收拾好上百車金銀財寶，打算回老家頤養天年。曹操望著白髮蒼蒼的老父，一時心緒難平！曹操雖是不光彩的宦官之後，但好歹知道親爹是誰。但老爹曹嵩呢？史書無奈地一句：「莫能審其生出本末。」曹嵩只能以宦官養子的身分，終其一生，留史千年。

老爹不容易啊！曹操記得，儘管父親忙於貪汙腐敗，缺乏對自己的悉心指導，但只要自己身處險境，父親總會毫不吝嗇地掏出重金護航。曹操還記得，自己少時頑劣，惹得叔父總跟父親打小報告，自己為「離間」他們老哥倆，與叔父單獨相遇時，裝中風、吐白沫。等父親趕來，曹操精神狀態卻無比正常。面對父親的質疑，曹操很有可能痛苦地表示：叔父不喜歡我，我做什麼都不對，吐口痰怎麼變成口吐白沫？曹操當時詭計得逞，但隨著年齡漸長，得意之情漸去，倒是父親焦急不安趕來的那瞬，揮之不去、越發清晰！

曹操拜別父親，很可能要趕往袁紹大哥的府邸，參加小團體舉辦的接風晚宴。曹操應該見到久違的老友何顒、張邈，幸會鮑信、荀彧、荀攸等新朋友。當然，還有殷勤敬酒的新同事——西園禁衛軍右校尉淳于瓊。此時，熱情對飲的曹操和淳于瓊都無法預知，哥兒倆十多年後，會在一個叫烏巢的小地方，以死敵身分重逢，左右歷史走向。

正如人世間變幻莫測，常有幾分說不清楚的神奇。自從漢靈帝組建起

第一章　英雄輩出

西園禁衛軍，自封「無上將軍」後，東漢帝國好像開始轉運，各地平叛軍隊在戰場上出奇順利。北邊，公孫瓚平定張純叛亂；南邊，孫堅鎮壓觀鵠暴動；東邊，西園禁衛軍進剿汝南葛陂黃巾軍；西邊，皇甫嵩和董卓聯手擊退強大的韓遂叛軍。

眼看帝國中興有望，卻不料，漢靈帝似乎因積勞成疾，突然與世長辭。

中平六年（西元189年）四月，漢靈帝匆匆走完歌舞昇平又驚險刺激的一生。

第十一節　斬盡殺絕

屍骨未寒，婆媳開戰。

經過一番爾虞我詐的腥風血雨，似乎早有準備的何皇后、大將軍何進、車騎將軍何苗以及中常侍張讓（張讓兒子娶了何皇后妹妹）取得勝利，成功擁立皇子劉辯繼位，史稱「漢少帝」。支持皇子劉協的上軍校尉蹇碩被處死，驃騎將軍、董太后的姪子被逼自殺，董太后也號稱因憂慮驚恐暴病身亡。

如果宮廷惡鬥的狗血劇情就此打住，何氏兄妹精誠團結、發憤圖強，那麼東漢帝國起死回生的希望猶存。只可惜，家家有本難唸的經，帝王家如此，大將軍家亦如此。何家五口人，很難一條心——何進是父親何真和髮妻所生，何太后（劉辯登基更新為太后）及何家小妹是何真與後妻舞陽君所生，何苗是舞陽君與其前夫所生。

何進最焦慮。面對炙手可熱的最高權力，後媽和毫無血緣關係的弟弟打算做什麼？況且何真已去世，舞陽君仍活蹦亂跳，何太后及何家小妹是

第十一節　斬盡殺絕

不是與同母的何苗更親近？看似風光無限的大將軍何進，實則危機四伏。

有縫的雞蛋招蒼蠅。渴望引領時代的袁紹大哥，果斷抓住機會，邁出攪動驚天變局的第一步——挑動何家內鬥！袁紹別有用心地對何進說：「宦官親近至尊，權力很大，若不悉數清除，一定成為大患。」何進一點即通，打擊何太后掌控的宦官勢力，就是間接削弱何苗的威脅。

誰也不傻！何太后、何苗、何家小妹以及舞陽君跳腳反對！家庭投票四比一。何進有些犯難，袁紹隨即獻出準備多時的餿主意：「以清除宦官為由，徵調邊疆野戰軍，假裝進逼洛陽，嚇唬何太后就範。」只是恐嚇，不會發生流血衝突，真是好辦法！何進對足智多謀又愛好和平的袁紹深深讚嘆，點頭應允。

就這樣，何進的一隻腳，不知不覺陷入泥潭。其實，何進若鐵了心清除宦官，根本不必如此大費周章。明明可以拿殺豬手段直接辦，非要兜上十萬八千里的大圈。結果繞著繞著，何進把自己繞進去，請來最不該請的逼宮大戲演員——董卓。

一方面，董卓與已故董太后，有些說不清楚的關係。史料記載：「（董卓）外有董旻、（董）承、（董）璜以為鯁毒」，「董承，漢靈帝母董太后之姪」。其中，董旻是董卓親弟，董璜是董卓親姪子。夾在這兩位中間的董承，想必關係不會太遠，而董承又是董太后之姪。據此推斷，董卓與董太后似乎有某種血緣關係。

另一方面，董卓在討伐黃巾軍叛亂中受到不公待遇，由此心懷怨恨，漸有不軌之心！董卓重新執掌兵權後，先後抗旨拒絕擔任少府、并州牧等需要交出兵權的官職。何進邀請這樣一位與何氏家族、東漢政權矛盾重重的「演員」，顯然不太明智。不過，何進以為能收放自如，於是滿不在乎地執意開演。

起初，打西邊來的董卓先生，是按劇本演。董卓邊趕路邊上書彈劾宦

第一章　英雄輩出

官，點名道姓直指張讓，要求殺之以謝天下。打北邊來的丁原先生，很能搶戲，上書彈劾宦官的同時，在洛陽附近的孟津，放下一把沖天大火，營造出濃煙滾滾的兵諫氛圍。

腿長見識短的何太后見此很心慌，趕緊同意何進的建議，遣散包括張讓在內的絕大多數宦官，讓他們居家等候處理。張讓、趙忠等宦官能屈能伸，立刻跑到何進府邸磕頭認錯，懇求留條活路。與此同時，何苗也主動找何進，共同追憶兄弟姐妹一起殺豬的美好時光，提出繼續團結合作的良好願望。

既然妹妹、弟弟以及宦官都服軟，何進心滿意足地表示：「宦官可以告老還鄉，絕不再為難。」打算收場的何進沒想到，親手提拔的好兄弟袁紹，開始背地犯壞──假借何進名義偽造公文，要求各地官員抓捕宦官親屬！

誤以為何進食言的宦官，惶恐不安！只聽「撲通」一聲，張讓向兒媳婦、何太后妹妹跪下，一把鼻涕，一把淚，懇求回宮再看一眼何太后。公公跪在地上磕頭，何家小妹還能怎麼辦，只好跟舞陽君說情，舞陽君又跟何太后通報。何太后也捨不得救過自己性命的張讓等宦官，同意相見敘舊。可當張讓等宦官見到何太后，現場申請政治庇護，不肯再出宮。

誤以為宦官耍賴的何進，怒不可遏！他火急火燎地進宮找何太后理論，號稱要「誅盡宦官」。不料隔牆有耳，何進所言讓張讓等宦官得悉。宦官老大不白給，不像何進拖拖拉拉，張讓當機立斷，決定先下手為強。待何進從何太后的宮中出來，張讓便派人跟何進詐稱：何太后請您回去，再商議商議。

誤以為何太后回心轉意的何進，萬分欣喜！很遺憾，何進見到的是張讓等幾十個手持武器的宦官，而平日裡高喊「誓死保衛大將軍」的虎賁中郎將袁術，以及數百名宮內禁軍，也不知道哪裡去了。「恩將仇報，你是

第十一節　斬盡殺絕

不是欺人太甚？天下混亂，公卿大臣又有幾個清白？」威風凜凜的大將軍何進，來不及回答張讓的質問，便在亂刀中，稀里糊塗地掛了。

哥哥死掉，弟弟高興。車騎將軍何苗滿心歡喜、神清氣爽，在袁紹的盛情邀請和殷勤陪同下，神采奕奕地趕到事發現場。然而，何苗還未發號施令，奉車都尉董旻突然大喊：「殺大將軍的是車騎將軍何苗！為大將軍報仇啊！」威風凜凜的車騎將軍何苗，來不及找到是誰胡說八道，便在亂軍中，稀里糊塗地也掛了。

情商跟職位不匹配的何氏兄弟接連喪命，袁紹得意地撇嘴冷笑、利劍出鞘，與突然現身的袁術，率領何進舊部和禁軍攻打皇宮。對於宦官集團來說，這是歷史上最黑暗的一天，包括「漢靈帝乾媽」趙忠在內的兩千多名宦官橫屍宮中（不排除冤死些刮鬍子過於乾淨的郎官）。

老大就是老大，「漢靈帝乾爹」張讓臨危不亂，裹挾著漢少帝劉辯、陳留王劉協，從早有安排的路線，順利逃出洛陽。只可惜，宿命福薄，已有定數──尚書盧植率領精幹士兵窮追不捨，最終把張讓等東漢帝國最後幾十個宦官，圍困在小平津附近的黃河岸邊。

窮途末路的張讓，看著瑟瑟發抖、不知所措的漢少帝，不禁老淚縱橫。張讓很可能覺得，儘管自己搜刮民財、阿諛獻媚、極盡享樂，但畢竟忠於皇帝，而很多道貌岸然、沽名釣譽的公卿大臣，從不把皇帝放在心上！尤其是袁紹等包藏禍心的「黨人」，最是可恨可怕！大漢王朝遲早葬送在這些人手裡！

說什麼都晚了，輸了就是輸了。失敗者張讓能夠預見，自己一定會在歷史上留下諸如「侵奪朝威，賊害忠德，搧動奸黨」的眾多千古罵名、身敗名裂。失敗者張讓依舊鎮定，不慌不忙地整好衣冠，鄭重其事地跪倒在大漢天子面前，悲慟萬分地說：「老臣死後，天下即將大亂，請陛下保重！」

第一章　英雄輩出

　　成王敗寇，願賭服輸。張讓凝視著身旁咆哮奔騰的滔滔黃河水，縱身一躍。

第十二節　自此敗亂

　　種瓜得瓜，種豆得豆。
　　夜幕降臨，董卓先生急匆匆揮動馬鞭，任由汗水浸溼戰甲。歲月不饒人啊，當年八塊腹肌加人魚線的小伙子，現已是大腹便便。董卓之所以仍在咬牙堅持，很可能收到董旻送來的最新消息——漢少帝和陳留王逃出洛陽，奔東北方向去了！老奸巨猾的董卓意識到，這是歷史性機會，機不可失，時不再來，必須抓住！
　　汗水沒白流，董卓在北邙山附近，找到漢少帝和陳留王等人。董卓驅馬上前，趾高氣揚地質問，京城為何大亂，到底怎麼回事？14歲的劉辯得知，救駕將軍是已故董太后的殘暴遠親，自己母親又是殺害董太后的凶手，嚇得魂飛魄散，語無倫次。
　　9歲的劉協得知，救駕將軍是已故董太后的和藹遠親，從小被董太后養大的劉協，不慌不忙、氣定神閒地敘述出事變過程。董卓大喜，覺得老董家養大的娃，就是聰明。董卓和顏悅色地伸手抱過劉協，爺倆同乘一馬，緩緩向洛陽行進。
　　抓住機會，絕不放手。董卓護駕進入洛陽，賴著不走了，打算賭把大的——翻天！要說董卓膽夠肥，身邊只有三千西涼步騎，算上董旻的千餘人，也不超五千人馬，跟其他賭友比，籌碼差得遠。袁紹及小團體成員，掌握著西園禁衛軍在內的上萬精銳大軍；逼宮大戲的另一位演員丁原，麾

第十二節　自此敗亂

下也有萬餘凶悍的南匈奴騎兵；原何氏兄弟的無主舊部，更是多達數萬。

膽肥自然有手段！董卓極可能是在一天內，搞定何氏無主舊部，並成功策反呂布殺死丁原。事後為鎮住各位賭友，董卓讓三千西涼步騎隔三岔五趁夜悄悄出城，白天再大張旗鼓回來，宣稱援兵又到，唬得所有人一愣一愣。

可話說回來，何氏舊部為何投靠董卓，呂布又為何刺殺老領導丁原？原因很複雜，但最重要的一點是——董卓出手闊綽。史書記載，董卓年輕時，就曾不惜犯法宰殺耕牛（東漢的稀貴物）款待羌族首領，搞得聚餐人員相當激動。後來，董卓領軍打仗後，繼續發揚不貪財的優良作風，把打勝仗得到的朝廷賞賜（九千匹縑，可當貨幣），全部分給士兵和下屬役吏，贏得將士們的狂熱擁戴。所以，歷來做人做事很大氣的董卓，深深懂得這個道理：財散人聚。

關鍵時刻不能手軟——用錢砸！大哥和大哥的比拚，比的是誰給的更大、更多，董卓大哥撒錢許願的豪邁氣度，讓出手向來慷慨的袁紹大哥都落了下風。先輸一陣的袁紹，立刻轉變思路，既然比心胸不行，那就玩陰的吧。袁紹安排王允、何顒、荀攸、伍瓊等親密戰友化身「牆頭草」，呼啦啦投靠董卓，準備不花錢做大事。

形勢一片大好的董卓先生，為更好地掌控全域性、樹立威望，心情大悅地研究起天氣變化，表示近期天空沒降雨，司空的責任很大嘛，是不是換個司空比較好？以太傅袁隗為首的朝廷大臣，數學知識很不錯，大致算了下董卓部隊的人數，也覺得天空沒雨是司空不作為。於是現任司空火速失業，董卓不負眾望地順利接替。

其實，換司空只是小玩鬧，董卓還憋著大動作。為順利推進顛覆時代發展的宏偉計畫，董卓向袁紹發出宴會邀請，打算在酒桌上深入探討。袁紹也不傻，曉得天下沒有白吃的午餐，席間一定有不輕鬆的話題，所以在

第一章 英雄輩出

如期赴約的同時，已經做好應急準備。

當然，酒宴必須在虛情假意的「友好」氣氛中開始。袁紹免不了盛讚董卓千里勤王、功不可沒，董卓也得誇獎袁紹勇殺宦官、千秋傳頌。正在一團和氣中觥籌交錯，董卓看似不經意地說：「本初（袁紹的字）老弟，我覺得天下禍亂不斷，都是皇帝沒選好。你看看漢靈帝，無惡不作，想起來就讓人生氣。如今劉辯又蠢又笨，不如換陳留王劉協當皇帝吧。」

廢立皇帝？這是天大的事！好在袁紹當大哥很多年，處變不驚的能力還算上乘，冷靜答道：「皇帝很年輕，也沒做過壞事，您要廢嫡立庶，大家不會同意吧？」董卓沒想到袁紹不給面子，老臉頓時一紅，按著佩刀大聲說：「現在天下大事，我說了算，誰敢不從！」

為了不破壞團結友愛的聚餐氛圍，袁紹依然保持克制，沒有正面硬剛，委婉地表示道：「國家大事，我不做主，等我跟叔叔商議後再定吧。」袁紹說得在理，袁隗是百官之首的太傅，又提拔過年輕時的董卓，搬出彈壓正合適。

一時語塞的董卓蠻不講理地喊開：「劉氏子孫不用留著！」一點政治家的涵養也沒有！袁紹懶得再周旋，厲聲回應：「天下武力強悍者，不是董公一個人吧？」說著，袁紹把佩刀橫過來，拱了拱手，直接離席而去。當日，袁紹便帶著淳于瓊等文武親信以及家眷兵丁，大搖大擺離開洛陽，奔冀州方向而去。

哎呀呀，袁紹早有跑路準備！惱得沒在宴會廳安排刀斧手的董卓七竅生煙，號稱要發通緝令。城門校尉伍瓊等潛伏人員及時圍住董卓勸道：「董公啊，廢立皇帝是大事，只有您老人家做得出來，凡夫俗子怎能理解？袁紹不識大體，是恐懼而逃，沒有其他意思。如果通緝，反而惹出不必要的麻煩，耽誤您老人家廢立皇帝的偉業。不妨赦免，再加官晉爵，袁紹必然歡天喜地，感謝您老人家的寬宏大量。」

第十二節　自此敗亂

《後漢書‧袁紹傳》記載：「卓以為然，乃遣授紹渤海太守，封邟鄉侯。」一代梟雄董卓如此好騙？口頭吹捧兩句就性情大變，從通緝令改委任狀？不可否認，一通馬屁下來，董卓先生的心情好很多，但真正促成改捕為撫的原因是現實情況。

洛陽城外是河南郡地面。河南尹王允與袁紹淵源甚深，通緝令即便發出，也是白白浪費紙張。況且袁紹跑路前擔任中軍校尉以及司隸校尉等職，屬下武裝人員有大幾千人，鬧出事端不好收場。董卓盤算清楚，趁著伍瓊等人勸說，趕緊借坡下驢。

袁紹跑了，董卓以為沒人再敢反對，趾高氣揚地召集文武百官開會。董卓先生激情澎湃地說：「我覺得現在皇帝平庸，陳留王當當看，大家覺得怎麼樣？」以太傅袁隗為首的公卿百官沒刀沒槍，犯不著惹大老粗生氣，全瞇著眼諱莫如深。董卓得意揚揚地恐嚇道：「誰敢反對，軍法從事！」

士之楷模，國之楨幹！明知反對無效，也要反對——尚書盧植聲如洪鐘：「皇帝歲數還小，沒什麼過失，輕言廢立不合適吧？」董卓勃然變色，恨不得當場手撕盧植！但盧植是海內知名大儒，學生成千上萬，粉絲更是數不勝數，殺掉他一個，得罪幾大片，著實不划算。董卓藉著伍瓊等人的勸說，再次借坡下驢，把盧植免職了事。

第二天，董卓繼續召集文武百官於崇德前殿，仍是老議題——廢立皇帝。董卓先生吸取前兩次的教訓，避免節外又生枝，不再民主討論，直接野蠻地公布結果：廢皇帝劉辯為弘農王，立陳留王劉協為皇帝；彈劾何太后害死董太后的罪責，將其遷入永安宮。

劉辯神情落寞地走下皇帝寶座，劉協如木偶般坐上去，何太后的哀號淹沒在群臣山呼海嘯的「萬歲」聲中……

目睹這一切的驍騎校尉曹操，打定主意：與國賊誓不兩立。

史書記載：漢室亦自此敗亂。

第一章　英雄輩出

第二章　風雲際會

　　浪費無數次懸崖勒馬機會的東漢帝國，終於跌跌撞撞地滑向萬劫不復的歷史深淵，但對於很多個人來說，波瀾壯闊的人生，才剛剛開始。

第一節　人生幾何

　　替誰打工，都不如自己創業。

　　話雖如此，但許多人創業，都是被逼無奈，比如曹操。

　　曹操本打算努力工作，爭取獲得諸如「大漢帝國功勳員工」一類的稱號，然後榮歸故里。去世時，墓碑能刻上「東郡太守」或者「征西將軍」的職務，便心滿意足。可惜天不遂人願，東漢帝國越來越不景氣，一年不如一年，一日亂過一日，眼見就要壽終正寢。

　　每一段淒涼歷史，都不乏熱血英雄，有人韜光養晦，就有人勇往直前。中平六年（西元189年）的夏秋之交，曹操彷彿又一次站在人生的十字路口，回到手持雙戟的那個深夜，思索著何去何從！十幾年前，曹操沒有退縮，毅然刺殺宦官老大，欲替天下除害；如今，曹操果敢依舊，執意回鄉組織義軍，誓要為國討賊！

　　逞英雄容易，做丈夫太難。曹操可以拍屁股走人，但卞氏和1歲多的曹丕，以及剛出生的小兒子怎麼辦？如果卞氏和孩子顛簸同行，必然大大影響跑路速度。有些煩悶的曹操，一時猶豫不決。從小走南闖北的卞氏有見識，明白曹操潛行東歸是為伸張大義，非常時期怎能兒女情長？卞氏目

第二章　風雲際會

光篤定地望向曹操，一時無聲勝有聲。

相知的感動油然而生，曹操看著從容不迫的卞氏，想到洛陽曹府還有眾多親信部下，心下稍安。臨行前，曹操懷著對董卓禍亂朝綱的滿腔憤怒，給卞氏懷中虎頭虎腦的小傢伙，取名為含有「宣揚正氣」意思的「彰」。卞氏明白深意，心頭一酸，把小曹彰又抱緊些，五味雜陳地目送夫君策馬遠去，望著空蕩蕩的街口盡頭，久久佇立。

低調跑路──曹操更名改姓、喬裝打扮，帶著幾名隨從，偷偷從小路開溜！曹操計劃得很好，沛國譙縣距洛陽不算遠，快馬五六天就能到，而且據《漢書通志》透露，曹操可能還留下一位拖延時間的大殺器：「進刁蟬以惑其君（董卓）。」曹操覺得，等董卓從溫柔鄉反應過來，自己早就跑掉了。

可惜天公不作美，《後漢書・孝靈帝紀》記載：「自六月雨，至於是月。」長達數月的降雨，搞得道路泥濘不堪，快馬也快不起來。更倒楣的是，不知是董卓酷愛開會點名，還是想找曹操感謝進獻美女之事，總之董卓發覺，曹操這小子跑了！

傷害性不大，侮辱性極強。前幾日，名門望族的士人領袖袁紹跑了，礙於袁家門生故吏遍天下，董卓跳腳罵幾句，只能算了。沒兩天，名滿天下的大儒代表盧植也跑了，董卓派兵去追沒攔著，跳腳再罵幾句，只能再算了。如今曹操也跑了，董卓情何以堪！為拉攏年輕有為的曹操，董卓不惜放低身段示好，親自上表拜曹操為驍騎校尉，可是該跑還是跑！接二連三地跑人，讓董卓先生相當沒面子，他暴跳如雷地發出加急文書，通緝曹操！

冒雨前行的曹操毫無察覺，仍舊保持樂觀主義精神，奔向河南郡的成皋縣，去找故交呂伯奢。曹操想得挺好，打算跟故交呂伯奢暢飲幾杯，吃飽喝足繼續上路。沒料到，曹操以為很簡單的操作，竟然陰差陽錯，釀成

上千年說不清楚的謎案。

之所以謎，不是史書記載不清楚，而是記載很清楚卻各不相同。一是《魏書》表示：「從數騎過故人成皋呂伯奢；伯奢不在，其子與賓客共劫太祖，取馬及物，太祖手刃擊殺數人。」二是《魏晉世語》表示：「伯奢出行，五子皆在，備賓主禮。太祖自以背卓命，疑其圖己，手劍夜殺八人而去。」三是《異同雜語》表示：「太祖聞其食器聲，以為圖己，遂夜殺之。」無論具體情況如何，總之故交成為「故交」。

綜合以上三個版本，一致的是：曹操殺了故交呂伯奢的家人；區別在於：殺人動機。其中，《魏晉世語》和《異同雜語》的觀點接近，均與《魏書》有較大區別。

先看對曹操最有利的《魏書》，說是呂伯奢的兒子及賓客見財起意，企圖暴力搶劫財物，曹操奮起反擊殺人。這肯定屬於正當防衛，無可指摘。但考慮到《魏書》作者的政治立場傾向曹魏，猜想要曲筆迴護，所以這種可能性並不大。

再看《魏晉世語》和《異同雜語》，儘管細節不同，但都是說曹操疑神疑鬼又跑路心慌，最終釀成殺人命案。不過這兩種殺人說法，也存在頗多疑問點，難以定論。

《異同雜語》的說法：曹操在夜裡聽到廚房有動靜，起疑殺人。不妨仔細品味：漆黑寂靜的深夜，呂伯奢的兒子或僕人悄悄來到廚房，為曹操準備夜宵或翌晨早餐，還不點燈，是想給曹操驚喜嗎？誰能不起疑心？更何況逃亡路上的曹操！

《魏晉世語》的說法：由於曹操疑心太重，導致夜殺八人的慘案。不妨仔細品味：已經入夜，吃飽喝足的曹操想繼續跑路，呂伯奢的五個兒子卻依舊輪番敬酒，似乎要拖延時間。誰能不起疑心？更何況逃亡路上的曹操！

第二章　風雲際會

　　進一步細思恐極。呂伯奢是曹操故交，想必不是普通百姓，很可能擔任成皋縣的某種公職。曹操來到呂伯奢家前，呂伯奢應該已收到朝廷轉發到縣裡的抓捕文書。呂伯奢可能去召集亭長一類的聯防幹部開會，也可能以聯防幹部身分參會。總之，呂伯奢不在家，呂伯奢的兒子們不敢擅自抓捕或放走曹操，只好殷勤拖住，暗地裡派僕人去找老爸定奪。

　　也許，呂伯奢不徇私情、秉公執法；也許，呂伯奢不忍下手、義釋故友。總之，曹操命運很可能繫於呂伯奢的一念。然而，超世之傑曹操，從不會把自己的命運交給別人。

　　謎案就是謎案，無論歷史真相如何，能確定的只有：曹操殺了呂伯奢的家人。

　　曹操也不想解釋，坦坦蕩蕩地悽愴而語：「寧我負人，毋人負我！」

第二節　山重水複

　　曹操栽了。

　　人生往往如此，不管你以前多麼威風，哪怕行刺過宦官老大，棒殺過權貴叔父，抨擊過朝廷亂政，取得過潁川大捷，奏免過若干縣官……到頭來，卻躲不過命運的捉弄，栽在職位小得不能再小的一位亭長手裡。《三國志・武帝紀》冷血地記錄下八個字：「為亭長所疑，執詣縣。」與命運抗爭的曹操，終於精疲力竭，被河南郡中牟縣的某位亭長及聯防隊員抓獲，押送到中牟縣府衙。

　　想努力掌控命運，但命運不一定能把掌握，即便超世之傑的曹操，也是如此。不過蒼天終究有眼，曹操這些年的作為——與閹黨決裂、為百

第二節　山重水複

姓疾呼、戰潁川浴血、治濟南亂政，讓他名望漸顯，持續增粉。中牟縣功曹就是曹操的鐵粉，見到偶像落難，趕緊挺身而出，力勸縣令放人。縣令不是曹操的鐵粉，但站位比較高，不願意摻和朝廷的恩怨是非。於是，中牟縣縣令及主要下屬對曹操和曹操畫像，進行認真比對，一致表示：太不像了，立即釋放。

化險為夷，抓緊跑路。三四天後，曹操逃回老家——豫州沛國譙縣。由於曹操在中牟縣看守所耽擱幾天，董卓發出的通緝令必然早已到達豫州，境內到處張貼著曹操的畫像。曹操踏入豫州地界不久，便遭到官兵的圍追堵截，只得倉皇向北逃竄。

按《軍策令》記載推斷，通緝犯曹操很可能已經身無分文，不得不躲到兗州陳留郡襄邑縣的一家鐵匠鋪做幫工。由天入地，快如閃電！曹操放著好好的驍騎校尉不當，放著揮金如土的富豪闊少不做，非要為國家大義逃出洛陽挑事！關幾天牢房也就算了，如今有家不能回，竟淪落到異鄉打鐵餬口。

人生總在山窮水盡時，開始柳暗花明。正當曹操如喪家之犬東躲西藏，洛陽以東的很多州郡長官突然大換血：韓馥為冀州牧、劉岱為兗州刺史、孔伷為豫州刺史、張邈為陳留太守。這些人多是帝國菁英小團體成員，或是與這個團體有千絲萬縷的連繫。比如，劉岱是袁紹妻子的兄弟，張邈更是袁紹和曹操的好友。令人百思不得其解的是，這一系列眼花撩亂又非常不利於董卓先生的人事變動，竟然全部來自董卓的拍板。

沒錯，董卓先生的腦子短路了。從當時董卓母親近90歲的情況估算，董卓很可能已是花甲之年。希望過上驕奢淫逸晚年生活的董卓，早已厭倦馬背上的打打殺殺，覺得你好，我好，大家好，社會穩定最美好。

為爭取士人集團支持，董卓不計前嫌地任命袁紹為渤海郡太守，又聽從城門校尉伍瓊等人的建議，提拔重用一批士人菁英擔任州郡長官。董卓

第二章　風雲際會

還與司徒、司空等高官，假裝戴上刑具、嚎啕大哭，為「黨錮之禍」中罹難的士人領袖鳴冤，上演了一齣催人淚下的苦情大戲。

累的一身臭汗的董卓先生，天真無邪地認為，飽讀聖賢書的士人菁英，必定感恩戴德、投桃報李，從此緊密團結在他的周圍。可惜啊可惜，董卓不會理解士人的腦迴路──出身已經決定，這輩子無法在一起。所以，無論涼州武人董卓怎麼做，士人集團都不會買帳。

只能是搬起石頭，砸自己的腳。董卓先生寄予厚望的士人菁英剛到崗，便開始陽奉陰違。比如，陳留郡太守張邈，非但不再通緝曹操，反而派出眾多俠義朋友四處打探，及時找到與鐵匠師傅探討如何打磨防身短刀的曹幫工。

出門在外靠朋友，張邈請出襄邑縣大土豪衛茲（字子許），幫忙照顧曹操。衛茲不僅有錢，還非常豪爽，號稱：「子許買物，隨價讎直。」意思是說，衛茲買東西，喜歡就買，從來不還價。曹操也是億萬富翁的兒子，從小出手相當闊綽。兩位花錢不貶眼的土豪一見如故，談得非常投緣，圍繞何太后遇害以及董卓厚顏無恥晉升丞相等時政熱點，深入交換了意見。衛茲極為欣賞曹操的見識，心直口快地斷言：「平天下者，必此人也。」

得到張邈、衛茲等人或暗或明的支持，曹操決定在襄邑縣比鄰的己吾縣，組織討伐董卓的義軍。之所以曹操沒選擇在老家起兵，很可能因為譙縣不屬於陳留郡，張邈和衛茲不方便照應；而且曹嵩不看好曹操的自主創業，明確表示不會出錢風投。

在己吾縣，曹操就有錢了？十有八九是這樣。《後漢書・仲長統傳》記載：「井田之變，豪人貨殖。館舍布於州郡，田畝連於方國。」由此看來，東漢的億萬富翁很熱衷投資田地產。長袖善舞的曹嵩也不會例外，極可能在距家鄉不遠的己吾縣，購置下不少田產，興許還有幾套鄉間別墅，住著些收租子的家丁。故而《三國志・武帝紀》才有這樣的說法：「太祖至

陳留，散家財，合義兵，將以誅卓。」

曹操的自主創業，如火如荼開始。譙縣的窮哥們夏侯惇和夏侯淵，立刻慕名投奔。別瞅哥兒倆窮，但從小就是狠角色——夏侯惇少時怒殺過侮辱老師的人，夏侯淵則替年少犯事的曹操蹲過縣衙大牢。除去兩肋插刀的窮哥們，腰纏萬貫的曹仁、曹純以及曹洪等兄弟，也拉起隊伍趕過來。

曹操堂弟曹仁、曹純的家世很盛，他們的祖父擔任過潁川太守，父親擔任過長水校尉，一度還與皇后家族聯姻。東漢王粲所著《英雄記》記載：「（曹純）承父業，富於財，僮僕人客以百數。」《三國志·曹仁傳》記載：「仁亦陰結少年，得千餘人。」曹純錢不多，能養得起幾百名僕人和門客嗎？曹仁錢不多，能籠絡住一千多名社會青年嗎？

比起曹仁和曹純，曹操的族弟曹洪更是土豪中的土豪。《魏略》宣稱，即便二十多年後，貴為司空的曹操，仍不得不服氣地嘆道：「我家的財寶，真沒曹洪家多啊。」

在哥們弟兄的帶領下，兩千多名譙縣子弟兵與曹操會合，參與到這亂世紛爭中。

中平六年（西元189年）冬，曹操在己吾縣，首倡義兵，討伐董卓。

第三節　我自西向

飄揚雲會，萬里相赴。

初平元年（西元190年）正月，以渤海郡太守袁紹為盟主的反董卓聯軍正式成立，亦稱「關東聯軍」。

袁紹與河內郡太守王匡等部屯兵河內郡，冀州牧韓馥供應糧草物資，

第二章　風雲際會

形成北路軍；後將軍袁術屯兵南陽郡，形成南路軍；豫州刺史孔伷屯兵潁川郡，形成東南路軍；兗州刺史劉岱、陳留郡太守張邈、東郡太守橋瑁、山陽郡太守袁遺、濟北相鮑信等部屯兵陳留郡酸棗縣，形成中路軍。大約三十萬人的關東聯軍，對洛陽的十餘萬董卓軍隊，形成半弧形包圍態勢。

洛陽城內，董卓先生黯然神傷，失望至極。這些士人菁英赴任前，一口一個聽朝廷命令、聽董丞相指揮，喊天動地、感人肺腑，但剛坐穩位子，便隔空扇了董卓一記又一記響亮的大嘴巴。董卓沒想到啊，看上去文縐縐的儒雅士人，原來都是道貌岸然，根本不講誠信，翻臉速度比他這個西涼大老粗還快。

以牙還牙！極端憤怒的董卓，展開一系列打擊報復行動。董卓首先以治病為由，送毒酒給劉辯，斷掉關東聯軍為漢少帝復辟的藉口；其次，殺掉亂出主意的城門校尉伍瓊等小團體臥底；再次，火燒洛陽，逼迫天子劉協及文武百官遷都長安；最後，下令把太傅袁隗家五十多口人，送上不歸的黃泉路。

任董卓上竄下跳，關東聯軍歸然不動。一方面，大家都希望別人拚命、自己分贓，沒人願意挑頭做；另一方面，他們確實無能，只適合圍而不攻。袁紹大哥的作戰經驗還不足，只打過小股黃巾軍。袁術更不濟，除了煽風點火，也就只能當宮廷巡邏。孔伷則被公認是「清談高論，噓枯吹生」能手，卻於軍事方面一竅不通。至於劉岱、張邈、袁遺、橋瑁等大佬，要麼有才華，要麼很仗義，要麼愛讀書，要麼出身名門，但都不擅長打仗。

在兵聖孫武後人登場亮相前，作戰能力可以端上臺面的，只有取得過潁川大捷又熱愛替《孫子兵法》作注的行奮武將軍曹操。只是巧婦難為無米之炊，曹操和衛茲總共才幾千人，還歸攏在陳留郡太守張邈旗下，連獨立投票權都沒有。

第三節　我自西向

　　諸軍十餘萬，日置高酒會。曹操不僅不能討賊，還得時常陪劉岱等大佬喝酒吹牛，要多鬱悶有多鬱悶。正在曹操苦於無力殺賊之時，小團體好友、濟北相鮑信主動找到曹操，表達了跟董卓打一仗的堅定態度：「我看包括盟主袁紹在內，這些刺史、太守都不能成大事。只有孟德兄文韜武略，可以廓清寰宇、匡扶天下。」鮑信有態度更有實力，麾下兩萬多人，還有幾百車軍需物資。

　　得到鮑信的支持，曹操登時感覺硬氣多了。沒幾日，劉岱先生又一次組織飯局，熱烈暢談勝利必將屬於關東聯軍時，曹操藉著多喝幾杯大發雷霆道：「大家舉義兵討伐國賊董卓，集結多日怎麼還不進攻？如果說董卓挾持天子、據險而守，也還說得過去。如今董卓火燒洛陽，強迫天子西遷長安，海內震動、人心盡失，正是消滅國賊的絕佳時機，我們可一戰安定天下！」

　　很可能按照事先溝通好的方案，鮑信當即應和，表示不能再忍。與曹操有多年交情的張邈也表態，願意派衛茲率幾千人參與西進。主事中路軍的劉岱先生會算帳，覺得沒必要跟醉鬼較勁兒，況且曹操打勝，大家可以跟著沾光分享戰利品，打敗也不要緊，正好給酸棗軍營省點糧食。既然裡外都是好事，那就去吧。

　　向西！向西！西進兵團在曹操、鮑信、衛茲等人率領下，瞄準第一個目標——河南郡中牟縣。幾個月前，逃犯曹操還在中牟縣看守所命運未卜，如今帶領兩萬多大軍兵臨城下！人生真是千變萬化！那位曾經放掉曹操的中牟縣縣令，史書沒有交代他如何應對危機，猜想是棄官逃跑了。順利占領中牟縣後，曹操、鮑信、衛茲等人深受鼓舞，期盼在討伐國賊董卓、平定亂世中，能夠聯手力挽狂瀾、匡扶社稷。

　　「十五從軍征，八十始得歸」，這句傷懷的詩文，也許不算最糟，因為多少人歸無可歸！正如曹操和衛茲的第一次並肩戰鬥，竟也是最後一次！

第二章　風雲際會

衛茲倒在西進路上——滎陽汴水。曹操、鮑信、衛茲率領的新兵，遇到董卓麾下久經戰陣、裝備精良、以逸待勞的數萬大軍。從清晨廝殺到傍晚，西進兵團死傷慘重，衛茲陣亡、鮑信負傷。曹操也很糟，不僅自己中箭，坐騎還受傷了。此時，董卓軍的追兵從四面八方擁過來。

千鈞一髮之際，曹洪率領總預備隊及時掩殺上來，才暫時打退附近的敵兵。曹洪看到曹操的戰馬受傷，趕忙將胯下坐騎讓出。曹洪這匹馬不得了，是駿馬中的駿馬，公認的一代神駿——「白鵠」。據《拾遺記》宣稱，此馬奔跑時，馬蹄似乎不著地，猶如乘風而行。曹操騎上跟飛機速度差不多的駿馬，又在夜色的掩護下，總算帶著殘部艱難突出重圍，逃回到酸棗軍營。

鮮血染紅汴水！古往今來，沒有誰可以隨隨便便成功。曹操自主創業的第一仗，以刻骨銘心的慘敗告終，數千將士的英魂留在這裡，恩公衛茲也於此長眠。《三國志·衛臻傳》留下充滿溫情與敬意的兩句話：「（衛茲）從討董卓，戰於滎陽而卒。太祖（曹操）每涉郡境，輒遣使祠焉。」

曹操不僅感懷逝者，更造福生者。十幾年後，曹操權傾朝野，對衛茲的兒子衛臻細心呵護、著力栽培。衛臻初為黃門侍郎，轉任丞相府戶曹掾，加封關內侯。魏文帝曹丕時期，衛臻封安國亭侯，任吏部尚書等職。魏明帝曹叡時期，衛臻出任尚書右僕射，封康鄉侯。後來，衛臻還出任司空、司徒等高官，一生榮耀。

歷史證明，只有前人栽樹，後人才可以乘涼。

第四節　大浪淘沙

人生允許失敗，倒在前進的路上就是英雄，如衛茲。

人生允許失敗，跌倒後再爬起來也是英雄，如曹操。

「瞻彼洛城郭，微子為哀傷！」曹操百感交集！箭傷再痛，也遠遠不及心中的痛！曹操狼狽逃回酸棗軍營，看到的仍是——劉岱等大佬喝得醉醺醺，高談勝利必將屬於關東聯軍的吹牛酒會。

不怕神一樣的對手，就怕豬一樣的隊友！曹操和鮑信氣得腦袋生青煙，再也無法忍受這些酒囊飯袋！鮑信率領餘部投奔了駐紮在河內郡的袁紹盟主；曹操則帶著敗兵回到譙縣，打算招兵買馬、從頭再來。

可是從頭再來談何容易，招兵買馬又得砸錢。富甲天下、善於理財的曹洪覺得，儘管哥兒幾個是大財主，但打天下的投資是無底洞，能省就省吧，盡量不花錢多辦事。曹洪自告奮勇，表示可以去借兵——他擔任過江夏郡蘄春縣縣令，與比鄰的揚州各級官員關係不錯。曹洪風塵僕僕來到揚州丹陽郡，揚州刺史和丹陽郡太守相當仗義，給足老朋友面子，一共「與兵四千餘人」。

曹操的希望重燃！算上本部千餘士兵，轉眼間又有五六千人！曹操計劃再招募些新兵，去河內郡找鮑信會合，爭取再說服袁紹盟主，與國賊董卓對抗到底！渴望成為大漢王朝救世主的曹操，漸漸走出汴水失利的陰影，在美好的幻想中，幾個月來第一次徹底放鬆身心，懷著對未來勝利的期待，越睡越沉。

有想拯救天下的英雄，就有想保住性命的凡人，大家的選擇，都無可厚非。夜幕下的曹營，幾千新兵躁動不安，他們並沒有做好為大漢王朝獻身的準備。這些來當兵的窮苦人，只想跟著強者在亂世混口飯、領兵餉，

第二章　風雲際會

攢夠錢娶媳婦，過上傳宗接代的小日子。

當這些士兵得知，曹操不久前與西涼大軍作戰死傷過半，現在又要拉著他們上前線時，恐懼如瘟疫般迅速蔓延。他們不想也不敢與西涼大軍爭鋒，於是他們逐漸達成共識：趁夜兵變，殺掉要帶他們「送死」的曹操。

《魏書》記載：「兵謀叛，夜燒太祖帳。」一把突如其來的大火，把曹操從夢中的憧憬燒回殘酷的現實。曹操猛地睜開眼，營帳已經起火，軍營內殺聲大作，亂成一團。曹操鎮定地翻身起床，抽出寶劍，率領親衛隊砍殺了數十個叛兵。叛兵們頓時醒悟：原來被西涼大軍暴揍的曹操不是軟柿子，隨即四散而逃。

第二天清晨，曹操在殘垣斷壁的軍營，反覆清點士兵人數，眼淚差點沒掉下來──只剩五百多人，比不借兵還慘！剛從人生谷底爬起來的曹操，又跌入更深的谷底。從幾千人到幾萬人，又從幾萬人到幾千人，再從幾千人到幾百人，是堅持還是放棄？曹操咬緊牙關，選擇繼續堅持！大丈夫能伸能屈！沒面子就沒面子，去河內郡投奔袁紹大哥吧。

曹操以為酸棗軍營諸將不足謀事，身為聯軍盟主的袁紹大哥，應該覺悟高一點吧。況且袁氏家族五十多人慘遭董卓下令殺害，血海深仇不能不報吧？還別說，袁紹的確有想法，但不是打董卓報仇，而是如何另立中央。

由於劉辯被董卓的毒酒奪去生命，關東聯軍失去為漢少帝復辟的有力號召，而袁紹又不願承認董卓擁立的天子劉協，於是動了重打鑼鼓另開張的心思。袁紹與冀州牧韓馥商議，希望漢室宗親、幽州刺史劉虞當皇帝。不過，袁紹與韓馥的想法，響應者寥寥，還引來罵聲一片，袁術甚至派人送來大義凜然的譴責信。不光沒有支持者，連劉虞本尊也是堅決反對。雖說劉虞與袁紹交情不淺，但畢竟歲數一大把，犯不著因篡位搞得晚節不保，始終不肯就範。

第四節　大浪淘沙

　　袁紹大哥正為另立中央的推進緩慢犯愁，聽說鬼點子很多的曹操來了，頓時喜出望外，以為大事要成。在接風酒宴上，袁紹和曹操邊喝邊聊，漸漸情濃意厚。袁紹感覺談正事的氣氛烘托到位了，隨即壓低聲音對曹操說：「我告訴你個事，冀州牧韓馥夜觀天象，發現時有四星會於箕尾，又見兩日出於代郡，覺得幽州刺史劉虞有當皇帝的徵兆。」

　　既然是韓馥說的，曹操沒必要留情面，直接反對道：「董卓倒行逆施，名聲臭遍全國，興義兵討伐國賊，這才是應該做的。況且咱倆都見過當今陛下，那是非常聰明的孩子，不過被國賊董卓挾持，本身沒有過失。如果貿然另立皇帝，只會搞得天下大亂。」

　　袁紹大哥有點不悅，自顧自地喝了幾口悶酒，重新整理下情緒，從懷裡神祕兮兮地摸出一枚刻有「虞為天子」的玉印，在曹操眼前晃來晃去。袁紹親自暗示支持劉虞，曹操不能回絕得太生硬，只好藉著醉意大笑說：「這事我可不聽你的。」

　　宴會結束，先前投奔袁紹的濟北相鮑信悄悄找到曹操說：「國賊董卓顛覆皇室，英雄豪傑憤然討伐。袁紹身為盟主卻只想為己謀私，關東聯軍恐怕要禍起蕭牆，另一個國賊又要產生。」曹操滿懷憂慮地問：「我們怎麼辦？」鮑信說：「目前對抗袁紹恐怕力不從心，但無論如何也不能同流合汙。我們不如暫且忍耐，找機會到黃河以南發展吧。」

　　正說著，袁紹大哥的說客也到了。袁紹大概以為沒把自己另立新君的意思說透，或是曹操喝多沒聽明白，特意派人來重申態度。袁紹的說客很狂妄，根本不把潦倒失意的曹操放在眼裡，半勸半嚇道：「袁公出身『四世三公』的百年世族，英雄豪傑都願意為其效命，他的兩個兒子也長大成人，天下早晚是袁公的！」曹操寄人籬下，部隊的吃喝用度還得靠袁紹接濟，儘管內心痛罵袁紹祖宗十八代，但面子仍得維持，只好沉著臉不作答。

第二章　風雲際會

志不同，道不合！曹操此刻已經確定，與國賊袁紹必有生死一戰。

少年好友分道揚鑣，人世間的哀愁何其多！

想起在洛陽一起任俠放蕩的美好歲月。

曹操眼眶溼潤了。

第五節　莫問出處

關東聯軍貌合神離、各懷鬼胎。

董卓丞相指揮若定，勝利一個接著一個。

為豐富戰場之餘的枯燥生活，董卓丞相積極動腦筋虐俘取樂。《資治通鑑》記載：「卓獲山東兵（關東聯軍士兵）以豬膏塗布十餘匹，用纏其身，然後燒之，先從足起。」儘管空氣中泛起陣陣令人作嘔的惡臭，重口味的董卓卻覺得倍給勁。開心之餘，瘋狂的董卓或許這樣想：人數眾多的關東聯軍，竟然是一大群廢物！

除了曹操像模像樣打了一場敗仗，其他將領的戰績更是慘不忍睹。河內郡太守王匡所部，一觸即潰、全軍覆沒；擅長「清談高論」的豫州刺史孔伷，一觸都沒有，直接身先士卒地病死；長沙郡太守孫堅也被揍得丟盔棄甲、狼狽逃竄，要不是跑得快，這會兒已經熟透！董卓深感自己的豐功偉業與日月同輝，有必要繼續升官！從司空到太尉，再到「入朝不趨，劍履上殿」的丞相，幾個月連升若干級的董卓，又精神奕奕地自封太師。

董卓太師高興得有點早，跌倒的孫堅將軍會很快爬起來。孫堅不能輕易認輸，畢竟祖宗是兵聖，《三國志・孫破虜傳》記載：「孫堅字文臺，吳郡富春人，蓋孫武之後也。」當然，這種給名人匹配顯赫祖宗的做法，史

第五節　莫問出處

書上屢見不鮮，不必當真。

比如，某人號稱是西漢中山靖王之後，或是西漢相國曹參之後，都是相當不可靠。不過，最不可靠的還是孫堅，為了替軍事才能卓越的孫堅找到合適的祖宗，《三國志》作者陳壽不辭辛苦，一路狂奔回到春秋戰國，總算讓孫堅與「兵聖」孫武取得連繫。

大可不必如此。老爸是將軍，不見得兒女會打仗；老爸是股神，不見得兒女會炒股；老爸是棋王，不見得兒女會下棋；英雄的兒女，不見得一定是英雄。反過來，兒女是英雄，更不見得祖宗十八代都得是英雄。據《宋書·符瑞志》、《異苑》、《富春孫氏宗譜》等書記載，軍事才能卓越的孫堅，他的父親只是老實本分的瓜農。

瓜農之後，英氣勃發。建寧四年（西元171年），17歲的孫堅與父親坐船來到錢塘，看到一夥海盜搶奪商人財物後，竟敢肆無忌憚地上岸分贓，猖狂得無法無天。勇猛剛毅的孫堅跟父親說：「這些蟊賊好對付，去收拾他們吧。」孫堅父親切瓜還行，砍人不在行，沒好氣地趕緊阻止：「你不要亂來，海盜不是你能對付的。」

既然不支持，廢話不多說。孫堅倔強地隻身持刀上岸，在遠處裝模作樣比劃，好像在指揮人馬進行包抄。由於孫堅是縣衙辦事員，很可能穿著縣吏制服，做賊心虛的海盜遠遠望去，以為官兵來圍剿，嚇得趕緊扔下財物逃跑。到此為止，孫堅智勇雙全的英雄氣概，展現得淋漓盡致。但是孫堅沒有收手，居然提刀猛追，砍死跑得最慢的海盜。過則不祥，孫堅的輕率魯莽和殺氣過重，也埋下其一生的因果報應。

孤身斬殺海盜的孫堅，一時名聲大噪，引起地方政府的高度關注，被破格提拔為代理校尉。熹平元年（西元172年），會稽人許昌自稱「陽明皇帝」，煽動數萬人造反。年僅18歲的孫堅火線上崗，擔任郡司馬，緊急招募千餘精壯兵勇，投入到平叛戰鬥中。

第二章　風雲際會

因剿匪立功，孫堅得到提拔，步入副縣級上司職位，先後在鹽瀆縣、盱眙縣和下邳縣擔任縣丞。孫堅工作異常努力，政績相當不錯，史書讚道：「堅歷佐三縣，所在有稱，吏民親附。」不過，做得再好也沒用！一晃匆匆十二年過去，瓜農之後的孫堅原地踏步，仍然停留在副縣級。

東邊不亮，西邊亮。雖然孫堅官場失意，但家庭生活十分美滿。大概在熹平二年（西元 173 年），孫堅迎娶心儀的吳小姐為妻。熹平四年（西元 175 年）和光和五年（西元 182 年），吳夫人先後夢見月亮和太陽，隨後分別生下長子孫策和次子孫權。

若換作一般人，也許會就此過上老婆孩子熱炕頭的美好生活。可想做大英雄的孫堅不甘心，《江表傳》記載：「鄉里知舊，好事少年，往來者常數百人，堅接撫待養，有若子弟焉。」就是說，胸懷遠大志向的縣丞孫堅，一直團結著數百名勇士，時刻準備著。

機會不負有心人。光和七年（西元 184 年），黃巾起義爆發，右中郎將朱儁上表朝廷，邀請有作戰經驗的揚州老鄉孫堅，出任佐軍司馬。十幾年了，孫堅終於等到戰場立功的機會！孫堅立刻急如星火地換上戎裝，帶著數百勇士以及在淮、泗地區招募的千餘士兵，迅速北上。

一步一個血腳印。十二年的縣丞生涯使孫堅深刻認識到，世間沒有絕對的公平，有些世族子弟屁都不會，依然很快飛黃騰達，而他只有把腦袋繫在褲腰帶上豁命，才可能搏出血色前程。有一次，立功心切的孫堅乘勝追擊、單騎深入，遭到黃巾軍暗箭突襲，重傷墮馬。幸好孫堅的戰馬認識路，跑回軍營一通嘶鳴，引著眾將士來尋，才救起生命垂危的孫堅。養好傷的孫堅，很快就忘記疼，在宛城攻堅戰中搶先登城，立下大功，換來職務更高的別部司馬。

展現出卓越軍事才能和打仗不要命精神的孫堅，得到急需平叛人才的東漢朝廷重視。中平二年（西元 185 年），孫堅升任參軍事，跟隨車騎將軍

張溫討伐涼州叛軍。這是出身江南水鄉的孫堅第一次踏上西北邊疆，第一次見到飛揚跋扈的涼州名將——董卓。

初次見面就沒好印象。當時張溫以詔書徵召，董卓愣是拖延很久才來。在座的孫堅氣不過，附在張溫耳邊建議下殺手，以此立威。行事穩健的張溫覺得，要以平叛大局為重，沒有採納孫堅的意見。也許，張溫做得有幾分道理，只是不知數年後，張溫讓董卓太師無故找碴打死在長安市集的臨終前，有沒有後悔？

中平三年（西元186年），南方叛亂又起。能征善戰的孫堅再次披掛上陣，率領部隊急速南下，連續鎮壓長沙、零陵、桂陽等多處叛亂。中平五年（西元188年），屢立戰功的孫堅，用一次次刀口舔血的豁命，換來職務更高的長沙郡太守，還有烏程侯的爵位。

人生的確變化萬千，不開掛，副縣長做十二年，不升遷。

一開掛，僅僅四年，升到郡太守，還封侯。

成功？不，孫氏家族剛剛上路。

第六節　無堅不摧

更大的機會，來了！

初平元年（西元190年）年初，討伐董卓的關東聯軍成立，長沙郡太守孫堅積極響應，率軍急速北上。與希望匡扶社稷的曹操、企圖傾覆天下的袁紹都不同，孫堅想為國效力的同時，也期望以蓋世軍功讓家族顯達。在孫堅看來，董卓廢立皇帝、獨霸朝綱，不僅關係到大漢王朝的興衰成敗，更是孫氏家族走向輝煌的歷史機遇。

第二章　風雲際會

所以，孫堅認為誰不支持他討伐董卓、去邪除害，誰就在阻礙孫氏家族的繁榮昌盛，誰就是必須消失的敵人。比如，與孫堅不相隸屬且同級的南陽郡太守，沒有無償資助軍糧，孫堅便以不肯討伐董卓的莫須有罪名，設宴誘殺。又如，孫堅的上級上司荊州刺史，替討伐董卓設定限制條件，導致孫堅心懷不滿，居然率領士兵詐開城門，以「我也不知道什麼罪，總之你得死」的無賴說法，逼得荊州刺史吞金自殺。

非黑即白的世界不存在，偉大與卑鄙可以共舞。正如《三國志》評價孫堅「勇摯剛毅」，同時也指出他「輕佻果躁」。一系列無道理的殺戮後，孫堅在魯陽見到仰慕已久的後將軍袁術，如願加入關東聯軍的南路軍。

沒有背景的孫堅，迫切需要袁術。做了十二年縣丞沒升官的苦澀，九死一生才博得郡太守的艱辛，讓孫堅十分清楚——沒人幫忙真不行！名門望族的袁術，也需要孫堅。自從叔叔袁隗被董卓下令殺害，庶子出身的袁紹，三竄兩蹦成為關東聯軍盟主，儼然袁氏家族新一代領袖。嫡子出身的袁術，倍感羞辱、氣憤難平，幻想能夠率軍收復洛陽、營救天子，實現彎道超車。可董卓大軍不是吃素的，袁術有心無力——沒人幫忙真不行！

所以，當身經百戰的猛將孫堅來了，袁術高興得合不攏嘴，立刻表奏孫堅為行破虜將軍、領豫州刺史。儘管袁術的表奏不能被董卓把控的朝廷批准，但對孫堅來說仍是個巨大鼓舞。孫堅慷慨激昂地表示，一切聽袁術將軍指揮，馬上揮師北進，打垮董卓！

事與願違，首戰不利！董卓大軍的確厲害，驍勇善戰的孫堅都抵擋不住。所幸孫堅歷來不拘小節，身陷重圍時，趕緊把耍帥的紅頭巾摘掉，無私贈予貼身部將，得以吸引走董卓大軍的追兵。吞下敗仗的孫堅，沒有氣餒，爬起來就是！孫堅積極收攏舊部，又得到袁術的物資兵糧支持，很快重整旗鼓，並搶占陽城。

第六節　無堅不摧

陰魂不散怎麼行？董卓又派出軍隊，打算徹底解決掉孫堅。按理說，上次誰被孫堅揍得鼻青臉腫，這回繼續派誰就行了。但當時董卓腦子可能抽了一下，偏偏要換帥。換就換吧，偏偏換了位不善團結同事的主帥，還配上喜歡內訌的呂布當副將。

這下好了，董卓大軍的將帥互相拆臺，未戰先亂。孫堅抓住時機、主動出擊，重創董卓軍隊，取得陽人之戰大捷！孫堅的勝利，一舉驅散關東聯軍接連慘敗的陰霾，更讓咬牙苦撐的董卓雪上加霜。

董卓太師看上去威風凜凜，實際苦不堪言。打仗不光比誰的戰馬更高大，誰的刀槍更鋒利，還比誰的糧草更充足，誰的錢庫更充裕。關東聯軍成立前，董卓挾天子號令天下，可以抽調全國賦稅錢糧，供養洛陽、長安地區的十幾萬軍隊。但關東聯軍成立後，洛陽以東和以南的賦稅遭到截留，西邊的涼州為韓遂叛軍占據，西南的益州牧劉焉也斷絕與朝廷的連繫。董卓控制的洛陽和長安區域，又禍害得百姓流離失所、鳥獸不居，要錢沒錢、要糧沒糧。

一年多來，董卓太師帶領十萬大軍餐風露宿，與關東聯軍進行艱苦卓絕的鬥爭，好不容易見到勝利曙光，卻碰上難纏的孫堅。花甲之年的董卓有些吃不消，只好轉變思路，從硬碰硬變成春風化雨。董卓派遣部將帶親切問候給孫堅，表達結成兒女親家的良好願望，並號稱替老孫家準備了若干官職，隨便挑。

董卓大哥的出手依舊豪爽，孫堅卻不為所動。雖然孫堅想翻身，但不會為一時翻身，而永世不得翻身。孫堅拒絕和親與高官厚祿的誘惑，果決地說：「國賊董卓禍害天下、顛覆王室，我若不夷他三族，死不瞑目！」孫堅繼續率軍挺進，相繼打敗董卓和呂布的強力阻擊，收復洛陽！

若問古今興廢事，請君只看洛陽城。城內一片廢墟，城外無人家煙火，昔日繁華帝都，竟荒涼如此！孫堅不禁惆悵流涕，趕緊派人打掃漢室

第二章　風雲際會

宗廟、修復損壞皇陵。與此同時，孫堅的先鋒部隊直抵函谷關——國賊董卓哪裡逃！

窩裡反最可怕，但也最常見。就在董卓即將垮臺之時，關東聯軍卻先分崩離析！袁術發來加急文書，讓豪情萬丈的孫堅，瞬時淚如雨下——兗州刺史劉岱殺死東郡太守橋瑁！袁紹盟主出兵襲取陽城！「有渝此盟，俾墜其命，無克遺育」（違背盟約，讓他喪命，還會斷子絕孫），群雄把如此惡毒的討董誓詞，都拋到九霄雲外！

功敗垂成！孫堅熱淚盈眶，唏噓長嘆：「同舉義兵為國家社稷，如今國賊董卓死期將近，但還有誰能與我並肩作戰？」孫堅怒握雙拳、西眺長安，泣不可抑地下達撤兵命令。

幾個月後，孫堅奉袁術指令與劉表爭奪荊州。又一次乘勝追擊，又一次身中暗箭，威名赫赫的討逆大英雄孫堅，不出意外，果然歿於黯淡的山間小道。

莫傷悲，東南看——廬江郡舒縣周家大院，受邀客居的青年孫策，得悉父親陣亡噩耗，看著身邊10歲的二弟孫權以及尚不懂事的三弟和四弟，一時萬千重任壓肩頭。安葬父親、報仇雪恨，任重道遠！孫策不得不離開這裡。

「伯符兄，來日方長！」17歲的周瑜，依依不捨。

「公瑾兄，後會有期！」17歲的孫策，抱拳相別。

待數年，豪傑再起。

第七節　人在江湖

人生總是變幻莫測。

丟失洛陽、奪路狂奔，滿頭大汗的董卓太師以為，這下完蛋了！

不料還沒逃到長安，關東聯軍已亂作一團，驚魂未定的董卓太師又笑了。

隨著劇情離奇反轉，董卓從兵敗潰退，變成得勝還朝。既然勝利歸來，那麼排場不能小，董卓要求文武百官到長安城外列隊迎接，御史中丞及以下官員還要行跪拜禮。

董卓把御史中丞定成跪拜分界線，是因為皇甫嵩正擔任此職。別看董卓太師虎背熊腰、滿臉橫肉，其實心眼有時小得很，特別嫉妒漢末軍功第一人──皇甫嵩。由於皇甫嵩在平定黃巾起義、討伐西涼叛軍的戰鬥中屢立大功、風頭無二，不僅是朝野上下公認的第一名將，還得到廣大百姓的衷心愛戴，大家自發傳頌著皇甫嵩的讚歌：「天下大亂兮市為墟，母不保子兮妻失夫，賴得皇甫兮復安居。」

長安城外，董卓太師看到跪拜在地的皇甫嵩，一吐鬱悶之氣。董卓趾高氣揚地拉起皇甫嵩的手，不懷好意地問：「義真（皇甫嵩的字），你現在怕不怕啊？」皇甫嵩不愧是久經戰場的名將，不亢不卑地說：「如果你能以德治匡扶社稷，這是大好事，我有什麼可怕的？如果你濫用刑法以滿足私心，那麼天下人都會害怕，豈止是我獨怕？」

《後漢紀》記載：「卓默然，遂與嵩和解。」就是說，皇甫嵩憑藉滿滿正能量和耿耿直言，讓殺人狂魔董卓太師不禁陷入對人生的深邃反思，最終決定：過去的就過去吧。董卓覺得，過不去就殺你，說過去一定過去，這是梟雄的灑脫人生。手被攥得痠疼的皇甫嵩覺得，過得去過不去，一切

第二章　風雲際會

得聽朝廷的，這是忠臣的無奈軌跡。

烈日秋霜，忠肝義膽。為了保衛東漢王朝，皇甫氏家族幾代人盡心竭力、浴血奮戰。皇甫嵩的叔叔官居度遼將軍，在涼州平叛中立下赫赫戰功；皇甫嵩老爸是面對北方游牧民族的雁門郡太守，仗少打不了。出身將門世家的皇甫嵩，從小學習行軍打仗、排兵布陣的同時，更是受到良好的愛國主義薰陶。只可惜，忠沒錯，錯在愚。

一切聽朝廷的！打仗神出鬼沒的皇甫嵩，做人不動腦子。漢靈帝健在時，朝廷曾要求董卓交出兵權，但董卓抗命不從。有人跟手握重兵的皇甫嵩說：「天下治得了無賴董卓的，只有大人您，趕緊出手為國除害吧。」皇甫嵩搖頭說：「我聽朝廷的！董卓違抗朝廷命令不假，但朝廷沒命令我去剿滅，我不能擅作主張。」

後來，關東聯軍成立時，皇甫嵩帶領三萬軍隊駐紮在長安地區。董卓害怕腹背受敵，便以朝廷名義命令皇甫嵩到洛陽出任閒差。有人勸皇甫嵩說：「朝廷調令就是董卓意思，將軍去了小則受辱、大則喪命，不如與關東聯軍夾擊，收拾無賴董卓吧。」皇甫嵩又搖頭說：「我聽朝廷的！」皇甫嵩放棄兵權來到洛陽，立刻被董卓找碴兒扔進大牢，險些歿了。

再後來，董卓太師遭暗算身亡，朝廷任命皇甫嵩為征西將軍，讓他進攻眉塢，消滅躲在那裡的董氏家族成員。堅決聽朝廷的！漢末第一名將皇甫嵩二話不說，立刻率大軍蕩平眉塢，不僅殺死董卓的弟弟董旻等男丁，就連董卓的90歲老母親以及尚未成年的孫女等老幼婦孺，也通通沒有放過。

《後漢書》評價皇甫嵩為「舍格天之大業，蹈匹夫之小諒」，可以說總結得相當到位。皇甫嵩終其一生，熱衷堅守小道德，始終不能明辨大是大非。很遺憾，軍事才能蓋世無雙的皇甫嵩，沒有成為挽救大漢王朝的中流砥柱。歷史一次次證明，有多大本事是次要的，腦子首先不能亂。對於腦

子進水的皇甫嵩，董卓只是羨慕嫉妒，並不畏懼忌憚。

要說畏懼忌憚，董卓只怕一個人——這就是天不怕、地不怕的「鎮國神器」蓋勳。蓋勳壓根兒不理會董卓規定的什麼跪拜規則，見面僅僅是很輕蔑地拱拱手。蓋勳直至病逝前，也不曾給董卓好臉色，留下遺言：「死後不得接受董賊的任何餽贈。」《後漢書》為此留下八個字的赫然贊評：「蓋勳抗董，終然允剛。」

蓋勳打仗一般，但擅長鎮國降妖。董卓廢立皇帝、毒害太后、姦淫公主、殺戮大臣等各種倒行逆施，公卿緘默不語，百姓道路以目。只有蓋勳寫了措辭極為嚴厲的聲討信，大罵董卓是不知廉恥的小丑，並恐嚇道：「弔喪的人，已經到了你的門口！你最好還是小心一點吧！」這封信換個人寫，必死無疑，但蓋勳寫了，董卓只有害怕的份兒——「卓得書，意甚憚之」。

蓋勳「欺負」董卓不止一次。漢末名將朱儁與董卓討論軍事部署，提出個人看法。董卓不客氣地說：「我百戰百勝，自有謀略，你別亂出主意，免得弄髒我的刀！」蓋勳當時也在場，登時甩臉說：「從前武丁這樣的明君，都求他人提建議，你這樣的人，反而想堵住他人的嘴嗎？」董卓心裡一哆嗦，趕忙紅著臉辯解：「我剛才是戲言。」蓋勳不依不饒追問：「我沒聽說過發怒的話是戲言！」沒辦法，董卓只好正經八百向朱儁賠禮道歉，這事才算過去。

董卓對蓋勳一點脾氣也沒有。在涼州長大的董卓很清楚，蓋氏家族在西涼的威望不是鬧的，一直深受各族百姓愛戴；更曉得蓋勳的威名不是蓋的，十幾萬涼州叛軍大半是他的支持者，連叛軍主帥韓遂都是——還是鐵桿支持者。董卓對付關東聯軍已是疲於奔命，哪敢再得罪涼州叛軍和各族群眾。所以，面對蓋勳的輕蔑、質問乃至責罵，董卓就一個字——「我忍」。

第二章　風雲際會

　　董卓能忍，蓋勳忍不了。蓋勳剛直不屈、疾惡如仇，眼見朝綱混亂、江河日下，天天生氣，日日煩惱。不久，蓋勳背瘡發作不治，懷著對帝國未來的無限憂慮、不捨，永遠離開了深愛並為之奮鬥的大漢王朝。也許，所謂歷史之蒼涼，往往在於，很多時候英雄即便拚盡全力，也未必能力挽狂瀾。

　　皇甫嵩跪了，蓋勳去世了，孫堅戰死了，關東聯軍也散夥了，妖孽董卓忽地感覺，天地間只有自己最偉岸了。為好好犒勞自己的不容易，董卓太師啟動了夢寐以求的驕奢淫逸代表性工程 —— 在長安城以西的郿縣修築塢堡，世稱「郿塢」。

　　史書記載，郿塢高厚七丈，塢裡存放著搜刮來的大量金銀財寶，儲存著不知夠多少人吃三十年的糧食。郿塢建成典禮上，董卓志滿意得地表示：「我若能平定關東，即雄踞天下；若不能，也可以守在郿塢裡活到老。」

　　當一代梟雄企圖躲在城堡裡養老時，離完蛋就真的不遠了！

第八節　天道好還

　　出來混，遲早要還。

　　泡在郿塢裡吃飽喝足、摟著美女睡大覺的董卓太師，尚未意識到，暗殺即將襲來。

　　關東聯軍四分五裂，肯定指望不上。潛伏在董卓陣營的何顒、荀攸等小團體成員，決定啟動應急預案 —— 斬首。願望很美好，實際不好辦。因為董卓太師有自知之明，曉得自己惡貫滿盈，所以警備非常嚴密，三步

第八節　天道好還

一崗、五步一哨，身邊還跟著「膂力過人，號為飛將」的乾兒子呂布。

世上無難事，只要有心做。「質性剛毅，勇壯好義，力能兼人」的越騎校尉伍孚，昂首挺胸地站出來，表示再難也得做！為順利送董卓離開人間，伍孚忍辱負重好多天，經常沒事找事，積極向董卓彙報工作，低三下四與董卓侍衛套交情，直到漸漸免除安檢措施。

眼看時機成熟，伍孚又找好彙報事由，並在朝服裡夾帶著鋒利短巧的佩刀。說來也巧，董卓太師剛好比較閒，聽完彙報後，親自送行，以示關懷。在閣道中，董卓輕輕撫摸著伍孚的後背，十分親密地暢聊，充滿友善的氣息。

捨生取義，在所不惜！伍孚知道，即便在董卓府邸刺殺成功，自己也絕無生還可能，但他還是義無反顧地抽出佩刀，向董卓胸前猛刺！雖說近來董卓好吃懶做、驕奢淫逸，的確長了不少肥肉，但畢竟是征戰多年的沙場老將，反應仍舊神速，連退幾步閃開了。

董卓衛兵圍上來，把伍孚制住。劫後餘生的董卓青筋暴起：「你想造反嗎？！」伍孚雙眼噴火地厲聲喝斥：「你不是天子，我也不是你臣子，何反之有？你亂國篡主，罪盈惡大，今日我是來殺賊的！恨不能把你車裂於市，以謝天下！」董卓不待伍孚再罵，抽出佩刀，血濺當場。

受到驚嚇的董卓太師，立即指示嚴查伍孚同黨。大概因何顒、荀攸等人與伍孚交往過密，全部光榮入獄。暗殺鋤奸功敗垂成，國賊董卓何日能除！性子直猛又上歲數的何顒，一時憂憤竟死於獄中。年輕的荀攸沒著急，該吃吃、該喝喝、該睡睡，一如既往地沉著。《三國志》譽為「算無遺策」的荀攸，很可能掐指一算，感覺董卓會「走」在前面。

沒錯，針對董卓太師的新一輪刺殺，又來了！潛伏最深、極受董卓信任的人──王允──準備出手！按理說，資深「黨人」王允與袁紹交情甚厚，不該得到董卓重用。開始的確如此，董卓對王允有所防範，把他從

079

第二章　風雲際會

掌握武裝力量的河南尹，提拔為沒有兵權的太僕。道理是道理，但抵不上王允能拍啊，尤其在士人菁英都對董卓愛搭不理的情況下，王允的「跪舔」式馬屁，簡直如鶴立雞群一般的存在。

隨著王允曲意逢迎，逐漸贏得董卓的賞識。董卓在洛陽與關東聯軍對峙時，已經把「朝政大小，悉委之於允」，對王允相當信任。在長安主持朝廷政務的司徒王允，也沒有辜負董卓的期望，堅決執行處死太傅袁隗等袁氏五十多口人的命令，從此更是獲得董卓的空前寵信，封溫侯，食邑五千戶。

董卓以為，渾身上下沾滿袁家人鮮血的王允，與袁紹徹底結束了。其實恰恰相反，因為處死的五十多口袁家人，不僅有輩分最高的太傅袁隗，還有擔任太僕的袁紹堂哥。這些袁家重要成員的離世，對袁紹成為新一代袁家領袖，才是實質大利好。

這正是，陰謀詭計，深不可測。正如誰也想不到，「馬屁精」王允敢刺殺董卓；正如誰也想不到，王允不僅敢刺殺董卓，還敢拉上董卓的乾兒子、貼身侍衛長呂布一起做！這似乎是著險棋，因為呂布殺死故主丁原投靠董卓，一直深受寵信，先是拜騎都尉，很快升遷中郎將，封都亭侯。董卓與呂布還號稱「誓為父子」（董卓應該沒兒子），大有讓呂布成為西涼軍接班人的意思。不過，王允了解并州老鄉呂布，只要價碼夠大，一切皆有可能。

王允為呂布指出更加廣闊的發展空間——殺掉董卓，可以擔任奮武將軍，進封溫侯，享受假節、儀比三司等崇高待遇，並共同執掌朝政。呂布的眼睛亮了！這一系列超級優厚的條件，特別是共同執掌朝政，董卓無論如何也給不了他。如今董卓日益老邁，只顧往郿塢聚斂錢財和美女，也沒按計畫栽培呂布。不甘心只當高級警衛員的呂布，早已心懷不滿！

雖然有史書記載說，董卓因小許失意向呂布擲過手戟，戳傷呂布的脆

第八節　天道好還

弱心靈；呂布又與董卓婢女有染，害怕事情敗露，時常不安；但這些都是次要因素，巨大利益才是驅使呂布刺殺董卓的根本原因。

人手齊了，機會來了。初平三年（西元192年）春夏之際，天子劉協大病初癒，按慣例要舉行慶祝大會，百官恭祝龍體安康。董卓太師在郿塢吃喝玩樂得正有些厭倦，思索著藉機到皇宮再挑些嬪妃宮女，於是決定親自跑一趟。

人沒文化，真不行——董卓不斷揮霍苟活於世的機會。去長安的路上，董卓車駕不遠處，曾隱隱傳來一首童謠：「千里草，何青青，十日卜，不得生。」千里草合起來是「董」，十日卜合起來是「卓」，童謠意思顯而易見——董卓要掛。

董卓沒文化聽不懂，繼續大膽往前走。不一會兒，董卓車駕經過的道路兩旁，又有道士舉著寫有「呂」字的布，不停晃來晃去，似乎暗示董卓，呂布立場不穩定！董卓沒文化參不透，繼續大膽往前走。

馬都比董卓有文化，《英雄記》記載：「馬躓不前。」就是說，董卓的坐騎都明白了，前方危險應迴避。但沒文化的董卓冥頑不靈，繼續大膽往前走，終於走進長安未央殿，聽到呂布的大喝：「奉旨殺賊！」董卓太師這才恍然大悟：一定有人開出更大的價碼！

當冰冷無情的長矛刺及心口的一剎那，董卓太師在人生最後時刻，可能想起如今郿塢城堡內，數不清的金銀財寶和成群的美女姬妾；可能還想起當年大勝西涼叛軍得到朝廷賜縑九千匹，全部發給將士，聽到將士們山呼海嘯般的拜謝……

財散人聚，財聚人散。

董卓又想明白了。

晚了！

第二章　風雲際會

第九節　惺惺相惜

　　長安亂、關東亂，處處亂成一鍋粥。

　　亂世要看真本事。自從關東聯軍內訌，兗州刺史劉岱殺死東郡太守橋瑁，改派拍馬屁出色的親信部下接任，東郡地面就沒太平過。黑山賊等盜寇趁勢而起，可勁兒侵掠，在兗州東郡和冀州南部等地流暢切換搶劫地點。

　　黑山賊搶得很有收穫，袁紹大哥很是惱火！剛剛透過威逼利誘等下三濫手段，搶來冀州牧大印的袁紹，亟須穩定冀州南部，以便專心對付來自北方的「白馬將軍」公孫瓚。一直不甘與袁紹同流合汙的曹操，登時發現這個脫身良機，趕忙信心十足地表態：交給我吧，事兒能辦俐落。

　　曹操說到做到，率軍抵達東郡不久，便在濮陽大勝黑山賊。曹操的優異表現，贏得袁紹大哥的滿心歡喜，立刻裝模作樣遙奏朝廷，舉薦曹操出任東郡太守。對於東郡太守職位，曹操並不陌生。七年前，曹操拒絕朝廷任命的正經八百的東郡太守，回鄉隱居。但七年後，曹操對得不到朝廷認可的私相授受的東郡太守，欣然領命。

　　人生是場修行，很多人在變化中成長。如今，37歲的曹操日趨務實，已不再年少輕狂，不再天真地認為刺殺奸佞太監，就能天下清淨；也不是21歲，不再幻想透過懲治權貴，就能恢復帝國秩序；也不是26歲，不再認為奮筆疾書、仗義執言，就能令昏聵帝王幡然悔悟；也不是30歲，不再相信平定黃巾叛亂，就能永保太平；也不是31歲，不再覺得罷免幾個貪汙腐敗的縣令，就能郡縣清明；也不是35歲，不再指望振臂一揮、應者雲集，一戰擊潰董卓大軍，就能中興大漢。

　　月朗星疏，頓丘曹營。再次擊敗黑山賊的曹操，心潮起伏！十五年前，

第九節　惺惺相惜

曹操遭到宦官排擠，來到頓丘擔任縣令，也許是個人磨難；十五年後，曹操來到頓丘討賊，無疑是國家不幸。徹夜難眠的曹操，靜靜站在大帳外，西望長安方向，若有所思。

曹操越來越清楚，天下已經大亂，廓清寰宇、重整山河，路漫漫其修遠兮。舉目望去，國賊何止董卓！叛亂已久的西涼韓遂；包藏禍心的袁術、劉表、公孫瓚、劉焉；還有最險惡的袁紹大哥！大漢王朝危機四伏！

帝國危難時刻，方顯忠臣本色。不止曹操，還有出身名門望族的潁川郡奇才──荀彧。荀彧祖父以處事正直著稱，名震當世，黨人領袖李膺都持弟子禮。荀彧祖父的八個兒子，也全是社會菁英，被譽為「荀氏八龍」。其中，最出名的荀爽是東漢著名古文經學大師，不僅學識淵博，還極富正義感，積極參與謀劃對國賊董卓的刺殺。

在代代高風亮節的荀氏家族中，荀彧似乎很另類，因為他迎娶了當紅大宦官的女兒，成為讓清高士人鄙夷的閹賊女婿。然而荀彧不這麼做，又能怎麼辦？只顧潔身自好，使家族陷入危險境地？或許荀彧覺得，如果汙濁自己能換來家族平安，也是值得。

閹賊女婿的身分，不妨礙成為大漢忠臣。為了追尋匡扶漢室的夢想，荀彧毅然辭別待自己為上賓的袁紹大哥，馬不停蹄南渡黃河，投奔勢力弱小的曹操。當曹操見到小團體好友荀彧來了，興奮地直呼：「我的子房（西漢開國功臣張良）！」

得到讚譽的荀彧，很可能心頭一驚，非但沒有絲毫愉悅，反而駭人寒意籠罩周身。荀彧見識遠卓、心思縝密──如果自己是張良，曹操豈不自比西漢開國皇帝劉邦？荀彧忐忑不安，仔細端詳著緊握自己雙手、熱情洋溢的老友曹操，一股股暖意又湧上心頭。興許只是一時高興的單純誇讚，善良的荀彧試著寬慰自己，把突懸的心慢慢放下。然而二十多年後，當荀彧在痛苦糾結中，開啟曹操餽贈的空盒子，重新回首這段往事，恐怕

第二章　風雲際會

只能一聲苦笑。

無數兄弟分道揚鑣，都是從心心相印開始。中平五年（西元188年）夏秋之際，曹操回洛陽擔任西園禁衛軍的典軍校尉。中平六年（西元189年），荀彧被舉為孝廉，擔任守宮令（掌管皇帝的筆墨紙張等），哥倆大抵於此時期相識相知。只是沒多久，曹操便因反對董卓逃離洛陽。也就是說，曹操和荀彧的密切交往，很可能不到一年。儘管時間短暫，但荀彧和曹操一見如故、惺惺相惜。

固然有同病相憐的閹黨因素，更關鍵是，曹操和荀彧懷揣相同夢想——中興大漢。名士何顒評價過曹操和荀彧，若把兩條評價合起來，哥倆簡直是天生一對。何顒說曹操：「安天下者必此人也。」何顒說荀彧：「王佐之器。」可惜後來，滄海桑田，有人仍在堅持夢想，有人卻變了初心。

除了身分相近、志向相投，亂世還看真本事。縱觀曹操戎馬征戰的一生，手下猛將如雲、謀士如雨。眾多謀士裡，有五位堪稱頂級，荀彧便是其中之一，而且最先進曹營，長期受到曹操器重。

能讓略不世出的曹操都倚重，必然是算無遺策的等級。早在董卓廢立皇帝、獨斷專行時，曹操就曾問計荀彧：「您看未來什麼走勢？」荀彧果斷指出：「董卓殘暴超出天理倫常，一定會因禍亂暴斃，絕不會有作為，我們想轍跑路吧。」聽了荀彧建議，曹操更加堅定潛行東歸、興義兵討伐董卓的決心。

曹操成功跑路，荀彧也以擔任地方官為由，順利離開洛陽。但荀彧沒有赴任，而是棄官回到潁川郡，苦口婆心地勸導家鄉父老：「潁川是四戰之地，如果天下有變，最易為戰火所擾，大家盡快離開吧。」鄉人們大多懷戀故土，不願離去。荀彧只得帶領宗族老小，前往冀州投奔袁紹。沒過多久，董卓軍隊果然跑到潁州大肆搶掠，很多鄉人死於非命。年紀輕輕的

荀彧，已成功預判董卓暴斃和潁川戰亂，難怪當荀彧來投，曹操興奮直呼「子房」。

正所謂，不是英雄不聚首。當年，騎都尉曹操率軍救援潁川，擊敗氣焰滔天的黃巾叛軍，挽救了荀氏家族。如今，大漢忠臣荀彧懷著為國效力、為君報恩的心，策馬渡河，追隨曹操。

似乎一切盡有天意。

第十節　鏗鏘前行

曹操剛剛坐穩東郡太守，兗州刺史的職位又空出來。

更大機遇擺在面前，意味著更大挑戰隨之而來——黃巾軍餘部暴亂愈演愈烈！儘管光和七年（西元184年）的黃巾起義慘遭血腥鎮壓，但黃巾軍名號由此深入人心，受到眾多後來叛亂者的青睞和喜愛，以至於四面八方都是黃巾軍餘部。

號稱「聚眾百萬」的青州黃巾軍，聲勢最浩大，「飯量」也最大。青州黃巾軍把本州糧食搜刮乾淨，自然要去比鄰的兗州「串門」。青州黃巾軍率先擁入兗州泰山郡，不幸遇到相當不好惹的泰山郡太守應劭。吃了敗仗的青州黃巾軍餓著肚子，四處碰運氣，終於在兗州任城國找到穩定飯轍。青州黃巾軍殺掉很好惹的任城相，就地開啟痛快搶掠模式。

敢在兗州地面撒野，這還得了！關東聯軍討伐董卓時，堅決不肯踏出營門半步的兗州刺史劉岱，也不知哪根筋搭錯，突然勇敢起來，號稱要「主動出擊」。也許劉岱很英明，知道打不過董卓的百戰之師；但劉岱又很愚蠢，以為可以收拾看似烏合之眾的青州黃巾軍。信心滿滿的劉岱，拒絕

第二章　風雲際會

濟北相鮑信提出的堅壁清野、防守反擊的建議，一意孤行地率軍出戰，結果兵敗身亡。

劉岱一死，兗州無主，亂作一團。兗州下轄的陳留郡、東郡、泰山郡、山陽郡、濟陰郡、濟北國、東平國、任城國的八個郡守或國相（任城相剛陣亡，實際七個），誰能帶領大家跟青州黃巾軍繼續戰？非常時期的幹部選拔，顯然誰最能打仗，就是誰吧。

若以打仗能力論，東郡太守曹操和泰山郡太守應劭明顯勝過其他候選人。曹操鎮壓過黃巾軍，取得潁川大捷，雖然跟董卓較勁吃過敗仗，但近來討伐黑山賊連戰連捷、兵鋒正勁。泰山郡太守應劭不遑多讓，也是文武兼備，不僅寫出《風俗通義》等諸多傳世名著，時下難纏的青州黃巾軍，正是他的手下敗軍。

能力差不多，還得看人脈。陳留郡太守張邈、濟北相鮑信自不用說，與曹操交情極深厚。山陽郡太守袁遺與曹操交情也不淺，曾在洛陽一起探討詩文辭賦，曹操在某次自我表揚時，也對袁遺大加讚賞：「長大而能勤學者，唯吾與袁伯業耳。」東平相李瓚更是素來看好曹操，對子孫們說過：「大亂將至，天下英雄沒人比得過曹操。」

除了兗州各位實權派人物或明或暗的支持，東郡名士陳宮也非常看好曹操的雄才大略，不惜餘力地四處打廣告，說服兗州眾多官員。初平三年（西元192年），眾望所歸的曹操，很快迎來新職務——兗州刺史。

責任大，壓力也大，官都不好當。曹操會合各郡趕來的增援部隊，駐紮在東平國壽張縣城的東郊，準備與盤踞在附近的青州黃巾軍決戰。為了摸清楚敵人虛實，做到知己知彼，曹操和鮑信率領千餘步騎，悄悄來到前線觀察情況。不料青州黃巾軍的反偵察能力很強，很快就發現曹軍，隨即對其展開圍攻！

人少不敵，趕緊撤！曹操主持兗州工作的第一仗就敗了，敗得不慘卻

第十節　鏗鏘前行

很痛——負責斷後的鮑信血染疆場！事後，曹操懸賞重金也沒找回鮑信遺體，只好讓人用木頭刻出鮑信模樣，痛哭祭奠！是鮑信，不嫌我是宦官之後，堅信我能澄清天下；是鮑信，在我孤掌難鳴時，旗幟鮮明地支持我討伐董卓；是鮑信，在我窘困無措之際，鼓勵我尋機南渡黃河，終於立足東郡；還是鮑信，一如既往鼎力相助，使我得以主政兗州；仍是鮑信，為我斷後，英年早逝！

先人已去，不忘後輩。二十年後，說一不二的曹丞相沒有虧待鮑信的兒子，封鮑信長子為新都亭侯，加拜騎都尉，使持節；關鮑信另一個兒子鮑勳為丞相府掾，並招為女婿。負責任地說，放眼漢末三國，曹操的報恩之心，沒得挑。

若想有資格照顧恩公後代，必須渡過當下難關。面對傾巢而出、乘勝追擊的青州黃巾軍，兗州官兵人人自危，全盼著曹操趕緊下令各回各郡、堅壁清野。曹操深知，這一仗不僅事關兗州存亡，更關乎自己的命運，退卻必是萬丈深淵。拭乾眼淚的兗州刺史曹操，只能選擇繼續戰鬥、堅持到底。

初戰不利、士氣受挫，士兵人數又不占優，還大多為新兵，有希望打贏嗎？有，古往今來，只要自己不放棄，一切都有可能。曹操精神抖擻地披甲戴冑，親自檢閱部隊，發表了慷慨激昂的戰前動員講話，《魏書》記載受閱士兵的反應——「眾乃復奮」。曹操說了什麼？竟然讓士氣低落、不習戰陣的士兵很快恢復鬥志，堅定必勝信心？

緊要關頭，曹操做出最關鍵、最務實的選擇——「明勸賞罰」。曹操沒有暢談東漢帝國的繁榮昌盛，也沒有絮叨兗州百姓的安危榮辱，而是深通人性地直擊士兵最關心的事情——奮勇殺敵獎無數、臨陣退縮殺無赦。在有功重賞和有過狠罰的完美結合下，兗州官兵爆發出驚人的戰鬥力！經過連番惡戰，曹操軍隊在壽張取得決定性勝利，青州黃巾軍敗退到

兗州東北部的濟北國。

一手持大棒，一手捧胡蘿蔔。曹操率部痛擊青州黃巾軍的同時，也「數開示降路」，表示只要無條件投降，可以既往不咎。青州黃巾軍也不是天生就想當叛賊，都是天災人禍導致沒活路，實在沒轍才揭竿而起，現在聽說投降曹操有工作、有飯吃，自然要認真考慮一下。況且青州黃巾軍有不少濟南國的百姓，對曹操擔任濟南相期間的整頓吏治、破除淫祭，留下很好的印象，曉得他說話算數。無力再戰的青州黃巾軍盤算一番，覺得既然打不過，曹操又可靠，那就降吧。

初平三年（西元192年）冬，曹操南渡黃河僅僅一年多，重創黑山賊、掃蕩黃巾軍，從討伐董卓敗將到升任東郡太守，再到備受矚目的兗州刺史，搞得風生水起。曹操事業蓬勃發展的同時，家庭工作也沒耽誤——第五個兒子出生。正值連戰連捷，曹操為這個長得很像自己的孩子，不假思索地取了含有「繼續生長」意義的「植」字。

曹操，意氣昂揚。

第十一節　烽煙四起

山河，支離破碎。

長安，董卓舊將李傕、郭汜率軍圍城，趕走呂布、殺死王允，重新挾持天子；冀州，袁紹大哥與「白馬將軍」公孫瓚棋逢對手、激戰正酣；涼州韓遂、益州劉焉、荊州劉表、徐州陶謙……各路軍閥無不趁亂招兵買馬、搶占地盤。剛剛平息青州黃巾軍滋擾的兗州，也沒能安穩多少日子，袁術軍隊打來了！

第十一節　烽煙四起

　　說起袁術，大有來頭。袁術先生出身於東漢帝國第一個完成「四世三公」偉業的家族——汝南袁家。少年袁術很有些頑主派頭，以俠氣聞名，經常與名門望族的公子哥遊山玩水、打獵娛樂。長大一些，袁術發覺瞎鬧不是事兒，於是逐漸收斂心性，與士人菁英謙遜有禮交往。成年後，袁術被舉為孝廉，仕途順風順水，歷任折衝校尉、虎賁中郎將、後將軍等職。在討伐國賊董卓的作戰中，袁術憑藉猛將孫堅的神勇發揮，一度收復洛陽。

　　銜著金湯匙出生的袁術，少時錦衣玉食，長大官運亨通、表現高光，多少人仰望羨慕而不得。可袁術志向遠大，還想要更多，比如——天下。袁術以為，大漢王朝江河日下，能夠取而代之的，除了「四世三公」的汝南袁家，還能是哪家？而袁家裡，除了文韜武略的自己，還能是誰呢？

　　心動不如行動，從哪裡開始自己的宏圖霸業？袁術盤算來盤算去，認為劉表上歲數，應該好欺負。結果事與願違，非但地盤沒搶到，還折損大將孫堅和若干人馬。遭到沉重打擊的袁術，不得不蟄伏在南陽郡重新盤算，很快又找好新目標——兗州以及曹操。

　　從理論上講，袁術先生的想法很妥當。一方面，袁術更有實力，比起曹操的殘破兗州，袁術坐擁荊州最富庶的南陽郡，又掌控家鄉汝南郡等豫州南部地區，兵馬錢糧的供應更加充足。另一方面，袁術有幫手，不僅徐州牧陶謙答應一起攻擊曹操、瓜分兗州，黑山賊等部也嚷嚷著要找曹操報仇雪恨。

　　除此之外，袁術還理直氣壯、師出有名。原來，兗州刺史劉岱戰死後，李傕、郭汜把控的朝廷便派出新刺史，企圖接管兗州。雖說各地軍閥自封刺史或郡太守，都會假惺惺地遙奏朝廷，但朝廷若真派人來，那就是給臉不要、自找沒趣。不出意外，這位新刺史剛到兗州，便遭到「老刺

089

第二章　風雲際會

史」曹操派兵驅趕。於是，新刺史狼狽逃到袁術管轄地面，請求武裝保護上任。這下正中袁術下懷，立刻高舉執行朝廷關於兗州刺史任免決定的旗號，理直氣壯地殺向兗州。

相較氣勢如虹、有備而來的袁術，曹操有些底氣不足。一方面，曹軍連續征戰，老兵需要休息，新收編的青州黃巾軍也需要整肅軍紀、操練陣法。另一方面，陶謙在兗州東部的小動作不斷，也讓曹操很頭疼，不敢輕易離開位置居中的大本營鄄城。曹操只能以靜制動，放任袁術在兗州陳留郡橫衝直撞，希望用空間換時間，尋找最佳反攻時機。

等待中，好消息接踵而至。南邊，劉表悄悄集結大軍，準備切斷袁術軍的糧道。北邊，袁紹大哥權衡輕重，覺得應該先收拾可惡的弟弟袁術，於是深明大義地接受朝廷特使調解，表示願意與「白馬將軍」公孫瓚停戰。處於下風的公孫瓚更是求之不得，立刻順水推舟，滿嘴仁義道德，表示也願意與袁紹共創冀州和平等。

袁術先生對國內局勢變化渾然不覺，仍然沉浸在所向披靡、天下無敵的喜悅中。由於陳留郡太守張邈在打仗方面半竅不通，使得軍事能力有限的袁術，瞬間化身戰神，指揮大軍如入無人之境，先頭部隊迅速挺進至陳留郡腹地的匡亭。而張太守除了集中兵力固守住陳留郡治所陳留縣（張邈的辦公地點），其他縣城都顧不上，任由更換旗幟。

初平四年（西元193年）春，正當袁術陶醉在輝煌戰績時，曹操開始雷霆反擊！曹操率領養精蓄銳的軍隊，長驅近百公里，以迅雷不及掩耳之勢，包圍了盤踞匡亭的袁術軍。深通用兵之道的曹操，沒有強攻，而是與祕密來到黃河以南的袁紹大軍會師，先擊敗袁術軍的救援部隊，然後才向孤立無援、軍心動盪的匡亭守軍發起進攻，將其悉數殲滅！

袁術料到可惡的哥哥袁紹會來幫曹操，馬上啟動應急預案，鼓動黑山賊直撲冀州，並聯合袁紹內部叛亂分子，裡應外合取得重大戰果——攻

第十一節 烽煙四起

占袁紹大本營鄴城。老巢被端可不是鬧著玩兒的，尤其是袁紹軍的很多將士家眷，都居住在鄴城呢。鑒於形勢相當危急，袁紹肯定顧不得曹操死活，猜想匆匆勉勵曹操幾句，諸如你很能幹，有沒有我都能贏等，便率軍急速北返。

順利逼退袁紹，袁術又覺得勝利在望，但他顯然低估了曹操的軍事才能。在隨後的封丘大戰中，再度損兵折將的袁術終於意識到，有沒有袁紹軍隊不重要，曹操本身就很猛。要說袁術還是有兩下子，打仗不行逃跑行。趁曹操軍隊未及合圍，袁術趕緊奪路狂奔，一口氣向南跑到幾十公里外的陳留郡襄邑縣。

還賴在兗州怎麼行？！曹操揮師追擊，又把袁術軍打得丟盔棄甲。袁術先生迅速調整逃跑思路，快馬加鞭向東竄。曹操率領大軍繼續追，並在太壽地區撐上袁術軍，仍是一頓暴捶。兗州看來待不下去，袁術帶隊匆忙逃到豫州梁國的寧陵縣。袁術大概覺得，離開兗州總行吧？但曹操覺得，此地離兗州還是有點近，決定跨州境追擊，再一次把袁術軍打得鬼哭狼嚎、橫屍遍野。

袁術先生辦事過腦子，掰著手指算了一下，匡亭、封丘、襄邑、太壽、寧陵，短短個把月，已連輸五把。作為一名有素質的賭徒，袁術覺得不適合再賭。為擺脫曹操沒完沒了的尾隨追擊，袁術下定決心，發誓要跑出一勞永逸的效果。

緊盯東漢地圖的袁術，終於找到心儀的地方——淮河以南的九江郡。按照直線距離算，與寧陵相距有 300 公里！由於袁術將軍轉型成為長跑選手，曹操也是深感震撼，不得不服，終於停止追擊。

前門趕走狼，後門來了虎。在曹操與袁術激戰正酣時，陶謙軍隊侵入兗州東部！曹操沒有馬上反擊，畢竟剛追著袁術跑了好幾百里地，人困馬乏，也得休息休息。而且陶謙不是袁術，曹操對這位在軍界聲威遠播的老

第二章　風雲際會

前輩，相當忌憚。收復失地前，曹操肯定要深入研究研究，仔細考慮考慮，或者派口吐蓮花的使者做一些外交努力。

很快，曹操改主意了，不研究不考慮，也不外交斡旋，必須打，馬上打。

因為，老爹曹嵩死在茅廁裡。

第十二節　泗水不流

天下大亂，已無淨土。

客居在徐州琅琊國的曹嵩，越來越心慌。隨著曹操與徐州牧陶謙逐漸交惡，曹嵩感覺氣氛很緊張，此地不宜久留。曹嵩趕緊收拾好百餘車金銀財寶，拉家帶口奔向兗州。

為了保障老爹及家人安全轉移，曹操下令讓泰山郡太守應劭派兵迎接。可不知是應劭的士兵沒趕到，還是壓根應劭沒派兵，總之，陶謙的騎兵，先追上在泰山郡華縣某大院落腳的曹嵩。曹嵩發現來者不善，急忙讓隨從在後院圍牆打洞，並紳士地請愛妾先行。由於時間緊、任務重，洞口沒能鑿太大，偏巧第一個鑽洞的愛妾又體肥──卡在洞口。真是倒楣催的，曹嵩情急之下，只好躲到茅廁，結果橫屍汙垢，曹氏家眷也全部遇害。

曹嵩遇害原因，史書記載莫衷一是。《三國志・武帝紀》、《後漢書・應劭傳》、《後漢書・曹騰傳》是一種說法，認為陶謙是殺人元凶。《後漢書・陶謙傳》是另一種說法，認為是陶謙部將貪圖曹嵩的金銀財寶，自作主張，搶劫殺人。《吳書》還有一種替陶謙喊冤的說法，認為圖財害命的

第十二節　泗水不流

兵勇，是陶謙好心派去護送曹嵩的。

到底是陶謙派兵追殺，還是部將擅作主張殺人越貨，很難確定，但最不可能的是陶謙派兵護送曹嵩。陶謙以特立獨行、脾氣倔強著稱，從不把位高權重的人當回事，又怎會曲意討好晚輩曹操？史書記載的兩件逸事，可以為證。

第一件，陶謙年輕時擔任縣令，直管上司（郡太守）是陶謙父親好友，考慮到這層關係，郡太守以為陶謙可以發展成自己人，於是極盡拉攏。一次酒宴，郡太守喝得興起，好心好意地邀請陶謙共舞。按說給上司當舞伴，這是天大的面子，多少下屬求之不得。陶謙卻愛搭不理，直到郡太守再次邀請，才勉強起身，但如木墩子，該轉圈不轉。郡太守問為什麼不轉？陶謙話裡有話地答：「不可轉，轉則勝人（一轉就會升官，不再屈居你下）。」好脾氣的郡太守終於大怒，賓主不歡而散。

第二件，車騎將軍、司空張溫非常欣賞任職參軍的陶謙，一次百官宴會，張溫主動要跟陶謙乾一杯。上司主動敬酒，這是天大的面子，多少下屬求之不得。但陶謙不領情也就罷了，居然公然羞辱張溫。性格溫順的張溫都怒了，聲稱要把陶謙發遣邊關。陶謙鼻孔朝天，毫不在乎，大搖大擺離席而去。不一會兒，涵養很好的張溫消了氣，派人把陶謙找回，並親自站在門口迎接，率先展示出友好態度。反觀陶謙，回是回來了，但仍是仰著脖子，一臉輕蔑與不屑。

足以看出，陶謙脾氣要多臭有多臭，屢屢無禮頂撞上司，簡直是官場渾不吝。以陶謙的行事作風，沒派人把悄悄跑路的曹嵩大卸八塊，已是十分客氣，怎麼可能為取悅曹操派出護衛隊？況且截至初平四年（西元193年）上半年，陶謙完全沒理由把曹操當回事。

從軍事能力來看，陶謙是軍界威名赫赫的老前輩，曾跟皇甫嵩、張溫擊退過凶悍的西涼叛軍。主政徐州後的陶謙，又把青、徐兩地的黃巾軍餘

第二章　風雲際會

部打得潰不成軍。相比曹操被董卓軍打敗，艱難逆轉青州黃巾軍的戰績，陶謙不知道甩曹操多少條街。從經濟實力來看，兗州接連遭到黑山賊、青州黃巾軍的搶掠，人口大量外逃，民生凋敝。徐州則維持相對太平的狀況，實行屯田、穀米滿倉，吸引周邊州郡的大批流民來此避難。

殺父之仇，不得不報。冒著捱揍甚至歸西的風險，曹操決定出征。估計可能回不來，曹操甚至都提前安排好後事。然而沒料到，一切比預想的順利太多。陶謙確實久經戰陣、善於用兵，比袁術不知高明多少，但與精通《孫子兵法》要義、軍事天賦極高的曹操對壘，也只有招架之功，根本沒有還手之力。史書記載，曹操會合袁紹派來的援軍，輕鬆打退入侵任城國的陶謙軍，隨即轉入反攻，在彭城、傅陽等大戰中接連獲勝，摧枯拉朽般連克徐州十餘城。

長江後浪太猛了！陶謙還沒老糊塗，果斷放棄野戰改守城，帶領殘部躲進東海郡首府郯城，並向公孫瓚、袁術以及家鄉丹陽郡緊急求援。由於郯城非常堅固，曹操率軍久攻不下，轉而向南攻取防守力量薄弱的拔廬、睢陵、夏丘三縣。

「自惜身薄祜，夙賤罹孤苦。既無三徙教，不聞過庭語。」從小失去母親的疼愛，如今又沒了父親，曹操釋放出積壓許久的戾氣！曹操大軍所過之處，極盡殺戮，舊城廢址從此罕見行人。大概有幾萬徐州百姓慘遭驅趕、殺害，很多屍體被丟入泗水河，甚至阻塞河水流動。

「白骨露於野，千里無雞鳴。」曹操在悲天憫人時寫的詩句，正應他在利令智昏時做的事情。初平四年（西元 193 年）秋，這是徐州百姓抹不去的血色記憶，也是曹操人生的重要轉捩點——漠視人心所向，必將失道寡助。

徐州再不是亂世淨土。名門望族也好，平頭百姓也罷，紛紛逃難求生。徐州琅琊國陽都縣的諸葛家族，也在其中。諸葛玄帶著年幼的姪子和

第十二節　泗水不流

姪女，不得不離開戰火紛飛的故土，逃往南方。一路上，無人掩埋的陣亡戰士，奄奄一息的垂死老者，遺棄草叢的哭泣幼兒，無不映入諸葛家的14歲少年眼中。

這是為什麼，這是誰做的，誰又能夠讓天下太平？諸葛家的14歲少年，行走在哀鴻遍野的徐州大地，目睹鮮血染紅的泗水，記住這一切的罪魁禍首。十三年後，諸葛家少年長大成人，英姿颯爽、羽扇綸巾，面對黑雲壓頂的幾十萬殘暴軍隊，篤定選擇：與曾經屠殺徐州父老鄉親、當時挾天子之國賊曹操，在赤壁殊死一戰。

大耳朵的沒落皇族也正站在小沛城上，望著城外扶老攜幼的逃難百姓，一籌莫展、憂心如焚。他非常清楚，燒殺搶掠、得勝而去的曹操大軍，很快會捲土重來，自己帶領的散兵遊勇，絕非對手！打不過怎麼辦？他輕輕摩挲著飽經風霜的城牆堆，想起屢敗屢戰、終成大業的宗族先輩。

三百多年前，時任沛縣泗水亭長的劉邦，就是在這裡舉義兵、抗暴秦、匡天下，這裡是大漢的龍興之地。大耳朵的沒落皇族意志堅定地昂起頭來，決定答應陶謙的請求，明知必敗，也要留下，面對虎踞兗州的曹操大軍。

大耳朵的沒落皇族身邊，站著兩位威武健碩的將軍。其中，那位大嗓門的將軍，最受不得沒話說的壓抑氣氛，大抵忍不住問：「這曹操打董卓、滅賊寇，如今怎麼殺起百姓來了？是忠是奸？！」另一位留著傲人美髯的將軍，斜來一眼說：「成者王侯，敗者賊。」

大耳朵的沒落皇族沒作聲，但他已經想好。

逐鹿中原，振興漢室。

第二章　風雲際會

第三章　逐鹿中原

有少年英雄，也有大器晚成者。有 17 歲追殺海盜、名噪一時的孫堅，有 20 歲舉為孝廉、棒殺權貴的曹操，也有 24 歲還在擺地攤賣草鞋的劉備。人生不怕起步晚。

第一節　英雄之器

人生不如意，十之八九。

有人名為天子，實為傀儡；有人威震華夏，身首異處；有人勇猛無敵，殞命小卒；有人嘔心瀝血，無力迴天；有人祖上有錢，但輪到自己，卻窮困潦倒。

光和七年（西元 184 年），幽州涿郡涿縣市集上，窮得叮噹響的沒落皇族劉備，不得不靠賣草鞋和涼蓆為生。按《三國志‧先主傳》等史書記載，劉備是漢景帝之子中山靖王劉勝的後代，劉勝之子劉貞封為涿縣陸城侯，因犯事削去爵位，從此定居涿縣。《三國志》作者陳壽寫完劉貞，大概缺乏史料，於是大筆一揮，時光劃過二百年，直接寫到劉備的爺爺和父親：「先主祖雄，父弘，世仕州郡。雄舉孝廉，官至東郡范令。」

瘦死的駱駝比馬大，即使劉貞失去爵位二百多年，劉氏家族在當地也仍占有一席之地，劉備的爺爺劉雄被舉為孝廉，並透過畢生勤奮工作，官至兗州東郡范縣縣令。可惜劉備的父親劉弘沒能再接再厲，擔任省級或市級公務員不久，英年早逝。

第三章　逐鹿中原

　　年少喪父的劉備與母親相依為命，以販履織蓆為業。雖然風光不再，但劉備母親畢竟是縣太爺的兒媳，多少有些見識，懂得再窮也不能窮教育，上學必須拜名師。在劉備15歲時，熹平四年（西元175年），不知是劉備母親賣草鞋攢的，還是變賣祖上值錢的東西所得，總之湊出報名費，送劉備進入大儒盧植創辦的緱氏山大講堂。

　　菁英教育很燒錢，除了報名費以外，應該還有書本費、住宿費、飯錢以及各類生活費。劉備母親實在拿不出來，所幸有位宗族長輩看好劉備能成才，熱情提供物質支持。然而，很遺憾，母親的含辛茹苦、長輩的慷慨解囊，並沒讓劉備成為品學兼優的好學生。《三國志・先主傳》不留情面地記下：「先主不甚樂讀書，喜狗馬、音樂、美衣服。」劉備同學能有這麼廣泛的娛樂愛好，估計翹課逛帝都（緱氏山距洛陽不到百里），不止三五次。

　　不讀書很不對。那誰說，知識就是力量。而劉備認為，人脈和人心才是力量。劉備不在意書本知識，卻極重視人際關係，求學期間與兩個人建立起不一般的交情。

　　第一位是同學公孫瓚。《三國志・先主傳》表示：「瓚深與先主相友。瓚年長，先主以兄事之。」就是說，儘管大家是平等友愛的同學，但劉備特別尊敬公孫瓚，大哥長、大哥短地叫得很殷勤，二人打下良好的感情基礎。至於劉備為何堅定不移地崇拜公孫瓚？是為公孫瓚的高尚品格折服嗎？也許是。但可以肯定的是，公孫瓚是涿郡太守的乘龍快婿。

　　第二位是老師盧植。雖然史料沒有直接記載劉備與盧植的親密關係，但從劉備後來的神奇經歷分析，盧植一定在關鍵時刻數次出手相助。沒權沒勢湊學費的劉備，偏偏又不愛學習，憑什麼在若干年後，可以讓盧植老師記得並慷慨庇佑？史無明文，後人不好揣測過多，但盛夏時節的劉氏純手工精美涼蓆，應該還是有的。

　　比人脈更有力量的是人心。人心摸不到、看不見，但不代表不存在，

第一節 英雄之器

劉備以獨有的人格魅力，展示了什麼叫「人心所向」。

江南爆發叛亂，盧植奉命南下討賊，大講堂匆匆收場。16歲的劉備回到涿縣市集，繼續賣草鞋。劉備這一賣，就賣了八年。這八年，盧植老師著書立說，成為享譽東漢帝國的超級大儒。這八年，公孫瓚同學騎著白馬威震長城內外，成為戰功卓著的北疆名將。這八年，劉備在涿縣市集，還在賣草鞋。劉備看似毫無長進的表象下，其實收穫比名聲、軍功更加寶貴的東西——人心——「好交結豪俠，年少爭附之。」

問題是，劉備交學費都困難，拿什麼結交黑、白兩道的朋友，青年人又怎會團結在他的周圍？因為劉備有兩套。一套是「少言語，善下人，喜怒不形於色」。就是說，劉備話雖不多，但善於低姿態處理人際關係，而且無論高興還是生氣，都能保持平和的臉部狀態。另一套是靠草鞋。草鞋價值不高，卻屬於生活易耗品，尤其在涿郡的秋冬時節，送上一雙厚實防寒的草鞋，宛如雪中送炭。

八年來，劉備賣出的草鞋有數，送出的草鞋沒數。有一位大嗓門的小伙子，性子急、走路快，草鞋磨破一雙又一雙，可從來不缺草鞋穿，他的名字叫張飛。還有一位靠留長鬍鬚遮掩容貌的小伙子，在家鄉犯事逃到涿縣，草鞋早已磨爛。當長鬍鬚小伙子身心俱疲地穿過市集時，很可能被兩雙嶄新的草鞋攔住，心頭一暖，決定不跑了，他的名字叫關羽。

至此，漢末三國最耀眼的三人組，聚齊涿縣。賣了很多年草鞋、涼蓆的劉備，終於賣出非凡氣勢。在涿縣市集上，大耳垂的劉備穩坐攤位，有萬人莫敵氣概的關羽、張飛側立身後，其他眾多追風青少年，熱熱鬧鬧地圍在一旁……冀州中山國的兩位販馬大商人來到涿縣，見到如此氣宇軒昂的攤主，內心怦然而動，史書號稱：「見而異之，乃多與之金財。」

也許，錢不是白給的。當時黃巾起義爆發，冀州和幽州都不太平。兩位販馬大商人為了生意興隆和一路平安，肯定要在各地結交開山栽樹的英

雄。更何況，他們還聽說，劉備不僅具有漢室宗親的光環，更是當下涿縣縣令公孫瓚的要好同學。

也許，錢是白給的。不排除關羽、張飛帶著一大群小弟，一團和氣又摩拳擦掌地圍住兩位販馬大商人，涕泗橫流地懇請積德行善，希望買一些劉氏草鞋或涼蓆，作為賣馬的絕佳贈品。無論事實如何吧，可以確定的是，靠原始累積很多年的劉備，有了第一桶金。

兜裡常常一個大子兒也沒有的劉備，心從來不窮——英雄皆如此。劉備毫不猶豫地把資金全部投入創業項目——「由是得用合徒眾」。

光和七年（西元184年），24歲的劉備終於拉起隊伍，可以建功立業了！

劉備懷揣匡扶天下的英雄夢，踏上征程。

第二節　雄姿傑出

英雄劉備，受傷裝死。

趴在草叢裡，一動不敢動。

《典略》記載：「遇賊於野，備中創陽死，賊去後，故人以車載之，得免。」這事是說，中平四年（西元187年），中山相張純作亂反叛。已經在討伐黃巾軍時，打出些勇武名聲的劉備，經過熟人推薦，率部跟隨青州從事討伐張純叛軍，結果慘遭大敗。所幸劉備裝死演技好，叛兵沒發覺，這才撿回一條命。

大難不死，必有後福——「後以軍功，為中山安喜尉」。至於劉備立下什麼軍功，史書語焉不詳。而且，問題是，劉備隊伍經歷一場大敗後，

第二節　雄姿傑出

連死帶傷加跑路，能剩多少人？還會有朝廷正規軍耗費寶貴軍糧，接納這支剛打敗仗的地方游擊隊嗎？退一步說，即便有朝廷正規軍收編這支小部隊，他們又能在討賊戰鬥中發揮多少作用？再退一步說，即便發揮一點作用，小部隊頭頭就可以出任管理職務，為什麼不提拔正規軍的官佐？

如果這些問題不好回答，不妨換個思路。雖然劉備不行，但公孫瓚行！史書記載，公孫瓚在討伐張純的戰鬥中大放異彩——「瓚將所領，追討張純有功，遷騎都尉」。所以，慘敗之後的劉備，很可能帶領殘兵敗將，投奔了老同學公孫瓚，跟著沾到勝利榮光。公孫瓚大抵很夠意思，在申請受嘉獎的人名單上，慷慨寫上老同學劉備的大名。

用交情和搏命換來的縣尉，要沒。大概在中平五年（西元 188 年），東漢朝廷發現各地存在誇大軍功情況，要求各郡督郵深入基層，甄別因不實軍功晉升官吏的人。這種時候，沒理可講。是殺敵立功，還是關係戶上位，全憑督郵認定。這種時候，只能講禮。劉備為保住來之不易的上司職位，大概準備了好幾套劉氏純手工精美涼蓆，專程來到督郵下榻的館舍，請求拜見。

督郵以身體不適為由婉拒。劉備的心——拔涼拔涼，不用說了，自己肯定在內定淘汰人員名單上。劉備竄起無名怒火，立刻返回縣尉治所，招呼上關羽、張飛以及所屬衙役，直接硬闖督郵的貴賓套間。劉備一腳把督郵臥室門踹開，隨即大聲說：「我奉府君（郡太守）密令，抓捕督郵！」不由分說，劉備、關羽、張飛把督郵綁起來，假惺惺地說要押送給郡太守處置。實際上，哥仁半路改了道，把督郵帶到僻靜樹林，結結實實地捆在大樹上。

劉備咬牙切齒地揚起鞭子、騰空而落，抽得劈里啪啦。其實，劉備打到督郵身上的鞭子，與其說是恨督郵，不如說是恨人生。自幼喪父、家道中落，祖上風光一點都沒享受到。好不容易拜到名師，又匆匆結業，無奈

第三章　逐鹿中原

繼續賣草鞋、涼蓆。好不容易賣出氣勢，結交兄弟、拉起隊伍，竟裝死求生；好不容易靠同學交情，立功謀得縣尉，屁股還沒坐熱，竟面臨失業。

轉眼間，劉備抽了不下二百鞭，看著遍體鱗傷、苦苦哀求的督郵，劉備氣消去很多，終於罷手。冷靜下來的劉備，後悔不迭，衝動是魔鬼，這下壞了！假傳太守密令、鞭打督郵上差，罪過大了！捅這麼大婁子，劉備估計同學公孫瓚罩不住，一咬牙一跺腳，帶著關羽、張飛等人棄官亡命——思路決定出路——他們沒去荒郊野嶺，而是來到繁華帝都。

據《英雄記》記載：「靈帝末年，備嘗在京師，後與曹公俱還沛國，募召合眾。」又據《三國志‧先主傳》記載：「棄官亡命。頃之，大將軍何進遣都尉毌丘毅詣丹楊募兵，先主與俱行。」可見，劉備不僅棄官逃命來到洛陽，還很快洗白逃犯身分，成為大將軍何進的官派募兵人員。

可能嗎？可能！一窮二白的劉備做不到，但擱在知名大儒、尚書盧植那兒，這還叫事兒？不愛錢財卻重感情的盧植老師，很可能見到十多年前的學生劉備，又帶著親手編織的精美涼蓆來感謝師恩，猜想深受感動。盧植極可能親自出面協調各方關係，並把劉備引薦給大將軍何進、中軍校尉袁紹等人。也只有如此，劉備才能轉危為安，從逃犯迅速變成官差。

不過，問題又來了。劉備是跟著都尉毌丘毅到丹陽郡募兵，還是跟著典軍校尉曹操去沛國募召合眾？由於《三國志》和《英雄記》的作者都不是妄下雌黃的人，故而兩種情況也許先後進行。中平六年（西元189年）春，劉備很可能先與典軍校尉曹操前往豫州沛國招募士兵。

這是曹操與劉備的第一次共事。劉備對曹操早有耳聞，十多年前，曹操打死蹇碩叔父震動帝都。那時，劉備正在洛陽附近的緱氏山學習，這事或是成為盧植老師的教學案例，或是同學們茶餘飯後的談資，總之，劉備很早便認識到：曹操是英雄！反觀曹操，對劉備無甚了解，只道是尚書盧植的學生，以及有一雙超乎常人的大耳朵。曹操大抵覺得，劉備有福相。

哥兒倆還沒來得及深入了解，漢靈帝就於中平六年（西元189年）四月突然駕崩，大將軍何進快馬傳書，要求袁紹、曹操、淳于瓊等西園禁衛軍校尉停止各地募兵，即刻返回洛陽。曹操與劉備就此匆匆別過，誰也沒想到下次再見，二人從戰友變成敵手。

劉備不想做往返跑，於是繼續跟隨都尉毌丘毅前往丹陽郡募兵。行至下邳遭遇賊匪，劉備率領關羽、張飛等本部人馬力戰有功，隨即被任命為青州北海國下密縣的縣丞。縣丞是縣裡「二把手」，主要負責處理文案和日常行政管理事務。劉備舞文弄墨不在行，也沒興趣，很快辭職。不過沒多久，劉備忽然出任青州平原國高唐縣的縣尉，並迅速升為縣令。

沒有再立新功，劉備官職能夠順暢轉換，史書又是語焉不詳，《三國志‧先主傳》寫得極為簡略：「除為下密丞。復去官。後為高唐尉，遷為令。」大概吧，躺在涼蓆上消暑的盧植老師，再次出手。

中平六年（西元189年），29歲的劉備，意氣勃發地走上正縣級上司職位。

第三節　弘毅寬厚

縣長劉備，落荒而逃。

本想逞英雄的劉備，成了喪家之犬。

儘管《英雄記》替劉備臉上貼足金，號稱「天下大亂，備亦起軍從討董卓」，但綜合各類史料分析，劉備的「起軍」，至多是搖旗吶喊、口誅筆伐，實際是寸步難行。因為在反董卓聯軍成立的初平元年（西元190年）年初，劉備所在的高唐縣，很可能受到青州黃巾軍的圍攻，大抵在夏秋之際失守。

第三章　逐鹿中原

　　城破兵敗不要緊，關鍵是往哪裡逃？思路決定出路——肯定不能再找老師了！盧植因反對廢立皇帝，與掌控朝廷的董卓先生鬧崩，已丟官跑回老家。不過，天無絕人之路，劉備打算再續同學情——「往奔中郎將公孫瓚」。

　　老同學落魄又來投，已經封侯拜將的公孫瓚依舊大方，任命劉備為別部司馬（品級與縣令相仿），派往青州與袁紹的長子袁譚作戰。劉備率部打了幾場漂亮仗，因功出任青州平原國平原縣代理縣令，很快又升遷為平原國國相。

　　初平三年（西元192年），32歲的劉備步入郡太守等級。不服不行！劉備從軍八年，便超越爺爺劉雄畢生努力的官職高度。在亂世中，劉備不僅起步晚、跌倒次數多，各項重要指標也不優秀，名望聲譽不如袁紹，運籌帷幄不比曹操，上陣殺敵不及公孫瓚。但哪都不行的劉備，要多神有多神，每次跌倒不僅能很快爬起來，還能迅速超過跌倒前的官職。

　　有運氣成分，更是實力使然——劉備有絕活！畢竟跟大儒盧植學過一年多，劉備即便再不愛讀書，怎麼也聽過幾耳朵。《孟子》的一句話，劉備深深記在心裡：天時不如地利，地利不如人和。

　　白手起家，全靠「人和」。劉備求學不愛學，攀上老師盧植，結交同學公孫瓚。劉備賣鞋更送鞋，收穫關羽、張飛等生死兄弟，還得到大商人的「天使投資」。在老師、同學、兄弟以及投資人的幫襯下，劉備跌跌撞撞地闖出一片天地。劉備堅定地認為，這就是「人和」，一股不可戰勝的神奇力量。

　　優良傳統必須發揚光大。劉備在平原相職位，繼續拓展「人和」事業。無論是文武兼備的英雄豪傑，還是混吃混喝的平庸之輩，劉備都來者不拒，半點上司架子也沒有，與大家同坐同食，通通熱情招待。好酒好肉又白吃白喝的事，很快一傳十、十傳百，平原國盡人皆知，只要大家談起

第三節　弘毅寬厚

劉備，無不豎起大拇指。

眾口難調，即便劉備仁義厚道如此，也還是得罪人——平原國的劉平先生恨劉備恨得牙根疼。劉平大概出身比較好，自我感覺更良好，見到小商販出身的劉備比他官大、比他人緣好，氣得再也坐不住，竟派出刺客暗殺。

劉備完全沒防範，以為又是來投奔的壯士，擺上滿桌酒菜，拉著刺客同席而坐、噓寒問暖、推心置腹。一杯酒接著一杯酒，在劉備的真情感化下，刺客喝得熱血沸騰，沒了殺氣，起了柔情。奶奶的！給多少錢，老子也不做了！刺客把匕首掏出扔在地上，坦率說出來意，熱淚盈眶地表示，沒辦法下手！《三國志·先主傳》赫然記下：「其（劉備）得人心如此。」

不計成本的請吃請喝，開誠相見的肝膽相照，很快讓劉備慷慨豪邁的名聲，一傳十、十傳百，傳遍青州。孔夫子後代、當世大儒、北海國相孔融被青州黃巾軍包圍，都想到向劉備求援。劉備沒料到自己這麼出名，相當激動地說：「孔大儒都知道有我這麼一號人物了！」臉面有光的劉備更加不敢怠慢，趕緊派出三千精兵奔赴北海國，成功幫孔融解圍。

孔融先生打仗稀爛，但作為孔夫子後代、當世大儒，與之往來的盡是頂級名士。於是，大儒盧植的高徒、平原國相劉備樂於助人的極佳口碑，在名士圈迅速傳播開來，一傳十、十傳百，從青州傳到徐州。百聞不如一見，當劉備率軍馳援徐州，逼退燒殺搶掠的曹操大軍時，徐州牧陶謙眼前一亮，想邀請劉備繼續幫忙。

陶謙的忙，不好幫。劉備很清楚，曹操的退卻，是大勝而歸，是連續征戰的稍事休整，很快會捲土重來。劉備統領的人馬雖號稱「萬八千」，但數千人是充數的饑民，千餘烏桓雜騎兵也是不能打硬仗的僱傭兵，只有本部千餘老兵有點戰鬥力。況且陶謙請劉備駐守的小沛，正是曹操自兗州攻打徐州的要衝，位置極為凶險。

陶謙身為職場老油條，內心更清楚，口頭表揚、感情挽留在亂世中蒼白無力，必須拿出真金白銀的誠意。陶謙為了誘惑劉備賣命，開出兩大優惠條件，一是贈送四千丹陽郡精兵，二是表劉備為豫州刺史。

　　劉備經過深思熟慮，決心留下。不是為丹陽郡精兵，因為這些士兵帶著定向任務——與曹操大軍廝殺，劉備並不能隨意支配；更不是貪戀徒有虛名的豫州刺史，因為豫州東北部是曹操勢力範圍，豫州南部是袁術控制區域，豫州西部為朝廷任命的豫州刺史郭貢占據，劉備實際只有豫州東北角的小沛縣城，不管職務叫什麼，實際與縣令沒兩樣。

　　劉備決心留下，是著眼於發展前途。黃河以北，帶頭大哥袁紹與「白馬將軍」公孫瓚經過幾年較量，勝負初見端倪。最初大占優勢的公孫瓚漸漸落了下風，勉強支撐。劉備敏銳地察覺到：老同學要撐不住了。劉備作為公孫瓚集團的核心成員，這幾年沒少與袁紹父子刀槍相見，所以必須及時抽身！

　　劉備決心留下，更是著眼於天下大勢。自青州平原國趕赴徐州的一路，劉備看到血水染紅的泗水河，看到屠殺一空的城邑，看到盡失人心的曹操，看到沿途百姓期盼仁義之師的殷切眼神。劉備可能又想起《孟子》的那句話：天時不如地利，地利不如人和。

　　豫州刺史劉備認定，中原大地人心喪亂，正是英雄用武之地。

第四節　王霸之略

　　刺史劉備，丟盔棄甲。

　　郯城東郊，劉備領教了曹操大軍的勇猛無敵。

第四節　王霸之略

興平元年（西元 194 年）夏，曹操率軍再度來襲，切瓜砍菜般連克徐州琅琊國的五座城池，然後乘勢殺入東海郡，直逼陶謙所在的郯城。緊急關頭，劉備率領援軍火速趕到，與陶謙軍隊在郯城東郊結營。由於劉備此時尚不了解曹操的軍事才能，不幸產生與曹軍拼野戰的念頭，下場可想而知。好在劉備身懷絕技，一如既往跑得快，帶領殘部順利逃入郯城。

曹操深知郯城堅實，不打算硬來，率軍繞城遊行示威後，向西攻取比鄰的襄賁縣城。這一路，曹軍燒殺搶掠、無惡不作，連曹操本人的傳記——《三國志・武帝紀》——都不得不寫下充滿血腥的六個字：「所過多所殘戮。」

盛夏，郯城四門緊閉，士兵悶得大口喘氣，將軍任由汗流浹背；陶謙顫巍巍地扶著城牆堆，望著襄賁縣方向的沖天火光，更是心驚膽顫。陶謙很清楚，徐州戰局山窮水盡，經過去年秋天和今年夏天的兩次大戰，各郡縣大多陷落殘破，難以再組織像樣的抵抗。日暮途窮，身體又大不如前，陶謙萌生逃回老家揚州丹陽郡的想法。

堅信「人和」力量的劉備卻認為，既然曹軍橫行肆虐、濫殺無辜、喪失人心，危在旦夕的應該是曹操。在弱肉強食的亂世，劉備的想法似乎很傻、很天真，但其實不傻、不天真，因為人心所向很關鍵！果不其然，厭惡曹操所作所為的兗州名士，祕密召開緊急會議，一致表決通過：殺人如麻的兗州刺史曹操必須失業！改由刺殺國賊董卓的大英雄呂布擔任吧！很快，曹操便收到兗州亂套的消息，登時沒了為父報仇的雅興，急匆匆退兵而去。

曹操退了，陶謙倒了。長期神經緊繃，突然太放鬆，未必是好事——陶謙病倒便是病危。陶謙望著病榻前的妻子以及兩個不成器的兒子，不捨別離，萬千感念！幼年喪父的陶謙，少時性格放浪，長大卻很爭氣，從政從軍都是好手，得以官拜封疆大吏。但如今，年邁的陶謙不復當年之勇，偏偏又遇到軍事天賦極高的曹操，接連喪師棄地。陶謙必須得考慮，一旦

第三章　逐鹿中原

駕鶴西去，徐州怎麼辦，妻兒怎麼辦？

闖過大風大浪的陶謙是明白人，如果把徐州交給不成器的兒子，不僅無法抵擋曹操，還會遺禍家族。但讓誰來呢？似乎只能是劉備。儘管劉備行軍打仗不及曹操，但「人和」氣質熠熠生輝。陶謙臨終前對徐州別駕從事麋竺說：「劉備能挽救徐州，速迎主持大局。」

即便陶謙不說，麋竺也可能找劉備當大哥。畢竟在亂世當老大的風險，實在太高，不如踏踏實實做跟班。而且，話說回來，劉備也有很多優點，不僅是漢室後裔、大儒盧植的高徒，自己做人做事也大氣，還有關羽、張飛等萬人敵的鐵桿兄弟，論面子過得去，比拳頭也湊合，這樣德智體美勞全面發展的人選，至少可以讓他試試看。

徐州不可一日無主！麋竺率領徐州主要官員急匆匆趕到小沛，請求劉備帶著大家繼續做。剛剛在徐州保衛戰中吞下敗仗的劉備，看著一大群盛情邀請他的徐州官員，著實有些不好意思，既感受之有愧，又覺難以服眾。受之有愧的主觀問題好解決，劉備可以說服自己，關鍵是難以服眾，這是客觀問題。雖說麋竺是徐州「二把手」，又有陶謙遺命，但其他人怎麼看？

大家都懂劉備的顧慮，典農校尉陳登首先站出來表態：「如今漢室動盪，海內傾覆，大丈夫建功立業正在此時。徐州殷富，人口又多，正是英雄用武之地。您屈尊來主持州裡大事吧。」麋竺是徐州東海郡的豪門大族，陳登是徐州下邳國的豪門大族，徐州兩大家族表示支持，這下劉備可以同意了吧？

不行。劉備是追求完美的人，感覺謙讓氣氛不夠濃，繼續推辭道：「袁術將軍在附近的壽春，海內名士眾望所歸，不如把徐州託付給他吧。」陳登性格直爽，率先反駁道：「袁術驕傲狂妄，沒有真本事。我們只想為您募集步騎十萬，上可以扶助朝廷、濟世安民，成就春秋五霸的功業；下可

以割據稱雄、功垂青史。如果您不肯答應，我將不再追隨您！」

從青州遠道而來，準備給劉備任職典禮捧場的孔夫子後代、當世大儒孔融及時打圓場：「袁術不過如墳墓中的一堆枯骨，實在不值一提。百姓想擁戴像您一樣的賢能之主，上天也想把徐州賜給您，您若不肯接受，後悔就來不及了！」有頂級名士孔融的站臺支持，劉備終於踏實，表示願意為徐州百姓赴湯蹈火。

成大事者，先辦大事。劉備擔任徐州刺史的首要大事，不是修復城池，也不是招募士兵，而是派出使者北渡黃河，把自己不得已領導徐州的前因後果，客客氣氣地向袁紹大哥進行詳細彙報。袁紹出乎意料地友好回覆：「劉玄德弘雅有信義，今徐州樂戴之，誠副所望也。」

但就在幾個月前，劉備還是公孫瓚集團的核心成員，與袁譚在青州打得熱火朝天，現在怎能如此順利地跟袁紹化敵為友？這不是袁紹大哥心寬體胖，而是「人和」的力量！因為劉備早在擔任豫州刺史時，他的首要大事也不是修復城池和招募士兵，而是藉助刺史身分，舉薦袁譚為茂才（對在職官員的高級褒揚）。

千穿萬穿，馬屁不穿。雖然劉備只是幾位豫州刺史之一，舉薦茂才的合法性大打折扣，但袁紹大哥很認真地覺得，劉備與袁譚在青州戰場多次交鋒，對袁譚有沒有傑出才能，最有發言權。袁紹大哥堅定認為，正牌豫州刺史劉備的舉薦，是正確的、英明的，追隨公孫瓚的那段歷史可以翻篇了，大家從此做朋友吧。

所以，這世間，從來沒有永遠的敵人。

當然，這世間，也從來沒有永遠的朋友。

第五節　三觀不合

我若不還，往依孟卓。

曹操在撤軍途中，想起這句話，潸然淚下。

那還是初平四年（西元193年）秋，曹操即將征討徐州陶謙，擔心凶多吉少，便對丁夫人和卞氏等家人說：「我若不還，往依孟卓（張邈）。」沒想到，曹軍勢如破竹、大開殺戒。得勝而歸的曹操很激動，與張邈垂淚相對。然而曹操不知道，哥兒倆的淚點並不相同。

興平元年（西元194年）夏，曹操再次征討陶謙，風捲殘雲、所向無敵。又沒想到，曹操在即將取得徹底勝利之際，二十年交情的摯友，居然背後捅刀子！陳留郡太守張邈、謀士陳宮叛迎呂布為兗州牧！曹操和張邈的多年交情，怎麼說沒就沒了？！

早在二十多年前，袁紹、張邈、曹操相識於洛陽，一起任俠放蕩、喝酒打獵，建立起極深的感情，堪稱帝國菁英小團體的「鐵三角」。

五年前，曹操從洛陽艱難逃出，張邈及時伸出援手，不僅給予其政治庇護，還提供練兵場所，找來土豪投資人。曹操這才得以首倡義兵、討伐董卓。

三年前，張邈看不慣驕橫做派的袁紹，哥兒倆友誼小船翻了。袁紹憤恨不平，想讓曹操殺掉張邈，曹操毫不客氣地回絕：「兄弟間怎能自相殘殺！」

一年前，陳留名士邊讓看不起宦官之後的曹操，言語屢有不敬。惱羞成怒的曹操，下令誅殺邊讓。張邈頂著殺害名士的壓力，執行了命令。

即便幾個月前，曹操即將征討陶時，還信誓旦旦地對家人說，我要是有個三長兩短回不來，你們可以投奔我的鐵哥兒們張邈。

第五節　三觀不合

而如今，張邈和曹操反目成仇，猶如不共戴天，這到底怎麼了？

沒怎麼，因為這世間，有一種容易變的東西，叫「人心」。張邈比曹操年長，又是名聲響亮的黨人「八廚」之一，十幾年來都是曹操的上司。可在兩年前，曹操掃平青州黃巾軍，坐穩兗州刺史，一躍成為張邈的頂頭上司。那一刻，張邈心裡咯噔一下，開始產生微妙的心理變化。

這世間，還有一種無法調節的矛盾，叫「三觀不合」。從小行俠仗義、幫困濟貧的大俠張邈，得知曹操在徐州肆意殺害數萬無辜百姓，泗水河都為之堵塞時，內心肯定極度震驚和憤慨！張邈與曹操的決裂，至此只是時間早晚的問題。

道不同，不相為謀。不只張邈，東郡名士陳宮也急了。兩年前，陳宮看好雄才大略的曹操，不惜為之奔走呼號，說服兗州別駕、治中等重要官員，幫助曹操成為兗州刺史。現如今，性格剛直的陳宮，後悔得不要不要的：冤有頭債有主，誰殺你老爹，你找誰去！逮不到凶手便屠殺無辜百姓，這算什麼本事？因言語不和就殺害名士，這算什麼英雄？堅決不行！找機會殺掉慘絕人寰的劊子手曹操吧，還人間正道。

機會很快來了。曹操率領大軍離開兗州，再次征討陶謙，陳宮決定動手！陳宮對張邈說：「天下大亂、群雄並起，您作為陳留郡太守，兵不少、糧也足，應該發憤圖強才是，怎能甘心被濫殺無辜的殘暴魔領導，不覺得丟人嗎？我們趁曹操遠征徐州，迎接刺殺國賊董卓、聲威遠播的呂布將軍，一起共據兗州，進而圖謀霸業吧。」

陳宮句句說到張邈心坎裡，沒道理不辦。至於請呂布幫忙，張邈舉雙手贊同。因為呂布軍隊勇猛無敵，足以匹敵曹軍。而且張邈與呂布的關係不一般。就在前不久，呂布路過張邈所在的陳留郡，哥兒倆還曾「把手共誓」。儘管誓言內容無從得知，但交情一定很好。

喜從天降！正鬱鬱不得志的呂布將軍，接到張邈和陳宮願意擁戴他當

第三章　逐鹿中原

老大的邀請，激動萬分。呂布一直覺得，自己是天下最有本事、最能做大事的英雄，之所以目前混得有點慘，只是因為運氣不好。

呂布起初以弓馬驍武聞名并州，丁原刺史卻安排他當主簿。所以，當董卓許諾他封侯拜將，並培養為西涼軍的接班人時，呂布毫不猶豫地殺死丁原。呂布自此獲得將軍名號，但實際只是董卓的侍衛隊長、貼身保鏢。所以，當王允開出享受假節、儀比三司，共同執掌朝政等一系列更優厚條件時，呂布毫不猶豫地又殺死董卓。但共同執掌朝政還沒實現，呂布就被董卓舊將李傕、郭汜打得倉皇逃出長安，開啟東跑西顛的亡命生涯。

呂布先投奔南陽的袁術。呂布以為董卓下令殺害袁家五十多口人，自己又殺死董卓，是給袁家報仇的大恩人，理應得到袁術的好好伺候。可惜呂布先生太不懂人類心理學，沒有人願意跟恩人天天待在一起。很快，袁術藉口呂布軍隊嚴重擾民，下了逐客令。

呂布人少沒法講理，只好投奔冀州的袁紹，並幫忙打敗黑山軍。呂布以為立下大功，希望袁紹拿出金銀財寶犒賞將士。可惜呂將軍還是太不懂人類心理學，沒有老闆喜歡居功自傲的屬下。袁紹不僅沒給他任何獎勵，還祕密派出三十個甲兵，打算結束掉呂布的性命。

呂布人少沒法講理，只好投奔并州老鄉、河內郡太守張揚。張揚對呂布還可以，但張揚手下將領想把呂布捆了，交給把控朝廷的李傕、郭汜，用以換取豐厚的獎金。呂布不想讓張揚為難，也怕張揚立場動搖，只好繼續跑路。但往哪裡跑啊，誰是合適的老闆？

正當呂布叫天天不靈、叫地地不應之時，張邈和陳宮主動丟擲橄欖枝，表示不僅有職位，還是上司職位。這為呂布提供新思路：跟著別人做，早請示，晚彙報，時刻得注意上司臉色、體察上司心情，幹嘛不自己當老闆？殊不知，公司倒閉，打工仔可以再找工作，欠一屁股債的老闆就難了。無立錐之地的呂布管不了那麼多，先上崗再說，走一步看一步吧。

張邈的名望、陳宮的謀略、呂布的勇猛，「兗州叛亂三人組」搭建完成。

曹操，命懸一線。

第六節　力挽狂瀾

命懸一線的，不只曹操。

一個文人，緩緩走入來勢洶洶的數萬大軍。

無論內心怎樣驚濤駭浪，荀彧都始終面如止水。

越是風雨飄搖，越是淡定從容。荀彧力排眾議，隻身出城談判。本想渾水摸魚的豫州刺史郭貢，望著號稱「河上之邑，最為峻固」的鄄城，盤算著急速回援的曹軍主力行程，又仔細端詳著氣定神閒、成竹於胸的荀彧，覺得與其撕破臉皮，不如賣個人情。

圍困鄄城的數萬大軍撤了。這不是荀彧第一次化解兗州危機，在郭貢之前，張邈就曾派人來詐荀彧說：「呂布將軍來兗州是幫助曹公打陶謙，希望趕緊提供一些軍糧。」對於算無遺策等級的荀彧，低階欺詐不會有任何效果，反而等於通風報信。

研判出兗州有變的荀彧，立刻請東郡太守夏侯惇放棄濮陽，集中兵力固守鄄城。隨後，荀彧與夏侯惇連夜誅殺密謀叛迎呂布的數十人，總算把鄄城穩住。與此同時，曹操帳下五大頂級謀士中第二位來報到的 —— 程昱 —— 正在急匆匆趕往東阿縣。

兩年前（西元 192 年），52 歲的程昱從容地收拾行囊，準備接受曹操的召喚，擔任壽張縣令。同鄉好友忍不住問：「當年兗州刺史劉岱請你擔

任職務更高的騎都尉，你拒絕了，這次怎麼反倒同意？」看似行事怪異的程昱，笑而不言——當多大官不重要，重要是跟對人。當年的程昱，寧肯終老鄉下，也不肯為劉岱效力；如今 52 歲的程昱，寧肯半百出山，也要為曹操獻策。

什麼是人才？能識明主，又有才幹！程昱果斷派出騎兵，迅速搶占渡口，阻滯陳宮軍隊的進犯速度，不僅及時趕到東阿縣，還在途中成功誘殺來范縣勸降的呂布使者。不久，曹軍主力回到東阿縣，曹操緊緊握住程昱的手，唏噓不已地說：「要不是您的智慧，我將歸無所依啊。」曹操沒打官腔，事實如此，兗州的八十個縣，有七十七個叛迎呂布。

與此同時，以為勝利在望的呂布將軍，喜氣洋洋地騎著赤兔馬，哼著并州邊塞小曲，在鄄城外展示著英武雄姿。要說帥是真帥，不愧「人中呂布，馬中赤兔」，但耀武揚威多日，城還是攻不下來。隨著曹操大軍逼近鄄城，呂布不敢戀戰，急忙率軍撤到濮陽休整。

趕回鄄城的曹操鬥志昂揚，信心滿滿地給將領打氣：「大家不要慌！呂布不在險要地方設伏阻擊，卻退到易攻難守的濮陽，這說明什麼？說明呂布無能啊，說明呂布廢物啊。大家不用擔心，勝利必將屬於我們！」

曹操吹牛，因為有臥底。東郡太守夏侯惇撤離濮陽時，應該安排好了內應。當曹操率領大軍來到濮陽時，內應按約定偷偷開啟濮陽城東門，曹軍不費吹灰之力殺入城內。感覺穩操勝券的曹操，為彰顯不勝不歸的決心和魄力，做了件很快就令他懊惱無比的事情——火燒東門。

策略是策略，戰場是戰場。曹操策略上遠勝呂布，但戰場上不一定。曹軍輕鬆破城，久經沙場的呂布並不慌亂。透過冷靜觀察，呂布發現曹軍的青州兵所部戰鬥力最弱，配發武器也差，他立刻指揮精銳騎兵殺來。呂布武藝高強、騎射無敵，麾下并州鐵騎也如豺狼虎豹。青州兵哪裡抵擋得住，一擊即潰、四散逃竄。曹軍各部也隨之動搖，不明就裡地向後退卻。

第六節　力挽狂瀾

兵敗如山倒，誰也管不了。曹操喝斥不住敗兵，不得不順應人流，向城外退去。但曹操鬱悶地發現，唯一的逃生通道——濮陽城東門，讓自以為是的傢伙下令燒毀了！熊熊大火擋住去路！要不要冒著燒傷危險衝出去？曹操猶豫的一剎那，忽地一道寒光閃過，冰涼的長矛指向脖根：「曹操在哪裡？！」這個問題是曹操截止到當時，遇到的人生中最棘手的問題，如果回答得不夠好、不夠快，很可能會就此告別絢麗多彩的世界。

「騎黃馬的是！」曹操半秒都沒遲疑，堅定地大喊並指向前方。每一個成功的人，即便再卓越，依然需要運氣加持。如果當天沒有酷愛耍帥的曹軍將領騎了匹扎眼的黃馬，曹操也許就真死了，如陶謙、袁術、公孫瓚等人一樣，定格為失敗的漢末軍閥。望著追殺「曹操」而去的呂布騎兵，驚出一身冷汗的曹操頓悟，比起冰冷的長矛，炙熱的火焰不算什麼，《獻帝春秋》記載：「門火猶盛，太祖突火而出。」

打碎牙往肚裡咽。曹操逃回本部大營，為趕緊穩定軍心，絲毫不敢耽擱，強忍左手燒傷的疼痛，親自巡視軍營、慰問傷兵，喜洋洋地宣稱完成燒毀濮陽東門的既定目標，初戰告捷！曹操隨即又高調下令，要一鼓作氣、乘勝再戰，把各式各樣攻城器械擺一擺，準備強攻濮陽、生擒呂布！

誰信誰上當！聲東擊西！曹操率軍從濮陽城東繞道夜行四五十里，神出鬼沒地攻破呂布軍的城西大營。呂布望著城東擺了一地的曹軍攻城器械，氣就不打一處來，迅速帶領主力部隊出城，截擊城西的曹軍。呂布如同輸急眼的賭徒，親率步騎衝擊曹軍陣地。從早晨到中午，兩軍戰鼓雷鳴、殺聲四起、血肉橫飛。

箭如雨下！在強弩的掩護下，呂布帶領精銳騎兵發起新一輪猛攻。由於曹軍長途奔襲、夜戰一宿，接著又打這樣的硬仗，難免體力不支，漸漸陷入被動。

勇士何在？！曹操緊急徵募的敢死隊投入戰場！幾十名身穿兩層重鎧

的曹軍戰士，不拿盾牌，只持長矛和撩戟（類似投槍的武器），匍匐在戰壕下，準備拚命。

敢死隊隊長，是一位形貌魁梧、膂力過人，而且心理素質極佳的大漢。戰場殺聲震天，這位大漢卻似睡非睡地微閉雙眼，神神叨叨地說：「等賊軍離我十步，你們叫我。」看到呂布軍逼近，眾人趕緊說：「已經十步距離！」大漢依然鎮定自若地不睜眼：「等賊軍離我五步，你們再叫我。」眾人哪敢真等到五步距離，著急地說：「敵人近在咫尺！」大漢猛地睜眼、大喝而起，把手中十餘支小戟擲向呂布的衝鋒部隊。

《三國志‧典韋傳》記載：「所抵無不應手倒者。」在典韋的鼓舞帶動下，敢死隊隊員都一躍而起，瘋狂殺向前方。壯哉！勇哉！曹操趁勢下令總反攻，終於擊退呂布大軍。

英勇善戰的呂布，遇到雄武壯烈的典韋。

漢末三國，孤獨求敗不存在。

第七節　壯士斷腕

血腥的濮陽戰場，暫時歸於平靜。

兩軍對峙百餘日，誰沒比誰好哪去，呂布不敢出來戰，曹操無力攻進去。正在兩軍僵持不下時，兗州又暴發嚴重的旱災和蝗災，靠熬稀粥、吃野菜度日的士兵，都沒有精神打仗，雙方順勢休戰。

平手就是失敗。由於曹操掌控的人口和土地資源有限，無論兵員補充還是糧草籌集，都處於劣勢，長期消耗必敗無疑。如果來年開春還不能獲得決定性勝利，那麼曹操一定會被歷史洪流淘汰出局。

第七節　壯士斷腕

曹操陷入絕境！兵強馬壯的袁紹大哥，沒有坐視不理，表示願意幫助小兄弟曹操渡過難關。當然，袁紹不是慈善家，他開出幫忙條件：「欲使太祖遷家居鄴。」意思是說，如果曹操想得到兵馬錢糧的支援，必須把老婆孩子當人質，送到袁紹的大本營鄴城。

其實這個條件，說苛刻也不苛刻，說不苛刻也苛刻。對於擅長扔下老婆孩子逃命的人，這個條件根本不算什麼，送去就是，以後翻臉打仗，老婆孩子不要了，再娶再生便是。可對於重視家庭親情的曹操來說，這個條件很苛刻，無論如何都難以接受。然而內外交困的曹操，又能怎樣？他一時猶豫了。

勝利往往在於，再堅持一下，再堅持一下。老謀深算的程昱對曹操說：「您只是暫時遇到困難，怎能出此下策？您有龍虎之威，難道要臣服於他人嗎？如今兗州雖殘，尚有三城可守。能戰之士，不下萬人。以您的神武，加上我和荀彧等人的鼎力協助，只要運用好策略戰術，完全可以逆轉，繼續成就霸王之業。希望您慎重考慮！」

曹操沒有回應，程昱著急地說：「我是愚蠢的人，不識大體，將軍的志向不該如此啊。將軍若為袁紹之下，我都替將軍感到恥辱！」捱了挖苦的曹操，總算清醒些許，決定咬牙堅持，並在來年橫掃呂布軍隊，順利平復兗州叛亂，彰顯出文韜武略天下第一的神將風采……無論《三國志·武帝紀》或是《三國志·程昱傳》，大都如此記載。

殘酷現實遠比書中文字艱難。不可否認，曹操身處絕境沒有放棄，意志堅定對取得勝利很重要，但呂布軍不會因曹操的意志堅定而自動崩潰，糧倉也不會因曹操的意志堅定而爆滿。如果全面了解這段時期的各類史料，就可以清晰地看到，曹操雖回絕妻兒老小當人質的方案，但換成更有誘惑力的條件──放棄兗州東郡的管轄權，並且立即移交東阿縣和范縣。

第三章　逐鹿中原

地跨黃河兩岸的東郡，是兵爭要地。如果曹操控制東郡，黃河北岸就擁有策略支撐點；如果袁紹獲得東郡，黃河南岸就有灘頭陣地。曹操很清楚東郡意味什麼，怎能輕易放手？但事到如今，傷兵滿營、糧草不濟，若不能及時得到袁紹的大力援助，明年春天很可能是曹操人生中最後一個春天。

捨得捨得，能捨才能得。況且東郡的十五個縣，除了東阿縣和范縣，其他十三個縣都在呂布掌控下。實際上，曹操只是拿東阿縣和范縣以及東郡未來管轄權做籌碼，邀請袁紹出手相助。袁紹審閱了新方案，感覺很可行，與其把曹操的老婆孩子弄到鄴城，管吃管喝地養著，不如占領東郡來得實惠。

席捲起征，含鼓響振！袁紹揮師南下！經過濮陽惡戰的呂布軍，損失不小，無力再抵擋袁紹大軍的猛攻。大概於興平元年（西元194年）冬，呂布不得不放棄濮陽、東武陽縣等策略要點，匆忙向兗州東部的山陽郡退卻。袁紹大軍順利占領東郡後，兵馬錢糧源源不斷地輸送到鄄城。

曹操接受多少援助無從細考，僅謝承所著《後漢書》就記載：「乃給兵五千人。」當然，曹操沒有完全靠接濟，也在積極自力更生。據《魏晉世語》透露，程昱為多籌措軍糧，把不少人肉夾雜其中（原材料猜想是還沒腐爛的屍體）。

興平二年（西元195年）春，得到兵員物資補充，又吃了「人肉乾」的曹操大軍，重新精神抖擻，出其不意地攻擊濟陰郡的定陶縣城，痛擊呂布軍隊。當年夏天，曹操大軍氣勢如虹地收復山陽郡的鉅野縣，再次大破呂布軍隊。連戰連敗的呂布帶著殘部，逃到山陽郡的東緡縣與陳宮會合，又勉強湊出一萬多人，打算再賭一把。

上天還算公平，不是不給呂布機會。呂布軍隊來襲曹營時，正趕上曹軍外出搶收麥子，營中士兵不滿千人。曹操得到探報時，肯定來不及召回

第七節　壯士斷腕

做農活的士兵，他急中生智，趕緊讓營中婦女換上軍服，與留守士兵一起在營地裡跑來跑去，弄得揚塵漫天。呂布遠遠望去，見曹營巡邏隊一波又一波，不免有些發慌，又看到曹營西邊有大堤，南邊有茂密樹林，智慧爆發地以為有埋伏。

給機會沒抓住。一直無比莽撞的呂布將軍，莫名其妙地謹慎起來，居然錯過反敗為勝的絕佳良機。呂布在要中埋伏的恐懼感指引下，匆忙南撤十餘里，才壯起膽子安下營寨。陳宮顯然比呂布聰明些，透過一晚上的認真思考，終於判斷出曹營空虛，鼓勵呂布明天不要猶豫，來個猛虎掏心。

戰機轉瞬即逝。曹操連夜召回士卒，並把精銳戰士埋伏在營西大堤後。第二天，當呂布軍隊大搖大擺逼近時，曹操先派雜牌部隊應戰，佯裝不敵向大堤敗退。昨天還質疑大堤有伏兵的呂布將軍，今日恢復莽撞無比的常態，不管不顧追上去，結果中了埋伏！隨著大堤後面不斷擁出曹軍精壯戰士，屢戰屢敗的呂布和陳宮，心態完全崩盤，帶著數千殘兵轉身跑路，投奔徐州牧劉備去了。

呂布和陳宮跑了，曹操曾經的莫逆之交、陳留郡太守張邈徹底慌神，留下弟弟駐守雍丘縣城，自己帶親兵南下，想去找袁術求救。只可惜，張邈還沒見到袁術，便被親兵殺死在路上。不久，曹軍又攻克雍丘，殺盡張邈宗族。

收到戰場捷報以及張邈死訊，兗州牧曹操緩緩合上雙眼，默然無語。

相識於少年，相忘於江湖。

第三章　逐鹿中原

第八節　顛沛流離

在這亂世，誰也不容易。

曹操剛剛觸底反彈，劉備迎來斷崖下跌。

瞭望著浩瀚無垠的太平洋，劉備計無所出、走投無路。

人這一生，總會得罪一些莫名其妙的人。興平元年（西元194年）年底或興平二年（西元195年）初，劉備正式接任徐州牧，惹怒看似不相干的袁術先生。袁術一直以為自己深孚眾望，徐州老大的位置非他莫屬，不料糜竺等人居然擁戴劉備。袁術顏面掃地、渾身燥熱，立刻點齊數萬人馬，怒氣沖沖殺向徐州。志大才疏的袁術，在兵馬人數占優的情況下，跟劉備打成平手，一時不分高下。

人這一生，難免碰上幾個忘恩負義的傢伙。倉皇逃到徐州的呂布將軍，不念劉備收留之恩，再次做起背後捅刀子的勾當。屯駐小沛的呂布，趁張飛和陶謙舊部在下邳火併大亂之際，輕鬆搶占下邳城，並俘虜劉備的妻妾兒女。劉備匆忙率軍回來理論，結果讓呂布打得大敗。劉備帶領殘兵打算逃往廣陵縣，又遭袁術軍截擊，再次一敗塗地。窮途末路的劉備，只好輾轉逃到大海之濱的海西縣。

人這一生，峰迴路轉得有貴人相助。《英雄記》記載：「備軍在廣陵，飢餓困踧，吏士大小自相啖食，窮餓侵逼。」儘管劉備軍的重傷員已成為軍糧替代品，但這些「存貨」有限，遲早要消耗淨盡。在危如累卵之際，土豪中的土豪——徐州別駕從事糜竺出手！糜竺老家是徐州東海郡朐縣，距海西縣不遠。糜竺趕忙招呼家裡人，及時送來物資補給，並獻上妹妹填補劉備的家室空缺。

人這一生，沒有過不去的坎。劉備想打敗呂布、恢復徐州，幾乎是痴

第八節　顛沛流離

人說夢。既然打不過，那就降吧。呂布手下將領都表示：「劉備反覆無常，不如趁現在斬草除根。」同樣反覆無常的呂布，好不容易碰上同道中人，不忍下手。呂布不僅同意讓劉備屯兵小沛，還送回劉備的妻妾兒女，並在泗水河邊組織盛大聯誼。呂布與劉備互致歉意，紛紛表示先前都是誤會，然後傳杯弄盞、稱兄道弟。

時隔兩年，劉備再次回到小沛，除了多出一位糜夫人，逐鹿中原的事業原地踏步。多愁善感的劉備來不及感慨，袁術的三萬大軍已兵臨城下。劉備的幾千殘兵敗將，根本無法抵禦，只好向呂布緊急求援。呂布手下將領依舊錶示：「省得您動手，讓袁術滅劉備吧。」一向糊塗的呂布，不知怎麼搞的，這次出奇睿智，突然悟出脣亡齒寒的道理，帶領千餘步騎馳援。別看呂布所帶人馬不多，但「飛將」名號實在響亮，嚇得袁術軍隊停止進攻。

呂布的睿智在延續，他沒有選擇打打殺殺，而是邀請劉備和袁軍將領來到自己的軍營喝酒。酒過三巡、菜過五味，呂布略帶醉意地跟袁軍將領說：「劉玄德，那是我小弟，如今被你們圍困，我特趕來救援。我這人吧，生性不愛看別人爭鬥，只喜歡替別人解除紛爭。」劉備和袁軍將領默不作聲，大眼瞪小眼地聽呂布說自己不愛打架愛勸架，內心那是一百八十多個不信。

呂布的睿智仍在延續，他告訴劉備和袁軍將領，自己想出公平合理解決紛爭的好辦法。呂布眉飛色舞地說：「我讓門候（守門的官）在營門處豎起一支戟，如果我這一箭射中戟上小支，大家就不要打了，各回各家。如果射不中，你們隨便打，我不管了。」袁軍將領覺得可行，幾十步外射中戟上小支，根本不可能，一看就是喝多了胡說八道。劉備也覺得行，雖然希望極其渺茫，但萬一射中呢？而且射不中也沒什麼，準備跑路就是。

爭議雙方沒表態反對，呂布權當預設通過。呂布站在離營門幾十步開

121

第三章　逐鹿中原

外，滿月彎弓，凝神靜氣，毫不猶豫地放出一箭，正中戟上小支。袁軍將領登時震驚，脫口誇讚道：「呂將軍，您真有天神般的威力呀！」瞻仰了呂布出神入化的箭法，袁軍將領很識相，表示做人必須講誠信，答應的事情絕不能反悔，舉雙手贊成罷兵講和。

人生就是這樣，當你弱小時，有人可憐你；當你強大時，有人嫉恨你。呂布救劉備沒多久，二人匆匆忙忙又翻了臉。因為「人和」的力量太強大、太可怕！劉備憑藉在小沛地區的良好聲望和民眾基礎，短短一年便募集上萬軍隊，迅速恢復元氣。呂布一算，照這個速度，不用幾年，還不得弄出十萬大軍，到時徐州又得還給劉備。坐立不安的呂布選擇先下手為強，率領精銳步騎直撲小沛，把剛要起勢的劉備打垮了。

人生就是這樣，有人不用費力，可以安逸瀟灑、萬事亨通；有人奮力打拚，仍落得倉皇鼠竄、漂泊不定。渴望振興漢室的劉備以及好兄弟關羽、張飛，不可謂不努力，卻再一次沒有安身之地。劉備離開家鄉涿縣十多年，歷盡坎坷，幽州、冀州、青州、豫州、徐州以及司州，東漢十三州的六個州，都留下他的跑路足跡。建安元年（西元196年）年底，劉備踏上人生跑路歷程第七個州──兗州，投奔老相識曹操。

人生就是這樣，忘記朋友也忘記敵人，才能成為亂世英雄。中平六年（西元189年），丟官亡命的劉備與典軍校尉曹操，前往豫州沛國募兵，這時哥兒倆是朋友。興平元年（西元194年）夏，丟盔棄甲的劉備與兗州刺史曹操，在徐州刀槍相見，這時哥兒倆是敵人。建安二年（西元197年）初，丟城失地的劉備與奉迎天子的司空曹操，再度相遇，哥兒倆又是朋友。

大權在握的曹操對灰頭土臉的劉備，出手相當大方，不僅表奏劉備為豫州牧，還給兵給糧，並幫助要回小沛（那時曹操與呂布正在盟友蜜月期）。曹操鼓勵劉備好好做，爭取上演一齣在哪裡跌倒就在哪裡站起來的人生好戲。

很可惜，人生沒有那麼多好戲，等待劉備的，是在哪裡跌倒，就在哪裡再跌倒。

劉備的一生，是顛沛流離的一生，是百折不撓的一生，也是終成大事的一生。

漢末三國比命硬，劉備堪稱第二。

第九節　天煞孤星

漢末三國比命硬，第一非他莫屬。

光和四年（西元 181 年），漢靈帝的妃子王榮，撫摸著腹中胎兒，泣不成聲。

平凡人家有平凡人家的貧賤苦惱，帝王之家更有帝王之家的富貴傷悲。王榮哆囉哆嗦地舉起那碗打胎湯藥，含淚一飲而盡。不到萬不得已，母親怎會殺掉自己的孩子！但若讓心狠手辣的何皇后知道，不僅孩子保不住，王榮也得香消玉殞。幾千年的封建王朝，有太多這樣的悲劇，胎死腹中或是出生便夭折的皇子數不勝數！可是這孩子命硬，在娘胎裡就命硬，湯藥不管用 —— 漢靈帝的第二個兒子劉協誕生。

不出所料，劉協出生沒幾天，何皇后便氣急敗壞地派人下毒殺死王榮。為避免兒子也跟著沒了，漢靈帝趕緊把劉協交給母親董太后撫養。劉協在扛住打胎湯藥，躲過必防毒藥之後，與祖母（史書載劉協「依董氏為外家」，被稱為「董侯」）總算平安度過九個年頭。然而隨著正值壯年的漢靈帝突然駕崩，劉協的歲月靜好到頭了。

漢靈帝去世後，在何皇后、大將軍何進、車騎將軍何苗、中常侍張讓

第三章　逐鹿中原

等人的支持下，劉協同父異母的哥哥劉辯，成為帝國事業繼承人。宮鬥失敗者——撫養劉協長大的董太后——號稱因憂慮驚恐暴病身亡。

劉協陷入絕境，生他的母親不在了，護他的父親不在了，疼他養他的董太后也不在了！何太后（劉辯繼位，何皇后更新）已準備好足夠劑量的毒藥，只要哪天心情不爽利，便是劉協的死期。不出意外，死神很快來了；出乎意料的是，沒帶走劉協。

只能說，歷史很調皮，經常會亂來。在袁紹的挑撥下，何進與何太后、何苗、張讓鬧崩，接下來的連鎖反應，令人目不暇接。先是何氏兄弟殞命，隨後張讓跳進黃河。緊接著，號稱董太后遠親的董卓，表演逆天操作，收買呂布、殺掉丁原、趕走袁紹、罷免盧植、廢掉漢少帝、毒死何太后，打出一系列眼花撩亂的組合拳，成功掌控朝廷。

中平六年（西元189年）九月初一，在崇德殿，劉辯黯然離開寶座，劉協隨即被按上去，大臣們跪下磕頭、山呼萬歲。9歲的劉協在空前大混亂中，不僅毫髮無損，還成為新皇帝，史稱「漢獻帝」。劉協搞不清楚來龍去脈，但他知道，自己可以活下去了。可惜劉協不知道，有時候活比死難，他將在一部接一部的驚險大片中——千錘百鍊。

第一部是災難大片。初平元年（西元190年）二月的這部電影，10歲的劉協只是普通路人甲。劉協回望洛陽城的沖天大火，帝都宮殿、官府以及民宅悉數化為灰燼。無家可歸、飢餓難耐的洛陽百姓，在西涼士兵的無情驅趕下，相互踐踏、慘遭劫掠，道路兩旁盡是屍體。

劉協很茫然，不明白關東聯軍為什麼要打倒救他一命的董卓；也不明白董卓為什麼非要火燒繁華的洛陽，逼迫他和文武百官以及眾多百姓遷往長安。劉協只知道，他離開洛陽時，白虹貫日；他到達長安城時，傾盆大雨。晦氣如影隨形！

第二部是宮鬥大片。初平三年（西元192年）四月的這部電影，12歲

第九節　天煞孤星

的劉協是重要路人甲。劉協需要大病一場並痊癒，替司徒王允等人高調組織慶祝大會提供藉口。只有這樣，才能把泡在郿塢溫柔鄉的董卓太師請回設有重重陷阱的長安城。

劉協有日子沒見到無法無天的董卓，不知他又會搞出什麼駭人聽聞的慘劇。好在一切順利，呂布將軍在未央殿如期喊出「奉旨殺賊」，隨後一聲撕心裂肺的慘叫。劉協放心了，三年前抱著自己共乘一馬的疑似遠親董卓先生，沒了。

第三部是悲情大片。初平三年（西元 192 年）六月的這部電影，12 歲的劉協成為有一句臺詞的小配角。在宣平城樓上，面對董卓舊將李傕、郭汜以及凶神惡煞的西涼步騎，劉協壯起膽子問：「你們目無王法，作亂京城，打算做什麼？」

李傕很給面子，跪在地上假裝謙卑地回答：「董太師對陛下忠心耿耿，遭奸人殺害，我們只想替太師討回公道，捉拿處決凶手。」劉協聽著很不是滋味，因為李傕要抓的兩大凶手之一王允，正站在自己身旁。生死關頭，王允沒向劉協行完君臣大禮，毅然走下城樓。劉協淚流滿面，不忍直視王允遠去的背影。

沒機會，努力創造機會；有機會，隨便扔掉機會。這句話送給王允，再合適不過。在董卓大權獨攬、氣焰滔天的情況下，王允能夠忍辱負重，組織完成難度極大的刺殺行動，實屬不易。但殺掉董卓後，王允先生瞬間飄起來，不僅輕視立下誅董卓大功的呂布，對文武百官也是頤指氣使。尤其失算的是，王允堅持不肯大赦董卓餘部。為了活命，董卓餘部只得抱團反擊，在李傕、郭汜的帶領下叛亂，釀成無法收拾的局面，東漢帝國最後一次像樣的救贖機會，沒了。

儘管王允一錯再錯，但忠心耿耿不容置疑。李傕、郭汜率領叛軍攻破長安，呂布將軍騎著赤兔馬跑來，招呼王允一起逃走。王允斷然拒絕，懷

著深深愧疚之心說：「身為執政大臣，不能使國家平安，反而讓逆賊得逞，我的責任重大！請將軍出城後，多多鼓勵關東豪傑，要以報效國家為己任！」呂布耐著性子聽完王允諄諄囑託，來不及再勸，一騎絕塵而去。

劉協望著漸漸遠去、魁梧身形似乎越來越小的呂布，抬眼再看身邊的王允，還是如此高大偉岸。王允默默陪著劉協，一言不發，直到西涼叛軍包圍宣平城樓，等到以身殉國的歸宿。數年後，劉協仍念念不忘王允的忠貞氣節，下詔改用隆重殯禮重新安葬王允，並派虎賁中郎將「奉策弔祭」，又封王允的孫子為安樂亭侯，食邑三百戶。

王允死了，呂布跑了，劉協被李傕、郭汜等人再次挾持。如果說漢靈帝接手的東漢帝國是爛攤子，那麼劉協接手的東漢帝國已經散架，所謂的大漢天子，不過是任權臣輪流玩弄的傀儡。

在災難、陰謀、殺戮中一路走來的劉協，目睹了百姓的疾苦，洞察了宮廷的黑暗，領教了權臣的蠻橫，見識了奸臣的嘴臉，記住了忠臣的身影。

娘胎裡就硬氣的劉協，決定改變這一切，哪怕是飛蛾撲火，也要撲上一撲。

劉協要拯救自家產業——大漢王朝。

第十節　披荊斬棘

先拯救自己吧。

大漢天子劉協竟遭綁票！

興平二年（西元195年）年初，李傕與郭汜因相互猜忌鬧翻，擁兵互

第十節　披荊斬棘

攻數月，長安城一片廢墟，死者數萬。腦子相對好使一點的李傕，搶先把天子劉協以及公卿大臣劫持回營。郭汜後悔不迭，企圖把天子搶過來，數次發動猛攻，戰況異常激烈，史稱：「矢及御前。」

無情的箭矢，狠狠落在劉協棲身的院子中。劉協沒有恐懼，只是莫名地悲傷，比死還難受。在鬼門關蹓躂過若干趟的劉協，不害怕死亡，但畏懼屈辱地活著。堂堂大漢天子被綁架，叛軍弓箭落在眼前，這個日子怎麼過？！有機會要上；沒有機會，創造機會也要上！劉協不想再做任人擺布的棋子，他要為大漢王朝爭取一線復興希望。

似乎有福之人不用愁，想什麼來什麼。《三國志‧董卓傳》記載：「傕將楊奉與傕軍吏宋果等謀殺傕，事洩，遂將兵叛傕。」就是說，楊奉將軍要與李傕劃清界限，宣布忠君愛國了！但就在前些日，楊奉還曾拚命打退郭汜軍的進攻，救出陷入苦戰的李傕，怎麼會突然掉轉船頭？

天下熙熙皆為利來，天下攘攘皆為利往，楊奉反水大抵如此：雖史無明文，卻留下線索——與楊奉密謀襲殺李傕的軍吏宋果不簡單！這個宋果很可能是當過侍御史、并州刺史的東漢名士宋果。這種咖位的名士，在李傕軍營擔任叫不上號的「軍吏」？與白波起義軍出身的楊奉聯手反正？

也許，宋果正是漢室朝廷打入李傕軍的王牌臥底，讓楊奉帶去諸如此類的口信：「殺掉李傕，封侯拜將！」天子劉協什麼都沒有，唯獨有封官、封大官的權力。楊奉的思路豁然開朗，立刻改換門庭，跟著天子混。

一對一單挑，變成三方混打。李傕無力再戰，郭汜、楊奉也沒有取勝的絕對把握。交戰各方在公卿大臣的努力斡旋下，透過十幾輪的艱苦談判，終於達成停戰協定：李傕釋放天子，換取在長安城繼續作威作福的權力；郭汜、楊奉等人獲得護送天子東歸洛陽的福利。

興平二年（西元195年）七月，劉協剛剛離開長安，就喜逢董承叔叔。三年前，董卓喪命時，董承正率軍屯駐河東郡，幸運地躲過朝廷對董

第三章　逐鹿中原

氏家族的血腥清算。後來，董承追隨李傕、郭汜攻陷長安，便率部駐紮在長安附近。

對人性深有領悟的劉協明白，董承叔叔早不來、晚不來，偏偏此時認親，他到底想要什麼；劉協更知道郭汜、楊奉護送東歸不能白做事。於是，劉協豪爽地掏出大印，劈里啪啦一通按：拜郭汜為車騎將軍、楊奉為興義將軍、董承為安集將軍。

封官也不做，郭汜按計畫翻臉。其實，郭汜只是想以護送天子東歸為幌子，把劉協從李傕軍營弄出來，方便獨享「唐僧肉」，根本不想回洛陽。由於郭汜突然變卦，東歸隊伍只好停在距長安不遠的池陽縣探討何去何從。郭汜勢孤力薄，討論不過支持東歸的楊奉和董承聯軍，急忙跑回長安找李傕，追憶哥兒倆共同挾持天子的美好時光，希望重歸於好。沒有天子把玩的李傕，這些天也是空落落的，哥兒倆一拍即合，追殺而來。

沒一個好東西！如果東歸隊伍抓緊趕路，李傕、郭汜追不上。但楊奉和董承因私人恩怨，竟誣陷駐軍華陰的將領要謀反，不顧劉協的強烈反對，打了十幾天沒頭沒腦的亂仗。然後，悲劇了，李傕、郭汜在弘農郡東澗追上並打垮護駕軍隊，百官死傷無數，皇家御用物品及檔案也大多丟失。

「幸曹陽，露次田中。」——在范曄先生的妙筆生花下，《後漢書・孝獻帝紀》寫得好一派閒庭信步、風輕雲淡，但猜想當事人劉協沒感到任何「幸」，也絕對不想體驗野營生活。入夜，劉協輾轉反側、不能入眠，仰望星辰稀疏的天空，想起光祿勳鄧泉、衛尉士孫瑞、廷尉宣播⋯⋯全沒了。尤其射聲校尉沮俊，血戰受傷被俘，仍是罵不絕口，慘遭叛軍殺害。敗亂見忠臣！大漢不缺忠臣，為什麼走到這般田地？！

失眠的不只劉協，楊奉、董承很可能也睡不著，他們不想放棄到手的「唐僧肉」，但又打不過李傕、郭汜，只好忍著滴血的心痛，擴大利益分享

第十節　披荊斬棘

群體。楊奉、董承表面假意求和，暗中卻派人到河東郡，邀請白波起義軍首領韓暹等人帶兵增援。

護駕軍隊得到有生力量補充，出其不意地打敗有些輕敵的李傕、郭汜，暫時擺脫危機。李傕、郭汜迅速集結主力，態度認真地再度殺來，護駕軍隊自然無法抵擋，又是血淋淋地慘敗——「少府田芬、大司農張義等皆戰歿」。

護駕軍隊撤到弘農郡陝縣紮營時，各部已經殘損不成建制，劉協身邊的虎賁衛士都不滿百人。在夜色火光中，李傕、郭汜的兵士繞營大聲呼喊，宛如鬼魅亂叫，令人不寒而慄。也許，只有多次陷入絕境的劉協最鎮定，因為自娘胎開始，不知是他不怕死，還是死怕他，總之每次都沒死成。

這次也不例外。大臣們群策群力，想出不是辦法的辦法——夜渡黃河。聽上去好像沒什麼，但實際很危險，因為黃河堤岸離岸邊沙灘有十餘丈高，人從上面下去，搞不好會永遠躺在沙灘上。只有天子、皇后等極少數人有絹當繩子，可以繫著順下，其他人唯有各憑本事，或爬或跳，滿地滾落著損壞的官帽。

好不容易來到渡口，大家又發現，不光是絹有數，原來船票也有限。只有天子、皇后等極少數人能上船，其他人都上不去。大家只能無奈地扒著船舷，苦苦哀求！心狠手辣的董承將軍不為所動，只顧著能早點開船跑路，便指揮衛士用長戈阻攔，甚至不惜砍斷扒在船舷上的手指。

未能上船渡河的官員和宮女，慘遭李傕、郭汜追兵的肆意虐待，衣服脫光、頭髮割掉，凍死、淹死者不計其數。乘船遠去的天子劉協，望著岸上火光沖天，聽著撕心裂肺的哭喊，看著船尾的無數斷指，心如刀絞卻又無可奈何。

在一片狼藉中，劉協僥倖逃到黃河北岸。儘管性命總算無憂，但物質

第三章　逐鹿中原

　　條件仍然窘迫，劉協只能住在一所年久失修的老房子，荊棘充作圍牆，門窗都關不上。劉協與大臣交談，兵士就趴在籬笆上觀望，相互擁擠取樂。有些將領更不把落魄朝廷當回事，隨意侮辱官員，甚至帶酒肉來劉協住處大吃大喝耍酒瘋。

　　所幸河內郡太守張揚等官員還算忠心，給劉協送來牛車和口糧，使皇室稍稍安定下來。興平三年（西元 196 年）一月，劉協輾轉來到河東郡治所安邑，終於徹底擺脫李傕、郭汜的威脅。為了向未來日子討個好彩頭，大難不死的劉協舉行郊祀大典，精挑細選出一個象徵吉祥如意的新年號，改元「建安」。與此同時，為表彰和鼓勵護駕將領再接再厲，劉協毫不吝嗇，又掏出大印，劈里啪啦一通按：張揚為安國將軍、韓暹為征東將軍、董承為衛將軍。

　　封官也不做，楊奉、韓暹變卦。由於楊奉、韓暹在河東郡起家，在此有很深的根基，所以對繼續東歸不感興趣；而董承、張揚當然不願意，仍要護送天子回洛陽。脫離危險沒多久的護駕隊伍，又陷入內訌，雙方談了又談沒談攏，實力最強的韓暹最先失去耐心，用武力把董承趕跑，結束了爭論。

　　難道要偏安河東郡過小日子？這肯定不是劉協想要的！劉協和公卿大臣輪番上陣，透過小半年的艱苦談判，終於說服楊奉、韓暹重啟東歸，並與董承、張揚共同保護天子回到廢墟洛陽。至於其中理由，《三國志‧董卓傳》冠冕堂皇的解釋：「諸將不能相率，上下亂，糧食盡。」

　　這個理由找的好牽強，就跟洛陽有糧食似的！歸根結柢，恐怕仍是：天下熙熙皆為利來，天下攘攘皆為利往。唯有利益，才能讓生死逃難的弟兄拔刀相向；唯有利益，才能讓拔刀相向的仇人握手言和。《後漢書‧孝獻帝紀》露出些許痕跡：「韓暹為大將軍，楊奉為車騎將軍。」不知是回到洛陽論功行賞，還是啟程前談好價錢，總之劉協的大印一通按。

劉協如願回到洛陽，但遠不是終點。

更難的路，還在後面。

第十一節　物競天擇

上天大體是公平的。

歷經坎坷、排除萬難回到洛陽的劉協，絕非只憑運氣。

快馬加鞭、千辛萬苦來到帝都的曹操，也非誤打誤撞。

曹操上一次見到天子劉協，還是七年前 —— 在洛陽崇德殿的帝王加冕儀式上。耀武揚威的董卓、戰戰兢兢的群臣、失魂落魄的漢少帝、哀號慘叫的何太后，任時間飛逝，仍歷歷在目。而今滄海桑田，物是人非，曹操也已不是當初那個曹操。

人總會變。與國賊誓不兩立的曹操，再也回不到當年。他再也不是奮不顧身潛入張讓府邸的年少刺客，再也不是拍案而起，棒殺蹇碩叔父的21歲洛陽北部尉，再也不是滿腔熱血上書抨擊時政的26歲議郎，再也不是大刀闊斧革除貪腐弊政的30歲濟南相，再也不是義無反顧東歸首倡義兵的35歲行奮武將軍。再也回不到以前！

當努力付之東流，何人可以不變初心？當司徒陳耽、郎中張鈞、侍中向栩、中常侍呂強、鉅鹿太守司馬直、諫議大夫劉陶、漢陽郡太守傅燮……或慘死黃門北寺獄，或自殺殉國，或戰死本不該戰死的沙場，一個個忠臣慘烈倒下，何人可以不寒心！然而，曹操還是來了。

天下洶洶，表面雖是比刀槍銳利，根子卻是比格局視野。韓暹、楊奉、董承、張揚等所謂「護駕功臣」，知道挾持天子有利可圖，但他們各

第三章　逐鹿中原

懷鬼胎、貪戀虛名，勾心鬥角、樂此不疲，遲遲不能讓朝廷恢復正軌。袁紹、袁術等所謂大漢支柱，也知道挾持天子有利可圖，但他們瞻前顧後、首鼠兩端，生怕制約自己稱王稱霸、瀟灑快活，遲遲不能下定決心。只有曹操真正懂得天子的意義，劈波斬浪趕來，扛起具有特殊價值的漢室大旗。

然而，事情都有兩面性。沉浸在奉迎天子喜悅中的曹操，此刻沒有意識到，至少沒有完全意識到，漢室大旗將漸漸成為阻撓他闊步前行的沉重負擔。因為曹操在變，劉協也在變。經歷太多九死一生的險況，劉協不再是懵懂無知、任人擺布的少兒，他已經成長為堅忍又不失強硬，強硬又不失智慧，智慧又兼具仁慈的大漢天子。

堅忍，不忍不行。大家活著都不易，百姓有百姓的痛，小兵有小兵的苦，大臣有大臣的愁，天子有天子的難。面對挖掘皇陵、禍害嬪妃、殺戮大臣、荼毒百姓，火燒帝都洛陽的董卓，劉協一聲不吭。面對肆意妄為、劫持天子、裹挾百官、縱兵搶掠，火燒長安宮殿的李傕，劉協還是不吭一聲。哪怕李傕部下在劉協遭挾持的院落門外，肆無忌憚地高聲交談：「李傕賜給的宮女，是不是在這裡？」顏面掃地的劉協，依然一聲不吭。

強硬，光忍不行。在宣平城樓上，劉協俯視著戰馬嘶鳴、刀槍林立的西涼步騎，勇敢地向李傕、郭汜發起質問。當李傕想提拔毒殺劉辯的親信時，劉協非但不同意，還以下詔形式強硬反對：「迫殺我兄，誠宜加罪。」東歸途中，劉協越來越強硬，為爭取早日回到洛陽，不惜絕食抗議，逼得殺人如麻的郭汜都不得不讓步。在河東郡寸步難行時，也是劉協抱定還於舊都的決絕之心，才得以再度啟程。

智慧，必須兼具。興平元年（西元 194 年），長安地區暴發饑荒，每天都有不少百姓餓死。劉協懷疑賑災大臣沒有如數發放救災糧，於是派人取米、豆各五升，在自己面前現場熬粥，進而推算出每天能熬出多少粥，

第十一節　物競天擇

能賑濟多少災民，當場戳穿賑災大臣侵占公糧的把戲。到此為止，劉協可以算聰明。但不止於此，劉協沒有對賑災大臣咆哮重罰，只是進行一般懲處，彰顯了他恩澤深厚的智慧。

仁愛，不可或缺。儘管劉辯母親毒殺了劉協母親，但當劉辯慘遭董卓下令毒殺時，劉協仍是悲傷不已。《後漢紀》寫道：「帝聞之，降坐盡哀。」後來，劉辯的愛妃唐姬被李傕軍俘獲，李傕想娶唐姬做妻子。劉協趕緊下詔，封唐姬為弘農王妃，及時保護起來，沒讓李傕得逞。也許，正因為劉協所展示出的胸懷氣度，才能吸引無數大漢臣子不離不棄，願意為之赴湯蹈火，也才有回到洛陽的今時今日！

建安元年（西元196年）八月，洛陽的楊安殿，肅靜無聲，大家把目光投向天子。劉協環顧著剛剛修繕好的宮殿，的確有些不捨。可除了楊安殿，洛陽城瓦礫成堆、荊棘滿目、一片狼藉，百官無處安身，很多官員只能把破壁殘垣作為棲身之處。

沒有住處還好說，大不了「天為被、地為床」，怎麼也能扛一扛。難的是沒有糧食，一頓不吃餓得慌。劉協下詔向州郡徵糧，但這些刺史、郡守忙著招兵買馬搶地盤，哪有人會理會要飯的天子！迫不得已，尚書令以下官員自力更生，靠採摘野生植物充飢。由於人多植物少，時不時有大臣餓死，訃告一個接著二個，追悼會開到麻木。

劉協看著畢恭畢敬肅立的曹操，以及剛吃幾天飽飯、擔心再餓肚子的文武百官，似乎別無選擇。放眼天下，誰人能夠扶持漢室？韓暹、楊奉、董承、張揚等所謂「護駕功臣」？他們除了內訌就是內訌，肯定不行！實力不濟的徐州呂布？虎視眈眈的河北袁紹？心懷不軌的淮南袁術？早有僭越之舉的荊州劉表？也都不行！事到如今，只能是兗州牧曹操！畢竟曹氏家族世受皇恩，曹操在平定黃巾軍叛亂中又立下功勳，可能真是忠臣。

尤其令天子劉協感動的是，曹操不僅送來山陽郡的兩箱甘梨等各種可

口食物，還帶來一些御用生活器皿。在《上雜物疏》的奏摺中，曹操無比謙卑地表示：臣獻上的這些御用器皿，都是當年先帝賜給臣祖父和父親的，一直供奉在家裡，從來不敢用過。感謝先帝的恩德，現在臣覺得應該還給陛下了。

從小當傀儡的劉協，哪裡感受過這樣的禮遇？如此忠臣怎麼沒早點讓朕遇到啊！

終於，劉協緩緩地點了點頭，同意離開洛陽。

選擇決定命運。

第十二節　明爭暗鬥

白吃白喝，沒好事。

劉協很快發現，自己掉進好大一個坑。

說好去魯陽，卻半道加速奔許縣，劉協感覺很不好。

不用生氣著急，因為更不好的還在後面。《後漢書‧皇后紀》記載：「自帝都許，守位而已，宿衛兵侍，莫非曹氏黨舊姻戚。」就是說，劉協剛到許縣，天子侍衛隊的士兵，迅速全換成曹操的嫡系親兵。

曹操的做法讓大漢朝臣深感不悅，難道又是董卓、李傕、郭汜一類的豺狼虎豹？儘管曹操很可能和善可親地向大家耐心解釋──保衛天子東歸的侍衛們太辛苦，個個餓得面黃肌瘦，需要好好休息，輪換些體力好、精神旺的新侍衛，才能更好地彰顯天子威儀。但無論理由多麼美妙動聽，也掩蓋不住事實真相：劉協被監視居住。

做了虧心事，不免疑神疑鬼。在天子喬遷許都的慶祝大會上，曹操突

第十二節　明爭暗鬥

然感覺太尉楊彪的臉色不太好看，產生不祥的預感。雖說天子侍衛隊換成曹氏親兵，但朝堂大門一關，以楊彪為首的幾十個大臣哪怕一人一腳，照樣能把曹操踹得嗚呼哀哉。

誰也不想立於危牆之下！曹操唯恐楊彪在酒宴上拿不住酒杯，趕緊聲稱鬧肚子去廁所。曹操離開宴會廳，一溜煙跑回軍營。也許，楊彪只是營養不良導致臉色難看；也許，楊彪是真打算摔杯子幹一場。但不管楊彪怎麼想的，驚魂未定的曹操還是決定殺雞儆猴。

若要修理楊彪，得有堂皇理由。楊彪不是一般人，不僅身居要職、德高望重，而且出身超級名門望族。從楊彪高祖父至楊彪的四代人，每代都有人位列三公，是東漢歷史上第二個完成「四世三公」偉業的家族。百餘年來，楊氏家族為帝國立下累世功勳，聲望享譽四海，人脈遍布朝野。

正在曹操苦思冥想如何找碴時，腦子進水的袁術來幫忙。近年來，在群雄逐鹿中漸漸邊緣化的袁術先生，不甘心盤踞淮南，但又搞不定周邊武裝，只好透過另類舉動吸引世人眼球。精心醞釀許久的袁術，爆出特大新聞，於建安二年（西元 197 年）在壽春稱「仲家」，在自己的一畝三分地自嗨起來。

袁術爽了，楊彪倒楣。楊彪的妻子來自袁氏家族，這讓曹操找到尋釁滋事的發力點，馬上指示司法機關啟動調查，以「莫須有」的罪名抓捕楊彪。曹操的這一決定，立刻引起朝野一片譁然。在青州戰火中待不下去，跑到朝廷混飯吃的孔夫子後代、當世大儒孔融，第一個坐不住，氣憤得連朝服都沒穿，匆匆趕去質問曹操。

孔融先生有理由激動，因為他的臉丟光了。不久前，孔融還在興高采烈地接連作詩，對「勤王將領」曹操進行熱情奔放的歌頌，不是「瞻望關東可哀，夢想曹公歸來」，就是「從洛到許巍巍，曹公憂國無私」。孔融把奉迎天子的曹操當成聖人吹捧，表示了衷心擁戴。

第三章　逐鹿中原

　　感覺遭到戲耍的的孔融先生，義憤填膺地要求曹操放人。抓楊彪的黑鍋，曹操當然不肯背，他一臉痛苦地說：「孔先生，我也沒辦法，這是陛下的意思。」雖說孔融率真好騙，但畢竟不是白痴，知道不可能是劉協的意思。滿腔怒火的孔融，隨即發揮罵人特長，引經據典，對曹操展開語言上的猛烈攻勢，最後撂下一句自以為特有分量的狠話：「我明天不再來朝！」說得口乾舌燥的孔融，氣鼓鼓地拂袖而去。

　　除了反應激烈的孔融，荀彧等人也積極開展救援行動，要求釋放楊彪的呼聲此起彼伏。負責審訊楊彪的親曹官員表示壓力很大，向曹操彙報導：「我對楊彪進行嚴刑拷問，仍然沒有找到罪證。此人有名於海內，若強行定罪，會大失民心，請您想清楚。」沒有實錘鐵證，又惹下眾怒，曹操只能無奈放人。

　　不能殺楊彪，那就殺可以殺的。《後漢書・皇后紀》記載：「議郎趙彥嘗為帝陳言時策，曹操惡而殺之。其餘內外，多見誅戮。」曹操逐漸獨斷專橫、飛揚跋扈的做派，與在洛陽奉迎天子時，簡直天壤之別。劉協對曹操這個兩面派越來越不滿，以致某次會面時，突然爆發道：「君若能相輔，則厚；不爾，幸垂恩相舍。」

　　突然聽到劉協放狠話，曹操登時大驚失色，以為埋伏的刀斧手或者手持利刃的若干大漢忠臣會衝出來。曹操趕緊認錯，連連磕頭，嚇得「俯仰求出」，希望劉協再給他一次回家反省的機會。幸好劉協只是一時激憤，並沒有精心籌劃，否則歷史的車輪就要拐彎了。

　　一波刺激，接著一波刺激，曹操越來越忐忑不安。話說按舊時禮儀，「三公」等級的官員領兵出征前，要由天子侍衛隊用刀架著脖子面聖，以示外出辦事忠貞不貳。曹操夠等級，很可能在出征討伐南陽張繡前，有幸親身體驗過一把。雖說侍衛隊都是曹氏親兵，但好幾百人的隊伍，出個把叛徒怎麼辦？曹操越想越後怕，每次出征都認真履行儀式，誰受得了？！

第十二節　明爭暗鬥

從此，曹操幾乎不再面聖。

你不來見我，我也可以噁心到你。建安二年（西元197年），郭汜被部將殺死；建安三年（西元198年），曾經挾持天子、不可一世的李傕也在軍閥混戰中敗亡，首級被快馬加鞭送到許都。大仇得報，心曠神怡的劉協下詔——把李傕人頭掛在許都城門示眾。劉協的命令，既是對李傕的極度痛恨，更是警示在亂臣賊子路上狂奔的新貴。

請神容易，供神難。曹操發現，自己掉進好大一個坑裡。不僅與劉協的關係陷入緊張狀態，群雄還把曹操視為眼中釘、肉中刺。不僅楊奉、韓暹等護送天子東歸的將領心懷不滿，袁紹、袁術等地方軍閥也是羨慕嫉妒恨！

袁術以自稱「仲家」（天下第二家）的實際行動，公然藐視曹操掌控下的東漢朝廷。袁紹也因曹操擔任最威武的大將軍，憤恨回絕朝廷授予的太尉。《獻帝春秋》記下袁紹的暴怒回話：「曹操當死數矣，我輒救存之，今乃背恩，挾天子以令我乎！」

天子劉協駕到，曹操奉天子以令不臣的局面非但沒實現，反倒成為眾矢之的。

內憂外困，沒有退路的曹操，只能向前。

第三章 逐鹿中原

第四章　重整山河

　　虎嘯北方的袁紹，席捲江東的孫策，雄霸徐州的呂布，盤踞淮南的袁術，蟄伏小沛的劉備，還有竄入南陽的張繡……曹操「奉天子以令不臣」的路，注定坎坷。

第一節　歲月崢嶸

　　火光沖天，殺聲四起！

　　摟著張繡嬸嬸纏綿的曹操立刻覺悟：睡錯人了！

　　睡已睡了，錯已錯了，曹操來不及懊惱，趕緊從被窩裡爬出來，翻身上馬，奪路而逃。

　　「帳下壯士有典君，提一雙戟八十斤。」為掩護曹操順利跑路，虎背熊腰的典韋手持重型雙戟，帶領侍衛隊堵在曹營正門，與張繡士兵展開殊死搏鬥、寸步不讓。典韋身邊的十多名曹軍兵校也毫不退縮，無不以一當十，拚死力戰。

　　張繡士兵一時無法攻破曹營正門，隨即憑藉人多勢眾分成幾路，攻破其他營門殺入。陷入重圍的典韋仍然血戰不退，掄起雙戟左右猛擊，一戟過去便有十幾支矛被擊斷，殺得張繡士兵一陣陣鬼哭狼嚎。

　　猛虎不敵群狼，好漢抵不上人多。曹軍士兵一個又一個倒下，典韋也身受十幾處創傷，因失血過多，有些站立不穩。張繡士兵以為即將結束戰鬥，興奮地衝上去，想活捉典韋立功。結果衝得最猛的兩位最倒楣，直接

第四章　重整山河

被典韋用雙臂挾住勒死。

張繡士兵直接嚇傻，不敢再逼近。典韋扔下兩具屍體，深吸一大口氣，猛地上前突擊，又殺死幾個張繡士兵，終於精疲力竭。八十斤的大戟，重重砸在地上，血肉模糊、怒目圓睜、罵不絕口的典韋，轟然倒下。也許，在人生的最後一瞬，盡忠職守的典韋，還在惦記主公的安危：他到底跑遠沒有？

很遺憾，在典韋及曹軍侍衛隊的拚死抵擋下，曹操還是沒跑遠。《魏書》描述了曹操的慘狀：「公所乘馬名絕影，為流矢所中，傷頰及足，並中公右臂。」冬夜中的宛城郊野，寒風刺骨直入心！曹操忍著右臂的傷痛，看著倒在地上奄奄一息的愛駒「絕影」，聽著「活捉曹阿瞞」的殺喊聲越來越近，幾近絕望！如果天命如此，曹操無話可說，但宛城慘敗純屬人禍，還是自己親手造成的！

迎難而上是家常便飯，順勢而為偏偏不會。自從兗州叛亂，身處逆境的曹操妙手迭出，重新開創來之不易的大好局面。但當張繡不戰而降，拱手獻出宛城，身處順境的曹操卻昏著不斷，秀起情商下限。其實只要曹操正常發揮，肯定知道如何安撫張繡將軍，但曹操連低水準都沒發揮，完全是沒水準，還是一而再，再而三地沒水準。

第一次沒水準，是曹操的敬酒。曹操設宴款待張繡等降將沒問題，席中敬酒更沒問題。大家拉近感情，不是挺好的事嗎？關鍵是曹操給降將敬酒時，身後一直緊跟手持長斧、怒目而視的貼身侍衛典韋。酒宴從始至終，張繡等降將都不敢抬頭，苦澀地嚥下美酒。試問天下哪有這樣的請客敬酒？別說張繡，恐怕沒人不感到恐怖和恥辱。

第二次沒水準，是曹操的送禮。曹操發現張繡的貼身侍衛非常勇猛，抑制不住喜愛之情，毫無顧忌地殷勤獻好。愛惜勇士沒錯，愛挖牆腳也沒錯，但您得分場合、分地點吧？不戰而勝的曹操，飄得厲害，根本不注意

細節，拿著金銀財寶就往張繡的貼身侍衛手裡塞。曹操如此明目張膽地收買貼身侍衛，別說張繡，恐怕沒人不感到焦慮和不安。

第三次沒水準，是曹操的納妾。愛江山更愛美人，英雄好色也是常事。但美人多了，不用非跟張繡嬸嬸過不去吧？曹操偏是過不去！張繡投降也就罷了，輩分還跟著縮。別說張繡，恐怕沒人不感到惱怒和憤恨。跌了面子又感到生命受到嚴重威脅的張繡，在一位頂級謀士的精心策劃下，藉口部隊換防，對曹操駐地發動奇襲，大獲全勝！

建安二年（西元 197 年）一月，曹操在南陽郡宛城的三次沒水準，讓自己陷入絕境。不過，曹操的運氣真好，即便把所有考題都選錯，上天也願意再給他機會。一位英姿勃勃的年輕將軍，騎駿馬疾馳而至，迅速翻身下馬，跪請曹操騎乘離去。

上陣還得父子兵，此人不是別人，正是曹操的嫡長子曹昂。這一幕，曹操似曾相識。那是七年前，在滎陽汴水惡戰董卓大軍時，曹操也是兵敗受傷，騎著曹洪讓出的神駿，一同突出重圍。曹操希望重演歷史，歷史考慮了下，給了一半面子——曹操再次突出重圍，但獻出坐騎的曹昂，血染疆場。

比起宛城大敗，比起右臂箭傷，比起曹昂陣亡，最讓曹操心痛的是屢建奇功、勇猛無比的典韋，沒了！千軍易得、一將難求！典韋不僅形貌魁梧、膂力過人，更是有大志氣節，性格任俠豪邁！青年典韋曾在車水馬龍的市集附近，為朋友刺殺當地豪族首領，幾百人尾隨追趕卻沒人敢接近。從此，典韋以雄武壯烈聞名。

討伐董卓聯軍成立，典韋毅然從軍。由於典韋力大無窮，一隻手就能立起又長又大的牙門旗，很快引起曹軍高層將領關注。數戰有功後，典韋升任司馬。濮陽城外的大戰，曹軍狀況吃緊，典韋率先報名參加敢死隊，帶隊成功打退呂布軍的瘋狂進攻。戰後論功行賞，曹操提升典韋為都尉，

第四章　重整山河

並留在自己身邊，擔任貼身侍衛隊隊長。

如今陰陽兩隔，曹操唏噓流涕！曹操不能忘記，性情忠誠謹慎的典韋，白天總在自己身邊侍立，晚上也睡在自己大帳旁；曹操更記得，喜歡喝酒吃肉的典韋，縱情暢飲，要幾個人輪番服侍才供得上，可謂慷慨豪壯！

想起往事，曹操禁不住嚎啕大哭，不惜花費重金派間諜取回典韋遺體，令人護送至陳留郡襄邑縣安葬。自此以後，曹操南征北戰時，只要經過襄邑縣，都會用隆重祭禮悼念典韋。不僅如此，曹操還火速提拔典韋的兒子為司馬，留在自己身邊著力栽培。

曹操做人做事，歷來快意恩仇，有仇報仇，有恩報恩。

從不讓別人虧欠自己，更不讓自己虧欠別人。

不過，人生在世，難免欠帳。

第二節　陰晴圓缺

月有陰晴圓缺，人有悲歡離合。

雖說人死不能復生，但悲傷就是止不住。

因為有一種悲傷，不僅僅是對逝者的追思，更是生者對未來的迷茫。

曹操正妻丁夫人非常清楚，養子曹昂的死，對她意味什麼。曹昂戰死，曹操固然傷心，但他還有眾多兒子，比如卞氏生的曹丕、曹彰、曹植，又如環夫人生的曹沖。但對於丁夫人來說，曹昂的死，是失去一切一切的痛。

光和元年（西元178年）或光和二年（西元179年），曹操的側室劉夫

第二節　陰晴圓缺

人去世，留下不滿3歲的曹昂和剛滿週歲的曹鑠。沒有生育的丁夫人，隨即收養他們，一手將他倆拉扯長大。曹昂和曹鑠認丁夫人做養母，也從庶子成為嫡子；丁夫人有了名義上的兒子，更是大大鞏固正室地位。可隨著未成年的曹鑠病逝，剛成年的曹昂又戰死，完美的雙贏局面不復存在。

曹操很理解丁夫人的心情，況且曹昂的死，歸根結柢錯在自己。所以，在丁夫人瘋狂抱怨時，曹操一忍再忍，不惜在姬妾、兒女乃至奴婢面前丟光臉面。但是丁夫人似乎不打算善罷甘休，據《魏略》記載：「丁常言：『將我兒殺之，都不復念！』遂哭泣無節。」丁夫人沒完沒了的哭鬧，終於讓日理萬機的曹操心煩意亂。

曹操確實難啊！要留心身邊的天子，提防北邊的袁紹，擔心東邊的呂布，惦記西邊的韓遂，思索怎麼討伐南邊的張繡、劉表，研究如何打退侵入豫州陳國的袁術。曹操稍一疏忽就可能陷入萬劫不復，確實沒時間、沒精力持續哄老婆開心。為了耳根清淨，曹操把丁夫人打發回娘家。曹操要求不高，只要丁夫人不再鬧，立刻接回。曹操覺得司空太太職位，應該很有吸引力，不愁丁夫人不回心轉意。

於是曹操等啊等，等過今天等明天，等過明天等後天，一直沒等來上門勸和的丁家人。丁夫人回娘家閉門不出很多天，別是有什麼意外或病了吧？內心有愧的曹操沉不住氣，親自來到丁家一探究竟。

司空曹操去接太太，排場不能小，車駕離丁家大門還遠，司空府的工作人員便提前大聲通報：「曹公要到了！」曹操的岳父、岳母肯定很識趣，應該早早站在大門口迎候。然而，丁夫人卻充耳不聞，仍然關在屋裡織布。當曹操邁進大門，聽著刻板枯燥的機杼聲時，步履漸漸沉重起來。

沒面子就沒面子吧。曹操臊眉耷眼地進入織房，緩緩走向丁夫人。聽到熟悉的腳步聲，丁夫人沒有任何反應，仍舊面朝牆壁操作織布機。曹操厚著臉皮過去，撫著丁夫人的後背，溫柔地問：「能和我坐一輛車回去

第四章　重整山河

嗎？」丁夫人彷彿沒有聽到，一動不動、一言不回。

曹操心痛如割！二十多年的夫妻啊，一起走過多少風風雨雨！哪怕是兗州叛亂的至暗時刻，曹操寧肯放棄東郡換取援助，也沒把丁夫人送到鄴城當人質。如今「奉天子以令不臣」的司空曹操，反而無力留下心中的愛人嗎？的確如此，因為人生不是織布機上的梭子，不能一次次離開，又一次次回到起點。時光無法倒流！

曹操苦楚蒼涼地走出織房，又停住腳步，再做一次努力吧！曹操站在織房門外，望著屋內既熟悉又陌生的丁夫人背影，動情地問：「真的不回去嗎？」許久，只有梭子來來去去的聲音。曹操一聲絕望哀嘆：「真訣矣！」

「讓她改嫁吧。」曹操心灰意冷地對丁家人說完，便緩緩轉身離去。丁家敢把丁夫人嫁出去嗎？即使丁家敢嫁，誰又敢娶？即便有人敢娶，丁夫人又能允嗎？對陣亡兒子的思念和對濫情丈夫的憎恨，早已使丁夫人萬念俱灰。

關於丁夫人，史書記載很少，只有寥寥數百字。僅有的這點文字，不是寫丁夫人對曹操歇斯底里地咆哮哭鬧，就是嘲諷丁夫人對小妾卞氏的輕蔑欺辱。丁夫人作為普遍意義上的失敗女性，在歷史中難免被刻劃成缺乏理智、心胸狹隘的悍婦。然而，如果換個角度和思路看，就可以見到一位達觀睿智的女人。

比如，曹昂死後，丁夫人失去理智與曹操的各種鬧，回到娘家卻突然出奇冷靜。巨大的情緒反差，可以解釋為受刺激的精神官能症狀，也不妨揣測為丁

夫人有意為之。由於曹操是過錯方，再加上丁氏家族與曹氏家族的盤根錯節，即便沒有兒子，丁夫人只要不鬧事，仍然可以穩坐正室。但丁夫人此時不離開，將來等曹操立其他姬妾的兒子為嗣子時，她的地位依舊難保。所以，丁夫人先鬧後靜，想盡辦法離開曹操，未必不是深思熟慮的決定。

再如，卞氏成為曹操繼室，絲毫沒有計較丁夫人以前欺負她的事，還經常趁曹操出征期間，贈送東西給丁夫人或迎回府中敘舊，並請丁夫人坐正位，禮儀有如往昔。對於卞氏的以德報怨，《魏略》記錄下丁夫人的回答：「廢放之人，夫人何能常爾邪！」乍聽去，丁夫人似乎在感謝。但仔細品味，又何嘗不是丁夫人成人之美後的警示。丁夫人的真實意思，彷彿是：我已給面子來了幾次，史書會留下你賢良淑德、不念舊惡的讚譽，你不用常常如此了。

丁夫人到底是什麼樣的人？僅憑史書留下的幾百字，遠遠不能準確判斷。但從丁夫人作為正室輕視小妾，兒子戰死悲痛萬分，堅決與導致兒子死亡的偷情丈夫一刀兩斷等情況看，丁夫人的每個選擇都很真實，從不反人性。

建安二十四年（西元219年），丁夫人離開曹操二十多年後，終於平靜地走到生命終點，消散了一切恩恩怨怨。大半年後，曹操也病入膏肓，彌留之際在病榻上思前想後，一聲嘆息：「我這人一生行事，從來於心無愧，只有一件事不能釋懷。假如死後有神靈，昂兒問『我的母親在哪』時，我該如何回答啊！」

英雄一聲長嘆，嘆不盡，萬千無奈。

第三節　拔劍四顧

妻離子亡的仇，得報。

建安二年（西元197年）秋，曹操擊退侵入豫州陳國的袁術軍，便立刻掉轉矛頭，對準不共戴天的仇人張繡。當年初冬，曹操率大軍攻克湖陽

第四章　重整山河

等軍事要鎮，擊敗張繡和劉表聯軍。建安三年（西元 198 年）春，曹操再次劍指南陽，誓要徹底剿滅張繡。

千人之諾諾，不如一士之諤諤。當大家都準備跟張繡先生說來生再見時，有人卻表示不一定。這就是曹操帳下五大頂級謀士中第三位來報到的荀攸，《三國志》給他頒發了謀士的最高評價——「算無遺策」。

這不是浪得虛名。當年，年僅 13 歲的荀攸，便幫助叔父識破作案潛逃的殺人犯。長大後，荀攸更加深謀遠慮，婉拒兗州任城國相的任命，主動申請到相對安定的益州擔任蜀郡太守。由於兵荒馬亂、道路不通，荀攸沒能如願上任，不得不停駐荊州。直到天子遷都許縣，荀攸又收到曹操的親筆邀請信，看到中原平復的希望，這才踏上北返的道路。

《三國志·荀攸傳》記載：「太祖素聞攸名，與語大悅。」經過深入交流，曹操對荀攸的謀略見識極為欣賞，坦言道：「吾得與之計事，天下當何憂哉！」話是這麼說，但荀攸的第一次獻計，曹操就否決了。荀攸說：「若急切進攻張繡，劉表必然全力支援。不如緩一緩，等張繡和劉表產生矛盾，趁鷸蚌相爭，坐收漁翁之利。」日子過得順風順水的曹操，撇撇嘴，認為穩操勝券的簡單事，不要搞那麼複雜，堅持立即進軍。

事實證明，「算無遺策」的荀攸不會算錯。曹操大軍把張繡軍圍困在穰城後，劉表果然盡遣精銳，迅速切斷曹軍補給線。面臨斷糧危險，曹操不敢戀戰，只得邊打邊撤，艱難擺脫劉表和張繡聯軍的圍追堵截。

一波未平，一波又起！曹操花大氣力拉攏的呂布將軍，又反了！這是為哪般？曹操奉迎天子後，頻頻向呂布示好，非但不追究他偷襲兗州的責任，還親切無比地「厚加慰勞」。呂布也很識抬舉，向天子上書時，把曹操忠公體國的義舉大大誇贊一番；私下寫信更是大表心志，稱願意聽從曹司空指揮，按命令抓捕袁術，以效犬馬之勞！

人捧人高，再接再厲。曹操見呂布這麼上道，覺得有必要進一步加深

第三節　拔劍四顧

感情。於是，曹操派出使者，帶平東將軍的印綬給呂布，並寫了封感人肺腑的信函。曹操在信中慷慨表示：「朝廷雖沒有好金子和好紫綬，但這些困難都不是事，我從家裡找到上好的金子做成將軍的大印，又把自己的紫綬獻出來給你。」讀過信的呂布，想必感動不已！也趕緊翻箱倒櫃，精挑細選出一條上好綬帶，讓回訪使者帶給曹操。

可惜，本來如膠似漆的曹呂關係，讓劉備攪沒了。屯駐小沛的劉備不甘寂寞、四處打劫，仗著有曹操撐腰，居然把呂布花大價錢買來的若干戰馬搶走！呂布將軍做人歷來實在，不管以後是不是要挨曹操打，也要先揍劉備一頓，出出惡氣再說。建安三年（西元 198 年）夏，呂布率軍向小沛發起進攻，把豫州牧劉備打得落花流水！來不及走脫的劉備妻妾子女，又一次成為俘虜。

曹操這下犯愁了，是先消滅張繡，還是先收拾呂布？如果東征呂布，張繡偷襲許都怎麼辦？如果與張繡鏖戰，放任呂布做大做強也不好。關鍵時刻總有關鍵人物，曹操帳下五大頂級謀士中第四位來報到的郭嘉，瀟灑站出來，要拿大主意！

郭嘉不簡單，從小有遠大志向，想在亂世中輔佐明主、建立功業。郭嘉 20 歲時，曾去冀州投奔袁紹。經過試用期，袁紹覺得郭嘉行，可以轉正。但郭嘉覺得袁紹不行，空有周公禮賢下士的模樣，卻沒掌握用人精髓。郭嘉毫不猶豫地離開冀州，回到家鄉隱居，一待便是六年。

建安元年（西元 196 年），郭嘉在潁川老鄉荀彧的動員下，來到曹營應徵。荀彧強力推薦的人才，曹操高度重視，親自對郭嘉面試。過程不得而知，但從考核評價看，郭嘉得了滿分。曹操感慨道：「使孤成大業者，必此人也。」郭嘉對曹老闆也相當滿意，由衷讚嘆：「真吾主也。」

現在得替吾主排憂解困，郭嘉建議道：「袁紹遠征幽州公孫瓚，一時半會兒回不來，正好用這段時間，先把呂布拿下。如果不趕緊消滅呂布，

第四章　重整山河

那麼以後跟袁紹翻臉開打，呂布很可能成為幫凶。」荀攸也說：「呂布驍勇善戰，一旦起勢不好辦，趁早扼殺吧。」處在困境的曹操很冷靜，立即採納兩位頂級謀士的意見，率領大軍殺向徐州。

軍事重鎮彭城血戰失守！廣陵太守陳登率部倒戈！奪路狂奔的大英雄呂布很後悔，早知後果這麼嚴重，那些馬送給劉備就是了。逃回下邳城的呂布，望著城下黑壓壓的曹軍，感覺要壞事，打算接受曹操的勸降，不當老大了，踏踏實實做武將吧。

呂布好不容易要英明一次，卻被陳宮阻止。以智略見長的陳宮，一定看出形勢萬分危急，但就是不同意和談。因為陳宮與呂布不同，呂布做人沒原則，打得過打，打不過跑，跑不掉降。陳宮做人有原則，無論如何也不能與迫害名士、屠殺百姓的曹操再共事！呂布哪曉得陳宮的凌雲壯志，還以為有機會翻盤呢。

為了堅定呂布頑抗到底的信心，陳宮積極獻計獻策道：「我料曹軍遠道而來，必不能久持，將軍可以帶領精銳步騎駐守城外險要，我率領其餘人馬固守城池。曹軍如果向將軍進攻，我就進攻曹軍背後；要是曹軍只是攻城，將軍就從外面救援。不出一個月，曹軍糧盡，我們趁勢發起進攻，必然能打敗曹操。」

呂布覺得行是行，但這麼大的事，得回家跟太太商量下。結果呂布妻子堅決不同意：「從前曹操對陳宮無微不至，陳宮仍然背叛曹操。如今將軍對陳宮的恩德，並未超過曹操吧？既然如此，怎能把城池交給陳宮，拋棄妻子兒女，孤軍遠出呢？一旦發生變故，我難道還能成為將軍的妻子嗎？」呂布一聽，太太說得更有道理，而且很可能勾起深埋心中的往事。

《英雄記》記載，建安元年（西元 196 年），呂布有驚無險地平息了部將叛亂。呂布審問被俘叛將：「同謀的都有誰？」叛將回答：「陳宮是同謀。」當時陳宮正坐在呂布旁邊，頓時臉發紅，在場的人都察覺到陳宮的

第三節　拔劍四顧

變化。呂布倒是難得沉著冷靜，考慮到陳宮是大將，手下還有一票人馬，權當什麼都沒聽見，並不深究。

也許，陳宮真的參與了；也許，叛將是臨死前的「瘋狗亂咬人」。總之，儘管此事不了了之，但在呂布心裡留下陰影。呂布聽了太太的教誨，猜想陰影面積陡然增大數倍，越發忐忑不安，隨即取消出城作戰計畫。經過這一番耽擱，作戰計畫沒商定，投降的事情也錯過，後面只能硬挺了！

困獸猶鬥！呂布行走江湖這些年，什麼大風大浪沒見過！手起刀落結果丁原，乾淨俐落刺死董卓，而後縱橫中原，北擊黑山、南蕩袁術、東驅劉備，一度還占據兗州，把曹操逼入絕境。《三國志》對呂布評價不高，但都不得不承認他「有虎之勇」。

誰怕誰，幹到底！在呂布軍的頑強抵抗下，建安三年（西元198年）的冬天姍姍而來，曹軍士兵盡顯疲態。望著一次又一次如潮水般退下來的攻城士兵，曹操有些猶豫，還要不要打下去？回許都過完祥和喜慶的春節再來吧？《三國志‧武帝紀》記載：「太祖欲引軍還。」

荀攸和郭嘉一致表示：今年不要回家過春節！郭嘉說：「呂布每戰必敗，氣衰力盡、軍心不穩。只要曹公堅持住，必然能大獲全勝。」荀攸也勸道：「呂布勇而無謀，已經連續大敗。趁呂布軍隊士氣尚未恢復，陳宮計謀尚未定奪，奮力急攻可以拿下。」精神鼓勵的同時，荀攸和郭嘉貢獻出實實在在的攻城好辦法——「決泗、沂水以灌城」。

寒冬熱血，重新響起進軍鼓聲。

曹操拔出利劍。

劍指下邳。

第四節　周公吐哺

白門樓上的呂布，迎來人生中最冷的冬天。

陳宮已讓叛將捆到曹營，呂布很有自知之明：牆倒眾人推，快輪到自己了。

與其讓別人惦記，不如自己主動點。呂布風度翩翩地對身邊親兵說：「拿我首級給曹操，立功去吧。」了解呂布「輕狡反覆」性格的親兵，既不忍，也不信，更不敢。親兵很有覺悟，全都紋絲不動，敬待呂布自裁。果然不出大家所料，呂布對自己下不去手，還是決定昂首挺胸、舉手投降。

生死關頭，智慧爆發。五花大綁的呂布見到曹操，開場白非常有水準：「今日已往，天下定矣！」呂布不愧老江湖，儘管糊塗時候多，但偶爾明白起來就不得了。呂布用簡明扼要的八個字，直擊曹操柔軟的心靈深處——亂世誰主沉浮？

曹操聽得心癢癢，順水推舟問道：「為什麼這麼講？」呂布大言不慚地說：「紛爭亂世，明公最忌憚我，如今我服了。以後我帶領騎兵，明公統率步兵，平定天下指日可待。」曹操表面不置可否，內心卻頗為受用。

呂布吹噓自己英勇善戰的同時，不忘關心曹操的身體健康。呂布仔細端詳著曹操問：「明公怎麼瘦啦？」曹操很詫異，呂布興致勃勃地繼續說，「十年前，我們在洛陽的溫氏園見過啊。」曹操點了點頭說：「我之所以消瘦，還不是跟你打仗太操勞所致。」

呂布順勢接過話頭：「春秋五霸之一的齊桓公，舍射鉤之恨，任用管仲為相。明公也該不計前嫌，讓我效犬馬之勞，為明公的先鋒大將，可以嗎？」難怪丁原讓呂布做主簿，肚子裡還是有點兒墨水的，先秦典故信手拈來。

第四節　周公吐哺

　　呂布口若懸河，馬屁滔滔不絕，臨場發揮相當出色。眼見曹操神色趨緩，呂布有所放鬆，求了最不該求的人——曹操身旁的劉備。呂布充滿期待地央求：「玄德老弟，你是坐上貴客，我是投降俘虜，繩子捆得太緊，你不替我說句話嗎？」劉備尚未回應，曹操先笑了：「捆老虎當然要緊一些。」說完，示意軍士給呂布鬆一鬆。

　　此刻，生的大門，已向呂布敞開。曹操本就不想殺呂布，倒不是馬屁拍得好，也不是因他可以為先鋒大將，更不是念溫氏園的陳年交情，而是現實的迫切需要。立志掃滅群雄、重整河山的曹操，急需樹典型、立標竿。

　　曹操曾感慨說過：「高祖赦雍齒之讎而群情以安，如何忘之？」雍齒是秦末漢初的叛變達人，一度把漢高祖劉邦搞得很狼狽。後來劉邦當上皇帝，需要安撫人心，特意重重封賞雍齒。曹操也想效仿劉邦，找一個把自己害得很慘的敵人，然後高調赦免，以彰顯海納百川的非凡氣度。很明顯，呂布完全符合典型人物的條件要素——偷襲兗州讓曹操險些無家可歸，濮陽大戰讓曹操幾乎陷入絕境。

　　正當呂布與死神即將擦身而過之時，劉備突然冷冷發話：「明公忘記丁原和董卓了嗎？」劉備此話一箭正中靶心，宛如呂布射中轅門小戟般的精準。呂布腦子嗡地一聲大了好幾圈，怒目圓睜地喊：「大耳賊的話不能信！」

　　呂布很不解，俘虜的劉備家室都毫髮未損，還幫劉備「射退」過數萬袁術大軍，為什麼他要如此惡毒，揭人老疤，惡語相向？！呂布哪裡曉得，劉備要與曹操爭天下！所以，在曹操那兒，呂布有希望活；在劉備這裡，呂布必須死。

　　曹操也不曉得劉備的遠大志向，只覺得他沒白領薪水，工作建議很到位。反覆叛變不要緊，但呂布愛好殺掉老東家，這個習慣很不好。曹操下

第四章　重整山河

意識摸了摸脖頸，想起四年前濮陽大戰，指向自己的銳利長矛，若有所思地點了點頭。從此，世間再無呂奉先。

沒關係，還有同樣適合立標竿的陳宮。比起喋喋不休，求生欲望極強的呂布，陳宮默不作聲地等死。這哪裡行啊！曹操捨不得這麼好的典型人物壽終正寢，先聊幾句家常，營造出寬鬆友好的氛圍，隨即切入勸降正題。曹操問：「公臺（陳宮的字），你現在有什麼想法？」只要陳宮稍微認慫點，曹操肯定跑來為他鬆綁。

但是，不是每個人都願苟且偷生。陳宮求死意志很堅決地說：「作為大臣不能忠於國家，作為兒子不能孝順父母，我該死。」曹操心說，這哪裡行啊，得繼續做思想工作：「公臺，別衝動，你想想，你若死了，你的老母親怎麼辦啊？」

陳宮微微一笑：「我聽說以孝治天下的人，不會殺別人的母親。我母親死不死，要看曹公您。」曹操心說，這哪裡行啊，咽口唾沫接著勸：「公臺，別衝動，你再想想，你若死了，你的妻子和兒女又怎麼辦呢？」

陳宮仍舊微笑作答：「我聽說以仁治天下的明君，不會殺別人的妻子和兒女。他們死不死，也要看曹公您。」曹操一時語塞，還沒來得及找到更好的規勸理由，陳宮斬釘截鐵地說：「請出就戮，以明軍法。」說完，陳宮主動轉身奔赴刑場，攔都攔不住。曹操忍不住潸然淚下。《典略》記載：「宮死後，太祖待其家皆厚於初。」

出於不同原因，呂布和陳宮都沒成為典型人物。曹操只好退而求其次，相中參與叛迎呂布的畢諶先生。當年畢諶的母親、妻子以及兒女都被叛軍扣押，曹操非常通達地說：「您的老母親被呂布和陳宮扣押，您可以離去，我不怨您。」畢諶立刻跪下哐哐磕頭：「瞧您說的，把我當成什麼人！請明公放心，我不會離您而去！」患難見真情啊，曹操感動不已。

結果曹操前腳剛離開，「正氣凜然」的畢諶就急忙投奔叛軍。這次攻

第四節　周公吐哺

克下邳，曹軍生擒畢諶，大家以為這個表演系的傢伙死定了，沒想到曹操說：「畢諶的母親被呂布劫持，迫不得已投敵。孝順是美德，叛變的事算了。」曹操非但沒殺畢諶，還任命他為魯國相。

幾個月後，曹操又抓住參與叛迎呂布的魏種先生。當初兗州的叛變官員數不勝數，曹操拍著胸脯說：「魏種是我親自舉為孝廉的好兄弟，即使全叛變，他也不會！」話音未落便被狠狠打臉——魏種叛投呂布！曹操臉腫到不行，勃然大怒道：「不管魏種跑到哪裡，只要讓我抓住，非弄死他不行。」

立下毒誓的曹操逮到魏種，又捨不得了。魏種也沒老孃在敵營，曹操撓了半天頭，找不到冠冕堂皇的理由，乾脆直接說：「這個，這個，魏種有才華嘛，以前的事既往不咎。」魏種不僅沒死，還出任河內郡太守。

曹操豎起兩個典型，但都不夠突出，因為畢諶、魏種沒有直接把曹操害得很慘，赦免和封賞他們，起不到轟動效應。不過量變才能質變，曹操頻繁樹立小典型的做法，引起曹操帳下五大頂級謀士中最後一位報到者——張繡首席軍師賈詡——的密切關注。賈詡敏銳地察覺到，從張繡小公司跳槽到曹操大企業的機會，成熟了。

來得最晚，顯然最狠。一般人跳槽都是自己拍屁股走人，至多拉走幾個要好同事，但賈詡不愧是頂級謀士，竟然帶來原公司的老闆。建安四年（西元 199 年）秋，賈詡給張繡分析了曹操想善待仇人而不能的痛苦狀況，表示只要張繡投降，等待他們一定是高官厚祿！對賈詡言聽計從的張繡信以為然，興高采烈地發投降告知函給曹操。

正如賈詡所料，曹操樂壞了！曹操再次見到殺子仇人張繡，彷彿什麼都不曾發生，像老友重逢一樣喜悅。曹操主動拉起張繡的手，親切商定雙方兒女婚事，並拜張繡為揚武將軍、封列侯。曹操對促成張繡歸附的賈詡，十分感激地說：「使我的德行與氣度在全國受到尊重，全是您幫忙

第四章　重整山河

啊！」曹操上奏拜賈詡為執金吾，封都亭侯。

後來，魏文帝曹丕時期，賈詡更是當上三公之首的太尉，晉爵魏壽鄉侯。

黃初四年（西元 223 年），賈詡以 77 歲的高齡，平靜離世。

這正是，莫道亂世玩人，亦有人玩亂世。

第五節　隨心所欲

自私的人，很多。

自私而有能力傾覆天下的人，很少。

自私而有能力傾覆天下，還能榮華善終的人，更是鳳毛麟角。

賈詡先生就是這一小撮人的傑出代表，他完美詮釋了一個自私的人，一個因自私而傾覆天下的人，是如何贏得高官厚祿、長壽而終。

想當人生贏家，膽子要大。年輕的賈詡因病辭官，回老家涼州武威郡的途中，遭到叛亂氐人扣押。結伴同行的數十人驚慌失措，只有賈詡臉不紅、心不跳地大聲說：「我是段太尉的外孫，我家有的是錢，只要別傷害我，一定重金來贖！」

賈詡口中的段太尉，是血腥鎮壓涼州叛亂的東漢名將，威震西涼。殺人狂魔的外孫？叛亂氐人別說殺害了，綁架要錢也不敢啊。賈詡說得信誓旦旦，叛亂氐人絲毫沒有懷疑，表示一時風沙迷了眼，誤會誤會。賈詡不慌不忙地踱著四方步遠去，身後是一聲聲哀號慘叫。

想當人生贏家，決斷要狠。初平三年（西元 192 年），董卓死後，西涼軍群龍無首，李傕、郭汜打算解散隊伍逃回涼州。討虜校尉賈詡果斷攔

第五節　隨心所欲

住，面露凶光地說：「我聽說朝廷要殺盡我們涼州人，諸位解散軍隊各自逃生，一個亭長就能把你抓住。不如率大軍攻取長安，如果僥倖成功，則以朝廷名義征討天下；如果沒有成功，再跑也不遲吧？」

一語驚醒無腦人，李傕、郭汜醒過來：對啊，腰間有大刀，手中有長矛，胯下有戰馬，跑什麼啊，打吧。賈詡一句話，再釀長安之亂，東漢帝國萬劫不復。替《三國志》作注的裴松之，二百多年後仍憤憤不平：「詡之罪也，一何大哉！自古兆亂，未有如此之甚。」

想當人生贏家，交友要慎。李傕、郭汜打下長安後，為了感謝賈詡的傾情點撥，打算給他封侯。賈詡連連擺手：「千萬不要，不要給我記功，這只是救命的權宜之計。」李傕擰不過，轉而舉薦賈詡出任尚書僕射。賈詡依舊擺手：「尚書僕射應該是官員表率，我沒威望，當不了。」李傕無奈，只好改拜賈詡為尚書。

賈詡沒有再推辭，欣然上任，利用職位職權做了不少有利於天子劉協的事情。無腦的李傕始終不明白，賈詡為什麼不要封侯，為什麼不當大官去當小官。還熱衷幫助傀儡皇帝？其實很簡單，賈詡鼓勵李傕、郭汜攻打長安，是為活命，並沒把無腦人士當成合作夥伴。

想當人生贏家，跳槽要穩。興平二年（西元195年），李傕和郭汜在長安城火併，鬧得不成樣子。賈詡藉機進一步向天子靠攏，不僅全力保護劉協安全，還努力促成天子東歸洛陽的和解方案。隨後，賈詡也離開長安，投奔西涼將領段煨。

沒多久，賈詡又跳槽投奔另一位西涼將領張繡。有人不解地問：「段煨對您很尊重，薪水也豐厚，為何辭職不做？」賈詡緩緩說道：「段煨生性多疑，禮節越周到越不可靠，時間一長必有災禍。我去投奔張繡，段煨肯定希望與我同盟，自然厚待我的家人。張繡沒有謀臣，也願意得到我的幫助。這樣一來，我和家人都能保全。」事實正如賈詡所料。

第四章　重整山河

想當人生贏家，謀略要準。建安三年（西元198年），腹背受敵的曹操，停止對張繡的進攻，向許都撤退。張繡覺得有便宜可占，打算親自追擊。賈詡平靜說道：「不能追，追必敗。」張繡不聽，果然大敗而回。賈詡當機立斷又說：「趕快追，戰必勝。」張繡腦袋蒙圈地問：「確定？」賈詡也不解釋：「快去追！」張繡帶著殘兵敗將，咬牙追上去又打，還真勝了。

張繡問：「精兵追敗軍，您說必敗；敗兵追勝兵，您說必勝，什麼邏輯？」賈詡解釋道：「將軍善用兵，但不是曹公對手。曹軍退卻，曹公必親自壓陣，故追必敗。打敗追兵，曹公必輕裝快行，留下斷後的曹軍將領不是將軍對手，故敗兵追擊也能取勝。」驚得合不攏嘴的張繡，自此對賈詡言聽計從。

想當人生贏家，要懂人心。建安四年（西元199年）秋，袁紹派使者拉攏張繡，邀請參與圍剿曹操。張繡本想答應，賈詡卻搶先一口回絕。張繡忐忑不安地問：「不跟袁紹混，我們打不過曹操啊？」賈詡笑著說：「將軍換個思路考慮，難道不能歸附曹公嗎？」

張繡大驚：「袁強曹弱，我和曹操又有深仇大恨，您的主意行嗎？」賈詡說：「袁紹強盛，我們這點人馬去歸附，不會被看重。曹公相對弱小，若得到我們兵馬，必定高興，這是其一。曹公奉天子之令，名正言順，這是其二。曹公有王霸志向，一定不會計較私人恩怨，會向天下顯示德行和胸襟，這是其三。」的確如此，曹操對張繡封侯拜將，對賈詡也委以重任。

想當人生贏家，說話要少。《三國志‧賈詡傳》記載：「董卓之入洛陽，詡以太尉掾為平津都尉，遷討虜校尉。」賈詡既不是曹操老鄉或舊部，還在董卓禍亂帝都期間出謀劃策、加官晉爵，這段抹不掉的黑歷史，翻出來隨時都能要命。所以，賈詡為人行事非常低調，能不發言就不發言，閉門居家不搞私交，子女婚事不攀高門。

即便如此，麻煩仍舊不少。曹操曾私下問賈詡：「曹丕和曹植，誰更適合接班？」這個問題關係甚大，稍有偏差就帶著全家老小去那邊了。賈詡臉色凝重，以沉思不語，作為回應。曹操催問：「您一聲不吭，什麼意思？」賈詡聲音低沉地說：「屬下正思索事情。」曹操有點生氣：「什麼事情比我的問題重要？」賈詡乾咳兩聲，聲音更加低沉地說：「我正在思索袁本初父子、劉景升父子。」袁紹和劉表皆因廢長立幼導致內部分裂衰亡——曹操會意大笑。

賈詡不動聲色，但他知道，自己涉險過關。

哪有什麼「算無遺策」？

誰又不是如履薄冰？

第六節　青梅煮酒

建安四年（西元 199 年）初夏，黃河兩岸，劍拔弩張。

許都司空府的亭榭內，故作輕鬆的曹操和故作輕鬆的劉備，對坐暢飲。

與袁紹大戰在即，仍有閒情逸致請客，英雄氣短的劉備知道，曹操是英雄蓋世。

曹操也在思索，眼前這個大耳朵、雙手過膝的劉氏宗親，是不是要除掉的大英雄呢？

有些拿不準的曹操，近距離觀察了好一段時間。《三國志·先主傳》記載：「先主復得妻子，從曹公還許。表先主為左將軍，禮之愈重，出則同輿，坐則同席。」就是說，曹操消滅呂布後，沒有讓劉備在外繼續帶兵，而是請回許都，擔任有名無實的左將軍，哥兒倆經常同坐馬車出遊，

第四章　重整山河

一起野外午餐等等。

　　見多識廣的劉備，鎮定自若。按照「做啥啥不靈，吃啥啥都香」的指導方針，劉備表現得平庸無奇，甚至唯唯諾諾，把英雄氣質深深隱藏。在曹操處理公務、無暇見哥倆好的日子裡，劉備除了偶爾應邀出席車騎將軍董承的酒宴外，基本大門不出、二門不邁，安心在左將軍府邸澆花種菜，與妻妾子女盡享天倫之樂。

　　生性多疑的曹操，雖不好騙，但得看誰騙。曹操不止一次派出密探，只得到些毫無價值的情報，諸如左將軍劉備又種植了某某蔬菜，或是因一根蔥沒種好而追打屬下。想像著劉備的醜態，曹操笑得嘴都合不攏，得意地說：「大耳翁未之覺也。」

　　飛在天上是條龍，趴在地上是隻蟲。儘管劉備裝孫子水準極高，漸漸讓曹操放鬆戒備，但依舊瞞不過頂級謀士的犀利目光。程昱指出：「觀劉備有雄才而甚得眾心，終不為人下，不如早圖之。」郭嘉強調：「備終不為人下，其謀未可測也。古人有言：『一日縱敵，數世之患。』宜早為之所。」面臨與袁紹決戰的曹操，若有所思地說：「要把眼光放長遠，當今正是奉天子招攬英雄豪傑之時，不能殺一人而失天下人心。」

　　各懷心事的哥兒倆，觥籌交錯。曹操表面上始終悠然自得，劉備表面上一直平靜如水。以曹操的智慧，十有八九猜到劉備裝，可沒猜到裝得如此。曹操也許看出劉備是英雄，但肯定沒看出劉備是不可駕馭的大英雄。如果曹操看出來，即便出於爭取人心不殺，也絕不可能放龍入海。歸根結柢，失魂落魄的劉備遠遠入不得曹操法眼。曹操最放心不下的，還是即將揮師南渡黃河的袁紹大哥。

　　追憶往昔，嘆人生無常。二十多年前，曹操與袁紹在洛陽放歌縱酒、青春做伴；十多年前，曹操與袁紹一起出任西園禁軍校尉，從兄弟成為戰友；九年前，曹操與袁紹共舉義兵、討伐董卓，似乎也還親密無間。隨後

第六節　青梅煮酒

的幾年，袁紹每一次南渡黃河，都是幫助曹操擺脫困境，打袁術、打陶謙、打呂布。但如今，即將再次南渡黃河的袁紹，卻要打曹操。

人生沒有不散的筵席。三年前，曹操奉迎天子來到許縣，高興得忘乎所以，不僅以朝廷名義下詔斥責袁紹，還把大將軍職位留給自己。胡鬧一通，曹操發現不太對，敵強我弱，還不能翻臉。儘管曹操很快冷靜下來，又把大將軍印擦洗乾淨，恭敬地給袁紹大哥送去，但裂痕已不可避免。

兩年前，曹操慘敗宛城、痛失愛子，作為大哥的袁紹卻幸災樂禍、落井下石，派使者送來一封信函，要求把天子遷到離冀州更近的鄄城。怒火萬丈的曹操斷然拒絕，導致裂痕加速擴大。前些日，袁紹給曹操送來公孫瓚燒焦的頭顱，更是赤裸裸的示威和挑釁！徹底決裂已成定局。

酒過三巡，曹操醉意微起，很可能想起那顆散發著焦炭味道的頭顱，臉色如天空中漸起的烏雲，陰沉下來。劉備眼觀六路，察覺出曹操的情緒變化，不由得心頭一驚：今日莫非鴻門宴？難道董承刺殺曹操的密謀，洩露出風聲？！

沒人願意當老二。如同曹操思索怎麼殺掉袁紹大哥，董承也在思索怎麼殺掉曹操。董承認為，如果不是他在三年前的積極運作、大力支持，曹操根本找不到洛陽的門，更別談什麼奉迎天子、掃蕩群雄！可隨著朝廷遷都許縣，曹操的話語權越來越大，董承的影響力越來越小！這簡直就是用人朝前，不用人朝後！

更讓董承膽顫心驚的是，曹操可能還要過河拆橋、卸磨殺驢！楊奉、韓暹、張揚等護駕東歸的將領，都已經被曹操或明或暗地殺掉！董承能是例外？十有八九不會。既然如此，還是先下手為強吧！董承精心挑選出幾個可靠部下，開始密謀如何殺掉曹操。

由於董承和曹操實力懸殊，硬拚基本等於送死，所以只能選擇經濟實惠的暗殺方式。於是，經常跟曹操泡在一起喝酒打獵，有大把殺身成仁機

第四章　重整山河

會的劉備，成為董承的重點拉攏對象。董承私下糊弄劉備，說天子下發討賊密詔，劉氏宗親有義務、有責任加入。

可能有衣帶詔，更可能沒有衣帶詔——因為劉協當時厭惡董承的程度，不會低於厭惡曹操。董承的黑帳，劉協都記著呢。東歸洛陽途中：大半夜，董承派人逼迫劉協下詔討伐無辜的將軍；岸堤前，董承企圖派人搶奪伏皇后用來做繩索保命的絹；渡船上，董承殘忍無情地砍下扒著船隻的同僚手指！

無論有無密詔，歷史真相如何，能夠確定的是，董承希望曹操消失，劉協希望董承和曹操都消失。相較劉協和董承，還是大英雄劉備最務實幹練。亂世中摸爬滾打十幾年的劉備覺得，殺掉誰不重要，重要的是自己不要被殺掉。

按照這個原則，劉備放棄了很多絕殺機會。《蜀記》寫道：「劉備在許，與曹公共獵。獵中，眾散，羽勸備殺公，備不從。」劉備認為，即便在圍獵活動中殺掉曹操，哥幾個誰也跑不掉。自己下血本，讓董承坐享其成？劉備要是能做出這等傻事，就不是劉備了。但是，話說回來，殺掉曹操能安然脫身，還能享受勝利果實，哪有這種機會？

烏雲密布，一道奪目閃電劃空而過，把曹操和劉備的思緒重新帶回酒桌上。曹操舉起酒杯一飲而盡，從容不迫地對劉備說：「今天下英雄，唯使君與操耳。」

烈火轟雷，響徹天地。劉備手指一鬆，筷子順勢掉到地上，他低頭躬身去撿，淡淡說道：「聖人云，迅雷風烈必變，良有以也。一震之威，乃可至於此也！」

「本初之徒，不足數也。」曹操沒有理會劉備，咬牙切齒地說。

哦，原來曹操只是替自己打氣，順便與對飲的劉備客氣下。

曹操放心不下的，還是袁紹大哥。

第七節　強盛莫敵

建安四年（西元 199 年）春，袁紹得意地笑。

威震北疆的「白馬將軍」公孫瓚，引火自焚，退出歷史舞臺。

易京城樓在熊熊大火中陷落，黃河以北的老大之爭，終於畫上句號。

袁紹的勝出，既是運氣，更是努力的結果。出身於「四世三公」家族的袁紹，從庶子過繼為嫡子，成為家族顯赫成員，這是運氣。但走大運的人多了，並非人人可以成就一番事業。歸根結柢，還要靠努力。

志向遠大的袁紹，沒有辜負運氣的垂青。「黨錮之禍」後，人人畏懼宦官，是袁紹祕密掩護眾多「黨人」潛逃；當袁術還與諸公子飛鷹走狗時，是袁紹廢寢忘食地禮賢下士，建立起名士雲集的帝國菁英小團體；當大將軍何進身首異處、人心惶惶時，是袁紹率領禁軍清剿了不可一世的宦官集團；當董卓老賊專擅朝政，欲廢立天子時，是袁紹橫刀相向，毅然奔赴關東，統率聯軍圍攻洛陽。

初平元年（西元 190 年），45 歲的袁紹成為二十多萬關東聯軍的盟主，似乎站在人生巔峰。但在堅韌不拔、有著雄才偉略的袁紹看來，這只是剛剛起步，他要埋葬腐朽的大漢王朝，再造朗朗乾坤。初平二年（西元 191 年），關東聯軍分崩離析，卸任盟主的渤海郡太守袁紹，邁出爭奪天下的第一步──搶占冀州。

硬搶不如智取。袁紹辦事有水準，但凡能動嘴解決，盡量不動手。袁紹祕密聯合「白馬將軍」公孫瓚，相約夾擊冀州牧韓馥，號稱「大家一起分蛋糕」。打架很實在的公孫瓚，立刻點齊人馬出動，由北向南呼嘯殺來。袁紹卻按兵不動，藉機派出使者勸說韓馥，只要放棄抵抗，交出冀州牧大印，才可永保榮華富貴云云。

第四章　重整山河

　　膽小怕事又天真無邪的冀州牧韓馥，在公孫瓚的軍事壓力下，選擇向袁紹放下武器，希望以放棄權力換取平安無事。然而亂世從沒有這樣的生存法則，失去冀州軍政大權的韓馥，只能過上「人見人欺、狗見狗咬」的日子。沒過多久，韓馥先生逐漸精神錯亂，最終在廁所裡自殺身亡，算是得到解脫。

　　袁紹兵不血刃奪得冀州，成為大贏家。為安撫賣了不少傻力氣的公孫瓚，袁紹把渤海郡太守職位，授予公孫瓚的從弟。你吃肉，我喝湯？公孫瓚很生氣！說好的南北夾擊，怎麼變成北擊南說？說好的分享蛋糕，怎麼切得如此大小不均？「白馬將軍」公孫瓚本著能動手解決問題，盡量不廢話的原則，殺氣騰騰、揮師南下。

　　比出身名望，袁紹不知甩公孫瓚多少條街。但比大刀長矛，公孫瓚幾乎占有壓倒性優勢。公孫瓚從軍十幾年，罕有敗績，不是大破張純叛亂於幽州，就是追逐烏桓勁敵至塞外。公孫瓚不僅打得勇猛，還打得帥，與身邊數十個善於騎射的將士乘白馬，號稱「白馬義從」。對比公孫瓚的戰功卓越，袁紹根本沒有像樣戰績。冀州郡縣官員都很實在，曉得打仗不是比名望，一致認為袁紹會很快消失，無不為公孫瓚搖旗吶喊、跳腳鼓勁。

　　初平二年（西元 191 年）冬，為扭轉被動局面，袁紹親率大軍昂首北上，在界橋打響爭奪黃河以北老大的第一仗，也是最重要和極艱險的一仗。當時，公孫瓚軍隊不僅經驗占優，關鍵兵種占優，除去三萬步兵，還有令所有對手羨慕和望而生畏的一萬多騎兵，其中極為精銳的「白馬義從」，也從最初的幾十騎發展到上千騎。反觀袁紹軍隊，雖有數萬之眾，但幾乎沒有騎兵。

　　界橋以南二十里，旌旗招展，兩軍對峙。公孫瓚的三萬步兵列成方陣，兩翼各配備騎兵五千多人，打頭部隊正是烏桓騎兵都聞風喪膽的「白馬義從」！不過袁紹既然敢來，肯定不會白白送死。袁紹軍也有一支精銳

第七節　強盛莫敵

之師,為首大將麴義曾在西涼歷練軍事多年,深知如何對付騎兵。袁紹讓麴義率八百精兵為先鋒,配以強弩千張掩護,自己則率領數萬步兵在後,相機殺出。

公孫瓚遠遠望去,袁紹軍沒有多少騎兵,先鋒部隊更少得可憐,只有似乎準備送死的幾百步兵。公孫瓚無比喜悅,命令騎兵發起衝鋒,準備一如既往地馬踏敵陣。「白馬義從」大概也是這麼想的,按捺不住殺敵立功的迫切心情,瞬時馬蹄轟隆、喊聲震天。

麴義帶領的八百勇士,彷彿耳朵塞進棉花,像是什麼都沒聽到,鎮靜俯伏在盾牌後。直到公孫瓚先鋒騎兵衝到只有幾十步距離時,八百勇士才突然一起跳躍而起,揮舞著塗抹古怪顏色的盾牌,邊揚沙袋邊大喊大叫,趁著馬匹迷眼受驚,手持大戟(專門對付騎兵的帶鉤刺長槍)衝殺過去。與此同時,埋伏的千張強弩也怒射齊發,殺得公孫瓚軍騎兵人仰馬翻。

全力出擊,攻打界橋!袁紹抽出腰間戰刀,在空中畫出果斷且優美的弧線,下達總攻令。袁軍數萬步兵見到戰場形勢占優,頓時士氣大振,齊聲吶喊、咆哮而出。百戰百勝的公孫瓚軍,顯然缺乏捱打後的反擊預案,全軍陷入極大恐慌,騎兵、步兵掉頭爭相逃命。

任何時候都不能掉以輕心,因為形勢逆轉就在瞬息之間。袁紹以為穩操勝券,只帶著百餘親兵慢悠悠地走在全軍最後,但不巧撞上公孫瓚軍的兩千多逃跑迷路的騎兵。這些公孫瓚軍騎兵本來驚魂不定,突然發現我眾敵寡,立刻恢復勇敢的心,從跑路變為進攻!

情況緊急!謀士田豐找到一處矮牆,想拉袁紹去躲避。袁紹不愧當過多年大哥,縮頭烏龜的事做不了!袁紹將頭盔狠狠摔在地上,大喝道:「大丈夫寧可衝上前戰死,躲在牆後難道就能活命嗎?」袁紹親兵看到老大豪氣萬丈,頓時沸騰熱血!在袁紹沉著指揮下,強弩手士氣高漲、奮勇應戰,殺傷不少圍攻的公孫瓚軍騎兵。不一會兒,袁紹大軍回援,嚇得這些

第四章　重整山河

公孫瓚軍騎兵登時一鬨而散。

完勝！沒有大戰指揮經驗的袁紹，憑藉出色的戰術、冷靜的應變、非凡的勇氣，一戰成名！界橋之戰後，公孫瓚的軍事實力並沒受到根本打擊，但士氣如同洩氣的皮球，再也鼓不足。要不是袁紹時不時幫助困境中的曹操打袁術、揍陶謙、趕呂布，以及醉心剷除麴義等功勳將領，公孫瓚很可能撐不到建安四年（西元199年）的春天。

望著燒成灰燼的易京城樓，袁紹大哥心情絕好，為分享這份姍姍來遲的喜悅，趕緊派人把燒焦的公孫瓚人頭送到許都，請小兄弟曹操欣賞欣賞。

黃河以北所向無敵的袁紹大哥，目光緩緩轉向南岸。

曹操料到，該來的，終究要來了。

但他沒料到，不該跑的，先跑了！

第八節　蛟龍入海

劉備溜了！

兩位頂級謀士，一起急了！

得悉曹操派劉備領兵截擊袁術，郭嘉和程昱駕著馬車飛奔而來，見到曹操根本不講理由，異口同聲地直接下結論：「放了劉備，天下大亂！不可縱。」郭嘉和程昱非常鬱悶！曹操怕失天下人心不殺劉備，的確有道理。但不殺沒關係，養起來一起慢慢變老闆行吧，為什麼要放他走？

曹操有曹操的道理。阻攔落魄的袁術投奔袁紹，難度不大，能辦這事的曹軍將領多如牛毛，但曹操思來想去，還是把得罪袁紹的好差事，交給

第八節　蛟龍入海

好兄弟劉備吧。況且，曹操透過長期觀察和密探，認為劉備主要愛好是種植蔬菜，完成任務肯定得回許都繼續種蔥。

不過，曹操相當英明，經過郭嘉和程昱的強力提醒，突然感覺自己可能上當了，趕緊知錯就改，立刻派人去追！好不容易龍歸大海的劉備，哪裡會給曹操糾錯的機會，高喊著堅決執行曹司空命令的響亮口號，早就率領大軍狂奔沒了影子！

一開始，劉備是按計畫截擊袁術。袁術得知與自己有深仇大恨的劉備帶隊阻擊，嚇得抱頭鼠竄，一直逃到距壽春八十里外的江亭，才停下來喘氣。當時正值酷暑，跑得唇乾舌燥的袁術想喝蜜漿解渴。廚師很實在地回答：「別提蜜漿了，所有吃的只剩麥屑三十斛。」

一手好牌，為何打得如此稀爛？頭頂「四世三公」光環的袁術先生怎麼也想不通，坐在床上呆若木雞、嘆息良久，猛然如詐屍般生氣大喊起來：「我怎麼混到這個地步！」來不及再埋怨上天幾句，袁術連吐幾口鮮血，死了。

劉備順利完成阻擊任務，但壓根兒不打算回許都覆命。人中之龍的劉備，必須開創自己的天地，《三國志・先主傳》記載：「先主乃殺徐州刺史車冑。」徐州官員和百姓聽說劉備率仁義之師回來了，無不歡天喜地，迅速拋棄搞過若干次大屠殺的曹操。

徐州各郡縣熱火朝天地升降旗，與劉備有不解之緣的豫州小沛也不甘落後──劉備第四次進駐小沛。初平四年（西元193年）冬，劉備應陶謙請求，第一次屯兵小沛，次年讓曹操打得落荒而逃。建安元年（西元196年），呂布偷襲徐州，劉備不得已第二次來到小沛，次年讓呂布打得落荒而逃。建安二年（西元197年），透過曹操的外交斡旋，劉備得以第三次進駐小沛，次年又讓呂布打得落荒而逃。可以很負責任地說，劉備對小沛城有深厚感情的同時，對附近的每一條逃生小路，都無比熟悉、心懷感激。

第四章　重整山河

俗話說「事不過三」，但劉備三次屯兵小沛都吞下敗仗，那就事不過四吧。劉備總算爭口氣，打敗曹操派來平叛的一支偏師。不管怎麼說，這是劉備第一次擊敗曹軍。喜怒不形於色的劉備，都抑制不住內心的狂喜，追著潰退的曹軍將領大放厥詞：「你們這種水準，來一百個也不是我對手，即便曹操親自來，勝負也不好說呢！」劉備之所以敢把牛皮吹大，是因為他知道，外有袁紹的大軍，內有董承的刺客，曹操朝不保夕。

這次輪到劉備猜錯。建安四年（西元 199 年）年底，在官渡布置防禦陣地的曹操，成功粉碎刺客暗殺，隨即祕而不宣地趕回許都，迅速收拾掉圖謀不軌的董承等人。這時曹操應該也知道了，悠然自得在司空府暢談人生理想的劉備，竟也參與其中！新仇舊恨湧上心頭，曹操決定置黃河北岸的十幾萬袁紹大軍不顧，先打劉備！

曹軍將領冒著黃豆大的汗珠急忙勸道：「曹公別衝動！與您爭天下的是袁紹，決戰在即，您去打劉備，袁紹乘虛而入怎麼辦？」曹操剛毅果決地說：「劉備是人中之傑，如果不及早消滅，必成大患。」事到如今，曹操已經徹底認清劉備，這個人是大英雄，是不可駕馭的大英雄，是不可駕馭還會裝孫子又得人心的超級大英雄，必須立刻、馬上、堅決消滅。

說曹操，曹操到！正如劉備無影無蹤地跑，曹操悄無聲息地來。當劉備軍的斥候騎兵報告，發現曹軍大部隊。劉備著實大吃一驚，沒想到也不相信：袁紹的十幾萬大軍在黃河北岸蠢蠢欲動，曹操會親征徐州？

劉備帶著數十騎出城確認情況，遠遠望見曹軍旌旗，又看到開路的「虎豹騎」，判定曹軍精銳盡出，曹操也一定親來。劉備把「曹公自來，勝負未可知」的豪言壯語頓時拋到天邊，直接手腳俐落地掉轉馬頭，急匆匆從某條熟悉的小路，又一次逃之夭夭。

「曹公盡收其眾，虜先主妻子。」——劉備放棄指揮的灑脫行為，直接導致小沛駐軍望風披靡、各自逃命。小沛城中的劉備家室，除了騎馬跑

第八節　蛟龍入海

路日漸嫻熟的甘夫人，其他如糜夫人等妻妾、子女悉數被擒，從此再也不見於史書。

曹操乘勝南下。建安五年（西元 200 年）一月下旬的某日清晨，關羽先生一覺醒來，發現下邳城已被曹軍精銳圍得水洩不通！關羽非常愁悶！劉備大哥不是在北邊的小沛嗎，曹操怎能毫無徵兆來到下邳，難道大哥又跑了？但大哥怎麼沒通知我？往日大哥逃跑沒少拋妻棄子，但每次一定帶上兄弟啊。兵微將寡、無計可施的關羽想了又想，覺得自己是大丈夫，應該能屈能伸。《三國志・武帝紀》記載：「備將關羽屯下邳，（曹操）復進攻之，羽降。」

關羽在徐州憋屈投降，劉備在冀州風光無限。當青州刺史袁譚獲悉，曾舉薦自己為茂才的恩公劉備逃命來到青州，便親自帶領精銳步騎迎接護送，並派人急馳告訴老爹。袁紹得知劉備來了，反應相當激烈──「紹遣將道路奉迎，身去鄴二百里，與先主相見。」作為江湖地位最高、勢力最強的袁紹大哥，居然從冀州首府鄴城跑出二百里，迎接丟盔棄甲、丟妻棄子的劉備，面子給到天上。究竟為何？因為劉備有料！

第一，劉備名揚四海。已近不惑之年的劉備，再也不是涿縣的無名小夥。劉備出道十幾年，敗仗越打越多，名望越來越響。從縣尉到縣令，從縣令到國相，從國相到州刺史，從州刺史到左將軍。鬼知道一路敗仗怎麼還能搞成這樣，但劉備就是搞出來了，不服不行。

第二，劉備頭帶光環。劉備再也不是以往任何時候的劉備，他是受天子密詔剷除曹賊的獨苗！由於曹操有奉天子以令不臣的大旗，導致袁紹在政治上相當被動。但有劉備加盟就大不一樣，袁紹可以理直氣壯地宣稱受天子密詔清君側，也是名正言順。

第三，劉備身懷機密。自從劉備跟曹操回到許都，哥兒倆沒事就喝酒吹牛，曹操很可能得意揚揚地介紹過，如何打敗袁紹的十八種方法等。

《英雄記》記載：「操自咋其舌流血，以失言戒後世。」從曹操氣得把舌頭咬出血的情況判斷，應該是最高軍事機密。

舉世聞名的漢室宗親劉備，帶著討賊密詔的光環，又送來曹軍絕密戰術情報。袁紹大哥深切感到，上天正在幫他。建安五年（西元 200 年）年初，信心滿滿的大將軍袁紹，釋出了大文豪陳琳撰寫的〈為袁紹檄豫州〉。這篇流傳千古的佳作，在全力以赴謳歌偉大袁紹的同時，極盡所能痛斥曹操的祖宗三代，無情揭露曹操欺凌漢室、殺戮名士以及設立摸金校尉盜墓等種種卑鄙行徑，並給曹操人頭開出「封五千戶侯，賞錢五千萬」的誘人價碼。

遭到袁紹和孫策的南北夾擊，急得頭風發作、臥床不起的曹操讀完，驚出一身冷汗。

如果失敗，肯定遺臭萬年。

所以，再難也得挺住。

第九節　猛銳冠世

按下葫蘆浮起瓢。

剛剛擊敗劉備，曹操面臨更棘手的麻煩──孫策響應袁紹號召，發兵北上！

建安五年（西元 200 年）年初，孫策併吞江東，成為迅速崛起的新勢力。且不說放手讓孫策渡江發展的袁術先生，即便包括曹操在內，誰也沒想到名不見經傳的毛頭小子，居然在短短幾年內，擊敗眾多老辣對手。要知道，初平年（西元 191 年）孫堅去世時，披麻戴孝的孫策只有 17 歲，正

第九節　猛銳冠世

領著 10 歲的二弟孫權和尚未懂事的三弟、四弟，在長江邊徬徨無措呢。

從頭再來！初平四年（西元 193 年），19 歲的孫策結束守孝，來到壽春求見袁術。孫策一把鼻涕一把淚，深情追憶了父親孫堅與袁術的戰鬥友誼，請求把父親舊部交還自己，希望能夠繼續追隨袁將軍。袁術也不作正面回答，轉而說道：「我已任命你舅父為丹陽郡太守，那裡盛產精兵，你可以去那裡募兵。」

孫策想必不高興，但也沒辦法，只好先去丹陽郡投奔舅父，並招募到數百人。眼看孫策剛有點起色，現實便給他來一錘。《江表傳》記載：「（孫策）為涇縣大帥祖郎所襲，幾至危殆。」哪裡是什麼精兵，連地方武裝都打不過。不行，還得要老爸舊部。

興平初年（西元 194 年），孫策又來到壽春找袁術，還是一把鼻涕一把淚，請求把父親舊部交還自己，希望能夠繼續追隨袁將軍。後將軍袁術這麼重量級人物，賴著孫家部曲不還，天天讓一個毛頭小夥痛哭流涕地纏著，傳出去就成笑話了。為擺脫孫策的哭鬧，袁術把孫堅舊將及千餘老弱士兵歸還給孫策。

事實證明，孫策是個好演員。要回老爸部分舊部的孫策，收起哭哭啼啼的軟弱，露出猙獰本色。一日，孫策部隊的一名違紀騎兵為躲避抓捕，逃進袁術軍營地。孫策也不請示彙報，派人直接衝入營中，將騎兵搜出，就地斬首。事情處理完，孫策才不慌不忙向袁術道歉，表示濺了滿地血，一定打掃乾淨。

事實證明，袁術也是個好演員。儘管袁術口頭說：「士兵叛變，理應懲處，有什麼可請罪的？」但實際上，袁術內心波瀾起伏。不請示、不彙報，直接跑到主公營地殺人，長此以往，這還得了！下屬哪怕再無能，都沒關係，可以在不斷的晉升中鍛鍊嘛。可若是自作主張不聽話，多大能耐也不能用。

第四章　重整山河

所以，無論孫策立下多少戰功，就是得不到晉升。即便袁術許諾孫策，打勝某仗能當九江太守，結果仗打贏了，但太守是別人；或是許諾孫策，打勝某仗能當廬江太守，結果仗又打贏了，但太守還是別人。史書的解釋是——袁術言而無信。其實未必，也許袁術也曾心動，想提拔能打仗的孫策，但一想起不請示、不彙報就闖入自己軍營殺人的事情，屢屢在最後關頭變卦。

孫策很失望，覺得沒前途，便藉口為袁術開拓江東，希望帶本部人馬東渡長江。袁術先生也不傻，知道孫策沒升官不高興，擺明想單飛創業。袁術也不阻攔，與其讓孫策憋著鬧事，不如放他去豪強林立的江東，自生自滅吧。

興平二年（西元195年），21歲的孫策帶領不到兩千人，踏上嶄新的征程。袁術認為不可能完成的任務，對孫策來說簡直毫無難度。渡江後，孫策橫掃江東各路軍閥，很快便控制吳郡和會稽郡。孫策部隊不僅異常勇猛，而且軍紀嚴明，深得江東百姓擁戴。《江表傳》記載：「軍士奉令，不敢虜略，雞犬菜茹，一無所犯，民乃大悅，競以牛酒詣軍。」

建安二年（西元197年），孫策以袁術稱帝為由，光明正大與之決裂。隨後，孫策軍隊繼續勢如破竹，陸續平定丹陽郡、廬江郡和豫章郡。建安五年（西元200年）年初，年僅26歲的孫策擁兵數萬、割地千里，儼然江東小霸王！孫策這通猛如虎的操作，讓《三國志》給出其「猛銳冠世」的高分評價。

據《吳歷》記載：「曹公聞策平定江南，意甚難之，常呼『猘兒難與爭鋒也』。」對於孫策勢力的迅速發展，都驚著見多識廣的曹司空了，曹操禁不住常常自言自語：「小瘋狗不好對付啊！」與瘋狗對咬，顯然不是上佳選擇，那就跟瘋狗親密無間吧。

為拉攏孫策，曹操把姪女許配給孫策的四弟，又讓兒子曹彰娶孫策

第九節　猛銳冠世

堂兄的女兒,很快變成一家親。對孫策本人更是加官晉爵,先是任命騎都尉,襲父爵烏程侯,兼任會稽太守;不久又晉升孫策為討逆將軍,封吳侯。

瘋狗就是瘋狗,雖是一家人,但照咬不誤。建安五年(西元 200 年)年初,孫策趁袁紹大軍南下征討曹操,派孫權領軍向北攻擊,與廣陵郡的曹軍展開激烈交鋒。與此同時,孫策也在積極謀劃,準備親率主力直搗黃龍——攻占許都。

文韜武略的曹操,既不怕孫策,也不怕袁紹,但怕兩邊一起來。東郡太守派人突出袁軍重圍,送來沾滿血跡的求援信。很快,廣陵郡請求增援的信函也到了!廣陵郡太守陳登是硬漢,能見到他的求援信,情況不言自明。到底是北上還是南下,曹操急得頭風發作。

曹操遭到袁紹和孫策的南北夾擊,眼看就要土崩瓦解!曹營人心思變,很多官員乃至將領都偷偷給袁紹投遞履歷,希望探討職位薪酬。只有提出「曹公有十勝,袁紹有十敗」的頂級謀士郭嘉,依舊淡定地說:「孫策吞併江東,殺害很多英雄豪傑,結下數不清的深仇大恨。而且孫策行事輕率,有百萬之眾也與孤身一人沒區別。如果有刺客伏擊,殺孫策如殺一個匹夫。依我看,孫策必死於刺客之手。」

話音剛落,孫策殞身——「為故吳郡太守許貢客所殺。」看上去,郭嘉預言準到離譜!實際上,孫策死亡是大機率事件。因為孫策繼承老爸孫堅指揮有方、勇猛無敵的戰神特質,也同樣繼承其「輕佻果躁」的作死性格。

孫策最無賴的表演,發生在攻打吳郡豪帥嚴白虎之時。嚴白虎打不過孫策,派弟弟嚴輿求和,孫策爽快答應面談。結果見面沒聊幾句,孫策突然覺得嚴輿很無能,然後神經抽了一下,直接用手戟襲殺了嚴輿。都說兩軍交戰不斬來使,更何況嚴輿還是孫策同意見面的。孫策臨時起意,想

殺就殺，毫無道德底線，分明可以贏得光明正大，卻非要勝得如此卑鄙齷齪。

除此以外，孫策還做過諸如「屠東冶」的暴行，以及隨意殺掉高岱、於吉等具有廣泛社會影響力的知名人士的不光彩的事。所以，即便許貢的門客沒來，郭嘉的死士又失手，還會有東冶的俠客，高岱的鐵粉，於吉的信徒，嚴輿的死黨……一波又一波，孫策躲得過初一，也躲不過十五。

建安五年（西元200年）四月初四，無敵江東的小霸王孫策，死在三個有情有義的刺客箭下。

第十節　大戰在即

南北夾擊曹操的完美攻勢，就此擱淺。

這下輪到袁紹頭疼，因為除去孫策，已經找不到其他幫手。

建安四年（西元199年）秋，袁紹曾派出使者南下，來到南陽找張繡。袁紹以為，張繡與曹操打得昏天黑地，曹操霸占張繡嬸嬸，張繡把曹操嫡長子殺掉，這種不共戴天、無法調和的仇恨，根本不需要動員，張繡一定生龍活虎地投入反曹陣營。但萬萬沒想到，在頂級謀士賈詡的逆向思考拷問下，張繡非但沒幫忙，反而投靠了曹操。

無奈的袁紹使者繼續南下，來到荊州找劉表。袁紹以為，劉表與曹操刀槍劍戟比劃好幾次，自己又與劉表有幾十年交情，只要稍做動員，劉表就會鬥志昂揚地雙手贊成殺掉曹操。但也萬萬沒想到，荊州南部的長沙、桂陽、零陵和武陵郡爆發叛亂，劉表有心無力、自顧不暇，只能在精神方面提供支持。

第十節 大戰在即

無奈的袁紹使者繼續南下，來到江東找孫策。袁紹以為，孫策跟曹操交往甚密，兩家又聯姻不斷，即便努力動員，孫策也很難出手。但是，萬萬沒想到，孫策竟然六親不認，一門心思要當天下霸主，不僅痛快答應，而且很快北上攻擊曹軍。眼看曹操即將在夾擊中眾叛親離，孫策竟「意外」身亡，既定策略全面泡湯。

比外交更讓袁紹頭疼的是戰場。建安四年（西元199年）夏秋之際，袁紹軍連戰連敗。《三國志・武帝紀》記載：「夏四月，進軍臨河……公進軍黎陽，使臧霸等入青州破齊、北海、東安。」就是說，曹軍西部兵團攻占河內郡；曹操親率大軍從中路突破，拿下黃河北岸的策略要地黎陽，順路又收復兗州東郡的一些城池。與此同時，曹軍東部兵團如秋風掃落葉，把青州的袁譚軍隊打得落花流水，一口氣奪取三個郡國。

如果展開建安五年（西元200年）年初的東漢地圖，曹操在控制區域的面積上，肯定大於袁紹。雖然袁紹號稱「兼四州（青州、幽州、并州、冀州）之地」，貌似地大物博，但實際遠沒想像中的美妙。

先說青州，在曹軍秋季攻勢中，袁紹丟失青州三個郡國，至多控制青州西北部，大概是青州的三分之一。再說并州，袁紹直接控制的區域，只有上黨郡、太原郡和西河郡，為并州的三分之一；其他區域多為南匈奴和烏桓侵蝕占領，名義上是袁紹同盟，實際上都是騎牆看風景的隨時倒戈派。幽州也不樂觀，地方軍閥占據遼東郡等地，袁紹掌控的幽州地域至多七成。即便大本營冀州，袁紹也沒百分之百地把控，畢竟還有十幾萬黑山軍在太行山脈神出鬼沒呢。

往多了說，袁紹掌控的地域有絕大部分冀州、大部分幽州、一半并州（把盟友實力折算進去）、少部分青州，以及很少的司隸部和兗州地域。反觀曹操，掌控的區域包括絕大部分兗州、大部分徐州、大部分豫州、大部分青州、一半左右的司隸部以及荊州南陽郡。雖然袁紹控制領域的人口稠

第四章　重整山河

密,但地域更廣的曹操不會落多少下風。

短短三四年,曹操勢力以兗州為中心急速擴張,形成北過黃河、南抵荊襄、西臨長安、東至渤海的「龐然大物」。袁紹大哥盯著大漢地圖,看著曹操小弟的紅旗越插越多,估計常常倒吸涼氣!怎麼辦?怎麼辦?

謀士沮授、田豐擺出士兵比較累、百姓賦稅重、糧食不夠多、曹操很厲害等理由,建議慢慢來。沮授先生說:「分遣精騎,抄其邊鄙,令彼不得安,我取其逸。如此可坐定也。」田豐先生的理由差不多:「簡其精銳,分為奇兵,乘虛迭出,以擾河南,救右則擊其左,救左則擊其右,使敵疲於奔命,人不得安業,我未勞而彼已困,不及三年,可坐克也。」總之就是耗下去,透過靈活多變的左右出擊,拖垮曹操。

謀士郭圖、審配對畢其功於一役,集中兵力直取許都表示支持:「今以明公之神武,連河朔之強眾以伐曹操,其勢譬若覆手。今不時取,後難圖也。」聽到兩撥謀士的正反論述,《三國志》評價為「外寬內忌,好謀無決,有才而不能用,聞善而不能納」的蠢貨袁紹,一如既往做錯選擇,採納郭圖和審配主張的孤注一擲的冒險路線。

其實,袁紹的選擇無比正確。因為沮授和田豐的建議,聽起來絢麗多彩,實際沒有半點可行性。哥兒倆沉浸在自我幻想中,說得天花亂墜,什麼袁軍精銳忽左忽右出擊,讓曹軍疲於奔命云云,號稱不出幾年可以搞定曹操等,完全是異想天開!建安四年(西元199年)夏秋之際,曹軍西、中、東三路迭次出擊,袁軍被忽左、忽中、忽右的攻擊波打得頭暈眼花,丟掉四郡地盤。照這樣搞幾年,很可能袁紹先趴下。

支持盡快決戰的郭圖和審配看出問題——忽左、忽右的攻擊戰術需要很多將才。這些年,袁紹主要對手只有公孫瓚,歷來集中兵力打硬仗,雖然袁紹指揮能力日漸增長,但湧現出的優秀將領不多。處在四戰之地的曹操卻大不相同,屬下獨當一面的將領一堆又一堆,不說能湊出一副麻將

牌，至少也能湊成一副撲克牌。

郭圖和審配要照顧袁紹面子，用「今不時取，後難圖也」的說法暗示，希望趁現在兵力還占優勢、武器裝備又好，抓緊時間與曹操決戰。袁紹一點即通，果斷採納郭圖和審配的正確建議。所以，與其說官渡之戰是袁紹以壓倒性優勢發動的侵入戰，不如說是在被動局面下的強力反撲。

歷史往往不由自主為勝利者歌唱。為了突出勝利者的勝利，通常要做兩件事。一是肆意誇大失敗者的力量，二是無情貶低失敗者的智商。在眾多史料中，袁紹時而糊塗、時而偏執，總以各種無厘頭的理由，反對、不聽、不從謀士的正確建議；當遇到兩個或兩撥謀士意見相左時，總能始終保持錯誤立場，導致屢屢誤判，最終痛失好局。

也許，在真實歷史中，袁紹未必有多好的局，也未必有多錯的誤判。正如閃亮的成功者一樣，黯然的失敗者也披著一身假象，穿行在歷史迷霧中。

曹操和袁紹都是明白人，知道失敗者很可能遭到極盡汙衊。

所以，必須全力以赴。

第十一節　針鋒相對

那誰說，時間就是生命。

曹操也這麼認為，平定徐州叛亂後，他馬不停蹄趕回官渡。

「公還官渡，紹卒不出」，與曹操的雷厲風行對比，袁紹似乎太拖拖拉拉。

按史書的解釋，曹操與劉備打仗時，之所以袁紹沒有奇襲許都，是因

第四章　重整山河

為小兒子生病，沒心思打仗。這個丟人丟到家的理由，氣得田豐拿枴杖一個勁兒戳地，感慨痛失千載難逢的好機會。

不當家，不知柴米油鹽貴。沒去過「菜市場」的田豐對袁紹說：「操今東擊劉備，兵連未可卒解，今舉軍而襲其後，可一往而定。」田豐先生說得好輕巧，不僅要劉備拖住曹操的精銳部隊，還要求袁軍迅速擊破曹軍層層防線。

即便袁軍順利渡過黃河，順利攻占沿途重要城池，順利擊潰曹軍的各處憑險阻擊，一切都順利，一個月至多能遙見官渡，可到官渡又能怎樣？《魏書》記載：「（曹操）乃分留諸將屯官渡，自勒精兵徵備。」就是說，曹操在征討劉備前，就已經布置好官渡防禦陣地。

不食人間煙火的田豐先生，既不負責衝鋒陷陣，也不負責後勤保障，當然可以任意編織兵貴神速的幻境。有豐富實戰經驗的袁紹，明白兵速不了，並對屢次提出不合理建議，動不動拿枴杖戳地的田豐，終於失去耐心，下令將其扔進監獄。

決定命運的緊要時刻，誰會閒著！袁紹派騎兵馳援劉備的同時，還對黃河岸邊的曹軍策略要地——延津，發動強力進攻。《三國志·於禁傳》可以做證：「劉備以徐州叛，太祖東征之。紹攻禁，禁堅守，紹不能拔。」攻擊延津受阻，袁紹及時改變主攻方向，派沮授、郭圖、淳于瓊、顏良等部南渡黃河，包圍曹軍的兗州首府——白馬城。由此可見，袁紹嘴上說著小兒子生病沒心思打仗，實際出手相當敏捷。

如果非說誰拖拖拉拉，那麼應該是曹操。建安五年（西元200年）年初，曹操面對袁紹和孫策的同時發力，不敢輕易北上或南下，不得不以靜制動，躲在官渡軍營療養頭風。直到等來孫策被刺身亡的消息，曹操才長舒一口氣，終於開始行動——「夏四月，公北救延（劉延，白馬城守將）。」

第十一節　針鋒相對

曹操一邊趕路，一邊思索：白馬城是彈丸之地，守備部隊又是地方武裝，守將也不是百戰名將，怎能在袁軍主力圍攻下堅持兩個月？難道袁軍故意放水，想圍點打援？隨軍的頂級謀士荀攸，提出解題妙計：「白馬地區的袁軍較多，應設法分散敵軍兵力。我軍可先奔延津，佯裝要北渡黃河。待袁軍分兵來救，再急遣精銳，奇襲留守白馬的袁軍。」曹操微笑點頭道：「善。」

曹軍主力大張旗鼓地向延津前進！袁紹反應迅速，下令抽調沮授、郭圖、淳于瓊、文醜、劉備等部趕往延津，伺機與曹軍決戰！不過這樣一來，圍攻白馬城的袁軍只剩顏良所部，沮授反對道：「顏良雖驍勇，但不能單獨肩負這麼重要的任務。」

沮授說得很對，但袁紹沒聽也有苦衷。就在前些日，曹軍將領於禁帶步騎五千，突然從延津殺出，一舉攻破袁軍防線，焚燒保聚三十餘屯，殺死俘虜袁軍數千人，還導致二十多名將領集體投降。如今曹軍主力又來，況且曹操用兵更勝於禁，假設袁軍沒有大舉增援延津，不排除曹軍假戲真做，再次突襲袁軍腹地。所以說，真不是袁軍無能，實在是曹軍太厲害。

敵走我來！當袁軍主力趕往延津，曹軍精銳已祕密撲向白馬城。白馬城外的顏良將軍，以為曹軍主力在延津，身心正處於良好的放鬆狀態，指揮士兵優哉優哉地操練攻城技巧。直到關羽、張遼率領的曹軍先鋒距白馬城僅十餘里時，顏良才恍然大悟，中計了！顏良來不及罵街，立即召集士兵迎戰。

說時遲，那時快，不待顏良軍佇列好陣勢，關羽和張遼便帶領精銳騎兵發起衝擊，徐晃的步兵也掩殺過來。《三國志·關羽傳》替這場戰役，留下濃墨重彩的一筆：「羽望見良麾蓋，策馬刺良於萬眾之中，斬其首還，紹諸將莫能當者，遂解白馬圍。」袁軍猛將顏良就這樣掛了，成為一千多年來，關羽先生的神奇故事的最佳配角。

第四章　重整山河

　　袁紹大哥的臉面，著實不好看！數萬大軍圍攻孤城兩個多月，城沒攻下來，先鋒大將還歿了。惱羞成怒的袁紹下了狠心，必須拿下白馬城！袁紹一聲令下，十幾萬大軍浩浩蕩蕩，挺進黃河以南！然而，當袁軍主力興致勃勃來到白馬城，才發現城中已空空如也，不僅曹軍守備部隊不見蹤影，就連百姓也都跟著走了。

　　敵進我退，放棄白馬！不計一城一池得失，向後撤！曹操率領六百騎兵以及很可能不少於一千人的步兵，護送白馬城百姓和軍用輜重，沿黃河岸邊向西轉移。袁紹損兵折將，只拿下一座空城，實在有點尷尬！給我追！不能讓曹操跑了！袁紹派出猛將文醜，率領五六千騎兵以及數不勝數的步兵急速追趕，漸漸逼近！曹軍將領看到身後不遠處黑壓壓的追兵，紛紛提議加速跑。

　　慌什麼！曹操與荀攸相視一笑、不謀而合——打伏擊！黃河道旁的堤壩，正是絕佳的隱蔽掩體。曹操命令騎兵解鞍下馬，躲在堤壩後，並把眾多輜重丟棄在堤壩前的開闊地上。不一會兒，袁軍騎兵來到堤壩前，看見滿地輜重，兩眼直冒金光：這還用說嘛？曹軍肯定輕裝逃命去了，還愣著幹嘛，別等步兵來分享，騎兵兄弟們先搶吧！

　　正當袁軍騎兵亂哄哄地搶東西，曹操命令騎兵立即上馬，藉助堤壩的高勢，發起迅速的俯衝攻擊。什麼情況？！袁軍騎兵看到堤壩後源源不斷殺出的曹軍，早忘記人多勢眾的事，掉頭就跑！袁軍猛將文醜，也在亂軍中陣亡。

　　唯有一支袁軍人馬臨危不亂，非常冷靜地找到最佳路線，訓練有素地逃離戰場。

　　跑得如此敏捷，引起關羽注意。

　　是大哥的隊伍！

第十二節　義薄雲天

關羽叛變投敵！

沒跑遠呢！曹軍將領一個個面目猙獰地請戰：下令追殺吧！

但在曹操看來，這不是叛逃，這是「事君不忘其本，天下義士也」。

曹操神情凝重地望向遠方，彷彿對漸行漸遠的關羽說：「彼各為其主，勿追也。」

命中注定，有緣無分。從關羽殺死顏良的那一刻，或者說從關羽被迫投降的那一刻起，曹操就已經料到，關羽遲早要走。一方面，劉備待關羽恩若兄弟、情同手足；另一方面，曹操和關羽早有芥蒂，而且很難彌合。

建安四年（西元 199 年），曹操大軍把窮途末路的呂布圍困在下邳城。正當曹軍高歌猛進、攻勢如潮時，關羽求見曹操。戰況要緊之際，猛將來見主帥，不是請纓率領敢死隊強攻城池，還能是什麼？！曹操很可能溫上壯行的烈酒，只待關羽說完豪言壯語，然後恭敬奉上。

不好意思，上陣殺敵先等等，關羽有更重要的事：「曹公，我妻子一直沒生出兒子，我不想斷後，我得納妾。我看上呂布一位部將的妻子杜氏，請在破城後，把她賞賜給我吧。」前線戰鬥異常激烈，曹操哪有閒工夫考慮這等預訂別人媳婦的小事，便爽快地答應。

下邳城即將陷落，關羽又來求見曹操：「曹公，別忘了答應我的事，把杜氏賞賜給我啊。」此時下邳城戰局勝負已定，曹操閒工夫多了，隨即進行一番深入思考，不禁起疑：這個杜氏能讓關羽捨臉來兩次，想必非常漂亮吧？ 曹操為驗證自己的猜想，在曹軍攻入下邳城後，搶先把杜氏找到，一看的確是個大美女。然後，就沒關羽什麼事了。

比沒得到杜氏更扎心的，是沒面子。心高氣傲的關羽，何曾低三下四

求過人？頭一回拉下臉求人辦事，竟遭無情戲弄。心靈受到極大創傷的關羽，看見曹操就火冒三丈。在一次許都郊外的圍獵活動中，若不是劉備使勁攔著，關羽就要去刺殺曹操了。

事已至此，無可挽回，曹操很清楚，關羽留不住。雖然曹操愛才，關羽有才，但對留不住的人才，曹操歷來是毫不猶豫咔嚓。不過關羽比較幸運，投降時間很給力。當時袁紹的十幾萬大軍集結完畢，先頭部隊已渡過黃河直逼白馬城；孫策軍隊也正與廣陵郡曹軍展開激戰。身處險境的曹操向來睿智，無論如何不能把舉城而降的關羽殺掉，絕不能因小失大。

既然不能殺只能留，那麼不妨做最大努力。《三國志・關羽傳》記載：「曹公禽羽以歸，拜為偏將軍，禮之甚厚。」儘管偏將軍不是高等級將軍，但是對剛剛投降或者歸順的將領來說，絕對是很高級的起步職位。

比如，建安四年（西元199年）率眾投降曹操的張遼，被授予中郎將，比偏將軍低兩個等級。又如，建安二年（西元197年）歸順曹操的徐晃，在官渡之戰前，還是比偏將軍低一個等級的裨將軍。再如，早在初平三年（西元192年）左右投靠曹操的於禁，南征北戰、屢立奇功，到官渡大戰結束，也才當上偏將軍。沒有對比，就沒有幸福，別人奮鬥很多年才當上、甚至沒當上的偏將軍，關羽投降就是。

除了將軍名號外，曹司空還賞賜關羽房子、票子以及成群的美女，一樣都不少。曹操相當夠意思，擱誰都得感激涕零、死心塌地。可曹操知道，關羽不一樣，謝恩從來不慍不火、不激動，十有八九仍心存怨恨。曹操內心很打鼓，於是派出與關羽關係很好的張遼，從側面了解下關羽的思想動態。

張遼找到關羽，丟擲「曹公待你怎麼樣」的話題。關羽無言片刻，一聲嘆息：「我明白曹公對我的厚愛，但我受劉備大哥厚恩，發誓共死，不可背棄。我雖不會留下，但一定立下功勞再走。」關羽心中，曹操待他再

第十二節　義薄雲天

好,只是君對臣的好,說了不算的事還會發生;劉備對他的好,是大哥對兄弟的好,承諾給的只會加倍給。何去何從,定矣!

關羽說得有情有義,張遼欽佩卻未必理解。張遼心說:我投降是中郎將,您投降是偏將軍,起步比我高兩檔,雄霸中原的曹司空看得起你,前途極其光明,怎麼還惦記回去找一無所有的劉備?張遼讀不懂關羽,因為張遼的大哥是呂布,關羽的大哥是劉備。跟呂布很多年的人,如果遇到經天緯地的曹操,會立刻發現,原來大哥是個渣。可跟著劉備很多年的人,如果遇到經天緯地的曹操,會覺得原來大哥比天下霸主還有魅力。

也許,關羽明知張遼的話題是曹操授意而問,仍然慷慨直言。也許,曹操明知關羽立功就會離去,仍然任命他為救援白馬城的先鋒大將。也許,張遼明知曹操不希望關羽這麼快立功,仍然拚盡全力掩護關羽殺向顏良。萬軍之中,如入無人之境——當關羽割下顏良首級的那一瞬,曹操不知是該喜還是該憂。再做一次努力吧,曹操親自上表,請封關羽為漢壽亭侯——即便徒勞,也必須做。

「羽盡封其所賜,拜書告辭,而奔先主於袁軍。」關羽終究還是走了,走得如此讓人牽腸掛肚。關羽把曹操賞賜的東西貼好封條,並留下一封情義深深的告辭信。然而,自作多情的關羽,一定不能理解,為什麼短短不到一年,曹操的態度會有如此大的反轉。

建安四年（西元199年）年初,曹操根本沒把關羽當回事,想怎麼騙就怎麼騙,女人想怎麼搶就怎麼搶。可到建安五年（西元200年）年初,曹操怎麼又突然發現關羽是塊寶,不僅封侯拜將,還餽贈包括美女在內的各種稀罕物,對關羽喜歡得不要不要的?

沒錯,關羽有才。更重要的是,關羽是劉備的左膀右臂。曹操透過與劉備的深入交往,已深刻認識到,跟自己爭天下的英雄很多,能跟自己爭天下的英雄,只有劉備。

第四章　重整山河

對於猛將如雲的曹軍，留住關羽不會多出多少，卻可以讓劉備少很多。曹操爭的是關羽，更是天下。

第十三節　運籌帷幄

問蒼茫大地，誰主沉浮？

建安五年（西元 200 年）秋，袁紹大軍逼近官渡。這個小小的渡口，一時成為全國的焦點。

位於河南郡中牟縣北部的官渡，連線著京畿地區與東部、南部的交通，迎來送往很多人物，「慣看秋月春風」。

三十多年前，一位意氣風發的年輕人經過這裡，趕赴兗州東郡濮陽擔任縣令，眼睛裡全是前程似錦的未來。二十多年前，一位仕途失意的年輕人也經過這裡，要去兗州東郡頓丘擔任縣令，留心了腳下的山川地貌。這裡有利於防禦的水利和山地，北面以鴻溝水為屏障，西面有廣闊的圃田澤護衛，東面也有河流以及沼澤。如今，兩位曾經的年輕人，在這裡上演的王者對決，不僅決定個人命運，還將影響中國歷史走向。

「連營稍前，逼官渡」，袁紹大軍用兩個多月，擊敗曹軍數次頑強阻擊，終於推進到鴻溝水北岸。袁軍在北岸設定相互呼應的若干營地，長達數十里。曹軍也在南岸擺開陣勢，相應對峙、不肯再退。

袁軍率先發難，選擇險要地方堆土成山、構築箭塔，居高臨下地俯射曹營，搞得防禦工事外的曹兵狼狼不堪，被迫舉著盾牌慢慢行走。為扭轉當靶子的尷尬，曹軍工兵很高效地改造出拋石攻車，逐一把袁軍箭塔擊毀。空中受挫改地下，袁軍祭出挖道地的看家本領，企圖偷襲曹營。不

第十三節　運籌帷幄

過，曹操顯然看過公孫瓚亡於道地戰的內參，提前在營內挖掘出很深的長塹，讓袁軍無功而止。

正面戰場僵持不下，袁紹主動求變，派出最善於遊走戰的劉備，及時開闢第二戰場。劉備的多年敗仗沒白打，穿插閃避堪稱頂尖水準，不僅避開官渡的曹軍主力，還成功躲開曹軍內線機動兵團，不負眾望地到達豫州汝南，與當地反曹起義軍聯手，開闢出大片挺袁根據地，甚至一度占領距許都只有二十公里的強縣。

後院起火，這還得了！曹仁、徐晃率領曹軍機動兵團迅速回援，乾淨俐落地擊潰劉備等部。吃了敗仗的劉備沉著冷靜，再次施展游擊戰本領，不僅輕鬆甩開曹軍騎兵追擊，並再度穿越廣闊的曹軍控制區，安然回到袁軍大營。

功虧一簣！劉備遺憾地表示，汝南反曹起義軍的戰鬥力太弱，如果聯手荊州劉表，一定能取得非凡成效，並願意親自實施這個偉大方案。劉備積極主動要做事，袁紹自然雙手贊成。劉備隨即帶領本部人馬，又一次成功穿過曹軍控制區，但就此與袁紹失聯！

劉備打仗不靈光，識人辨事是頂級。在曹營和袁營都待過的劉備，敏銳判斷出兩軍高下。參與過延津之戰的劉備，目睹袁軍為爭搶輜重慘遭曹軍突襲，死傷慘重。參與討伐呂布之戰的劉備，親身感受到曹軍紀律嚴明，一絲不苟地執行〈步戰令〉、〈戒飲山水令〉等各類軍紀軍規，甚至包括曹操都要遵守。

一次，曹操領兵經過麥田時下令：「不可損壞麥苗，犯令者死罪。」話音未落，曹操那匹不爭氣的戰馬突然受驚，衝進麥田。曹操很尷尬，詢問主簿如何定罪。這位主簿相當有水準，引經據典道：「法不加於尊。」曹操沒有順勢下臺階，而是很嚴肅地講：「下命令的人違反命令，不處罰怎麼行！但我是主帥，不能自殺，割髮代首吧（割髮在漢朝屬於重責）。」「設

第四章　重整山河

而不犯，犯而必許。」當曹操髮髻飄落麥田，曹軍無不肅然。

料定曹勝袁敗的劉備，必須趕緊跑路。如果袁紹戰敗，劉備莫說發展前途，恐怕身家性命都要不保。退一步說，即便曹操和袁紹打成平手，劉備也沒有發展空間。必須去南方！江東孫策新亡、荊州劉表老邁，渾水摸魚的機會，多的是！

劉備可以跑，袁紹只能上。為了打破僵局，袁紹再度主動求變，派出軍隊由西北施行大迂迴，成功渡過鴻溝水，先頭部隊直插官渡西南方向的雞洛山，從西面和北面對曹軍形成夾擊態勢。曹操以靜制動、見招拆招，很可能根據荀攸掌握的內線情報，派出徐晃引軍偷襲故市，燒毀袁軍的大批糧草輜重；曹仁隨即率部發動猛攻，大破雞洛山的袁軍。

戰鬥日趨白熱化！曹軍也有大麻煩：糧食告急！話說不應該啊，自曹操倡導屯田以來，一直號稱「得谷百萬斛」、「數年中所在積粟，倉廩皆滿」。所以，曹軍不是沒糧食，而是運不到前線——因為「賊（袁軍）數寇鈔絕糧道」。

戰況焦灼、運糧艱難，頭風隱隱發作的曹操，給留守許都的荀彧寫信，詢問撤回許都決戰好不好？在官渡戰前說過「袁紹有四敗、曹公有四勝」的頂級謀士荀彧，當然不能自己打臉，立刻回信反對：「公以十分居一之眾，畫地而守之，扼其喉而不得進，已半年矣。情見勢竭，必將有變，此用奇之時，不可失也。」收到荀彧回信的曹操，重新堅定必勝信心。《三國志‧武帝紀》記載：「太祖乃住。」

曹操不是精神勝利法的信徒，荀彧也不是誇誇其談的嘴炮人士。曹操安心留在官渡，一定是荀彧有取勝辦法，正如信中所說「情見勢竭，必將有變」。但具體怎麼竭，又怎麼變？信中沒明說，也不能明說，萬一途中被袁軍燒糧隊截去，豈不機密盡失？應該是送信人安全到達官渡曹營，把荀彧親筆信交給曹操的同時，解釋了信中語焉不詳的內容。

據各類史料綜合推斷，很可能是荀彧的策反工作取得重大進展！《魏略》記錄：「輔（鮮於輔）從太祖於官渡。」就是說，幽州實力派軍閥鮮於輔，在官渡之戰的緊要時刻，伺機帶領數千幽州鐵騎，準備戰場起義！

　　鮮於輔原是幽州牧劉虞的部下，劉虞被公孫瓚殺害，鮮於輔繼續擁戴劉虞的兒子，並與袁紹共同攻打公孫瓚。公孫瓚敗亡，劉虞兒子遭到袁紹軟禁，從此不見於史書。鮮於輔礙於袁紹實力強大，不得不忍氣吞聲，假意擁護袁紹的次子袁熙為幽州刺史。直到曹操和袁紹在官渡相持不下，鮮於輔終於等到為舊主報仇的良機！鮮於輔率領的數千幽州鐵騎，成為隱匿在袁軍陣營的一把尖刀。

　　荀彧帶來的「必將有變」，不只鮮於輔。可能還有荀彧在戰前分析時，曾斷言「貪而不治」的袁軍高參許攸。很可能在荀彧的精心布局下，一封說許攸家人貪贓枉法的舉報信，被順利交到留守鄴城的主官審配那裡。審配秉公執法，把許攸的「不法」家人收進大牢。與此同時，也不知是誰千里傳音，總之遠在官渡的許攸，竟很快得知，惹得「攸怒叛紹」。

　　很多看似偶然的事，實則是必然。

　　很多看似運氣的事，實則是運籌。

第十四節　出奇制勝

　　有朋自敵方來，不亦樂乎。

　　曹操正準備睡了，聽聞老朋友許攸終於到了，高興得顧不上冬夜嚴寒，光著腳跑出大帳迎接。曹操緊握許攸雙手，爽朗大笑：「子遠兄，你總算來了，我大事可成！」許攸沒時間激動，因為他掌握的軍事機密有效

第四章　重整山河

期,只有今夜。

許攸開門見山地問:「袁紹大哥兵強馬壯,你還撐得住嗎?糧食有多少?」曹操說:「一年。」許攸有些不高興,臉往下一拉又問:「說實話吧!」曹操很實在地砍掉一半水分:「半年。」

一點誠意都沒有!許攸怒了:「燒掉多少糧車,我又不是不知道!還不說實話!」曹操大笑:「子遠兄,莫要急,好久不見,先開個玩笑嘛。我說實話吧,省著吃夠這月,若是糧車又被燒,軍中就要斷糧!」見到曹操有誠意,許攸也不囉唆,直接全盤托出:「袁軍糧草,主要囤於烏巢,但戒備不嚴,只要派精兵奇襲,燒掉糧草,不出三天,袁紹必敗。」

沒有時間考慮!一旦袁紹發現許攸叛逃,就會立刻調整軍事部署。信還是不信?許攸真的拋棄追隨二十多年的袁紹大哥,另擇新主?曹軍大多數將領心存疑慮。但曹操表示沒問題,斷定許攸不會為袁紹的勝利而犧牲自己。

成敗在此一舉!曹操親率五千精銳步騎,人銜枚(類似筷子,防止說話)、馬縛口,各帶柴草一束,在許攸的幫助下,避開袁軍各處營地,透過沿途哨卡,連夜奔襲!烏巢與官渡相距約四十里,入夜出發的曹軍要在拂曉到達,並立即投入戰鬥!

袁軍烏巢主將淳于瓊,目測曹軍人少,登時有些頭腦發熱,萌生禦敵於營門之外的無邪想法。然而,烏巢的萬餘袁軍,都是後勤保障士兵,遠不能與曹軍精銳相提並論。動手沒掐多久,淳于瓊感到不是對手,幸好他反應敏捷,率部又逃回營地固守待援。

袁軍哨卡逐次點起烽煙,袁紹知道大事又不好,趕忙與文臣武將開會研究。袁軍最優秀的戰將張郃表態:「曹軍兵精,淳于瓊不是對手,要趕緊全力救援。」謀士郭圖聽不得有人貶低老鄉淳于瓊,脖子梗著抬槓:「應該採用圍魏救趙的方法,對曹軍官渡大營發起猛攻,曹操一定回救,烏巢之圍自解。」張郃爭辯:「曹操離開大營,必然堅固設防,一時半會兒打不

第十四節　出奇制勝

下來,如果烏巢有失,糧草沒了,大勢去矣。」

兩人爭論不休,似乎都有道理,於是袁紹各取一半意見:「派騎兵救烏巢,派步兵攻打曹軍大營。」袁紹的選擇比較正確,因為在急行軍的情況下,騎兵至多一個小時就能到達烏巢,步兵則需四五個小時。派騎兵增援烏巢,步兵猛攻曹軍大營,似乎並無不妥。但與曹操過招,不是最優的選擇,只能失敗。

「(曹軍)夜得仲簡(淳于瓊)。」從淳于瓊在夜裡被抓的情況推斷,烏巢袁軍至少堅持到下午或是傍晚。如果按張郃的建議,騎兵和步兵都可以在烏巢袁軍尚在支撐時趕到,烏巢之圍也許可解。就算沒來得及阻止烏巢糧食被燒,也可以就地圍剿曹操的幾千人;就算曹操燒完糧食還能跑掉,救援烏巢的主力部隊,也可以順勢撤退,雖敗卻不至元氣大傷。可惜,袁紹沒有做出最正確的選擇。

「紹遣騎救之,敗走。(曹操)破瓊等,悉斬之。」──英明神武的曹操,率領五千精銳步騎,在一夜急行軍的情況下,不僅迅速消滅萬餘以逸待勞的烏巢袁軍,還打敗增援的幾千甚至上萬袁軍騎兵,實現戰勝於己三倍或四倍敵軍的完勝!也許,事實根本沒這麼誇張,因為袁紹派出的增援騎兵,應該包括鮮於輔的數千幽州鐵騎,興許還占大頭。

就是說,袁軍的增援騎兵,很可能大半叛變。非但烏巢沒解圍,還給曹操送去生力軍。據《魏略》記載,官渡大戰結束,曹操相當激動地對鮮於輔說:「去年開春,袁紹把公孫瓚的人頭送來,我感覺也要被消滅。如今打敗袁紹,既是天意,也是你們的功勞。」

部分沒叛變的袁軍騎兵逃回官渡,把烏巢失守以及鮮於輔叛變投敵的消息傳得滿營飛。面如死灰的袁紹大哥若想反敗為勝,只能寄希望於張郃攻下曹軍大營。《三國志·張郃傳》記載:「瓚破,郃功多。」張郃作為久經沙場的名將,若拚盡全力,未嘗不能創造奇蹟。但很遺憾,袁紹早已親

第四章　重整山河

手斷送掉最後的希望。

　　正在兢兢業業攻打曹軍大營的張郃，也得到烏巢戰況不利的消息，感到無助的絕望！張郃與將士拚盡全力，不要命地輪番強攻，可曹營堅如磐石。是繼續打下去創造奇蹟，或是玉石俱焚，還是效仿鮮於輔順勢而為？張郃陷入沉思。

　　此時，張郃也許想到麴義將軍，這位在界橋之戰力挫公孫瓚精銳騎兵的名將，為袁紹大體統一黃河以北立下汗馬功勞。但袁紹嫉妒麴義功高震主，竟以一次小敗仗為由，把麴義及其舊部斬盡殺絕。張郃也許又想到關羽將軍，投降曹操有高官厚祿，離開曹營網開一面，簡直是「來則歡迎，去則歡送」。真是人比人得死，貨比貨得扔！停止進攻，投降曹公！

　　曹操得知張郃戰場起義，懸著的心終於落地，高興地說：「如微子去殷，韓信歸漢也。」立刻拜張郃為偏將軍，封為都亭侯。

　　袁紹得知張郃戰場倒戈，懸著的心，也終於落地，不用再思索反擊方案，只剩逃跑一條路──「紹眾大潰，紹與譚單騎退渡河。」

　　史書記載，袁軍士兵死傷、投降以及被坑殺者，有七八萬人。

　　官渡大戰前，袁紹發給士兵人手一根三尺繩，總算用上。

　　但捆的不是曹操，也不是曹兵，而是袁兵。

　　袁紹大哥曉得：一切都結束了。

第十五節　為政之要

　　建安十年（西元 205 年）年初，南皮城，血流成河。

　　《英雄記》寫道：「操作鼓吹，自稱萬歲，於馬上舞。」

第十五節　為政之要

　　在軍樂隊的伴奏下，曹操高呼自己萬歲，於戰馬上載歌載舞。

　　袁紹的長子袁譚死了，次子袁熙和老三袁尚向遼西郡逃竄，袁氏家族日薄西山。

　　儘管曹操打贏決定性的官渡之戰，袁紹大哥連氣帶病含恨離世，袁譚和袁尚為爭奪地盤反目成仇，曹操還是花費四年多才平定冀州。果真虎父無犬子，袁紹兒子們的軍事能力不白給，曹操打得異常艱苦。

　　「公（曹操）攻譚，旦及日中不決」——南皮城下，無路可退的袁譚軍，迸發出前所未有的戰鬥力，與曹軍主力從早晨打到中午，依舊難分勝負。心如火焚的曹操突然挽起袖子，親自替換掉氣力不濟的擂鼓手，鏗鏘有力的進軍鼓聲再度響起！老大上陣擂鼓！曹軍士兵陡然振作，勝利天平開始傾斜，曹軍終於獲得又一場來之不易的險勝。

　　南皮陷落、郭圖就戮、袁譚陣亡。曹操得意揚揚地下令，把袁譚首級懸掛示眾，並惡狠狠說：「敢哭者戮及妻子。」貪生怕死一大片，捨生取義總有人。袁氏故吏王修昂首挺胸、大義凜然回應：「生受辟命，亡而不哭，非義也。畏死忘義，何以立世？」言罷痛哭流涕，哀慟三軍。當曹軍執法隊正要捆了王修行刑，臉色凝重的曹操突然開口：「義士也，赦免！」

　　何止王修！鄴城陷落時，被俘的守將審配也是意氣壯烈，直言只恨箭不夠多！臨刑前，審配大聲高喊：「我的主公在北，我要面向北方！」還有官渡之戰被俘的沮授，始終不肯投降，直至越獄失敗身亡。還有官渡大敗後，袁紹惱羞成怒殺死的田豐，雖然出謀劃策不著邊際，但畢竟剛正不阿、一片忠心。還有幽州別駕從事史韓珩，寧可辭官歸隱也不屈就曹操，最終病死家中。話說袁軍陣營不乏忠義之士，怎麼輸得乾乾淨淨？

　　說到底，思想境界有差距。尤其是在接班人的選擇上，袁紹犯下一連串錯誤。袁紹喜歡老三袁尚，打算廢長立幼，但依然重用長子袁譚、次子袁熙以及外甥高幹，分別委任為青州刺史、幽州刺史以及并州刺史，號稱

第四章　重整山河

讓他們各據一州，比誰能力強。本來由老爹直接拍板決定的事，搞成內定人選卻在名義上公平競爭的「四不像」。沮授勸諫失敗，一聲長嘆：「禍始此矣。」一語中的！袁紹撒手人寰，袁譚和袁尚很快相互猜忌、大打出手，最終被曹操各個擊破。

反觀曹操，思想境界很到位。曹操深通人性，曉得大家跟自己做事業，不是因為自己帥，而是為過上幸福生活。曹操在《孫子兵法》註釋裡直白寫道：「軍無財，士不來；軍無賞，士不往。」在〈封功臣令〉、〈分租與諸將掾屬令〉中，曹操也反覆強調，自己願意效仿英雄人物——「受賜千金，一朝散之」，與大家共享榮華富貴。曹操說到做到，不僅以朝廷名義給功臣封侯拜將，還把私人封地的租賃分給屬下將領、官員以及死難將士的遺孤。

不光有功必賞，有時劇情也挺跌宕。曹操率軍奇襲柳城獲勝，立刻嚴肅下令：「認真查一查，當初誰以路遠坑深為由，百般阻撓這場偉大的勝利遠征，名單給我！」正當名單上的諸公惴惴不安，曹操畫風突變，和藹可親地笑道：「我是僥倖弄險取勝，不能把特例當經驗。你們的勸諫才是萬全之策，必須重重賞賜，希望繼續知無不言、言無不盡！」

曹操不光有功必賞，更能既往不咎。在官渡之戰後，曹軍繳獲袁紹的信件箱，這些與袁紹溝通感情的筆友，不僅有朝廷及地方官員，甚至還有軍中將領。英明睿智的曹操當機立斷：把箱子燒了！望著熊熊烈火中即將燃盡成灰的信件箱，曹操頗有自嘲精神地說：「那時袁紹很強大，我都擔心不能自保，大家預先找下家，很正常嘛。」曹操說得平淡無奇，卻讓眾多文臣武將感到無限溫暖，感受到什麼是大英雄的大情懷。

英雄之間比勇比智，歸根結柢是比人生格局，比能不能捨得，比願不願放下，比得不得人心。袁紹與曹操的北方霸主之爭，是曹操以少勝多，但並不是以弱勝強，而是以強勝弱，因為袁紹和曹操的思想境界，始終不

第十五節　為政之要

在同一水平上。

早在討伐董卓時，袁紹便與曹操分出高下。袁紹問：「如果討伐董卓不能按計畫進展，哪裡可以作為謀求發展的根據地？」曹操不動聲色地反問：「大哥以為哪裡適合？」袁紹信心滿滿地說：「黃河以北以及燕代地域比較好，土地肥沃、人口稠密、馬源充足，還可以藉助北方游牧民族的力量，坐北朝南爭奪天下，厲害吧？」

厲害不厲害，要看有沒有更厲害的。曹操從容回應：「我覺得，只要廣納天下英雄，以正義之道統率，在哪裡都可以成功！商湯、周武占據的地方不一樣，不都取得成功？如果拘泥於山川險固，過於依賴地利，那麼反而不能隨機而變。」

思想境界往往決定人生走向。袁紹爭天下更看重地廣人眾；曹操爭天下更看重凝聚奇士英才。其實，在官渡之戰的很多年前，曹袁勝負大體已定。造物弄人啊，既生紹，何生操。歷經世事磨練、堅韌不拔、雄才大略的袁紹，不幸與「超世之傑」的曹操生在同一個時代。英雄之哀，莫過於此。

建安七年（西元 202 年）夏，始終無法走出官渡失利陰影的袁紹大哥，料定翻盤無望，由氣生病，嘔血而亡。袁紹直至臨終，也沒完全明白自己敗在哪裡。如果真明白，就不會任由袁譚和袁尚搞成兄弟相爭的局面。不過，猜想袁紹意料到袁氏家族會繼續敗，敗得一乾二淨，敗到曹操來到他的墓地痛哭流涕。

也許，曹操還帶來哥兒倆三十多年前在洛陽暢飲的新豐美酒。

毫不手軟地追殺你的兒子，滿懷深情地致敬我的大哥！

曹操，三鞠躬。

第十六節　星漢燦爛

建安十二年（西元 207 年）秋，白狼山，橫屍遍野。

《英雄記》寫道：「一戰斬蹋頓首，繫馬鞍，於馬上抃舞。」

曹操把烏桓首領蹋頓的頭顱割下來，繫在馬鞍上，在戰馬上表演起拍手舞。

勝利來之不易。自從袁尚和袁熙逃到遼西，幽州北部便幾無寧日。史書記載：「遼西單于蹋頓尤強，為紹所厚，故尚兄弟歸之，數入塞為害。」袁氏兄弟的游擊騷擾很煩人，但遼西地處偏遠，曹軍許多將領表示沒必要理會，讓他們自生自滅吧。

軍事上可以不算帳，但要算政治帳。袁氏兄弟一日不亡，曹操一日不能安心南征劉表。曹操誇讚「能知孤意」的郭嘉不負期望，力排眾議道：「烏桓以為離得遠，不會周密設防，只要突然發起進攻，肯定能取勝。而且袁紹有恩於烏桓，袁尚、袁熙在黃河以北仍有不少潛在支持者，不趕緊消滅他們，一旦死灰復燃，就會後患無窮。」曹軍將領都曉得郭嘉與曹操「行同騎乘，坐共幄席」的親密關係，眾將心領神會，立刻轉變態度，表示路不遠，可以去。

建安十二年（西元 207 年）夏，曹操帶領大軍祕密集結於無終，準備出濱海道過碣石，穿越渤海沿岸的平原，出其不意地進攻遼西烏桓的大本營柳城。雖計劃得挺好，但天公不作美，大雨連綿導致道路泥濘，進軍時間一拖再拖，一直拖到蹋頓和袁氏兄弟發現曹軍意圖。

奇襲計畫擱淺，退軍吧。臨走前，曹操命令在顯要位置豎起一塊大木板，上面寫著：「暑熱夏季，道路不通，等秋冬再進軍。」負責偵察敵情的烏桓騎兵兜了一圈，確實沒發現曹軍，便按大木板上的內容向上級彙報了。

回馬槍！曹操大軍拐了彎，由當地嚮導指引，從破敗斷絕已久的隱蔽

第十六節　星漢燦爛

小路，出盧龍塞直奔柳城！這條路偏僻艱險，要在缺少補給的區域前進幾百里。這本已十分危險，但郭嘉還嫌難度不夠大，建議曹操把輜重留給步兵，只率精銳騎兵急速挺進，號稱「兵貴神速」。結果「神速」是「神速」，吃喝補給出現大問題，不得不殺掉數千匹備用戰馬，據說又鑿地三十餘丈挖出水，才算勉強走出險境，來到距離柳城二百里的白狼山。

正在籌備遼西郡中秋晚會的蹋頓和袁氏兄弟大呼上當，匆忙集結數萬騎兵前往白狼山迎敵。由於曹軍騎兵在人數上處於劣勢，披甲將士也少，不少將領產生畏難情緒，希望等押運鎧甲和輜重的步兵到達，大夥兒一起上比較有把握。

遲則生變，又不容有失！曹操登高遠眺，觀察到烏桓騎兵的軍容不整、陣形鬆散，平常明顯缺乏合練，與百戰餘生的曹軍騎兵，差出不止一個等級。不用等，全軍出擊！以虎豹騎為首的曹軍數千騎兵，呼嘯而下，與數倍於己的烏桓騎兵展開激烈廝殺——「虜眾大崩，斬蹋頓及名王已下，胡、漢降者二十餘萬口。」

白狼山之戰，曹操大軍勝得酣暢淋漓，袁熙和袁尚帶著殘兵敗將，逃向更加偏遠的幽州遼東郡。打勝仗的曹軍將領輪番雞血請戰，表示要一追到底、除惡務盡。曹操看著當初遼西都不願意來，如今遼東都能去的眾將，直接自信地說：「公孫康會把袁尚和袁熙的人頭送來，不麻煩將士們出征，班師回朝吧。」

果然不出所料，曹軍掉頭沒走多遠，遼東太守公孫康就把袁氏兄弟的人頭快速送到。代郡烏桓首領和上郡烏桓首領也很識相，爭先恐後送來勞軍慰問品並致以「賀電」：熱烈慶祝曹公掃除大家長久以來非常痛恨的袁氏家族，真可謂功蓋千秋。

地方軍閥把馬屁拍得響亮，曹軍將領自然也不甘落後，大家不約而同地圍著曹操，一臉懵懂無知的樣子，虔誠求教道：「您真是料事如神，

第四章　重整山河

我們剛撤軍，公孫康就把袁氏兄弟人頭送來了，您講講吧，這是為什麼呢？」問得好，曹操興味盎然地說出謎底：「公孫康平素懼怕袁尚等人，如果太著急進攻，他們必然會合力對付我們。如果暫緩進攻，他們就會自相殘殺，這是很簡單的事情嘛。」得勝歸途的曹操，言談舉止從容不迫。

勝利的喜悅還沒品嘗夠，人生的苦惱隨即到來。體弱多病的郭嘉，由於水土不服，再加上日夜急行，操勞過度，突然病重。曹操真著急，不停地派人詢問郭嘉病情，往往前面派去的還沒回來，後面派去的又出發。很可惜，有些事情不能以人的意志為轉移，即使有曹軍醫護隊的全力救治，郭嘉還是沒能捱過建安十二年（西元207年）的冬天。

曹操失去一位神機妙算的謀士，更失去一位性情相投的知己。儘管曹操與郭嘉差十多歲，職位尊卑也異，二人卻是秉性相投、親密無間的好哥們。郭嘉放蕩不拘小節，在執法嚴格的曹操看來，完全不是問題。哪怕紀檢官員實名舉報郭嘉不檢點，曹操也不為所動，還親自為之辯解：「此乃非常之人，不宜以常理拘之。」

天下人相知者甚少！郭嘉曾坦言：「如果前往南方征伐，我很可能水土不服，不能生還。」即便如此，郭嘉依然鼓勵曹操，一定要南下平定荊州。郭嘉以棄命精神對曹操事業的支持，意義已遠超越其謀略。在郭嘉葬禮上，曹操極為哀痛地對荀攸等人說：「你們跟我同輩，只有郭嘉最年輕，本要託付後事，沒料到英年早逝！這就是命啊！」

世事無常，奈何奈何！曹操班師途中經過碣石，第一次見到浩瀚無邊的大海，他不由得心潮澎湃、感慨萬千，把對人生的感悟、對宇宙的感動，化成古直悲涼的豪邁詩作：「東臨碣石，以觀滄海。水何澹澹，山島竦峙。樹木叢生，百草豐茂。秋風蕭瑟，洪波湧起。日月之行，若出其中。星漢燦爛，若出其裡。幸甚至哉，歌以詠志。」

53歲的曹操，淚眼婆娑，站在人生巔峰！

第五章　天下三分

　　橫掃中原，威震塞外，縱橫馳騁，所向披靡！荊襄大地在顫抖，長江兩岸浪不停。誰能阻擋無敵於天下的曹操？羽扇綸巾談笑間，自有英雄來相會。

第一節　寄人籬下

　　要麼忍，要麼滾。
　　沒地滾，只能忍。
　　大家都懂，劉備當然更懂。
　　劉備這一忍，就是七年。官渡之戰後，劉備抵擋不住曹操大軍的追擊，向荊州緊急逃竄。為表達對抗曹大英雄劉備的景仰之情，荊州牧劉表率領屬下主要官員來到襄陽城郊，整齊列隊，舉行隆重歡迎儀式，客氣得不得了。然而，劉備很快就發現，劉表除了給足他面子，什麼都給不足。所幸劉備已修練出隨遇而安的心性，給多少兵出多少力，發多少糧吃多少飯，讓屯兵新野就在新野，讓屯兵樊城就去樊城。人在屋簷下，不得不低頭，劉備以不變應萬變：忍。
　　有些事情，忍不過去。建安十二年（西元207年）夏，曹操遠征遼西烏桓，即將消滅袁氏殘餘勢力。可以預見，曹操下一個目標，必是垂涎已久的荊州；荊州的第一個目標，必是漏網之魚劉備。從不參與荊襄軍政事務決策的劉備，都坐不住了，向劉表建議：「老哥，曹賊遠征，我們抄他

第五章　天下三分

後路吧。攻占許都，營救天子！」疾病纏身的劉表，有氣無力地搖搖頭，興許還會囑咐劉備多喝茶少喝酒，別總想著摸曹老虎的屁股。

機會稍縱即逝。曹操勝利班師回到鄴城，滿面春風地開鑿玄武池，準備訓練水軍，目的不言而喻。劉表思索後，有些後悔地對劉備說：「沒聽賢弟的，失去再也得不到的絕佳機會，真可惜！」事已至此，又沒有時間穿梭機，還是向前看吧。劉備寬慰道：「老哥別灰心！天下分裂、戰事不斷，只要能總結經驗教訓，把握住以後機會，這次也就不算什麼遺憾。」

下一次機會在哪裡，又能不能抓住？劉備不知道。出道二十多年來，劉備積極捕捉每一次機會，但機會總是無情地從他身邊溜走。在幽州跟著公孫瓚，在徐州跟著陶謙，在豫州跟著曹操，在冀州跟著袁紹，在荊州跟著劉表，單位換了無數，上司也換了無數，劉備的事業始終起起伏伏、飄忽不定。上天對異常努力的劉備，當真有點薄情。

英雄有淚不輕彈，劉備還是哭了。有一次，劉備應邀參加劉表組織的襄陽郊遊宴會，借酒澆愁喝多了，如廁時摸到自己大腿的肥肉，不禁落下淚來。回到座席，劉備雙眼紅腫又留著淚痕，引起劉表的注意：「賢弟上趟廁所，怎麼哭成這樣？」

劉備哽咽長嘆：「我以前長期不離馬鞍，大腿肥肉消散，精壯結實。但來到荊州這些年，很少騎馬作戰，閒居安逸導致髀肉復生。想起時光如水，歲月蹉跎，人轉眼老了，也沒取得功名，一時悲從中來。」47 歲的劉備在漢代，確實可以算步入晚年。

劉備的感慨，何嘗不是 66 歲劉表的心聲。漢室宗親的劉表，從小志向遠大、博學多才，是黨人「八俊」之一。劉表本來仕途一片光明，卻因反對奸佞宦官遭到通緝，逃亡十幾年，直至黃巾之亂才復出做官。但沒過幾年，董卓又把持朝廷、廢立皇帝，眼見朝綱混亂、不能挽救，劉表開始謀求外任，拿到一紙空文的荊州刺史委任狀。

第一節　寄人籬下

「乃單馬入宜城。」──何等英雄氣概的六個字！十八年前，「長八尺餘，姿貌甚偉」的劉表，單槍匹馬毅然南下，爭取到蔡瑁、蒯越等荊襄實力派人物支持，以冷酷無情的鐵腕手段，清除各地反對派，成為名副其實的荊州「一把手」。十八年來，劉表在軍事上外禦強敵、內平叛亂；經濟文化上更是頗有建樹，吸引眾多中原名士來此客居。如果劉表年輕二十歲，未嘗不可與群雄角力天下。

好漢不提當年勇。垂暮之年的劉表莫說爭天下，就是保荊州都很吃力。隨著曹操統一北方的步伐越來越鏗鏘有力，蔡瑁、蒯越等老戰友為保住荊襄望族地位，已經或明或暗地勸劉表順應時代潮流。劉表萬分痛苦地發現，荊州地界願意跟曹操硬碰硬到底的人，只有這些年防來防去的劉備。

身體每況愈下的劉表，曾私下對劉備說：「我的兒子都不成才，諸將也不爭氣。我死後，賢弟攝政荊州吧。」劉備當然想，但蔡瑁、蒯越能答應嗎？劉備興奮片刻，很快恢復一如既往的淡定，審時度勢地客氣回應：「老哥，您的兒子都很賢明，您安心養病吧。」

世上沒有不透風的牆。一門心思想投入曹操懷抱的蔡瑁和蒯越覺得，之所以劉表仍在咬牙堅持，是對駐守樊城的劉備抱有最後希望。那就殺掉他吧！當劉備又一次來襄陽參加郊遊宴會時，很有人道主義精神的蔡瑁和蒯越決定，先讓劉備吃飽，然後送他上路！

赴過鴻門宴，也擺過鴻門宴的劉備，什麼沒見過？劉備很快察覺出蔡瑁和蒯越的神色與以往不同，立時知道要壞！只要劉表喝高退席，死神很可能登場亮相。刻不容緩！劉備立刻聲稱喝多，要去廁所，但出了宴會廳便直奔馬廄，騎上的盧（額部有白斑點的馬），揚鞭狂奔。拿上廁所當跑路理由，顯然只能瞞一泡尿的工夫，蔡瑁和蒯越很快得知劉備溜走，急忙派出騎兵追殺。

第五章　天下三分

沒跑多遠，人仰馬翻。劉備許久沒以急行軍速度騎馬，加上逃命心切，很可能沒勒住飛奔的的盧，連人帶馬紮進襄陽城西的檀溪河。不知的盧是讓水草纏住，還是被淤泥困住，或是單純受驚嚇愣住，總之小馬哥不動彈了。

劉備拍著大腿上的肥肉，懊惱不已，當年真不該選牠！那還是十年前（西元197年），劉備兵敗逃竄，投奔曹操。為歡迎老朋友、老對手的投誠，曹操慷慨贈送駿馬。但不知劉備是裝瘋賣傻，還是同病相憐的緣故，放著上等馬廄數百匹膀大腰圓的壯馬不要，非在下等馬廄挑中瘦悴骨立的的盧。

〈乘輿馬賦〉為此記載：「劉備撫而取之，眾莫不笑之。」當年不顧眾人嘲笑選擇您，這些年把您養得又高又壯，關鍵時刻您好意思掉鏈子嗎？！劉備又急又氣地說：「的盧啊，的盧！現在很危險！請不要開玩笑！您使把力氣吧！」據喜好渲染情節的《魏晉世語》記錄，受到劉備激勵和鞭策的的盧，彷彿裝上彈簧，直接躍起三丈（將近十公尺），給後世駿馬樹立起學習好榜樣。

的盧躍出險境，再度飛馳電掣，猶如弓箭震耳離弦。由於的盧知恥而後勇，劉備及時轉乘上襄水擺渡船。船至河中，蔡瑁和蒯越的騎兵也追至岸邊，這些騎兵見抓不到劉備，立刻收起凶神惡煞的表情，轉而笑容可掬地柔聲問候：「敬愛的劉將軍，酒宴還沒結束，您為什麼急走啊？」劉備黑著臉不作答，心說吃完再走，人生就沒下一頓了。

君子交絕，不出惡聲，雙方以非常體面的方式斷絕了來往。但劉備渡過襄水，回到樊城，又能怎樣？凶險依舊！北有虎視眈眈的幾十萬曹操大軍，南有不懷好意的眾多荊州投降派，劉備宛若激流中的一葉浮萍。

天下雖大，英雄難覓立錐之地。

第二節　抱膝長嘯

英雄造時勢。

憑一己之力改變歷史走向的人，總有。

天將降大任於斯人也，必先安排與眾不同的人生。幼年時父母相繼病亡，不得不依靠叔父照顧；少年時家園戰火紛飛，不得不背井離鄉避難；青年時叔父撒手人寰，不得不面對慘淡亂世。

17歲的他，在襄陽城西的隆中山，購置些田產，以讀為主、以耕為輔，一住就是十年。27歲的他，自比管仲、樂毅，或登樂山，鼓琴以為梁父吟；或夜幕下，仰天長嘯、無盡遐思。他很清楚，中原大地勢如破竹的曹軍鐵騎，即將南下！安謐寧靜的隆中山，終究躲不開亂世戰火！他預料到有這一天，為此寒窗苦讀，因為他知道——知識改變命運。

弱肉強食的亂世，沒有真本事不行。十年來，他博覽群書、涉獵廣泛，讀了《論語》、《禮記》、《春秋》、《詩經》等儒家經典和《史記》、《漢書》、《東觀漢記》等各類史書，尤其對《申子》、《韓非子》、《管子》等法家著作以及《孫子兵法》、《六韜》等兵書研究甚深。除此以外，他對書法、音樂、繪畫等高雅藝術也頗有研究。他不是為當學霸，而是要融入往來無白丁的荊州名士圈，因為他知道——抱團可以取暖。

他積極參加劉表親自督辦的學業堂，結交到不少荊州學子，並與從中原避難來的士人交往密切；他還經常向龐德公、黃承彥、司馬徽等荊襄名士虛心求教、登門拜訪，得到越來越多的好評稱讚。在他的盛情邀請下，有山、有水、有書讀的隆中草廬，也逐漸成為青年才俊的文藝沙龍聚點，來此交流讀書心得的徐庶等友人，學問一個賽一個，好到能把經典著作倒背如流。然而與眾不同的他，讀書只是「觀其大略」，因為他知道——人

第五章　天下三分

脈才是王道。

讀書再多，也不如關係好用。他的二姐嫁給荊州士林領袖龐德公的兒子，他的大姐嫁給荊州三把手蒯越的姪子。他娶了荊州名士黃承彥的女兒，她的姨母是荊州「二把手」蔡瑁的親姐姐和荊州「一把手」劉表的正室夫人！也許有意而為，也許無心之舉，總之他把荊州五大家族關係集於一身，除了神了，還是神了。無論他用哪條關係，都可以輕鬆謀得一份好差事，受到重點培養，得到火箭式提拔。可他哪條關係也不用，因為他知道——格局一錘定音。

人脈再多、關係再廣，人生高度還是取決於志向。他要的不是高官厚祿，而是匡扶天下、興復漢室。十三年前，曹操大軍來到他的家鄉暴虐橫行，數以萬計的父老鄉親被屠殺扔進泗水河，河水為之變色！河道為之堵塞！在他看來，廓清寰宇的第一個目標，是必須消滅當年血腥劊子手、如今挾天子的國賊曹操。然而，劉表年邁多病，蔡瑁、蒯越又是軟骨投降派。舉目望去，荊襄大地似乎只有這位英雄。

沒錯，是劉備。儘管劉備實力差、運氣差，到哪裡哪裡垮臺、跟誰混誰完蛋，但在血腥殘暴的亂世，劉備幾十年如一日積澱的仁義，不僅名揚四海，更是深深植入這位少年的內心。十三年前，曹操大軍肆無忌憚地在徐州燒殺搶掠，一大隊呼嘯而過的騎兵，引起沿途百姓的注目——大家快來看，這是青州平原相劉備的仁義之師，要南下打曹操、救黎民！

也許，這是他在血流成河、瘡痍滿目的徐州，看到的唯一希望。也許，他曾經真想「躬耕於南陽，苟全性命於亂世，不求聞達於諸侯」。然而七年前，當劉備灰頭土臉逃到荊州，他的希望重燃，期待跟隨修仁行義的大英雄拯救天下。但七年過去，大英雄劉備沒來，倒是曹賊步步逼近荊州！他抱膝蒼涼長嘯，緩緩起身，不能再等，《魏略》記載：「乃北行見備。」

第二節　抱膝長嘯

　　希望越大，失望越大，期盼中的英雄相惜，根本沒出現。他滿懷憧憬見到劉備，發現非但不是傳聞中熱情厚道的仁義君子，反而有些尖酸刻薄。當然，這事不能怪劉備，由於劉備差點被蔡瑁和蒯越在酒宴上剁成肉泥，肯定對蔡瑁外甥女婿和蒯越姪媳的弟弟沒好氣，一反平日待人接物的寬厚氣度。

　　他去拜訪時，劉備正在宴請賓客，實在不便推託，只好冷漠接待。劉備以他不是故交而且年輕，安排到宴會廳末席，隨便拿些食物敷衍。他的滿腔熱情瞬間冷卻，原來劉備的英雄稱號名不副實，也是看人下菜碟！

　　宴會結束，嘉賓陸續散去，只有他興趣盎然地欣賞著殘羹剩飯。涵養相當好的劉備面無表情，既不轟他，也不理他，拿出別人送來的氂牛尾，自顧自地編起來（可裝飾鎧甲）。這種冷場十分尷尬，等於主人下了逐客令。這事擱誰都覺得沒趣，但他似乎不在意。

　　沒皮沒臉，蔡瑁和蒯越的親戚果然很無恥！劉備內心大概罵了他一百八十六遍，仍從容的做事。他也很不屑劉備，待人冷淡、出手小氣，又愛好消磨意志的編繩手藝！他內心大概也罵了劉備一百八十六遍，表面卻一臉輕鬆愉悅，賴著不走舔盤子。

　　既然來了，為拯救過徐州的劉備做點什麼吧。他不亢不卑地打破平靜：「將軍應當恢復遠大志向，怎麼能把時間浪費在結毦（編羽毛飾物）上？」劉備不悅地扔下牛尾說：「這是什麼話！我只是用來解悶忘憂。」

　　他知道劉備的憂愁，但不打算直接解憂，先丟擲一個不是問題的問題：「將軍覺得劉表和曹操，誰厲害？」這不是廢話嗎？劉備斜了他一眼說：「劉表比不上曹操。」他繼續追問：「那將軍覺得自己呢？」劉備倒是想說跟曹操旗鼓相當、棋逢對手，但窘迫到這般地步，實在沒資本吹牛，只能無奈地表示：「也不如。」

　　他不再兜圈子，直截了當地說：「既然將軍不如曹操，又只有幾千士

兵，怎麼不想些應對計策？」劉備瞪大眼睛反問：「我正為此事發愁，你難道有辦法？」他緩緩起身，邊往外走邊說：「現在荊州並非缺少人口，從四方逃難來的人很多，只是記錄在冊的少。將軍可以跟劉鎮南（劉表）建議，將遊民納入戶籍管理，遊民主動申報戶口，便分配給能養活自己的土地。待流民安定下來，再從中選取士兵，就可以增加兵源。」妙計！舉重若輕地解決了徵兵難的問題。

太有才了！你叫什麼名字來著？但無人回應。

荊州之大，沒有第二個英雄。

諸葛亮，絕望而去。

第三節　魚水之合

劉備，滿懷希望而來。

《三國志‧諸葛亮傳》記載：「凡三往，乃見。」

「山不在高，有仙則名。」在曹操大軍即將南下的緊要關頭，劉備的首要大事並非加固城池、招募士兵，而是一而再，再而三地來到隆中山，求見沒有從政、從軍經驗的諸葛亮。名揚天下的左將軍劉備如此執著，顯然做足功課。

「水不在深，有龍則靈。」透過荊州名士龐德公、司馬徽以及徐庶等人的輪番推介，劉備邀請諸葛亮出山相助的態度日益堅定。劉備不僅看重諸葛亮的學識才幹，更看重諸葛亮的無敵人脈。當然，劉備最看重的還是諸葛亮的遠大志向——在荊州軍政大員抓緊練習拱手而降的優雅姿勢時，唯有年輕的諸葛亮勇於堅持己見，義無反顧地要阻擋似乎不可阻擋的曹操。

第三節　魚水之合

隆中草廬，靜待十年，終於等來該來的英雄。47歲的劉備和27歲的諸葛亮，決心共同改變歷史走向。劉備開門見山地誠懇問道：「漢室朝綱傾頹，奸臣竊取國權，天子受制於賊。鄙人自不量力量德，希望為天下伸張正義，可智術淺短、屢遭挫折，乃至淪落到如今地步。但我初衷不改、志向未泯，請您務必指點迷津，我該如何做？」劉備不愧是大儒盧植的弟子，別看平常與關羽、張飛盡說些下里巴人的俗語，但完全來得了陽春白雪。

針對劉備早準備好的問題，諸葛亮把早準備好的答案從容說出：「自董卓竊權以來，天下豪傑紛起，割州據郡之人比比皆是。曹操相較袁紹，名望低而兵勢弱，然而曹操卻能打敗袁紹。所以，轉弱為強不僅看時機，更得力於人的謀略。」實話實說，諸葛亮說的這話無新意，劉備當然明白好謀略能以弱克強，否則就不來隆中山了。

劉備很有耐心地頻頻點頭，諸葛亮繼續說：「曹操已擁百萬之眾，挾天子而令諸侯，此誠不可與爭鋒。」這句話更是盡人皆知，況且不可與曹操爭勝的事，劉備最有發言權，比包括諸葛亮在內的任何人都理解得透澈。要是劉備能與曹操爭鋒，還用跑到荊州嗎？

劉備很有耐心地頻頻點頭，諸葛亮繼續說：「孫權繼承父兄基業，占據江東已久，地勢險要、民心歸附，賢能之士願為效力，只能結成同盟，不可打主意吞併。」這句話也是明擺著的事，劉備來到荊州七年，只見孫權打劉表，很清楚江東子弟不好惹。

劉備很有耐心地頻頻點頭，諸葛亮繼續說：「荊州北有漢、沔二水為險，南可收海產，東連吳郡、會稽，西可入巴蜀，這是兵家必爭之地，當今荊州主人沒能力守住，這是上天送給將軍的禮物，將軍有意要嗎？」這還用說嗎？劉備盯著荊州好幾年了。

劉備很有耐心地頻頻點頭，諸葛亮繼續說：「益州地勢險要、沃野千

第五章　天下三分

里，乃天府之國，漢高祖劉邦憑藉此地成就霸業。如今益州劉璋懦弱昏庸，才幹之士都希望擁護賢明主公。將軍是漢室後裔，信義聞名天下，能夠廣納英雄。如果將軍占據荊、益二州，憑險據守，西與戎族各部和好，南對夷越各族安撫，外與孫權聯手，對內修德施仁，待天下有變，派上將統率荊州士卒進軍宛城、洛陽，將軍親率益州軍馬出秦川。如果這樣，則霸業可成，漢室可興！」想要天下的劉備，不會不想要益州，可是荊州還沒有呢！

劉備極有耐心地頻頻點頭，高興地說：「善！」其實，諸葛亮說的策略規劃，劉備基本都知道。即便劉備在群雄混戰時思路不清，但如今天下只剩五個較大割據勢力，大勢非常明朗，掰著手指頭算，也知道該怎麼辦。

中原曹操幾乎不可戰勝，江東孫權相當不好惹，西涼韓遂隔著十萬八千里，而荊州劉表老邁、益州劉璋平庸，顯然是下手目標。拿下荊州、益州，聯合孫權打曹操，莫說亂世中摸爬滾打幾十年的劉備，就是關羽、張飛也能說個八九不離十。

大家都知道的事，劉備用得著一次又一次跑到隆中山，非要請一個比自己小 20 歲的年輕人，用華麗的辭藻說一遍嗎？很有必要！因為諸葛亮不僅說了史書中的「隆中策」，很可能還說了史書中沒有的內容──如何實現「隆中策」！這才是精華所在！這些具體辦法，劉備很難想到，即便想到也辦不到，必須有請諸葛亮。

諸葛亮告訴劉備第一個消息，在幾十萬曹軍隨時南下的巨大精神壓力下，姨夫劉表的身體狀況很糟糕，一旦與世長辭或者神志不清，荊州權力結構就會重塑，到時能統領荊襄才俊抵抗曹操的人，恐怕非將軍莫屬。劉備頻頻點頭，但劉表有好幾個兒子呢。

諸葛亮告訴劉備第二個消息，劉表的長子劉琦和次子劉琮深度不和。由於劉琮娶了蔡氏家族的姪女，劉表後妻蔡氏和荊州二把手蔡瑁都支持劉

第三節　魚水之合

琮，劉琦難以順利接班。只要劉琦和劉琮相持不下，將軍便有左右荊州走向的機會。劉備頻頻點頭，可蔡瑁兵權在握，殺掉劉琦易如反掌，哥兒倆怎能相持不下？

諸葛亮告訴劉備第三個消息，自己與表哥劉琦關係非常好，經常一起郊遊聚餐。劉琦目前很苦惱，三番五次請教如何對付後媽迫害。以前不想插手姨父家事，如今為了將軍光復漢室的大業，願意主動邀請劉琦喝茶聊天，尋機啟發劉琦爭取外任太守，這樣就有了分庭抗禮的基礎。劉備頻頻點頭，但蔡氏姐弟不是傻子，阻止劉琦外任怎麼辦？

諸葛亮告訴劉備第四個消息，蔡氏姐弟非但不會阻攔，劉琦還有希望帶走上萬精兵。一方面，劉琦畢竟是長子，守在劉表身邊也是隱患；另一方面，劉琦申請外任太守的地方很重要，若是長沙等郡或難成行，可要是遭到東吳軍隊猛攻的江夏郡，蔡氏姐弟巴不得劉琦赴任，正好可以燒香拜託孫權下殺手！劉備頻頻點頭，可孫權真把劉琦消滅在江夏郡怎麼辦？

諸葛亮告訴劉備第五個消息，近期與孫權結盟是極大機率事件。幾十萬曹軍即將南下，孫權若想抵抗曹操，只有聯盟。親大哥諸葛瑾是孫權的紅人，還結交了不少力主抗曹的東吳官員，他們都會極力促成聯盟。只要將軍與孫權聯手遏制曹賊攻勢，相信以將軍的威望，順勢主持荊州大局，不是難事吧？劉備頻頻點頭，猶如醍醐灌頂，豁然開朗。

至於如何取得益州，怎樣累積實力，什麼又是天下有變，諸葛亮肯定也提出真知灼見。

劉備激動萬分地握緊諸葛亮的雙手，感覺救星來了！

相見恨晚的劉備和諸葛亮，攜手走出隆中山。

中國歷史走向，也將為之改變。

靜待風雲四海生。

第四節　高祖之風

建安十三年（西元 208 年）秋，荊州。

晉升丞相的曹操，親率大軍浩蕩而來。

在荊州存亡的關鍵時刻，劉表卻行將就木。劉表環顧圍在自己病榻旁的人，要麼是盼自己早點嚥氣的蔡瑁、蒯越等降曹派，要麼是惶恐無措的劉琮。劉表痛徹心腑，明白大勢已去。

也許，此時此刻的劉表，終於懂得名士龐德公的灑脫與睿智。《襄陽記》記載，劉表曾勸說龐德公出山做官：「先生躬耕田畝，不肯出來做官，將來拿什麼留給子孫？」龐德公笑道：「世人追慕名利，只會留給子孫危險，我留給子孫的是安全。」此言不虛！劉表駕鶴西去，繼承偌大荊州的劉琮，為保全性命，只能拱手而降。

曹操來了，劉表死了，劉琮降了。劉備自我覺悟時，曹軍主力已至宛城。曹操很可能給劉備送來款款深情的勸降書，宣稱「披懷解帶，投分託意」，希望哥兒倆敞開心扉，再續青梅煮酒的真摯友情。劉備當然不信曹操的花言巧語，但不能降又打不過，怎麼辦？

三十六計，走為上。眾所周知，劉備撒丫子就跑的速度極其迅速，通常能把妻子、兄弟以及身邊的眾人甩得老遠，「備單身走」、「棄眾而走」等多次奪得跑路冠軍的記載屢見史書。在荊州安穩度過七八年的劉備，不僅沒丟掉看家本領，還有了更深感悟。雖然以前跑出速度，但跑丟格調，這次劉備決定全方位提升跑路水準──帶著大家慢慢跑。

要跑一起跑，一個不能少。這次，劉備沒有自己跑，也沒只帶軍隊跑，而是帶上眾多願意跟著跑的樊城百姓。雖然行進速度要多慢有多慢，但劉備似乎仍嫌不夠慢，特意在襄陽城下停住，大張聲勢地呼喊劉琮出來

第四節　高祖之風

理論。劉琮不戰而降又祕而不宣，臉都丟到太平洋，哪敢出來找罵。劉琮越不露面，劉備在城下數落得越來勁兒。

說著說著，效果顯現──「琮左右及荊州人多歸先主。」襄陽官員及百姓用腳投票，紛紛投奔大義凜然、理正詞直的劉備。諸葛亮適時上前，聲音洪亮地建議：「既然劉琮已降曹賊，那把襄陽打下來吧，荊州可有！」劉備看了看城堅池深的襄陽城，使勁兒擺手，仰天朗聲回應：「老哥病重時，曾拜託我照顧他的孩子，我怎能夠辜負重託？我不忍心如此！」

不打也不走，劉備繼續衝著城牆上的空氣說理。隨著扶老攜幼的百姓接踵而至，劉備更不著急，又來到襄陽城外的劉表墓地，邊哭邊說：「老哥啊，我對不住您啊！您曾要把荊州託付給我，我後悔沒有答應，沒想到荊州不戰而降，淪陷國賊之手。我有心殺賊、無力迴天啊！」再經這番耽擱，又有一些官員和百姓追上了劉備的慢跑隊伍。

襄陽城外，仁義遠播。磨蹭大半天的劉備終於繼續南下，沿途聞訊趕來的百姓越來越多，到當陽已有十幾萬人，行進速度越來越慢，每天只能走十餘里。不少好心人都為豪氣干雲的劉備捏把汗，善意勸道：「將軍應該迅速搶占囤積大量軍用物資的江陵，不要再慢慢地撤退了。現在帶著眾多百姓，披甲士兵又少，如果曹軍精銳殺到，拿什麼抵抗？」劉備若有所思地說：「成大事者必以人為本，大家願意跟我走，我怎麼忍心拋棄！」

繼續向南走吧。劉備帶領數千士兵，保護包括自己家眷在內的十幾萬百姓，慢慢地走向不打算去的江陵。劉備非常明白，既然劉琮已投降曹操，江陵守將不可能替自己開啟城門。劉備若想占據江陵，就必須動武。算上關羽的水軍，劉備也就兩萬人，想在短時間內打下荊州防禦力量排名第二的江陵，希望微乎其微。很可能劉備還沒攻下來，曹操大軍已經殺到。到那時，腹背受敵、進退失據的劉備軍，必然會被包餃子！

劉備真正想去的地方，是江夏郡的夏口。一方面，夏口靠近孫權，方

第五章 天下三分

便聯盟抗曹；另一方面，江夏郡太守劉琦駐紮在夏口，麾下有上萬士兵。但劉備之所以指南就東，走出如此鬼魅的步伐，是因為要迷惑正在窮追不捨的曹丞相。

當真迷了眼。處於不戰而勝喜悅中的曹丞相，一如既往飄起來，忽視對劉備反常慢跑的深入研究，以為他真要去江陵。曹操生怕劉備搶先，命令先鋒部隊不帶輜重，加速前進！趕到襄陽，曹操得知劉備已經南下，更是心急火燎，立刻抽調以虎豹騎為主的五千精銳騎兵，一日一夜急行三百餘里，瘋狂追殺！

一路上，曹軍士兵追得飢渴難耐，曹操也不肯停歇，急中生智地指著遠方說：「再堅持堅持，前面有酸甜可口的梅子樹！」靠著望梅止渴精神的續命，曹軍虎豹騎終於在當陽長坂，攆上劉備的慢跑隊伍。

天剛亮，劉備軍的數千士兵以及十幾萬隨行百姓，被地面傳來的馬蹄聲驚醒！沒等大家搞清楚狀況，曹軍虎豹騎已發起攻擊！追得腦袋冒青煙的虎豹騎，猶如衝入羊群的猛獸，不管不顧大開殺戒，不僅砍殺劉備士兵，連百姓也不放過。看上去，劉備完敗；實際上，卻是曹操完敗。曹軍襲擊十幾萬逃難百姓的暴行，很快會傳遍荊州，曹操再次盡失人心。

善敗者不亡！是時候表演真正的技術了！劉備當機立斷，拋妻棄子，加速跑！劉備不跑是不跑，只要決定跑，誰也別想追上。《三國志·關羽傳》記載：「先主斜趣漢津，適與羽船相值，共至夏口。」《三國志·張飛傳》記載：「先主聞曹公卒至，棄妻子走，使飛將二十騎拒後。」可以看出，劉備已經提前做好逃跑應急預案——關羽率領的水軍，一直以極慢速度行進，時刻準備接應！當陽戰場則由張飛負責斷後！大家向夏口撤退！

斷後不叫事！張飛跟隨劉備二十多年，跑路次數多如牛毛，累積了豐富的經驗。眼見曹軍大隊人馬來襲，張飛反應神速，第一時間搶占了關乎

第四節　高祖之風

逃生成敗的當陽橋。立在橋頭、瞋目橫矛的張飛，帶著二十個騎兵兄弟，與至少數倍於己的曹軍虎豹騎嚴肅對峙。

因為超級急行軍，虎豹騎應該沒帶弓箭，只能考慮近身搏鬥。當陽橋又比較狹窄，大塊頭的張飛往橋頭一堵，曹軍人數優勢無從發揮，唯有排隊上橋單挑。對於斬殺過袁譚、蹋頓等敵軍統帥而聞名天下的虎豹騎，單挑能力不是問題，問題是單挑順序。

不得不說，大眾心理學是一門很重要的軍事學科。儘管虎豹騎個頂個勇武過人，但張飛「萬人之敵」的名號也不是吹的。虎豹騎都知道排在後面上好，可以趁張飛體力不支取勝。但前頭幾個誰上，尤其必死的第一個誰來？當陽戰場處處是劉備軍的潰兵，明明可以輕鬆取得戰功，有沒有必要與張飛血拼？虎豹騎不知如何是好，兩軍默不作聲地隔橋對峙。

隨著時間推移，虎豹騎越聚越多，似乎有些冒失鬼想衝上橋試試運氣。張飛明白，一旦有第一個挑戰者，馬上就會激發虎豹騎的血腥殺氣，而且會很快站出第二個、第三個挑戰者，自己必將血染疆場。斷後斷了二十年的張飛，一時間感慨萬千，眼淚在眼圈裡打轉，覺得真要跟劉備大哥永別了。

越是生死關頭，越是英雄豪邁！張飛氣往上湧、血脈僨張，怒目圓睜地握緊銳利長矛，突然爆發出一聲響徹天地的絕望大喝：「身是張益德也，可來共決死！」

猛聽到天崩地裂的同歸於盡邀請，剛有些躁動的虎豹騎宛如被潑了一大盆涼水，又冷靜下來，徹底放棄單挑想法，掉轉馬頭去追趕劉備軍的潰散敗兵。

《三國志‧張飛傳》記載：「敵皆無敢近者，故遂得免。」

這正是，狹路相逢勇者勝！

第五章　天下三分

第五節　終不背德

張飛拚命斷後，劉備仍沒跑遠。

不知誰說了句：「別等啦，趙雲投奔曹軍去了。」

劉備登時竄火！《雲別傳》記載：「先主以手戟擿之曰：『子龍不棄我走也。』」

知趙雲者，莫過於劉備。十八年前，劉備與「身長八尺，姿顏雄偉」的趙雲相識於公孫瓚軍營。當時腦袋缺根弦的公孫瓚，非但沒有熱烈歡迎投奔自己的趙雲，反而輕蔑地問道：「聽說冀州人都想依附我的死對頭袁紹，怎麼唯獨你迷途知返？」

面對無端猜忌，趙雲不急不惱，平靜如水地說：「天下大亂，百姓艱難。我們覺得應該從仁政所在，並不是要疏遠袁紹偏向將軍。」趙雲不亢不卑，把公孫瓚頂得沒話說。高舉仁義大旗的劉備欣喜若狂——趙雲乃志同道合的兄弟！不久，趙雲成為劉備所部的騎兵隊隊長。

知趙雲者，莫過於劉備。十六年前，腦袋已缺兩根弦的公孫瓚，殘忍殺害了「恩厚得眾」的幽州牧劉虞，不僅盡失民心，也寒了追求仁政所在的趙雲的心。趙雲以兄長去世為由，請假回鄉奔喪。只有劉備清楚，趙雲此去不會再回！送別路上，劉備緊握趙雲的手，依依不捨。

深受感動的趙雲很為難，雖然劉備仁義寬厚，但畢竟是公孫瓚下屬。趙雲飽含深情地望著劉備，誠摯地說：「終不背德。」一語雙關，趙雲既表明不做有違德操的事，也表示不會忘記劉備（字玄德）。劉備目送趙雲縱馬遠去，唏噓感嘆，希望後會有期。

知趙雲者，莫過於劉備。九年前，仁義名聲遠播的劉備，如喪家之犬逃到冀州，得到袁紹大哥的高規格接待，成為轟動一時的特大新聞。劉備

第五節　終不背德

興高采烈，倒不是因為隆重禮遇，而是料到有人會得消息尋他。確實如此，文武雙全的趙雲在鄴城等候多時！

與趙雲重逢的劉備相當激動，把「寢則同床」的張飛都拋棄，跑去「與雲同床眠臥」。追求仁政所在，趙雲沒開玩笑，放著雄踞黃河以北的袁紹大哥不投奔，放著奉天子以令不臣的曹操不投奔，毅然決然跟定落魄劉備。正所謂任滄海橫流，盡顯英雄本色。

知趙雲者，莫過於劉備。只顧自己逃生，不惜屢次拋妻棄子的劉備，在危機四伏的當陽戰場，愣是不走了！任時間一分一秒地過去，任虎豹騎殺聲越來越近，劉備就是一動不動，目光堅毅地凝視遠方，等待英雄歸來。劉備沒有失望！

呼嘯的戰馬，血染的戰甲，英武的身姿。不錯，是趙雲！趙雲單槍匹馬懷抱剛滿週歲的劉禪，竟在曹軍虎豹騎的圍追堵截中，殺出一條血路。奇蹟！絕對是奇蹟！劉備帶領大家拚命跑路，唯有趙雲勒馬逆行、殺回險境、救出幼主！忠勇在趙雲身上，得到最完美的詮釋。

可惜，趙雲不知劉備。劉備從樊城撤退，已經做好妥善安排。關羽率領上萬精兵，押送重要物資，自水路乘船南下；劉備率領數千老弱士兵，保護包括自己家眷在內的十幾萬百姓，自陸路向南。劉備貌似要去江陵，實際是去夏口。

劉備應該拜讀過曹操作注的《孫子兵法》，知道曹操對諜戰工作的重視──「戰者，必用間諜，以知敵之情實也。」劉備洞察秋毫，料到曹操掃除冀州袁氏的同時，不影響他往荊州派遣大量密探，跟隨自己的十幾萬百姓中，一定有無數雙狡黠目光。

只有劉備家眷在，才能讓曹軍細作對去江陵一事信以為真，才能讓足智多謀的曹丞相著道！如果不是為等趙雲，劉備不會為可有可無的東西耽誤跑路。儘管唯一的親兒子救回來了，但劉備感嘆趙雲做事無比正確的同

第五章 天下三分

時，總有股說不出來的彆扭。

建安七年（西元 202 年），劉備在博望坡擊敗曹軍，俘虜了曹將夏侯蘭。趙雲和夏侯蘭是同鄉，還是關係很好的兒時玩伴。於是趙雲跟劉備說：「夏侯蘭精通軍法，可以當軍正（執法官），請求免他一死。」劉備爽快答應，卻感覺怪怪的。

其實，以趙雲和劉備一起「睡過覺」的交情，只要說一句：「大哥，我跟夏侯蘭穿開襠褲就認識，您別殺他。」劉備能殺嗎？當然不殺，猜想還得重用。但是趙雲放棄哥們義氣的溝通方式，用不苟言笑的理由遞交免死申請。劉備感嘆趙雲風清氣正的同時，難免感到莫名失落。

建安十四年（西元 209 年），趙雲擔任桂陽郡太守。投降的原桂陽郡太守為了拉關係、找靠山，想把守寡的嫂嫂許配給趙雲。趙雲委婉拒絕道：「我們同姓趙，你的嫂子，如跟我的嫂子。」不久，原桂陽郡太守逃走，趙雲因拒婚毫無牽涉。

其實，如果應下這門婚事，原桂陽郡太守很可能就不跑了。即便還是跑掉，又能怎樣？以趙雲與劉備一起「睡過覺」的交情，只要大大咧咧說一句：「大哥，我娶錯媳婦了，您看著罰吧。」劉備會罰嗎？當然不會罰，猜想還得再三安慰。劉備感嘆趙雲風清氣正的同時，難免再次感到莫名失落。

建安十九年（西元 214 年），劉備攻取益州後，想把成都的房舍和園地作為獎勵，分賜給諸將，只有趙雲堅決反對：「霍去病曾說，匈奴未滅，無以家為。現在國賊不止一個，遠不到安逸享福的時候。益州百姓剛剛經歷戰亂，應該將田地房產歸還百姓，這樣才能得到民心。」

大家無不瞠目結舌！張飛等將領兩眼冒光，正盼著分配方案發表，沒想到讓趙雲給攪沒了！劉備看著無比鬱悶的諸將，一點辦法也沒有，誰讓趙雲說得無比正確呢？劉備感嘆趙雲風清氣正的同時，難免又感到莫名失落。

章武元年（西元 221 年），劉備號稱「為關羽報仇」，執意要進攻東吳。諸葛亮知道勸不住，咬牙忍住沒說話，趙雲仍一如既往地直抒己見：「曹操雖死，但其子曹丕篡奪漢室皇位，引起公憤。我們應攻占關中，據黃河和渭水上游討伐曹氏逆賊，關東義士必裹糧策馬以迎王師。」

劉備沒有再感嘆趙雲的風清氣正，終於憤怒地拒絕諫言，讓鬥志不昂揚的趙雲在江州待著。然而幾個月後，當劉備大軍在夷陵全軍覆沒，東吳軍隊尾隨追擊，情況岌岌可危之際，趙雲不離不棄地來了！《雲別傳》記載：「雲進兵至永安。」

病榻上的劉備，望著追求仁政、忠勇無雙趕來護駕的趙雲，不禁老淚縱橫、泣不成聲。

我想跟你交兄弟，你偏與我做君臣！

緣分，當真淺了點啊。

第六節　明於事勢

本來是去參加別人的追悼會，險些開了自己的追悼會。

幸虧劉備先生深謀遠慮，策略上虛晃一槍，戰術上安排得當，總算有驚無險。

《三國志・魯肅傳》記載：「肅徑迎之，到當陽長阪，與備會。」就是說，在當陽長坂大敗逃的人群中，很可能不只劉備、張飛、趙雲、諸葛亮，還有看透天下大勢，深通人性的江東才俊——魯肅。

名義上，魯肅是來荊州追悼劉表並慰問家屬；實際上，魯肅是前往荊州對抗曹操大聯盟。魯肅先到夏口慰問劉琦，表示曹操來了，大家不要再

第五章　天下三分

打，化干戈為玉帛吧。隨後，魯肅馬不停蹄地趕往南郡，想拉上劉琮和劉備一塊兒做。可惜計畫趕不上變化，劉琮舉手投降，劉備棄城逃竄。所幸劉備帶著十幾萬人走得慢、目標大，魯肅沒費力便找到了。

若通人性，一見如故。《江表傳》記載：「（魯肅）因宣權旨，論天下事勢，致殷勤之意。」由此可見，魯肅在準確傳達孫權主張、嚴謹分析天下形勢的同時，對劉備進行了熱烈歌頌，表達了長期以來的崇敬之情。

趁著相談甚歡，魯肅順暢地切入正題，關心地問：「豫州（指劉備）一路往南，這是要去哪裡？」劉備當然不撂實話，敷衍道：「我跟交州蒼梧郡太守是老友，打算去那兒避風頭。」劉備非但不提夏口，連打幌子的江陵都不提，直接把自己發配到最南邊的交州，明擺著隨便應付，等著魯肅說。

曹軍追兵已在路上，魯肅沒時間跟劉備推太極，很乾脆地說：「討虜將軍（孫權）聰明仁惠、敬賢禮士，江表英豪非常支持，而且據有江東六郡，兵精糧多，足以成大事。我從為您考慮的角度出發，覺得您應該與江東聯盟，共同抵抗曹操。您去交州投奔平庸的蒼梧郡太守，實不可取。」魯肅說得直白，劉備聽得痛快，認為沒必要跟明白人再兜圈子，當場拍板讓諸葛亮跟魯肅去見孫權，全權代理同盟協定的簽訂事宜。

曹軍鐵騎將至的緊要關頭，魯肅來不及客套，只對諸葛亮說了一句話：「我子瑜友也（我是你大哥諸葛瑾的好朋友）。」魯肅毫不遮掩地套交情，似乎有點小粗魯，實際卻是大智慧。聯盟最重要的是政治互信，扭扭捏捏不行，亮底牌才是正解。魯肅的坦誠，立刻贏得諸葛亮的好感——「即共定交」。放眼人才濟濟的東吳集團，魯肅行軍打仗可能比不上週瑜等人，但若論及謀略深遠又通達人性，他無疑最強，沒有之一。

魯肅能捨得。《三國志‧魯肅傳》記載：「周瑜為居巢（縣）長，將數百人故過候肅，並求資糧。」史書寫得很儒雅，說周瑜帶著數百人到魯肅

第六節　明於事勢

家「求」糧食。若求不成呢？顯然周瑜不會善罷甘休。當時魯肅家有兩個大糧倉，每倉有三千斛米，魯肅若不給，就得帶家丁跟周瑜幹一仗。打敗，兩倉米全沒；打勝，米倒是都在，卻得罪了周縣長。

魯肅做人大氣，前路開闊。既然輸贏都不好，擅長以和為貴的魯肅，隨手指著一倉說：「見面分一半，這倉給你。」魯肅如此慷慨豪邁，周瑜拍著大腿叫好，隨即定下僑札之分，結成好兄弟。後來，周瑜不僅把魯肅推薦給江東之主孫權，並在臨終時留下遺言：「魯肅忠烈，臨事不苟，可以代瑜。」

魯肅識人心。兄弟領進門，修行在個人，能不能得到主公賞識，還得看自己本事。孫權曾虛情假意地問魯肅：「漢室傾危，我繼承父兄基業，時常想如何成就齊桓公、晉文公的功業，您有什麼好辦法？」魯肅看著孫權碧眼紫髯的凶狠模樣，料定他不可能是齊桓公和晉文公。如果順著孫權指的道走，那麼一定大錯特錯。

魯肅坦蕩明白地回答：「將軍為什麼只想做齊桓公、晉文公？我以為漢朝不可復興，曹操也不可一下除掉。將軍可以趁北方多事，先進攻消滅劉表，占有長江以南，然後稱帝建號，進而奪取天下。」孫權急忙搖頭加擺手，言之鑿鑿地表示絕無非分之想。然而在孫權心裡，魯肅的答卷是滿分。

魯肅會來事。大戰獲勝，魯肅從戰場歸來報喜。心情爽利的孫權召集眾將，列隊隆重迎接。孫權高興地問魯肅：「子敬，我扶鞍下馬迎接你，足以表彰你的功勞吧？」誰都沒想到，魯肅居然一本正經地說：「未能夠。」此語一出，眾人大驚，相互用眼神默默交流，一致認為魯肅死期將至。

魯肅落座，緩緩又說：「我希望至尊的威德遍及四海、總括九州，完成帝王大業，然後用次輪小車召見我，這才算顯揚我。」眾人再次默默用

215

第五章　天下三分

眼神交流，心下無不暗暗佩服：難怪魯肅得寵，簡直是超級馬屁精！聽了先抑後揚、千迴百轉的吹捧，孫權忍不住拊掌大笑。二十多年後，孫權稱帝時仍感慨追憶：「以前魯子敬勸我成就帝業，他真是明白天下大勢。」

魯肅懂大勢。預見天下將亂，年輕時的魯肅就積極學習劍術和騎射，以家財養百餘名俠客，一起講武習兵。隨著魯肅名聲逐漸響亮，盤踞淮南的袁術先生想拉攏他入夥。魯肅料定袁術難成大事，便帶著家族成員和俠客共三百餘人，打算前往居巢縣，投奔好哥們周瑜。不給面子？袁術氣急敗壞，立刻派出步騎追趕阻攔。

魯肅不慌不忙地對袁術士兵說：「你們是大丈夫，要明白天下大勢。如今天下紛亂，袁術又糊塗，你們有功得不到獎金，無功照樣拿固定薪資，幹嘛要跟我們拚命？」說完，魯肅命人將盾牌立在地上，遠遠開弓射去，一箭射穿盾牌。袁術士兵看到盾牌的大窟窿，都覺得魯肅講得很有道理，心懷欽佩地勒馬目送魯肅遠去。

魯肅有遠見。當曹操揮師南下、劉表突然病逝、江東危在旦夕之際，魯肅率先向孫權提出攜手劉備和劉表兒子，共同抵抗曹操，並透過出色的外交斡旋和艱苦的內部鬥爭，最終形成孫劉聯盟。乃至後來，魯肅主持荊州事務，一直從大局出發，堅定維護聯盟，本著「大事化小、息事寧人」的原則，盡量低調處理邊界摩擦。

魯肅看似委曲求全的軟弱表象下，實則高瞻遠矚。由於東漢時的南方人口遠不及北方多，導致人才、兵源等各方面差距明顯，而且隨著時間推移，差距還可能越來越大。如果孫劉爆發衝突、形成消耗，只會讓北方政權得益，加速孫劉的滅亡。

只可惜，英雄即使有再大能耐，也無法掌控身後事。

若魯肅得以長壽，鹿死誰手，尚不可知。

第七節　坐斷東南

孫權黑著臉一言不發，憋得相當難受。

張昭紅著臉滔滔不絕，說得吐沫橫飛。

在「曹操來了怎麼辦」的專題討論會上，德高望重的張昭以及眾多江東賢能，輪番勸說孫權效仿劉琮，不要做無謂掙扎，早點投降吧。孤立無援的孫權要多鬱悶有多鬱悶，後悔剛才衝動了，真不該把曹操手書示眾。

「近者奉辭伐罪，旌麾南指，劉琮束手，今治水軍八十萬眾，方與將軍會獵於吳。」自認為勢不可當、即將一統天下的曹丞相，以指點江山的豪邁筆墨，替孫權手書一封。孫權把這封言簡意賅又勢大力沉的狂妄手書，發給江東才俊傳閱。孫權本意是想刺痛文武群臣的神經，激發大家跟曹賊幹到底的血性，沒想到竟然全了——「莫不響震失色。」

尤其令孫權傷心的是——兄長孫策臨終託孤的張昭先生，居然帶頭鬧投降！遙想八年前，孫策去世，19歲的孫權哭得稀里嘩啦，是張昭及時勸慰，並親扶孫權上馬，陪同列兵而出，逐漸安定軍心。八年來，孫權非常尊敬和感激張昭，張口閉口喊著「張公」，希望那隻托自己上馬的溫暖大手，能夠一直在背後堅定支持他。可惜啊可惜，沒想到啊沒想到，濃眉大眼的張公要投降！

人與人的認知，難免有偏差。張昭覺得與其說是投降，不如說是順應天下大勢，完成孫策的託孤重任。《吳歷》記載，孫策臨終對張昭說：「若仲謀（孫權）不任事者，君便自取之。正復不克捷，緩步西歸，亦無所慮。」暫不論孫策遺言在八年後能不能適用，就算適用，恐怕理解也各不相同。孫權很可能認為，這八年來，自己彰顯了雄才大略，完全可以統領江東，張昭沒理由代替。至於兄長說的「緩步西歸」具體指什麼，根本沒必要討論。

第五章　天下三分

　　歸根結柢，人不為己，天誅地滅。孫權作為東吳政權老大，投降沒出路，最好也就落得終身軟禁。萬一哪天語氣詞用得不恰當，或者眼神不夠恭順友好，不排除有離奇死亡的可能。而張昭作為徐州名門望族的代表人物，天下大亂不得已避難江東，只是權宜之計，而且他一直都與中原名士保持著書信往來。如今曹丞相率領百戰百勝的朝廷大軍來到荊州，對於想落葉歸根的張昭來說，非但不是滅頂之災，還是榮歸故里的絕佳機會。

　　角度不同，立場不同。張昭極力鼓吹的投降理論很有市場，不僅得到眾多避難江東的中原名士支持，不少江東本地豪族也深以為然。然而張昭不是軍權在握的蔡瑁，孫權更不是長在蜜罐裡的劉琮！10歲的孫權，經歷喪父之痛，對世態炎涼早有體悟。15歲的孫權，擔任陽羨縣令，累積了同齡人罕有的從政經驗。18歲的孫權，跟隨孫策攻占廬江和豫章兩郡，歷經了戰火考驗。

　　而後孫策身亡，年輕的孫權臨危受命，表現可圈可點：殘酷鎮壓廬江反叛，鐵腕扼殺宗室動亂，俐落掃蕩山越盜賊，不斷鞏固著江東政權。隨後，孫權又數次西征劉表，奪取江夏郡的大部，還殺掉江夏太守（殺父仇人）。孫堅、孫策若地下有知，足可欣慰。

　　如今，27歲的孫權英氣昂揚，怎能甘心束手就擒？但曹丞相不是吹出來的，那是真厲害！孫權孤掌難鳴，把目光投向剛從荊州弔喪歸來的魯肅。魯肅彷彿什麼都沒看到，臊眉耷眼、一言不發。孫權心裡涼颼颼：難道抗曹大聯盟沒弄成，沒人支持怎麼做？！淚水在眼圈裡打轉的孫權，表示需要如廁，會議暫停。

　　希望誕生在如廁路上。孫權急匆匆趕向廁所，會上沒表態的魯肅悄悄緊跟過來。孫權感應到魯肅也憋得難受，逐漸放慢腳步，轉身拉起魯肅的手，滿懷期望地忐忑問道：「子敬，你是不是有什麼話想說？」

　　魯肅站位很高，直擊孫權最關注的痛點：「大家都可以投降，包括我

第七節　坐斷東南

也可以,唯有將軍不能。我若投降曹操,不影響噹個小官,可以乘牛車、有隨從,交遊士大夫,以後慢慢升遷,說不定能到州郡長官。將軍呢?曹操會怎麼安置?希望您早點獨斷拍板,別討論了。」

大旱遇甘霖!孫權按捺不住內心的激動說:「張公等人只把江東當避難所,根本不想榮辱與共,他們的主張深失我望。只有你與我想法相同,真是上天的恩賜!」除了史書記載的這些對話,魯肅還馬上告訴孫權,抗曹聯盟已有眉目,劉備集團的全權代表諸葛亮來了,您要不要見見?孫權把魯肅的手握得更緊,讓投降會議見鬼去吧,快見諸葛亮!

一個比一個急,諸葛亮更想見孫權。如果說劉備和孫權是一根繩上的兩隻蝗蟲,那麼劉備是先要掛掉的那隻。畢竟孫權有作戰和投降兩條路可選,作戰還有先打和後打之分,劉備一個多餘選項也沒有,只能迎難而上,與曹操硬碰硬到底。

沒有退路也好,省去選擇的煩惱。諸葛亮見到孫權,開誠布公地說:「天下大亂,將軍起兵擁有江東,劉豫州在漢南招集兵馬,與曹操爭奪天下。如今曹操基本穩定北方,又進軍南取荊州,威勢震懾天下。劉豫州是英雄無用武之地,不得已避到江夏。希望將軍認真考慮,如果東吳軍隊能與曹軍抗衡,就要及早跟曹操斷絕關係;如果不能與之抗衡,就快快投降吧!現在將軍表面服從曹操,內心又猶豫不決,情勢緊急,再不當機立斷,大禍即在眼前!」

孫權肯定不投降,但怎麼打還沒決定。是讓曹操和劉備先打再出手,還是現在就出手?孫權不露聲色地試探問道:「假如像你所說,曹操勢不可當,劉豫州怎麼不投降?」孫權純屬犯壞,天下人都知道,劉備與曹操勢不兩立很多年,即使投降也活不了。

諸葛亮備足各類刁鑽問題的答案,意氣昂揚地脫口而出:「田橫不過是齊國壯士,尚且堅守節操而不投降受辱,何況劉豫州乃大漢皇室後裔,

第五章　天下三分

英才蓋世，群士仰慕。如果功業不能成功，此乃天意所定，豈可再做曹操下屬！」孫權本想折損諸葛亮的銳氣，不想被搶白一頓，搞得略顯尷尬，必須放點狠話挽回些許顏面：「我也決不能拿東吳土地和十萬軍隊，受他人控制！」

要戰是定了，但有必要跟兵敗潰逃的劉備聯手嗎？孫權問道：「劉豫州剛剛大敗，拿什麼抵擋曹軍？」諸葛亮明白孫權的關切點，推誠相見地說：「雖然劉豫州在長阪戰敗，但陸續歸隊的兵卒以及關羽水軍，仍有上萬人；江夏太守劉琦麾下士兵也不下萬人。」

話鋒一轉，諸葛亮又一針見血地指出敵方劣勢：「反觀曹軍，遠道而來、疲憊不堪，為追趕劉豫州，曹軍虎豹騎一晝夜行三百多里，已是『強弩之末，勢不能穿魯縞（薄絹）』。而且北方人不適水戰，荊州百姓又不願為暴虐曹軍出力。」

敵我雙方的情況都已交底，該決策了！為堅定孫權的必勝信心，諸葛亮以不容置疑的語氣，進而再說：「將軍（指孫權）若能派猛將統率數萬兵馬，與劉豫州協力同心，一定能擊敗曹軍，天下鼎足而立！」

「成敗之機，在於今日！」英姿颯爽的28歲諸葛亮，緊盯著颯爽英姿的27歲孫權。孫權明白諸葛亮的深意，要打趕緊打，不打趕緊降！如果今年冬天不打，坐等曹操消化勝利果實，熟悉地理風貌，明年想打也贏不了。

孫權還能說什麼？打，立即打！

我命由我，不由曹！

第八節　雄姿英發

時勢造英雄。

周瑜在鄱陽收到孫權的加急信，請他速來柴桑。

周瑜心如明鏡，如果不是到了生死存亡的關頭，孫權絕不會請他主持大局。

不出所料，除了荊州幾十萬虎視眈眈的曹軍，柴桑議事廳還有暢談投降是唯一出路的託孤老臣張昭，以及眾多附議的江東才俊。在「東吳集團何去何從」研討會上，張昭等人老調重彈，要麼說曹丞相奉天子之命名正言順，要麼說長江天險已經不在，要麼說曹軍攻無不克，總之抵抗是死路一條，投降才是萬丈光明。

孫權再次憋得難受，魯肅再次難受地憋著，倆人目光不約而同地投向周瑜。周瑜知道，要麼投降曹操，要麼捍衛孫權，該做出抉擇了。當今之世，非但君擇臣，臣亦擇君。

十八年前，周瑜選擇了孫策。初平二年（西元191年），孫堅帶兵北上討伐董卓，幾經鏖戰收復洛陽，成為名揚天下、居功至偉的大英雄。吳郡孫氏家族的強勢崛起，引起廬江郡周氏家族的關注，與孫堅長子孫策同歲的周瑜，作為周氏家族代表，前往孫家居住的壽春進行友好訪問。

聞名不如見面。周瑜與孫策經過徹夜深談，互為對方英氣感染，隨即建立「義同斷金」的友誼。為進一步強化兩個家族的連繫，周瑜誠摯邀請孫家來廬江舒縣共住，並騰出最好的大院。可惜好景不長，孫堅戰死沙場。為安葬父親，孫策與周瑜不得不暫別四年。

十四年前，周瑜再次選擇孫策。興平二年（西元195年），擺脫袁術直接控制的孫策，帶領不到兩千人去江東創業。說實話，即便孫策操作猛如

第五章　天下三分

虎，也是凶多吉少。孫策抱著試試看的態度，給周瑜寫了封求助信，詢問二人還是不是哥兒們。

周瑜二話不說，立刻帶上數千部曲親兵和眾多軍用物資趕到歷陽，以實際行動表明——二人關係比以前還好。孫策高興地說：「有兄弟幫助，大事必成！」隨後，周瑜幫助孫策平定江東大部。可惜好景不長，名義上還是的袁術，要求周瑜回淮南，孫策與周瑜不得不再暫別三年。

十一年前，周瑜仍然選擇孫策。建安三年（西元 198 年），孫策與號稱「仲家」的袁術徹底決裂。周瑜也反對袁術的大逆不道，渡江重回孫策隊伍。投桃報李，做大做強的孫策對周瑜相當夠哥們，不僅為周瑜修建豪宅大院，還投其所好送去鼓吹樂隊。

人紅是非多，有些將領對周瑜的豐厚賞賜眼紅，背地裡說三道四。孫策以釋出命令的形式嚴肅彈壓：「周公瑾雄姿英發，才能絕倫，我們十幾歲就是好兄弟。我東渡長江，是他帶領兵眾和錢糧相助，才成就這番事業。如果論功行賞，這些賞賜遠遠不能回報！」關係越來越鐵的孫策與周瑜，連納的妾都是姐妹，「時得橋公兩女，皆國色也。策自納大橋，瑜納小橋」。可惜好景不長，孫策身亡，哥兒倆不得不永別今生。

一朝天子一朝臣。孫權繼承江東基業，周瑜卻遭到雪藏。《三國志·周瑜傳》記載：「策薨，權統事。瑜將兵赴喪，遂留吳。」當史書再次提到周瑜領兵出征時，已是孫權坐穩位子的六年後，打的也是不上等級的叛亂山賊。在戰火紛飛的江東，孫權放著攻無不克、戰無不勝的優秀統帥周瑜，就是不用。

不用就是不行。孫權前兩次征討劉表的江夏郡，都沒取得徹底勝利。直到建安十三年（西元 208 年）年初，孫權任命周瑜為前軍都督，第三次出征江夏郡，終於斬殺頑強抵抗的江夏郡太守，獲得全勝。假設早些重用周瑜，江夏郡用打得這麼艱苦嗎？興許荊州都拿下了，曹操又怎能不戰而

第八節　雄姿英發

勝突破長江防線？

歷史不能推倒重演，與其埋怨過去，不如面對現實。孫權清楚自己有幾把刷子，更清楚曹操用兵如神，現在必須立即請出軍事才能非凡的周瑜。突如其來的空前信任，並不會讓周瑜忘記在吳郡養尊處優的六年。周瑜很明白，無論自己怎麼做，都很難獲得孫權的真正信任。然而，歷史有時很彆扭，深受孫權信任的張昭要投降，不受孫權信任的周瑜卻選擇戰鬥到底。

要與曹操武鬥，先跟張昭文鬥。周瑜毫不客氣地打斷張昭等人的話：「你們說得不對！曹操名為漢相，實為漢賊。將軍（孫權）英明神武，又坐擁江東數千里基業，兵精糧足，正應該為大漢王朝清除奸臣。」周瑜確實有水準，張嘴兩句話，便把歸順朝廷與向國賊曹操投降畫上等號，嚇得張昭等人頓時鴉雀無聲。

周瑜不等張昭老先生回過神，趕緊闡述打敗曹操的可行性：「曹賊犯了用兵大忌，純屬送上門找揍。首先，曹軍捨棄擅長的陸戰，跟我們玩水，這是揚短避長；其次，韓遂、馬超等人在西涼盤踞，曹賊有後患；最後，眼看入冬，馬少草、人缺糧不說，更是傳染病高發期。曹軍危機四伏！請主公給我精兵三萬，保證打贏曹賊！」

周瑜說得乾脆響亮，卻並非無懈可擊。為避免張昭等人奮起反駁，孫權手腳敏捷地抽出腰刀，把桌子角「咔嚓」砍掉一塊，急匆匆大喊一嗓子：「誰敢再說投降曹賊，就是第二張桌子。」張昭等人也不傻，周瑜話音剛落，孫權便砍掉桌角，這麼無縫銜接的劇情，顯然彩排過。張昭等人尋思著，既然孫權非要以卵擊石，那就隨便吧。

散了大會，周瑜感覺牛吹過頭，得多要些士卒才好，於是又悄悄找孫權開會。周瑜有水準，沒有張嘴就提加人的事，而是從分析曹操兵力為切入點，徐徐道來：「曹軍號稱八十萬，純屬胡說。我覺得曹軍也就十五六

萬，大多疲憊不堪。劉表投降的士兵最多七八萬，且沒與曹軍形成合力。曹賊以疲憊之師、烏合之眾來江東尋死，只要給我精兵五萬，便可以戰勝曹軍。」聽上去周瑜是說曹軍人少，實際上是說人不少，所以三萬變五萬。

猜想孫權沒有多少「餘糧」，就算有也不會再給周瑜。孫權有水準，沒有張嘴直接拒絕，而是撫著周瑜後背親切地說：「公瑾，你說的正合我意。張公等人只為自己著想，你和子敬能站在正確的道路上，真是上天給我的左膀右臂。」表揚一番後，孫權開始面露難色：「五萬士兵一時難以湊齊，現已選出三萬，船糧戰具也都備好。你先帶隊出發，我隨後再派兵增援，絕對大力支持。你要能辦了曹賊最好，萬一辦不了就回來，還有我呢！」

周瑜苦澀一笑，很感謝孫權的心靈雞湯。

但這一戰，無路可退。

第九節　人心向背

虛心使人進步，驕傲使人落後。

劉備和孫權忙得熱火朝天，曹操卻悠閒自在。

以為穩操勝券的曹丞相，既沒有乘勝追擊，也沒有見好就收，而是在打與不打之間搖擺。

也許，曹丞相以為，公孫康斬殺袁氏兄弟的好戲又將重現。然而孫權不是公孫康，劉備也不是袁氏子弟。孫劉沒有互相傷害，反而親密無間地組成抗曹聯軍。儘管美好願望落空，但曹丞相覺得，劉備和孫權綁在一起

第九節 人心向背

也沒用，正好一鍋燴。可惜曹丞相沒料到，勝利的天平開始悄悄向孫劉聯軍傾斜——因為孔融死了。

生存多所慮，長寢萬事畢。建安十三年（西元208年）秋，曹丞相以大逆不道等眾多藉口，把孔夫子後代、當世大儒孔融殺掉了。客觀來講，孔融的非正常死亡不能全怪曹操，正如孔融本尊臨終詩所說：「言多令事敗。」孔融先生氣性乖張、口無遮攔很多年，能活到50多歲，已是祖宗庇佑下的奇蹟。

孔融的一生是傳奇的一生，從謙讓開始。「融四歲，能讓梨。」乖巧懂事的孔融，不僅得到宗族長輩的一致好評，也成為東漢廣大家長教育孩子的標竿模範。然而出名太早不是好事，小小年紀受太多表揚的孔融，膽子越來越大。

孔融10歲時，竟謊稱是名士李膺的親戚，請求拜見李膺。李膺和顏悅色地問：「小朋友，我們是舊相識嗎？」孔融板起小臉，一本正經地說：「我的祖先孔丘和您的祖先老子有師生之誼，我與您是世交。」孔融的神奇回答，讓李膺和在場賓客無不讚嘆。只有一位賓客不以為然：「小時聰明，長大不一定聰明。」孔融當即反唇相譏：「看來，您小時候一定很聰明！」李膺被孔融逗得大笑：「高明必成偉器。」得到名士讚揚的孔融，膽子越來越大。

孔融16歲時，自作主張，收留投奔哥哥的通緝犯。不久東窗事發，哥兒倆一起被捕入獄。孔融搶著說：「通緝犯是我收留，有罪歸我。」從小吃了無數大梨的孔融哥哥不能：「通緝犯來找我，有罪在我。」辦案官吏不知如何是好，於是詢問孔融母親意見。孔融母親更厲害：「年長的人承擔家事，罪責在我。」哎呀，一門爭死，直接把辦案官吏搞糊塗，只得向朝廷請示，最後定了孔融哥哥的罪。不怕死的孔融名聲大振，膽子越來越大。

第五章 天下三分

孔融成年後，專惹狠人。孔融剛直不阿地檢舉宦官親族違法亂紀，又肆無忌憚地得罪皇親國戚的何進，還視死如歸地跟渾不吝董卓屢屢激烈爭辯。鑒於孔融腕兒太大，大家都不願意較勁兒，即便是殺人不眨眼的董卓，都不敢明目張膽報復，也只是把孔融打發到叛亂猖獗的北海國任職，盼望他自行因公殉職。橫著走路的孔融，把各個時期的權貴開罪盡，居然沒被咔嚓，膽子越來越大。

天子劉協遷都許縣後，逐漸專橫無禮的司空曹操，成為孔融新的攻擊目標。建安九年（西元204年），曹軍攻入鄴城，曹丕霸占了袁熙的妻子甄氏。孔融立刻饒有興致寫信給曹操：「武王伐紂，以妲己賜周公。」曹操左思右想，不記得有這典故，便虛心請教。誰知孔融一臉壞笑道：「比照現在發生的事，想當然推測古人而已。」捱了挖苦諷刺的曹操，還要辦大事，只能隱忍不發。孔融以為曹操罵不還口好欺負，搖頭晃腦、變本加厲，膽子越來越大。

只要曹操支持，孔融就反對；只要曹操反對，孔融就支持。曹操想恢復九州，伺機擴大實權，孔融旁徵博引，寫出《上書請准古王畿制》表示反對。曹操不贊成喝酒，頒布禁酒令。孔融又寫出《難曹公表制禁酒書》，生拉硬扯上一堆聖哲先賢，說堯帝千盅不醉，所以建立太平天下；孔子百觚不倒，才被稱作聖人；要不是劉邦喝多斬白蛇起義，哪能當皇帝；若不是漢景帝醉酒幸唐姬，根本沒有漢室中興；等等。孔融盛讚道：「酒之為德久矣！」

對臺戲唱得緊鑼密鼓的孔融以為，曹操只能繼續忍氣吞聲。因為孔融清楚記得十年前，自己的忘年交、青年名士禰衡在大庭廣眾的宴會上，脫光衣服羞辱曹操；又拿三尺大杖坐在營門口，捶地大罵曹操。即便囂張如此，曹操也不敢把禰衡怎麼樣，至多「禮送」出境罷了。

可惜，孔融只知其一，不知其二。禰衡先生之所以沒死在當場，不是

第九節　人心向背

因為曹操脾氣好、素質高,而是因為當年曹操與袁紹的大戰迫在眉睫,曹操不得不拿出周公吐哺的胸懷,當然不會為殺掉一個神經偏執的禰衡,而失去天下人心!

孔融的一生是傳奇的一生,於狂妄中結束。而今形勢大不相同,袁氏家族覆滅,荊州不戰而降,曹操統一天下的步伐似乎不可逆轉,早沒了不得不忍的耐心,甚至都不能等待掃平東吳之後。下達必殺令的曹操沒料到:孔融倒下,人心涼透。人心能值幾個錢?愛涼就涼吧。要命的是——曹操帳下的四大頂級謀士,全涼了!

堅定支持振興漢室的荀彧有了想法,自從曹操殘暴殺害孔融全家老小後,史書上再也見不到荀彧獻計獻策。荀彧作為傑出的策略大師,雖然往往坐鎮後方,但與前方領軍的曹操,一直保持頻繁的書信連繫,《三國志‧荀彧傳》記載:「太祖雖征伐在外,軍國事皆與彧籌焉。」但赤壁之戰一觸即發,號稱「王佐之器」的荀彧,不佐了。

傾向振興漢室的荀攸也有了想法,自從曹操殘暴殺害孔融全家老小,史書上再也見不到荀攸的神機妙算。《三國志‧荀攸傳》記載:「自從太祖征伐,常謀謨帷幄。」無論對付張繡、劉表、呂布,還是袁紹,荀攸計策層出不窮、屢建奇功。尤其官渡之戰,荀攸智力全開,奇襲白馬斬顏良,延津伏擊誅文醜,再到襲擊故市、火燒烏巢、堅守大營,高光表現有如神助。可赤壁之戰一觸即發,號稱「算無遺策」的荀攸,不算了。

沒有振興漢室情結的程昱,也退場了。曹軍兵不血刃拿下荊州,曹營將佐官吏無不歡欣雀躍,以為將成為開國元勛。只有老謀深算的程昱冷靜進言:「孫權和劉備都是大英雄,一定會聯手負隅頑抗。」正飄在人生最高點的曹操,對警示不置可否,志得意滿地撫摸著程昱後背,說出一番耐人尋味的話:「當年呂布偷襲兗州,讓我陷入絕境,要不是您的幫助,哪有今天的大好局面啊。」

第五章　天下三分

不了解曹操的人聽去，覺得是曹操憶苦思甜的感慨，是對程昱的深情表揚。但程昱了解曹操，察覺出後脊的寒意，聽出鳥盡弓藏的餘音。曹操似乎在說：「我承認，沒有程先生的妙計，曹某人不會有今天，但程先生也不要太把自己當回事，以後天下統一，少唱反調，莫走孔融老路。」

史書記載，程昱一聲慘淡長嘆：「知足不辱，吾可以退矣。」程昱與曹操相交整整十五年！最凶險的官渡之戰，程昱僅率七百士兵守衛鄄城。曹操有些擔心地寫信詢問，要不要增派幾千士兵？不想死的程昱趕快回信：「袁紹擁兵十餘萬，鄄城增派幾千士兵也守不住。不如不增兵，袁紹很可能不屑進攻，反而無憂。」果不其然，袁紹嫌鄄城兵少沒威脅，沒有分兵攻打。有勇有謀的程昱，讓曹操讚嘆不已！

共同走過艱難險阻，卻在一馬平川分別！程昱正如當年毅然應召輔佐弱小曹操，如今再次果斷抉擇：「乃自表歸兵，闔門不出。」赤壁之戰一觸即發，號稱「世之奇才」的程昱，上交兵權回家了。

與荀彧、荀攸、程昱的心涼不同，賈詡的心更涼。天下還沒安定，曹操就急不可待地殺死愛說風涼話的孔融。如果天下群雄皆滅，那麼賈詡作為害死曹昂的宛城叛亂主謀，肯定躲不過清算。天下統一，對身背重大汙點的賈詡等於宣判死刑；只有分裂，賈詡才能作為投降派的典型標竿繼續存在。

身在曹營，能不說話就不說話的賈詡，唯一的主動獻策正在此時。賈詡對曹操說：「明公昔日擊敗袁紹父子，現在又占領荊州，真可謂威名遠播、軍威浩蕩。如果能夠利用有利形勢，積極安撫百姓，可不戰而降伏江東。」

形勢占優、士氣正盛之際，停止進攻；坐看劉備收拾舊部；靜待孫權夯實內務；還是等著馬超、韓遂在西北鬧出事端？莫說曹操不同意，給《三國志》作注的裴松之都覺得不合時宜。然而，曹操很可能受賈詡影

響，在江陵觀望不長又不短的兩個月，結果萬分尷尬──孫劉聯軍主動進兵赤壁。

大風大浪闖過來，陰溝裡面要翻船。

第十節　驚濤拍岸

人生哪有一帆風順。

曹操遇到大麻煩──瘟疫。

《三國志‧周瑜傳》記載：「曹公軍眾已有疾病，初一交戰，公軍敗退，引次江北。」受到疫情暴發以及赤壁水流湍急的影響，曹操水軍明顯不是孫劉聯軍的對手，首戰吞下敗仗。曹丞相知難不退，引軍駐紮到長江北岸的烏林，與屯兵南岸赤壁的孫劉聯軍隔江對峙。

南征北戰幾十年的曹操，不會不知道，烏林屬於沼澤地區，是《孫子兵法》所說的「圮地」（難以通行的地方）。況且曹軍疫病蔓延，著實不該在這種不利於養病的鬼地方硬撐。反觀孫劉聯軍，不僅占據地勢陡峭、易守難攻的赤壁，還與附近兩處要塞互為掎角，態勢相當有利。

明知不好打，也得硬著頭皮扛，否則老臉往哪裡放？曹丞相把牛都吹到天上，號稱「八十萬水軍」云云，並發出瀟灑邀約──「與將軍會獵於吳」等。一旦灰溜溜撤兵，曹操這封意氣風發的手書，豈不成為江東乃至天下人的笑柄？況且退一步說，即便曹操不要面子撤退，恐怕孫劉聯軍也不會就此罷休！

打也不行，退也不是，只好拖。曹操打算拖到明年春暖花開，軍中疫情好轉消散，曹軍水上戰法也更加嫻熟。與曹軍相反，孫劉聯軍拖不起，

第五章　天下三分

如果不能盡快取勝，荊州人心漸安，曹軍援兵雲集，勝面就小了。

人少打人多，又必須主動進攻，孫劉聯軍的將領很燒腦。關鍵時刻還得老將出馬，黃蓋胸有成竹地站出來。二十八年前，黃蓋跟著孫堅討伐董卓，後來又追隨孫策、孫權平定江東，有勇有謀、屢立戰功，號稱「江表之虎臣」。黃蓋說：「敵眾我寡，不能坐等曹軍養病，得趕緊打。我瞅曹軍船艦首尾相連，可以用火攻，一燒一大片。」火攻不新鮮，可怎麼燒？黃蓋表示，正大光明當然不行，那樣很難靠近曹軍艦船，必須來陰的——偽降。

你說投降就投降？曹丞相哪有這麼好騙？儘管黃蓋的投降信寫得很精彩，表達了願意順應天下大勢的迫切心情，邏輯環環相扣，內容入情入理，但畢竟在東吳集團的年資奔三十年，真會投降？曹操心裡很不踏實，特意親自對送信使者進行盤問。直到送信人對答如流、毫無紕漏，曹操才滿意地說：「別怪問得細，我是怕你們詐我，如果投降屬實，那麼請轉告黃老將軍，這次歸順意義非凡，他得到的爵位和封賞，會超過以前所有投降人員。」

話雖如此，但曹丞相哪有這麼實在？他一定準備好各種應急方案。如果黃蓋敢詐降，曹軍必然萬箭齊發，讓他有來無回。可惜啊可惜，遺憾啊遺憾，英明睿智的曹丞相，無論如何也想不到，西北風呼呼的大冬天，打東南方向來投降的黃蓋——用火攻！

在北方長大、第一次來到荊州的曹丞相不知道，赤壁地形特殊，起初刮來的西北風，在滿足一定條件的情況下，可以改向刮成東南風。曹操不知道很正常。曹軍裡上知天文、下曉地理的謀士們都沒吭聲，正常嗎？尤其眾多荊州本地才俊也沒吭聲，正常嗎？

很正常，下令殺死孔融的曹操，不僅讓四大頂級謀士在內的所有曹軍謀士心冷，更讓荊襄名門望族在內的所有名士膽寒。以為天下歸心的曹丞

第十節　驚濤拍岸

相，實際上是孤家寡人。所以說，得人心者得天下──這句話能流傳上千年，自有其中道理。

入夜，西北風漸漸轉向。黃蓋帶領的幾十艘艨艟、鬥艦，滿載薪草膏油，外用赤幔偽裝，插著約定的旗號，趁風勢向曹軍水營駛來。黃蓋舉起火把為訊號，東吳士兵很可能按照排練好的話術大喊：曹軍兄弟們別放箭，我們是來投降的。聽到情真意切、整齊劃一的口號，曹軍士兵放下弓箭，伸著脖子張望，笑逐顏開地誇讚黃蓋識時務。

突然，東南風大起。此時黃蓋艦隊距曹軍水營已不到兩裡，一切拿捏得分毫不差。黃蓋立刻下令點燃船內柴草，艨艟戰艦頓時變身火船，迅速衝向曹軍艦船。曹操立即發覺被騙，命令放箭阻止卻為時已晚，不僅船艦燒著一片又一片，連岸邊的陸營也受到波及。黃蓋帶領東吳士兵迅速跳進繫在艨艟船尾的攻戰快艇，向曹軍發動總攻。

「蓋為流矢所中，時寒墮水。」曹軍進行激烈抵抗，把黃蓋都弄到水裡。但隨著周瑜、劉備率領的孫劉聯軍主力趕來，遭到火攻又逆風作戰的染疾曹軍，終於漸漸無法支撐。《江表傳》言簡意賅又痛快淋漓地記下八個大字：「北軍大壞，曹公退走。」

一片火海！曹操悵然所失！幾十年孜孜不倦的努力，無論是匡扶漢室還是爭霸天下，很可能都化為烏有。曹操意識到，大戰之前不該殺孔融，涼透人心啊。荀彧、荀攸、程昱、賈詡這些頂級謀士，竟然閉嘴的閉嘴，養生的養生，回家的回家，蔫壞的蔫壞。

敗局已定、回天乏術的曹操，不禁想起從來都無條件支持自己的已逝頂級謀士郭嘉，痛徹心腑地長嘆：「郭奉孝在，不使孤至此。」曹操淚流不止，仰天再嘆，「哀哉奉孝！痛哉奉孝！惜哉奉孝！」

人生往往如此，明白也晚了。望著在鼓聲震天中奮勇向前的孫劉聯軍，拭乾眼淚的曹操，無奈地說：「燒掉所有艦船，撤！」想撤都不容易！

第五章　天下三分

曹操要想逃回江陵，走華容道是捷徑。但捷徑不好走，一路盡是沼澤，地面泥濘不堪，又颳著大風。為了趕緊跑路，曹操下令讓老弱士兵割草墊路，保障大軍盡快通過。〈山陽公載記〉記載：「羸兵為人馬所蹈藉，陷泥中，死者甚眾。」

踩踏戰友逃出華容道，曹軍士氣低落到極點。如果這時還有人能敢笑出聲，也只能是曹丞相。滿身爛泥的曹操，突然狂放大笑：「劉備才智與我不相上下，但他的計謀總晚一步。假使他預先派人在華容道放火，我們已經全軍覆沒！遇到這樣的好事，不應該大笑嗎？」既然是丞相說的，曹軍將領都覺得有理，本想跟著笑一笑，但華容道真起火了！

知己就是知己，劉備不能讓曹操太失望。曹操話音剛落，劉備軍已追至華容道，順風點起火！吹牛吹出妖，曹丞相不敢繼續點評對手，揚起馬鞭，奔江陵逃去。

赤壁漸漸沒了殺聲，唯有夜色下的月光，仍舊灑落在燃燒的江面上。

天下從此，定三分。

第十一節　大江東去

人生哪能總不順。

三十年河東，三十年河西。

劉備與曹操面對爭鋒十多年，除了敗，還是敗，或是慘敗。沒承想在絕境中，劉備聯合孫權打贏了必須打贏的一戰，擊潰了即將併吞天下的曹操大軍。

大器晚成也是成。劉備年近半百，終於順暢起來。赤壁之戰後，周瑜

第十一節　大江東去

帶著東吳將士硬碰硬城池堅固的南郡江陵，劉備卻打著荊州刺史劉琦的名號，征討實力弱小的南部四郡。只有武陵郡進行一番無謂的抵抗，長沙、零陵、桂陽等郡官員都痛快表示：劉表屬下就是劉琦屬下。很快，四郡官員明白了──劉琦屬下也是劉備屬下。

「琦病死，群下推先主為荊州牧。」陰雲密布的一天晚上，體弱多病的荊州刺史劉琦，恰到好處地離開人世。陽光明媚的一個白天，大家推薦身體好的劉備，眾望所歸地接任荊州牧。建安十四年（西元209年），劉備從無立錐之地到坐擁荊州四郡，而且還用劉琦生前掌控的部分江夏郡，換來南郡公安縣，並延攬黃忠、魏延等猛將，一時兵強馬壯、聲勢大振。

薑還是老的辣，不服不行。28歲的孫權深刻認識到，49歲的劉備敗了又敗不停敗，反正就是不亡，不是運氣好，而是功夫深。為進一步鞏固孫劉聯盟，孫權主動提議把巾幗不讓鬚眉的野蠻小妹嫁給劉備。此時劉備的妻子職位正空缺，雖說有主持工作的甘夫人，但主持工作不能轉正也很常見。劉備作為新晉成功人士，肯定希望繼續輝煌，自然願意迎娶年輕漂亮有後臺的女士當妻子。

剛娶到手，劉備的腸子就悔青──孫權妹子太嚇人！自個兒喜歡舞刀弄劍就罷了，就連身邊百餘名陪嫁侍婢也是劍不離手的練家子！劉備回家就寢，宛如陷入東吳娘子軍的鐵壁合圍，不免凜凜不安。為確保人身安全，劉備不得不安排趙雲率領親衛隊參與「管理內事」。可想而知，刀槍對峙中的夫妻生活，長久不得。但劉備必須忍耐，因為他要找孫權商量大事。

劉備要去京口與孫權會面，諸葛亮表示反對。因為諸葛亮見過碧眼紫髯、上長下短的孫權先生，感覺這傢伙長得很不善良，力勸劉備三思而後行。劉備也覺得跑到東吳地面有風險，但料定孫權現在還不敢玩陰的。至於孫權長得嚇人和身材奇葩，劉備更無所畏懼，反正自己也是超級大耳

第五章　天下三分

朵、長臂能過膝，見面不定誰嚇誰。

一身英雄氣，揚帆向東來。在京口，劉備見到比自己小 20 多歲的二舅哥孫權，年紀輕輕已是偌大江東之主。人和人的生，真是不一樣，羨慕！孫權也見到比自己大 20 多歲的妹夫，白手起家、屢戰屢敗，終於強勢崛起。人和人的路，的確不重複，欽佩！

《三國志·先主傳》記載：「綢繆恩紀」——初次見面的劉備與孫權惺惺相惜、把酒言歡，劉備盛讚孫權決斷英明，孫權感嘆劉備意志頑強。又據《建康實錄》透露，哥兒倆越談越交心，孫權感慨萬千地說：「如果有朝一日可以完成迎天子、定天下，我願與您乘舟泛海，逍遙暢飲！」劉備立刻應和贊同道：「此亦備之志也。」

正在情濃意切、難分彼此時，劉備丟擲膽大妄為的想法，以地少人多不夠住為由，想跟孫權「借」地盤，還是周瑜辛辛苦苦打下來的——包括江陵在內的大半個南郡（南郡北部在曹操控制下）。從常理來看，劉備的想法不可能實現，誰會把到手地盤白白相讓？但劉備看準常理之外的情況：長江防線全是孫曹對峙，孫權壓力山大。借是不借？

鷹派代表周瑜聽說劉備來京口，火急火燎送書信給孫權：「劉備是英雄，又有關羽、張飛等猛將，不會長久居於人下。既然劉備送上門，就別讓他走。給劉備蓋豪宅、送美女，消磨他的意志，我率領精兵攻打關羽、張飛，大事可定，主公獨占江南。」

周瑜的建議很誘人，但也很危險。如果現在孫劉聯盟破裂，曹操趁勢捲土重來，別說獨占江南，保全江東都難。所以，鴿派代表魯肅提出強烈反對：「曹操老賊仍然實力強大，我覺得不如借給劉備，分散曹軍火力，這才是長治久安的上策。」

借是不借？既不是鷹派也不是鴿派的孫權，自己有本帳，感覺借了不白借。其一，借出南郡南部，可以減輕不少軍事壓力；其二，劉備表示讓

第十一節　大江東去

出長沙郡部分割槽域當補償；其三，劉備會為東吳攻占交州開啟通道。至於堵住向西發展的弊端，這只是暫時的，有借就有還嘛！

這還得了！周瑜急了！率軍圍攻江陵一年多，還在戰鬥中身負箭傷，流血流汗打下的地盤，竟要給劉備？周瑜立刻啟程去找孫權面談，提出向西進攻益州的方案，想以此保住南郡。孫權對周瑜的建議拍手稱道，表示不要耽誤時間，公瑾趕緊回去準備吧。興高采烈返程的周瑜不知道，他沒機會付之行動，因為他要斷氣了。

正如周瑜想殺掉劉備，劉備也想殺掉周瑜。在赤壁之戰前，劉備盼星星、盼月亮，終於盼來孫劉聯盟的好消息，盼來旌旗招展的友軍水師。然而年紀輕輕的東吳統帥周瑜，沒有兩軍會師的喜悅，甚至不把大名鼎鼎的劉備放在眼裡。周瑜理直氣壯地接受劉備的勞軍慰問品，卻表示軍務在身不便回訪。好在劉備能屈能伸，為了同心合力打敗曹賊，不惜屈尊乘單舸（小船）來拜見周瑜。

劉備一忍再忍，換來的仍是無情的奚落。劉備關切地問周瑜：「將軍帶來多少戰卒？」周瑜冷冷地說：「三萬。」劉備有些失望：「不多啊。」周瑜語氣輕蔑地說：「夠用了，請劉豫州看我怎麼破曹賊吧。」

劉備覺得周瑜不好相處，提出等魯肅來了一起商議。周瑜不耐煩地說：「我軍務在身，你等魯肅吧，他和諸葛亮過幾天就到。」劉備很識趣，笑容滿面地答謝退出，喜氣洋洋回到自己的小船上，然後默默把周瑜加進黑名單。

不加進黑名單則已，加進黑名單就要殺掉。據《江表傳》記載，劉備即將由京口回荊州，臨別時與孫權密語：「有件事，不知當講不當講，但您這些天熱情款待，我不得不說啊。我覺得周公瑾是文韜武略、萬裡挑一的英才，可他志向遠大，恐怕不能長久為人臣。」劉備識人之準，天下罕見，他敢明目張膽跟孫權說周瑜的壞話，顯然算準了什麼。

第五章　天下三分

　　沒錯，劉備看得很準——孫權不會沒想法。就在不久前，曹操派出與周瑜有舊的蔣幹先生，打著私人敘舊的幌子過江，在周瑜軍營足足住了好幾日！雖然周瑜公開會見蔣幹從不談時政，還經常給蔣幹宣傳孫權的恩重如山。可正所謂「當人一面，背人一面」，鬼知道私下有什麼傳遞？！

　　有時死得早，就是死得好。陰雲密布的一天晚上，可能是江陵戰役的箭傷復發，也可能是南郡要送給劉備生下悶氣，總之正值壯年的周瑜，果斷與世長辭。噩耗傳來，孫權無比哀痛：「公瑾有王佐之資，如今短命離我而去，孤以後依賴誰啊？」十多年後，孫權稱帝時仍感慨說：「如果不是周瑜，孤不能稱帝。」也許，歷史總是撲朔迷離，人類情感也總是複雜多變，有些人活著是功高震主疑無路，死了卻可以封神膜拜數十年。

　　周瑜死後，魯肅上位，借出南郡再無阻力。《三國志‧魯肅傳》記載：「曹公聞權以土地業備，方作書，落筆於地。」就是說，在鄴城專心寫作的曹丞相，聽說劉備借來南郡，驚得手一軟，筆砸在地上。

　　曹操沒想到，不僅劉備有不計一城一池得失的胸懷，孫權也有，兩位拿得起、放得下的大英雄，竟然聯手對付自己！比起赤壁戰敗、江陵失守，孫權借地盤給劉備最戳中要害，曹操不得不承認，一統天下的夢想，真的漸行漸遠。

　　56歲的曹丞相，自從赤壁折戟，便承受著前所未有的巨大壓力。這壓力有來自外部的孫劉聯盟，更有內部的暗流湧動。為反擊朝野謗議，曹丞相親自寫下《讓縣自明本志令》（又名《述志令》）的雄文，用齊桓公和晉文公的例子，標榜自己的尊王攘夷；用樂毅、蒙恬的事蹟，表明自己的忠心耿耿；用介推、申胥的品格，彰顯自己的高風亮節；用周公的《金縢》之書，闡明自己的良苦用心。儘管華麗辭藻和感人典故堆成小山，但包括曹操本人在內，誰都不相信這些鬼話。

　　曹操在文中也講出大實話：要我把軍權交還朝廷，回到武平侯的封地，

這絕對不行。為什麼呢？我怕放棄兵權遭人謀害。這既是為子孫後代著想，也是為自己垮臺給國家帶來顛覆危險考慮。因此，我不得不貪圖虛名，繼續執掌大權。先前，朝廷恩封我的三個兒子為侯，我堅決推辭，現在我改變主意了。這不是想以此為榮，而是要他們作為外援，確保朝廷和我的絕對安全。

赤壁失利的曹操，徹底改變匡扶漢室的初衷，他要走上全新的道路。

要想走好新路，得先把失去的面子找回來。

第十二節　志在千里

找面子有講究。

按說在哪裡失去的面子，應該在哪裡找回來。

可如果失去面子的地方不好找面子，保不齊還會再沒面子，那只能換地方找了。

普天之下，誰最適合給曹操找面子呢？回去跟劉備、孫權算帳不明智，益州劉璋搆不著，西涼馬超、韓遂已在名義上歸順朝廷，一時沒理由。縱覽東漢地圖，師出有名又不堪一擊的有誰？盤踞在漢中的小軍閥張魯，映入曹丞相眼簾。

弱小就要捱打，這是亂世法則。建安十六年（西元 211 年）春，夏侯淵率領曹軍來到長安，準備對漢中下手。眼看要倒楣的張魯，運氣著實不錯。勇猛無敵但智商不線上的馬超，先張魯之憂而憂，認定曹軍經關西進攻張魯，是假道滅虢之計，看似吞併漢中，實際要染指涼州。

以往想得少的馬超，這次可能想多了。史書記載，曹操得知馬超、韓

第五章　天下三分

遂等關西軍閥反叛，急忙派曹仁等增援部隊奔赴關中，並下達「關西兵精悍，堅壁勿與戰」的指令。直到曹操親率大軍趕到，才發起進攻。如果曹操料定馬超、韓遂會反，或者有意逼反他們，大機率不會如此手忙腳亂。

猜想曹操還納悶呢，馬超、韓遂至少名義上是朝廷官員吧！朝廷大軍路過關西都不行，就這麼反了，住在鄴城的家屬也不要了？幾年前，包括馬超父親在內的馬氏家族二百多人遷居鄴城，名為當官、實為人質，以此換取馬超在關西地區的權。除去馬超家人外，韓遂的兒子也在鄴城「當官」。

亂世中，不要命的人真不少，不要全家命的人真不多，馬超是出類拔萃的代表。馬超不僅不要自己的老爹，還勸韓遂放棄兒子：「我們起兵反曹，您兒子很可能會沒了，我很可能失去父親。沒關係，正好互補，以後您當我父親，我當您兒子，不就行了？」智商都不線上的人，溝通也無障礙，馬超和韓遂一拍即合。

有馬超、韓遂帶頭叛亂，關西軍閥群起響應，陸續向潼關派兵。曹軍將領見關西叛軍一批又一批趕來，有些擔憂地說：「關西兵的長矛厲害，不精選前鋒，恐怕打不過。」逆向思考很強的曹操，不憂反喜地說：「戰在我，不在賊。賊擅使長矛，別讓賊刺出來就是。賊軍人多更不用擔心，關西偏僻道遠，如果敵人各依地勢防守，沒有一兩年別想平定。如今到潼關結集，很適合打包處理，大家應該高興慶祝才對嘛。」

直到有頭有臉的關西軍閥基本到齊，曹軍才開始行動。曹操率大軍在潼關耀武揚威，擺出硬碰硬的架勢，暗中卻派徐晃帶領數千步騎從蒲坂津祕密渡過黃河，並在河西建立灘頭陣地，掩護曹軍主力渡河。

一切進展順利，負責給大軍壓陣的曹操心情不錯，悠然坐在胡床（類似馬紮，是東漢時的新物件）上，欣賞著黃河奔流的壯闊景緻。也許，曹操正打算吟詩兩首，可惜讓馬超的萬餘步騎，攪了雅興！

第十二節　志在千里

獲悉曹軍正在渡河，馬超帶隊不辭辛苦趕來截殺。馬超遠遠望去，見主帥曹操居然尚未渡河，而且身邊只有百餘護衛，很是激動！這趟沒白跑！真是天賜良機，別猶豫，上！人多欺負人少的馬超軍，氣勢如虹、箭如雨發。

人少不要緊，管用就行。千鈞一髮之際，一位身長八尺、腰大十圍的猛漢及時出現在曹操身旁，二話不說，架起曹操及時跑上渡船。馬超的騎兵也疾馳逼近，幾支利箭便撂倒沒有戰鬥經驗的船伕。好在猛漢的確夠猛，竟然能既當護衛又當船夫，左手舉馬鞍為曹操擋箭，右手拚命撐船。猛漢一直駕船行駛四五里，才擺脫馬超軍的追擊，極為驚險地掩護曹操逃到對岸。

其實，這不是猛漢第一次救曹操。早在十幾年前的官渡大營裡，猛漢就曾粉碎刺客對曹操的暗殺。這事說來頗為神奇，擔任曹操警衛的猛漢本該調休，卻忽然出現心跳加速一類的神祕感應，於是果斷放棄休息，及時返回曹操大帳，正撞上懷揣利刃、圖謀不軌的刺客。猛漢把渾然不覺的曹操從鬼門關拽回來的同時，順手把刺客送進去了。

這位猛漢不是別人，正是曹操侍衛隊隊長，號稱「虎痴」的許褚。典韋陣亡後，曹操精挑細選，最終敲定「容貌雄毅，勇力絕人」的許褚擔任侍衛隊隊長。曹操看著又高又壯又帥又勇的許褚，興奮大喊：「這是我的樊噲（漢高祖劉邦的貼身猛將）！」寄予厚望的許褚也很給力，兩次挽救命懸一線的曹操。

託許褚的福，曹操有驚無險地渡過黃河。儘管曹操在策略層面依舊藐視馬超，大笑地說：「今日幾為小賊所困乎！」但在戰術層面，曹操提起精神，不敢再有絲毫大意。見識到馬超騎兵的神出鬼沒和驍勇善戰，曹操打算鬥智不鬥力，巧妙利用夜間氣溫驟降的條件，一邊堆沙一邊澆水，迅速築起一座用於防禦的巨大「冰營」，準備踏實住下去，比比誰糧多。

第五章 天下三分

　　馬超、韓遂都是豪邁漢子，有糧多吃，沒糧少吃，比不得搞屯田、會儲糧的曹丞相。尤其是今年，十幾萬關西壯丁增援潼關，導致關西農業生產受到不小影響，秋糧徵收很不順利。而且即將入冬，馬匹口糧也面臨不濟。馬超、韓遂一看耗下去不妙，都感覺無力再戰，想以割地、送質子等方式請和。

　　和不了，談可以。曹操、許褚和馬超、韓遂在兩軍陣前進行會面，展開很不坦誠的交流。《三國志·馬超傳》記載：「超負其多力，陰欲突前捉曹公。」意思是說，馬超甚至想藉機偷襲曹操，最後懾於「虎痴」許褚在場，猶豫再三不敢動手。

　　雙方在劍拔弩張的氣氛中，肯定談不攏。沒談攏就繼續談，有吵架傾向的馬超和許褚被排除在外，曹操和韓遂在陣前進行第二輪和談磋商。

　　為營造融洽友好的談判氛圍，曹操衝著伸脖子想看自己的關西士兵，笑咪咪地喊道：「你們都想看曹某人吧！我沒什麼好看的，也是普通人，沒有四隻眼睛、兩張嘴巴，只是智謀較多而已！」

　　逗完士兵逗主帥，在曹操別有用心的引導下，韓遂與曹操基本沒談正經事，盡說些哥兒倆在洛陽時的有趣舊聞，時不時拍手大笑。

　　智商不線上的馬超遠遠望去，以為達成停戰協定。結果智商不線上的韓遂回來說，和談沒進展，之所以大笑，只是因為敘舊。馬超越想越不對，曹操和韓遂眉飛色舞、兩雄相悅這麼久，全是敘舊？馬超正在胡思亂想，曹操不忘火上澆油，迅速給韓遂送來一封極具挑撥性的書信。

　　馬超得知曹操寫信給韓遂，立刻跑去申明知情權。馬超崗看了信的開頭，便很不舒服——「卿始起兵時，自有所逼，我所具明也。當早來，共匡輔國朝。」原來陣前敘舊很有效果啊，老韓把叛變責任擇得一乾二淨，居然成了可憐兮兮的受脅迫？曹賊還邀請「共匡輔國朝」！

　　馬超待往下看，信中很多關鍵詞句塗塗抹抹，顯然有人動手腳，不是

韓遂還能有誰？很顯然，必須是曹丞相啊。不過，智商不線上的馬超完全想不到，智商不線上的韓遂也解釋不清、百口莫辯。自此，關西聯軍離心離德。

打架可以靠人多，打仗還得靠智商。關西聯軍銳氣已喪、人心又散，養精蓄銳的曹軍，趁機發動總攻，關西聯軍死得死、降得降、逃得逃，成鳥獸散。隨後幾年，在曹軍不斷追擊下，縱橫關西幾十年的韓遂被部下砍掉腦袋。不可一世的馬超也一敗再敗，不得不離開關西，輾轉投奔在益州開創事業新天地的劉備。

一世梟雄，傍人門戶，過了幾年鬱鬱寡歡的日子，很快客死他鄉。臨終前，馬超向劉備上書道：「臣親族二百餘人，幾乎全被曹操誅殺，只有堂弟尚在，請您多多關照。其他的，我沒什麼要說的。」只是不知，馬超到九泉之下，有何臉面再見父親及家人。

有的路走上，便無法回頭。

第十三節　分道揚鑣

見好就收，班師回朝。

相比追殺四散逃竄的關西軍閥，曹操有更重要的事。

自從兵敗赤壁後，曹操越發清醒地認識到，有生之年極可能無法一統天下。

建安十七年（西元212年），58歲的曹丞相，位極人臣卻有無盡愁思：自己還能再打拚幾年，偌大事業由誰繼承，家族命運又將何去何從？曹操必須認真思考和解決這些棘手問題。

第五章　天下三分

　　曹操的對手，不僅有天下群雄，還有韜光養晦、年富力強的天子劉協。登基二十多年的劉協，見識了太多腥風血雨，經歷了太多爾虞我詐，闖過了太多艱難險阻，絕非生養深宮的白痴。如果曹操健在，一切都還好，劉協不足為懼。若曹操不在，又將如何？寧我負人吧！曹操下定決心，正式啟動登頂計畫，要為繼承人掃除一切可以掃除的障礙。

　　第一步很和諧。「天子命公贊拜不名，入朝不趨，劍履上殿」，群臣沒意見，很快鼓掌通過。說句公道話，上朝不叫名、入朝慢慢走，穿鞋佩劍上殿等系列榮譽，曹操完全有資格享受。正如曹操自述：「設使國家無有孤，不知幾人稱帝，幾人稱王！」此言不虛，若不是曹操刀裡來、箭裡去，劉協早成為先皇帝之一了。況且曹操不是在外帶兵打仗，就是回鄴城療養身心，基本不來許都，來了也不面聖。既然名義配得上，實際不發生，大家當然不反對。

　　第二步很鬧心。曹丞相考慮到自己年事已高，登頂流程又相當煩瑣，步伐必須快！剛剛享受系列崇高待遇的曹操，迫不及待邁出第二步——封公建國、加九錫。由於這一步邁得有點急，步伐也有點大，曹操估摸不會風平浪靜。為確保順利推進，曹操預先祕密詢問一些重要大臣意見。果然不出所料，有人要逆曹氏潮流而動。但意外的是，這人不是別人，正是曹操親家公、幾十年的摯友——尚書令荀彧。

　　荀彧沒想到，一直高喊著以匡扶漢室為己任的曹操，老了老了，初心不在。荀彧直言不諱地反對道：「曹公起兵是匡正朝廷、安定國家，應該始終懷忠誠之心，隨時保持退讓態度，不能做這些事情。」荀彧嘴上反對不打緊，關鍵他是尚書令，可以拒絕草擬公告。如果得不到荀彧支持，或者不換掉荀彧，那麼曹操很難按程式推進封公建國、加九錫。

　　曹操也沒想到，有二十多年交情的荀彧，關鍵時刻投出反對票！《三國志・荀彧傳》記載：「太祖由是心不能平。」史書寫得相當委婉，曹操實

第十三節　分道揚鑣

際異常憤怒。曹操料到有人反對，畢竟兩漢王朝綿延數百年，總有些冥頑不靈的死忠分子。曹操應該備好若干套應急預案，如果反對者是楊彪等漢朝元老，那很簡單，要麼直接咔嚓，要麼發配邊疆，或是找碴扔到監獄。但偏偏是荀彧！

二十多年的朋友，終於要走到盡頭！二十一年前，風華正茂的荀彧，策馬南渡黃河，投奔實力弱小的曹操。從此，荀彧成為曹操不可或缺的左膀右臂。雖然荀彧通常坐鎮後方、保障後勤，但與在外征戰的曹操一直保持密切書信往來，在策略方向上，提出很多寶貴意見。

興平元年（西元 194 年），荀彧勸住想趁徐州無主占便宜的曹操，提議先打呂布，抓緊收復兗州。建安元年（西元 196 年），荀彧堅定勸說曹操奉迎天子，得以名正言順以令不臣。建安二年（西元 197 年），荀彧向曹操提出先消滅呂布，再安撫關中，最後與袁紹決戰的正確建議。建安六年（西元 201 年），荀彧打消曹操要捏軟柿子劉表的想法，鼓勵繼續啃硬骨頭，徹底消滅袁氏父子才是正道。要不是荀彧的若干次建言獻策，曹操難免走彎路。一旦走彎路，還能不能有機會啟動登頂流程，真不好說。

如果有可能、有時間，曹操很想跟荀彧促膝長談一次，至少做一番表面努力。畢竟荀彧是功臣，更是曹操的恩人。當年張邈、陳宮聯手呂布作亂，兗州危在旦夕，是荀彧隻身說退不懷好意的數萬大軍，運籌帷幄守住三縣，給曹操留下翻盤的籌碼。如果沒有荀彧的逆天發揮，曹操極可能早就成為浩瀚歷史中一個無足輕重的失敗小軍閥。

時間緊迫，曹操沒工夫想。而且曹操深知荀彧太擰，即便有時間，也很難做說通。記得建安十二年（西元 207 年），曹操想表彰荀彧的既往傑出貢獻，推薦他位列三公之一。面對完全有資格享受的職位，荀彧卻堅持不受。曹操起初沒在意，畢竟推辭謙讓三五次，也算正常流程。可是哥兒倆你來我往，你表我推十幾次，荀彧仍是不接受，搞得韌勁十足的曹操敗下陣來。

第五章　天下三分

　　必須把荀彧拿下。建安十七年（西元 212 年）冬，曹丞相率領大軍南下征討孫權，行到譙縣，忽然要求荀彧來「勞軍」，並以讚賞的姿態，任命荀彧為侍中、光祿大夫、持節以及參丞相軍事等若干耀眼職務，但同時悄然免去實際更重要的尚書令。大家都是聰明人，曹操想做什麼，荀彧很清楚。荀彧感到深深不安，不是為自己，而是為天子、為大漢王朝。荀彧希望與曹操深入懇談，但曹丞相根本不給開口機會，毫不留情地「揖而遣之」。

　　無比苦悶的荀彧，病倒了。曹丞相沒有停下南征的腳步，哪怕片刻，只是留下一盒餽贈給荀彧的食物。荀彧想必猜到了，但還是抱著最後一絲希望和幻想開啟盒子——果然是空的！那一剎那，荀彧猛然追憶起二十多年前，他渡過黃河來到頓丘曹營，曹操興奮大喊：「我的子房來了！」荀彧總算明白，曹操從始至終，骨子裡都是在做劉邦！

　　萬念俱灰、油盡燈枯的荀彧，喝下人生解脫藥。荀彧無怨無悔，在薰香繚繞中，靜靜等待著永久的沉睡。匡扶漢室、輔佐曹操，勞碌幾十年的荀彧，真的累了，想休息了。

　　百僚唏噓——逮百數十年間，賢才未有及荀令君者也。
　　天子沾纓——劉協哀慟不已，祭祀日因此不奏樂。
　　史無明文，南征路上的曹丞相，不知悲喜。

第十四節　刀光劍影

　　臨江飲馬，氣吞山河。
　　曹操號稱帶領四十萬步騎，再次南征孫權。

第十四節　刀光劍影

　　相較五年前的赤壁之戰，孫權更加從容自信，親率七萬大軍在濡須口迎戰。

　　八十萬都打跑了，還能怕四十萬？「權乘大船來觀軍。」──信心爆棚的孫權乘大船，擂鼓逼近曹軍水營。由於霧氣瀰漫、虛實不清，曹軍不敢輕舉妄動，只得弓箭伺候。不一會兒，孫權的大船一側中箭太多，船身開始傾斜。孫權不慌不忙地命令掉轉船身，使另一側受箭，直至船體慢慢平衡，然後敲鑼返航。霧氣漸散，曹操遠眺這隻賺走無數箭支的大船，以及很可能站在船尾得意揚揚的東吳之主，不禁頷首感嘆：「生子當如孫仲謀。」

　　冬去春來，江面漸寬。立於不敗之地的孫權，為了敦促曹操趕緊走人，送去兩封惜墨如金的信函。一封應該是公務信件，寫得十分客氣：「春水方生，公宜速去。」另一封大概屬於私人信件，寫得相當實在：「足下不死，孤不得安。」

　　五年前的荊州，曹操給孫權寫下只有三十字的勸降書，雷霆萬鈞；如今的濡須口，孫權用更簡潔的十六字，寫成勸退書，如雷壓頂。真是一浪更比一浪強！曹操笑咪咪拿著信，頗有雅量地對諸將說：「孫權不欺孤也。」

　　曹操非常務實，與其跟孫權糾纏，不如班師回朝辦正事。聽說曹丞相沒打勝就回來了，天子劉協很有覺悟，急忙派御使大夫持皇帝符節，前往鄴城宣讀了曹操為魏公的策命詞：「……朕用夙興假寐，震悼於厥心，曰『唯祖唯父，股肱先正，其孰能恤朕躬』？乃誘天衷，誕育丞相，保乂我皇家……」

　　翻譯成白話大致是：「……我早起晚睡，內心惶恐煎熬，常常真誠祈求，希望祖宗顯靈、先賢庇佑，快點派來忠正能臣幫幫我，可憐可憐我吧。終於感動上天，誕生曹丞相，保護皇室的安全……」儘管東漢沒有影

第五章　天下三分

音裝置，但從文字中，依然可以看到，淚如泉湧的天子，以及笑容燦爛的曹丞相。

曹操歡天喜地、叩謝天恩，然後冷酷果決、舉起屠刀。建安十九年（西元 214 年）秋，60 歲的曹操再接再厲，邁出登頂第三步——消滅皇后伏壽及其家族。伏氏家族是大漢王朝的功臣世家，常與漢室皇族子女聯姻，淵源甚深、關係密切。但廢后不是兒戲，得有點像樣的理由吧？

曹操有把柄。話說十幾年前，曹操殺死車騎將軍董承及其女兒董貴人，深感恐懼不安的伏皇后，一時迸發出殺掉曹操的想法，於是偷偷寫信給父親，希望伏氏家族能為國除賊。伏皇后的父親找到妻子的弟弟商量，妻子的弟弟表面義憤填膺，但轉臉就向曹操通風報信。由於當時曹操內憂外患，剛剛清理完大批董承黨羽，又面臨袁紹十餘萬大軍壓境，而且伏皇后父親不敢動手，於是這事便不了了之。

陳年舊信，派上用場。曹操翻箱倒櫃，找出告密信的口述複製版，以此要求廢后。不等劉協下決心，曹操便以天子名義，公布了極盡汙衊之詞的廢后詔書，指使御史大夫帶兵入宮抓捕。當散髮赤腳的伏皇后被士兵拖拽過天子身旁，她一把抓住劉協，絕望地哭問：「陛下不能救救我嗎？」劉協不敢目視，低頭說：「我都不知道我的性命能到何時！」

伏皇后的哭泣聲漸漸遠去，劉協肝腸寸斷、痛不欲生。二十四年前，伏壽入掖庭為貴人，正趕上董卓火燒洛陽，倒楣的伏貴人跟隨劉協，顛簸前往長安。二十二年前，倒楣的伏貴人跟隨劉協，又落入李傕、郭汜的魔爪。十九年前，倒楣的伏貴人跟隨劉協，遭李傕綁架，在落滿箭矢的院子裡，狼狽不堪地成為皇后。十八年前，倒楣的伏皇后跟隨劉協，吃著乾癟的棗子，飢腸轆轆逃回洛陽。十八年來，倒楣的伏皇后跟隨劉協，在許都過著籠中雀的生活。

劉協還記得，在東歸洛陽途中，伏皇后為了不讓亂兵傷到自己，不顧

第十四節　刀光劍影

安危地大喊：「這是陛下！這是陛下！」幾十年的生死與共，今日真要走到頭了！皇帝也好，丈夫也罷，劉協虧欠伏皇后太多太多！望著即將消失在視線中的伏皇后，劉協突然厲聲質問：「天下難道有這樣的事嗎？！」儘管押解伏皇后的士兵沒有停下腳步，但伏皇后應該聽到了。

　　自古以來，帝王之家作威作福也多災多難。自從曹操的三個女兒進入後宮當貴人，伏皇后就料到自己遲早被廢，但她恐怕沒想到，竟然落得「下暴室，以幽崩」的下場。伏皇后所生的兩位皇子也被毒殺，伏氏宗族百餘人受牽連處死，伏皇后母親等十餘人流放邊疆。兩漢以來聲名顯赫的伏氏家族，消亡殆盡。

　　為了表示誠摯歉意，曹操替劉協選定新皇后——曹節。痛失伏皇后的劉協，不得不迎娶凶手曹操的女兒，內心怎樣，不得而知，但至少表面做得很到位。從建安二十年（西元215年）曹節被立為皇后，至青龍二年（西元234年）原漢獻帝劉協以山陽公身分逝世，其間整整二十年，也算是夫唱婦隨，夫妻倆在民間留下諸如一起救死扶傷、興辦教育等眾多美好傳說。

　　肩負曹氏家族重任的曹節，不得不嫁給遲早被廢的傀儡皇帝，內心怎樣，不得而知，但至少表面做得很到位。黃初元年（西元220年），曹魏代漢的日子終於來臨，面對魏王曹丕派來討要玉璽的使者，大漢群臣已經沒人阻攔，唯有曹節勇於怒斥一番，然後把玉璽扔在地上，帶著哭腔詛咒道：「老天不會保佑你們！」

　　一語成讖，僅僅過去四十年，曾經強悍的曹魏帝國，陷入垂死掙扎。甘露五年（西元260年）五月，曹魏皇帝被司馬昭的部屬當眾殺死。至此「司馬昭之心，路人皆知」，司馬氏取代曹魏勢不可當。天下人都知道的事，曹節肯定也知道，但不曉得這位詛咒曹魏帝國的大漢末代皇后是什麼心情？很可能是巧了，原漢獻帝皇后、山陽公夫人曹節，恰在次月，溘然長逝。

第五章　天下三分

　　曹操子孫被司馬家族羞辱，正如曹操對漢室子孫的羞辱。建安二十年（西元 215 年）冬，曹操率領大軍攻占漢中，隨即回朝，準備進行登頂計畫的第四步 —— 稱王。建安二十一年（西元 216 年），過完祥和喜慶的春節，天子劉協一刻不敢停歇，主動推進封王流程，下了數次情真意切的詔書，表示無論如何也要封曹操為魏王。儘管曹操推辭的態度一次比一次堅決，但抵不上劉協的命令一次比一次強硬。曹操實在拗不過熱情執著的天子，只好「勉為其難」地接受魏王的冊封。

　　天欲使其滅亡，必先使其瘋狂。建安二十二年（西元 217 年）夏，劉協把使用天子專用旌旗的待遇贈給曹操。當年冬，劉協又把只有天子有資格享受的「王冕十有二旒，乘金根車，駕六馬，設五時副車」的至高待遇，也送給曹操。

　　有時候，歷史輪迴還挺快。當魏王曹操戴著十二串玉石的王冠，坐著天子車駕，享受著天子所有待遇時，不知道他有沒有想起二十八年前的某個人，就是那個讓行奮武將軍曹操深惡痛絕的國賊 —— 董卓。

　　至尊寶座觸手可及！登頂流程只差最後一步。然四百年大漢，還有忠臣 —— 少府耿紀等人挺身而出。耿紀可能是小人物，但他的先祖是東漢開國功臣、雲臺二十八將第四位，被譽稱「有志者事竟成」的建威大將軍耿弇。

　　成與不成看天命，祖宗的「有志」不能丟。耿紀連繫了幾位仍忠於漢室的大臣，趁正月十五開放宵禁，帶領千餘家奴軍火燒丞相長史營，試圖拿下重兵守衛的許都。這是一場注定要失敗的逆襲，這是一場注定失敗也要有的逆襲，即便螳臂當車，也必須擋一下。沒有意外，耿紀等人戰敗殉國。隨著殺聲漸息、火光漸滅，徹夜未眠的天子劉協，無言兩行淚 —— 復興漢室的希望，又一次無情破滅。

　　明知不可為而為的失敗，最讓勝利者惱火。《山陽公載記》記載，曹

操氣急敗壞地下令召漢朝百官來鄴城，聲色俱厲地咆哮道：「大火燒營，誰去救火了，誰又沒救火？救火的站左邊，沒救火的站右邊。」大臣們以為救火無罪，基本都站在左邊。沒料到，曹操說，跑出來救火是趁亂助賊，全部咔嚓嚓。

黃泉路上，猜想站左邊的大臣追悔莫及：早知道站右邊好了！其實不盡然，曹操可以說，救火是對的，不救火是包藏禍心。只要盛怒的曹操想殺人，看哪邊站得多，就說哪邊錯，跟左右沒關係。如同不想提拔你，你怎麼做都不行：你勤奮，說你沒學歷；你有學歷，說你不勤奮；又勤奮又有學歷，說你資歷還不夠；又勤奮又有學歷，資歷也熬夠了，說你年齡偏大了。

總之吧，世間之事，有時候沒什麼道理講。

主要看命吧。

第十五節　如此而已

曹丕的命，不錯。

建安二十二年（西元 217 年）冬，曹丕成為魏王世子。

若按正常順序，輪不到非嫡非長的曹丕。可惜兩個嫡子命不好，嫡次子曹沖體弱多病，沒成年便夭折；嫡長子曹昂倒是身強力壯，也成年了，但在宛城之戰英勇陣亡。即便如此，如果正妻丁夫人願意再收養曹操的其他兒子，那麼曹丕年齡雖長卻仍不是嫡子。

形勢向著有利於曹丕的方向不斷發展——心灰意冷的丁夫人與曹操一拍兩散，卞氏隨後主持家庭工作，年齡最長的曹丕，排到家族事業繼承

第五章　天下三分

人的第一順位。以前曹丕既是老三又是庶子，雖沒機會繼承家族事業，但也沒什麼憂愁，養好身體坐等老爸或哥哥改朝換代，很可能混成閒散小王爺。可如今莫說曹丕有想法，就是沒想法，身後的弟弟們也會逼他有想法。

衝擊對手不容易，守住排名更困難，曹丕精神壓力很大。同母所生的曹彰、曹植，要武有武，要文有文，能力都很強。除了兩個親兄弟外，環夫人還生下一個更厲害的，被譽為「神童」的曹沖。史書記載：「少聰察岐嶷，生五六歲，智意所及，有若成人之智。」意思是說，曹沖從小敏於觀察、十分聰慧，五六歲的智力心思，不輸成人。

有一次，孫權給曹操送來一頭大象，曹操詢問部下，誰知道這個肥頭大耳的傢伙有多重？能人不願出風頭，庸才確實沒辦法，曹沖小朋友剛好化解冷場：「我知道！先把大象放船上，在船體水痕淹到處刻下記號，然後讓大象上岸，把秤量物品放到船上至記號處，就能算出來。」這麼聰明，有乃父之風，曹操樂不可支。

難能可貴的是，曹沖不是智商高的小聰明，而是解人性的大智慧。一次，曹操放在倉庫裡的馬鞍被老鼠啃壞，看守倉庫的吏役怕自首也不能免罪，急得滿頭大汗，向曹沖求助。心地善良的曹沖安慰道：「這事不難辦，你三天後再去自首，可以避禍。」

當日，曹沖拿刀戳穿單衣，宛如老鼠咬過，愁眉苦臉地在曹操眼前晃來晃去。曹操不解地問：「寶貝兒子怎麼了？」曹沖哭喪著臉嘟囔：「民間風俗說，老鼠咬衣服，主人會不吉利。我的衣服被咬，所以很擔心。」曹操哈哈大笑，心說再聰明也終究是孩子，寬慰道：「迷信，絕對迷信，不要為此事苦惱。」

三天後，吏役來找曹操自首，彙報老鼠咬壞了馬鞍。曹操頓時覺悟，原來在這裡等著我呢。曹操笑道：「我家沖兒在身邊的衣服尚且被咬壞，

第十五節　如此而已

更何況掛在柱子上的馬鞍。沒事，你退下吧。」諸如此類的事情，曹沖辦妥不少，不僅得到大家尊敬，也贏得曹操寵愛，在繼承家族事業的競爭中，曹沖一馬當先。

然而，天嫉英才。建安十三年（西元208年），年僅13歲的曹沖突染重疾，生命垂危。曹操真急，親自向天請命！不過，上天沒把在人間呼風喚雨的曹丞相放在眼裡，執意帶走曹沖。痛失愛子的曹操，哭得傷心欲絕。曹丕作為長子，壯著膽上前試圖寬解，直接捱了曹操劈頭蓋臉的喝斥：「沖兒的死，是我的不幸，卻是你們的幸事！」十多年後，曹丕篡漢稱帝，在眾多朝臣面前坦言：「如果長兄曹昂在，天下肯定是他的。即便曹沖在，我也不會成為天子。」

逝者已逝，生者如斯。日子得繼續過，繼承人得接著選。曹操把目光聚焦到卞夫人所生的三個兒子──曹丕、曹彰、曹植。面對三選一，曹操如何作答？嗯……曹操還沒選，兩個候選人先搶著淘汰掉自己了。

第一個自我淘汰的是曹彰。其實曹彰很出色，善於射箭、精於劍術、膂力過人，還曾抓過老虎尾巴、捏過大象鼻子，甚至徒手可與猛獸搏鬥。曹彰不光逞勇鬥狠在行，領軍出征也是好手，每次都凱旋。但是曹彰存在巨大短板──不愛讀書。

「晝攜壯士破堅陣，夜接詞人賦華屋」的曹操很著急，經常開導曹彰：「打仗和讀書，兩者相輔相成、缺一不可。」曹操開出書單，指示要讀《詩經》、《尚書》等。曹彰當面不敢頂撞，背地裡卻說：「大丈夫當效仿衛青、霍去病，率十萬之眾在沙漠馳騁、驅逐戎狄、建功立業，讀哪門子書！」

後來，在家庭聚會上，曹操問兒子們的愛好和志向，曹彰抖動著英武的黃鬍鬚，依舊堅定地說：「好為將。」曹操心說：我的黃鬚兒，沒長進啊！苦口婆心跟你小子說的讀書事呢？曹操不動聲色地追問：「當將軍要怎樣？」曹彰答：「披堅甲握利器，身先士卒，有功必賞，有罪必罰。」看著

第五章　天下三分

一臉嚴肅認真的曹彰，曹操無奈大笑，心說：行行行，那你就當將軍吧。

第二個自我淘汰的是曹植。曹植特別喜歡讀書，十幾歲能誦讀《詩經》、《論語》等諸子百家及先秦兩漢辭賦幾十萬言。文學天賦極高的曹植，隨便寫寫就甩曹丕等兄弟幾十里地。曹操都不免心生疑慮：「植兒，你說實話，你寫的美文，是請人代筆吧？」曹植一聽這話，很不高興地霸氣跪下答：「兒子出口是論，下筆成文，您若不信，現在出題考我。我用找人代筆嗎？」曹操不怒反笑。

建安十五年（西元 210 年），鄴城代表性工程──銅雀臺──落成，曹操攜名流雅士以及兒子們登臺作賦。曹丕和其他文人墨客正在醞釀情緒、構思詞語，只見曹植一揮而就，驚得曹操「甚異之」。雖說老爹喜歡可能是主觀偏愛，但後世很多大文豪，也都對曹植給出很高評價。

最誇張的是晉宋時期的山水詩人謝靈運所說：「天下才有一石，曹子建獨得八斗。」但「才高八斗」的曹植存在巨大短板──很聰明卻沒智慧。更要命的是，曹植的重要謀士楊修也如此，兩個很聰明卻沒智慧的人湊一起，只能是加倍聰明反被聰明誤。

若單論智商，楊修絕對線上。《世說新語》記載，有人送給曹操一杯乳酪，曹操吃了點，在杯蓋上寫下「合」字，隨即給在場下屬傳看。眾人似乎都猜不出含義，只有楊修忍不住吃了一口，得意揚揚地說：「曹公叫每人吃一口。」（「合」字拆開為「人一口」。）

又一次，曹操視察修建中的相府大門，讓人在門上寫下「活」字，便轉身離開。楊修見到後，立刻對施工負責人說：「拆了重建吧。」可能是擔心大家不明白，楊修忍不住又炫耀解釋道：「門裡加『活』是『闊』字，魏王嫌門大了。」

還有一次，楊修陪曹操路過曹娥碑，看見碑的背面寫著「黃絹幼婦，外孫齏臼」八個字。曹操問楊修：「你知道什麼意思嗎？」楊修還是忍不住

第十五節　如此而已

地表示，已經猜出。曹操走出三十里路，終於明白其中含義，不禁對楊修感嘆道：「我的才力趕不上你。」

出身東漢名門世家又才思敏捷的楊修，本來深得曹操賞識，出仕便擔任丞相主簿，前途一片光明。可惜人紅難免是非多，曹丕、曹植爭相拉攏，搞得楊修迷失自我，硬是摻和進曹家的立嫡之爭。摻和已經不對，關鍵還沒摻和對，楊修不僅選擇支持看似得寵的曹植，還選擇自以為很擅長，但實際很坑人的幫忙方式——猜曹操心思。

幫助曹植「猜猜猜」之前，楊修自個兒就這樣。一次，楊修要外出，行前猜想曹操會派人詢問有關對外事務，便預先寫好幾封信札，囑咐家童說：「如果曹操有令到來，按我給你的信札依次回覆。」不出楊修所料，曹操派人來問，而且是對外事務，家童趕緊按布置進行回覆。可惜百密一疏，楊修沒交代要把控回覆速度，結果每次回覆速度都很快，導致曹操起疑心調查，了解到真實情況。

楊修在本職工作上耍寶就算了，居然不知死活地為曹植故技重演。楊修經常利用職務之便，揣測曹操關注的時政要聞，並寫好各種應對答案給曹植，而且又沒交代把控回覆速度。結果曹操每次考問兒子時，曹植從來都不假裝想一下，嗖嗖背出答案。幾次下來，聰明又智慧的曹操再次察覺出不對，於是不斷追問，終於把曹植問倒了。

楊修押題太準，上難題吧！曹操讓曹丕和曹植分別出鄴城的一門，但又密令這兩個門的守衛不得放行。趕上狡詐老爸的倒楣哥倆，都在城門處遇到堅決阻止！曹丕理論半天沒辦法，只好氣鼓鼓地返回。得到楊修預先指點的曹植，根本不廢話，宣稱受王命，直接斬殺守衛，順利出城。很顯然，曹植的做法，是曹操內心正解。但很遺憾，這件事又被曹操發現是楊修的主意！

後來，儘管曹植還犯下擅自開啟司馬門，以及酩酊大醉不能領兵出征等諸多錯誤，但實際從有組織、有預謀的猜測曹操心思，就已經淘汰出

第五章　天下三分

局。才華橫溢的天之驕子曹植，從「幾為太子者數矣」到無所事事的「籠中雀」，一落千丈！終此一生！

即便十多年後，哥哥曹丕去世，姪子曹叡登基，曹植也不得翻身。哪怕曹植卑躬屈膝地獻上〈求自試表〉，懇求給他一次領兵作戰的機會，就算是「身分蜀境，首懸吳闕」（身體在蜀國被砍成兩半，首級懸掛在吳國宮殿），也在所不惜！然而，最該爭取機會的時候，沒有把握住，事後想靠乞求憐憫獲得機會，這又怎麼可能？

比起不自覺的曹植，楊修對人生未來有著清醒的認識。楊修知道由於自己「洩漏言教」，帶垮曹植的同時，自己一隻腳也踏進了鬼門關。不過，大才子楊修就是大才子楊修，知道歸知道，嘴巴還是忍不住。沒過多久，楊修的另一隻腳生怕落後，也趕緊邁進來。

漢中之戰時，曹操把某日夜巡號令定為「雞肋」，楊修先生得知後，又按捺不住強烈的表現欲，明目張膽收拾起行李。有人不解，問：「您這是做什麼？」楊修自命不凡地解釋道：「雞肋，棄之可惜，食之無味，好比漢中，我知道魏王要返程了，所以提前收拾東西，免得到時匆忙。」很聰明沒智慧的楊修，似乎答對一切考題，卻提前離開人生考場。

大智若愚的曹丕，穩穩勝出。雖說曹丕在《典論．自序》中吹噓自己六歲會射箭，八歲能騎射，從小愛讀書，長大很博學，堪稱古今第一文武全才。但實際上，曹丕知道自己的斤兩，騎馬射箭比起大破匈奴的曹彰遠不及，舞文弄墨比起才華橫溢的曹植差太多。

曹丕勝出前，也是相當焦慮、絞盡腦汁。為爭取世子之位，曹丕不動聲色地爭取朝廷重臣，打著文藝沙龍的名義拉攏風雅名士，以及竭力討好老爸身邊的各位寵姬。即便如此，曹丕仍是時常心神不寧、寢食難安，為此還專程請教了「算無遺策」的頂級謀士──賈詡。

賈詡智慧深如大海，不想蹚曹家的渾水。但曹丕來問，不能不答，

賈詡只好面無表情地緩緩說道：「願將軍恢崇德度，躬素士之業，朝夕孜孜，不違子道，如此而已。」翻譯過來大致是，請將軍在道德上繼續加強修養，工作上繼續勤勉敬業，不要違背兒子應盡的孝道，做到這些就行。賈詡似乎什麼沒說，卻又道出精髓。至於曹丕能不能理解，看悟性吧。

曹丕雖悟性差點，但演技絕對一流。有一次，曹操即將率軍出征，百官部屬前來送行，曹丕和曹植也在其中。曹植當場吟誦了感情真摯的送別詩，熱烈歌頌曹操的文治武功，炫麗辭章引得在場官員交口稱讚，曹操也深感怡悅。文采遠遜的曹丕傻站在一旁，既尷尬又惶恐，幸好貼身謀士在耳邊給出正確建議：「別愣著了，快哭吧！」

一語驚醒！曹丕頓悟：對啊，賈詡先生也教導過，搞花活不如盡孝道。說時遲，那時快，曹丕根本不需要醞釀感情，滂沱眼淚奔湧而出，邊哭邊跪在地上使勁兒磕頭。曹操以及送行官員動容相向，都沒心思回味曹植的煽情詩句了。

老謀深算的曹操未必不明白，曹丕的淚水是孝道還是權術，不過孝道也好，權術也罷，大魏王國乃至大魏帝國的事業繼承人，不正該如此嗎？魏王世子，定了吧！

當曹操的孩子，真不易。

第十六節　涅槃重生

當曹操的妻子，尤其難。

丈夫成為魏王三年後，兒子立為魏王世子兩年後，卞夫人終於得到王后的名分。

第五章　天下三分

建安二十四年（西元219年），卞夫人整整60歲，陪伴曹操走過整整四十年。追憶光和二年（西元179年），流離失所的卞氏，遇到仕途失意的曹操，二人一見鍾情。年輕的卞氏不曾料到，她嫁給未來天下最有權勢的男人，也從此走上異常艱險的道路。

中平五年（西元188年），曹操去洛陽擔任典軍校尉，把嫡妻丁夫人留在老家，只帶上卞氏同行。得到丈夫獨寵的卞氏沒高興多久，便迎來麻煩事。中平六年（西元189年），曹操因反對董卓廢立皇帝，偷偷返回家鄉招兵買馬，剛剛生下曹彰的卞氏，沒能一起東歸。曹操跑後，董卓火冒三丈，立即發出通緝令。隨後，洛陽城內傳言四起，說曹操已死在路上。

洛陽曹府的兵丁家將覺得沒希望，想趕緊散伙。從小四海飄零、見多識廣的卞氏沒有慌張，語氣堅定地說：「曹君生死不能憑幾句傳言，假如你們因此辭歸鄉里，曹君平安返回，諸位還有面目再見嗎？為避未知之禍，輕率放棄一生名節聲譽，值得嗎？」曹操小妾如此有膽識，眾人很慚愧地安靜下來，表示願意共渡難關。不久後，卞氏利用董卓放鬆管控的機會，及時帶領大家離開洛陽，與大難不死的曹操在襄邑縣重逢。

機會總是留給有準備的人。建安二年（西元197年），曹操亂搞風流，張繡降而復叛，釀成宛城大敗，嫡長子曹昂陣亡。悲痛欲絕的丁夫人不能原諒曹操，執意一刀兩斷。嫡妻位置空出，乾綱獨斷的司空曹操，沒有迎娶世家豪門的千金，也沒有扶正得寵的年輕姬妾，而是看似出乎意料地決定：讓小妾中資歷最深、出身最差的卞氏主持家務。

坐上司空夫人位置，不代表結束，而代表開始。卞夫人很清楚，只要多疑善變的丈夫活著，危險無處不在。《魏晉世語》記載，曹操為殺掉一個性情惡劣但聲音高亢的歌女，不惜挑選一百名歌女培養，當有歌女的歌聲趕超了性情惡劣的歌女時，就立刻下殺手。還有一個寵姬，僅僅因沒有及時叫醒午休的曹操，就慘遭棍棒毒打而亡。前車覆，後車誡，不想稀里

第十六節　涅槃重生

糊塗喪命的卞夫人，必須小心翼翼。

違背常理，也要懂得丈夫的喜好。有一次，曹操得到幾副精美耳環，非常罕見地拿回府，讓卞夫人先挑選。卞夫人深知，曹操素來不喜奢華物品，要求妻妾也相當嚴苛，著裝不能有華麗刺繡，鞋子不允許有兩種色彩，帷帳屏風壞了就補一補，用十年的衣被也不能扔，每年拆洗縫補後接著用。

生性節儉的曹先生，怎麼會突然餽贈妻妾精美耳環？卞夫人是有心人，所以做出了不合常理的選擇，挑了中等等級的耳環。曹操好奇地問：「夫人為什麼這樣選？」卞夫人淡淡答道：「如果選最好的，那是貪婪；如果選最差的，那是虛偽；我選中間的吧。」卞夫人說出的理由，似乎不經意點中了曹操的動機。

即使泯滅天性，也要迎合丈夫的做法。為了取悅曹操，卞夫人始終嚴格執行各項節儉規定，女兒嫁人只用黑色羅帳，跟從奴婢不超過十人；家裡從不薰香，居室家具無彩漆繪畫，顏色均是曹操最認可的素黑。卞夫人對自己更是極端苛刻，服裝無文繡、飾物無珠玉，要多簡樸有多簡樸。

卞氏是女人，沒有女人不愛美，不喜歡五顏六色、花枝招展。但卞氏堅定認為，美與生命相比，生命更重要。《魏晉世語》記載，曹操看到曹植妻子衣裝華美，勃然大怒，說她違反穿著禁令，毫不猶豫地把她賜死。雖說曹植妻子穿著樸素也不會一直平安，可衣著華麗極大地加速了死亡的到來。

即使淡漠親情，也要遵從丈夫的指示。卞夫人的弟弟追隨曹操南征北戰，立下不少功勞，但官職僅是別部司馬，卞夫人忍不住提出異議。曹操說：「他是我小舅子，不能給大官爵。」卞夫人退而求其次：「不能授予相符官職，多賜些財物總可以吧？」曹操還是不同意：「你暗暗給些就好，我公開賞賜不行。」

257

第五章　天下三分

　　領會了丈夫的講話精神，卞夫人立刻轉變，每次接見娘家親戚都不給好臉說：「你們為人處世應當節儉，不要每天想著到我這裡求賞賜。」卞夫人有時還嫌不夠嚴厲，會狠狠地補一句，「如果你們有人犯科禁，我非但不會寬恕，還要對他罪加一等！」

　　即使千般委屈，也要迎合丈夫的心意。卞夫人小心伺候曹操也就罷了，就連原配丁夫人也得伺候好。據各類史料綜合推斷，丁夫人很可能是曹操母親丁氏的宗族晚輩。無論出於對母氏家族的尊重，還是對丁夫人的愧疚，丁夫人在曹操心中的地位，都不曾因廢棄有絲毫降低。而且丁夫人家族樹大根深，不僅與夏侯淵等重臣聯姻，還有不少丁氏子弟在朝為官。

　　無依無靠的卞夫人，即便成為繼室，也遠遠無法匹敵丁夫人及其家族。縱使再不情願，卞夫人也必須跟丁夫人套交情。卞夫人常趁曹操外出征戰，敬贈丁夫人禮物或是邀請她回府敘舊，把正妻位置留給丁夫人，迎來送往與當小妾沒有什麼不同。為了生存，卞夫人必須秀，秀給丁夫人、秀給曹操、秀給天下人看。

　　在如履薄冰中，卞夫人走過三十多年。建安二十二年（西元217年）冬，曹丕被立為魏王世子，一些趨炎附勢之徒向卞夫人道賀：「這麼高興的事，您應該拿錢賞賜大家，慶祝慶祝吧。」卞夫人保持了清醒頭腦，微微一笑：「曹丕是長子，所以立為世子，作為母親只能慶幸教導沒過失，哪裡值得賞賜慶祝？」曹操很快獲悉卞夫人的回答，由衷讚揚道：「憤怒不變容態、喜悅不失禮節，她做到了最難做的事。」

　　延康元年（西元220年），曹操死後的幾個月，不是竄出鳳凰，就是跳出神龍，總之天下一派祥瑞景象。曹丕與妹夫劉協心照不宣，開始了你推我讓的精彩表演。曹丕在「心慄手悼，書不成字」（聽到禪讓，內心在顫抖，手都拿不住筆）的身體不適狀態下，堅持完成了冗長的禮讓儀式，結束了名存實亡的大漢王朝。隨著曹丕稱帝，謹小慎微四十多年的卞氏、

第十六節　涅槃重生

卞夫人、卞王后，終於成為卞太后，母儀天下。但她仍然過不上舒坦日子──因為曹丕精神疾病越來越嚴重。

儘管曹丕大言不慚地誇讚自己，號稱可以做到「仁以接物，恕以及下」（以仁義與人交往，以寬恕對待下屬），但這只是精神病患者沉浸在自我幻想中。實際上，長期處於曹操強大氣場和奪嫡重壓下的曹丕，早已患上深度神經衰弱。

曹丕犯病的第一刀，砍向了愛人。黃初二年（西元221年），曹丕已然不記得十幾年前，在鄴城搶走美貌甄氏的沖天喜悅，如今竟以有怨言為藉口，無情賜死甄氏。曾因婆婆得病，哭得稀里嘩啦的好兒媳甄氏，落得慘死下場，卞太后很可能表達了強烈不滿。

神經病症狀進展神速的曹丕，很快下詔反擊：「夫婦人與政，亂之本也。自今以後，群臣不得奏事太后，後族之家不得當輔政之任，又不得橫受茅土之爵；以此詔傳後世，若有背違，天下共誅之。」不知卞太后看到這樣絕情的詔書，心會有多痛！

曹丕犯病的第二刀，砍向了兄弟。黃初四年（西元223年），曹丕極為少見地拿出兄長風範，熱情邀請來朝覲見的曹彰下棋敘舊，並配上精心準備的毒水果。直腸子的曹彰哪裡曉得，在兄弟情深的幻覺裡，很快出現中毒反應。

卞太后聞訊趕來救兒子。曹丕為防止二弟死而復生，提前讓人把盛水器皿全部打碎。卞太后只能跌跌撞撞地親自到井邊打水，可惜來不及了！曾經大破匈奴、平定北疆的一代名將曹彰，就這樣去了。這正是，匈奴萬千鐵騎，不敵人心險惡。

母儀天下又怎樣！眼瞅著大兒子毒殺二兒子，天下最尊貴的女人，承受著天下最大的痛苦。卞太后氣得渾身發抖，指著曹丕大喝：「你已經殺我的彰兒，不能再殺我的植兒！」曹丕神經質地微笑點頭，因為他打算讓

第五章　天下三分

曹植生不如死。

曹丕頻繁給曹植更換封地，搞得曹植長期在喬遷新居的路上，比流放有過之而無不及。也許，這首詩是偽作：「煮豆持作羹，漉菽以為汁。其在釜下燃，豆在釜中泣。本自同根生，相煎何太急！」但絕對道出了曹植的心聲。

曹丕犯病的第三刀，砍向了叔叔。很早以前，曹洪曾拒絕借錢給曹丕，當上皇帝的曹丕沒忘仇，以曹洪門客犯法的小事由，把曹洪關進死刑大牢。卞太后只好再次親自出馬，指著曹丕盛怒道：「要不是你洪叔當年獻出坐騎，你爹已經在汴水長眠三十多年，還有你什麼事？！」在卞太后的全力保護下，曹丕還是把曹洪免為庶人，並剝奪全部財產。

曹丕犯病的第四刀，居然砍向了恩公後代。當年鮑信為掩護曹操撤退，戰死沙場。曹操出於報恩，竭力提攜和培養鮑信的兒子鮑勳。然而精神病患者曹丕卻不喜歡為人正派、直言進諫的鮑勳，找來「莫須有」的殺頭理由。

恩將仇報，國運不昌！群臣坐不住了，輪番激昂說情，但最終也沒能阻止鮑勳的慘死。舉刀砍向愛人、親人、恩人的曹丕，搞得閻王爺都看不下去：別禍害人間了，收吧！鮑勳死後的第二十天——曹丕駕崩。

到底是自己的骨血。曹丕病危之際，卞太后在慈母之心的驅使下，趕來探望。卞太后不僅見到曹丕最後一面，還意外看到不少老相識——曹操去世時的年輕姬妾。卞太后大驚問：「她們何時來的？」行將就木的曹丕，神經兮兮地得意笑道：「父王過世，我立刻召她們來了。」渾蛋至極！卞太后怒不可遏地大罵：「畜生！畜生！狗鼠都不吃你剩下的東西，你確實該死！」卞太后拂袖而去，連曹丕葬禮都拒絕參加。

隨著曹叡登基稱帝，卞太后更新成卞太皇太后，可仍舊不能享清福。由於曹叡對奶奶比較孝順，導致嬪妃間爭風吃醋的爛事，都跑來跟卞太皇

第十六節　涅槃重生

太后告狀,希望得到老人家支持。《三國志‧後妃傳》記載,曹叡當平原王時,迎娶名門望族的虞氏為王妃。曹叡稱帝後,卻把出身低微的毛氏立為皇后。鬱悶的虞氏找卞太皇太后訴苦,哭得梨花帶雨,說著說著有些小激動,無意間戳中卞太皇太后的最要害:「曹氏從來好立賤人為后!」

經過幾十年的努力,母儀天下的尊貴,彷彿這一瞬,化為烏有!卞太皇太后,無言以對。

四年後,歷經人世滄桑,早已身心俱疲,厭倦了你爭我奪的卞太皇太后,與世長辭。

從歌舞伎出身到母儀天下,卞氏在亂世中完成了最絢麗的人生逆襲。

然而,看上去享受多少榮華,實際就經歷多少浴火。

第五章　天下三分

第六章　千古風流

生命不止，奮鬥不息，成功也好，失敗也罷，人生際遇總有千變萬化。正是有了不認命的成功者和失敗者，人類歷史才能緩緩向前。

第一節　人心叵測

你不吃人，人也吃你。

仁義厚道的益州牧劉璋，被大家盯上了。

建安十六年（西元 211 年），劉璋在益州別駕張松的鼓動下，派出使者法正邀請劉備入川，幫忙征討漢中軍閥張魯。劉璋天真地以為，劉備給陶謙守小沛、替劉表守樊城，表現都不錯，邀請入川沒問題。但此一時，彼一時，當年劉備是寄人籬下，現在劉備有荊州數郡基業，還會再給別人守家護院嗎？

而且，劉璋不知道的是，張松和法正已經把他賣給劉備。當然，劉璋更不可能知道，張松在三年前就想把他賣給曹操。當時曹操不戰而勝占領荊州，大有統一天下的趨勢。劉璋夜觀天象、審時度勢，覺得應該跟曹丞相進一步搞好關係，給未來投降奠定良好的感情基礎。於是，劉璋派遣張鬆緊急出使荊州，給曹丞相送去助戰士卒。

沒料到，兵強馬壯的曹丞相狂得目空一切，非但不以禮相待，還嘲弄張松身材矮小、相貌猥瑣，非常離譜地任命他為越巂郡蘇示縣縣令。張松先生很納悶：自己擔任的益州別駕是副省級，曹丞相怎麼頒發縣級委任

第六章　千古風流

狀？大老遠送兵送糧，卻遭降級處理，什麼邏輯？

張松先生雖身高不濟，但大有志氣，既然曹丞相如此薄情，那就把益州賣給劉備吧。《吳書》記載：「備前見張松，後得法正，皆厚以恩意接納，盡其殷勤之歡。」就是說，求賢若渴的劉備，情緒很穩定，腦子沒有亂，果斷祭出看家本領大擺筵席，拿出珍藏多年的好酒，相繼跟張松、法正喝成哥仨好。一門心思要輔佐明主的張松和法正，激動得不行，一致覺得找對買家了，隨即把益州軍事部署等絕密訊息全盤托出，並相約時機成熟時請劉備接收。

矢志不渝要賣掉益州，實現個人遠大理想的張松和法正，果然沒有食言。在張松的積極勸說下，劉璋與赤壁失利的曹丞相斷絕連繫，轉而與風生水起的荊州牧劉備建立友好關係，並派遣法正三次出使荊州。第一次是溝通感情；第二次是送去幾千名士兵；第三次是盛情邀請劉備入川，幫忙討伐漢中張魯。張松和法正認為：這是天賜良機！劉備借入川發動奇襲，可以輕鬆攻占益州。

劉備何嘗不想，但名不正，言不順啊！幾十年來，劉備屢戰屢敗，卻能敗而不亡、敗而再起，全靠站在道義的大路上。比起搞過血腥屠城的曹操和孫權，劉備的最大籌碼就是「人和」。首席文臣諸葛亮也很躊躇，儘管跨有荊、益是「隆中策」的關鍵步驟，但若以偷襲取勝，肯定仁義盡失。立志效仿聖賢、志存高遠的諸葛亮，連自己都說不服，更別提開解劉備。

仁義能值幾個錢？次席文臣龐統的思想開放，覺得趕緊扔掉道德包袱，輕裝前進吧！不想扛著仁義大旗到處走的龐統，生性灑脫又極有才幹，在荊州乃至江東都很有名氣，號稱「南州士之冠冕」。頂著響亮名頭的龐統，初入仕途便擔任南郡功曹。赤壁之戰後，龐統又成為時任南郡太守周瑜的重要助手。周瑜病逝，龐統親自送喪至東吳，受到眾多江東青年

第一節　人心叵測

才俊的追捧結交。待龐統返回荊州時，孫權已把南郡借給劉備，又換了主公。

《先賢傳》記載：「鄉里舊語，目諸葛孔明為臥龍，龐士元為鳳雛。」熱衷於求賢交友的劉備，應該早就知曉龐統的大名。歷來重視人才的劉備不含糊，迅速提拔龐統為州從事，並以掛職鍛鍊的名義，派到耒陽縣擔任縣令。平心而論，劉備安排得沒問題，畢竟真正重用前，通常要測試一下實際能力，同時刷一下基層職位經歷，這些都很有必要。問題是龐統不屑於基層鍛鍊，對縣裡事務不聞不問，卷宗堆積如山，政績考核倒數第一，慘遭末位淘汰。

「南州士之冠冕」的龐統被免官？不僅諸葛亮力勸劉備重新考查，以聯盟大局為重的魯肅也送來加急信函，極力誇讚龐統有經緯之才，不能拿雞零狗碎的小事做測試，否則跑去投靠曹操，麻煩就大了！經過諸葛亮和魯肅的聯合勸說，劉備與龐統進行了深度交流，不聊不知道，一聊不得了，劉備立刻委以重任，提拔龐統為治中從事。沒過多久，劉備又授予龐統軍師中郎將的要職。

深受器重的龐統先生，必須為主公排憂解難。面對要不要入川偷襲，龐統開導劉備說：「主公！荊州東有孫權，北有曹操，未來發展空間有限。益州戶口百萬、土地肥沃，若能奪取此地，大業可成。我們又有張松、法正為內應，知己知彼，勝算非常大，您有什麼猶豫的？！」

劉備不是猶豫能否成功，而是不想丟失「人和」！劉備把仁義大旗孜孜不倦地扛到知天命的歲數，說扔就扔？太可惜了吧。劉備感慨地說：「這麼多年，我與曹操勢如水火。曹操峻急，我便寬厚；曹操暴虐，我便仁慈；曹操狡詐，我便忠義。每與操反，事乃可成。如果靠裡應外合的偷襲占領益州，失信於天下，那麼我跟曹操還有什麼區別，以後還能行嗎？」

「主公！都什麼年代了，您還抱著仁義大旗不放。凡事不能墨守成

第六章　千古風流

規，隨機應變才好。況且主公明智、劉璋昏庸，明智取代昏庸是人間正道。事後封給劉璋大片土地，誰能說您不仁義？主公要是放棄這次良機，讓曹賊搶先占去益州，那才是對天下蒼生的大不義。」龐統說得振聾發聵，劉備聽得神清氣爽，真心歡喜找到仁義正解。

其實，要益州也要仁義，不是不行，只是辛苦些。劉備完全可以拿劉璋為國賊曹操獻兵贈糧說事，或是把劉璋老爸打造天子車駕等犯上舊事扒出來，扣上十條八條罪狀不成問題，然後名正言順，由江陵逆江而上，出兵討伐。可惜，歷來做人做事大氣磅礡的劉備，這次聽從了龐統的建議，接受張松和法正的邀請，打算先進益州再找劉璋的不是，然後伺機翻臉打仗。劉備以為，這樣既得軍事上的便利，也不會丟失仁義大旗。

很遺憾，劉備記住孟子說的「天時不如地利，地利不如人和」。

忘記孟子還說過「魚與熊掌不可兼得」。

第二節　弱肉強食

妄圖找碴翻臉的劉備，意氣飛揚地來到益州。

仁義厚道的劉璋卻不給他機會，不僅沿途安排各地政府官員熱烈歡迎，

還親率數萬大軍到涪城與劉備友善會師。劉璋對千里迢迢來幫忙剿匪的劉備，肯定致以崇高敬意和衷心感謝。劉備必然也是慷慨陳詞，號稱一定不辱使命。哥兒倆越談越投機，也不管曹操掌控的朝廷能否批准，熱情洋溢地互相封官。劉璋推劉備為行大司馬、領司隸校尉，劉備推劉璋為行鎮西大將軍、領益州牧。

第二節　弱肉強食

　　相見恨晚的劉備與劉璋，三日一小宴、五日一大宴，沒完沒了地吃吃喝喝。人生不過三萬天，轉眼沒了一百多，急於建功立業的龐統、法正很不耐煩，輪番勸說劉備在酒宴上解決劉璋，直接拿下益州。涵養功夫極好的劉備，沉著冷靜地表示：「恩信未著，此不可也。」

　　闖蕩江湖幾十年的劉備，顯然見識更勝一籌。劉備很清楚，劉璋陪吃陪喝這些天，就是因為對他沒有完全放心，必然有所戒備。況且劉璋的兒子在成都坐鎮，支持劉璋父子的益州官員也不少，如果現在殺掉劉璋，能不能速取益州不好說，立刻敗光人設是肯定的。

　　「璋以米二十萬斛，騎千匹，車千乘，繒絮錦帛，以資送劉備。」受到劉璋盛情款待又得到大量軍需物資，劉備哪有臉翻臉？先北上再說吧。劉備帶著龐統、法正、黃忠等文臣武將以及數萬士兵，慢悠悠向漢中出發。說來也巧，劉備大軍來到葭萌關附近，眼看就要跟張魯交鋒，劉備身體突然各種違和，總之沒辦法繼續北上。

　　劉備估計，即便劉璋好脾氣，吃你的、喝你的、拿你的，還不替你辦事，也總該強烈譴責，表示不滿吧？只要劉璋發難問責，翻臉的事情就好辦了。沒想到，仁義厚道的劉璋一點怨言沒有，催都不催，全憑劉備自覺。春去秋來，劉備療養身心快一年，竟沒找到一丁點翻臉機會。

　　所幸世界不太平，劉備總算找到突破口。建安十七年（西元212年），曹操率領四十萬大軍殺向東吳，劉備立刻宣稱，要回荊州幫助二舅哥，並提出結清攻打張魯的出場費。一槍一炮沒放，也不妨礙劉備獅子大開口，聲稱出場費是一萬士兵和眾多輜重。

　　白吃白喝白拿，什麼事都沒做，還有臉索要鉅額報酬？這事擱誰都急了！沒想到，仁義厚道的劉璋依然很淡定，從沒有功勞也有苦勞、沒有苦勞也有疲勞的角度出發，居然撥給劉備四千士兵和所要輜重的一半。

　　劉備確實沒轍了，只好雞蛋裡挑骨頭，以沒有完全滿足要求發飆：「弟

第六章　千古風流

兄們為益州征討強敵，路這麼遠，住這麼差，劉璋有錢不拿出來封賞大家，你們說怎麼辦？！」能怎麼辦？轉身回荊州不幹了，還是就地開搶？

劉備的意思是搶，張松誤以為要走。要說張松的智商，那真沒得挑。《益部耆舊雜記》裡講，張松邊吃喝邊看曹操寫的兵書，居然過目不忘、倒背如流。不過俗話說得好，上天給你開啟一扇窗，必然會給你關上一扇門。

相比智商，張松情商很不理想，心理素質也不夠硬。在成都臥底的張松以為劉備要回荊州，趕緊寫信勸阻，結果保密工作又不到位，讓家兄發現並舉報，擁有逆天智商的腦袋搬了家。張松的暴露，讓劉備找碴兒翻臉的計畫徹底泡湯，只能厚著臉皮，無恥開撕。

面對劉備的凶猛進攻，有人給劉璋出謀劃策：「劉備從荊州帶來的士兵不到萬人，其餘都是裹挾的益州士兵，並未真心歸附。而且劉備孤軍深入，沒有足夠糧草，只要把巴西與梓潼境內的百姓驅趕到內水、涪水以西，然後燒掉莊稼，堅壁清野不出戰，劉備軍支撐不了百天。到時大軍再出擊，一定可以生擒劉備。」聽完這麼歹毒有效的計策，仁義厚道的劉璋連連擺手：「抵抗敵人是為保護百姓，怎能折騰百姓遷徙躲避敵人？！」

劉璋的仁慈，不會感動對手。龐統及時給劉備獻上三條計策：「上策是挑選精兵，晝夜兼行直接奇襲成都，一舉拿下益州；中策是假裝回荊州，邀請白水關的益州守將來送行，就地擒殺，然後穩打穩紮，進兵成都；下策是退到白帝城，與荊州取得連繫，以後再奪取益州。」有太急的上策和過緩的下策做對比，劉備果斷採納中策，乾淨俐落地誘殺掉白水關的益州守將，隨即進軍占據涪城，並擊敗前來圍剿的劉璋大軍。

取得夢幻開局，劉備喜氣洋洋地舉辦慶功酒會，席間醉意濃濃說：「今日暢飲，真是痛快、高興！」酒量很好的龐統沒醉，覺得取之不義的事，內心再得意，也不宜說出來，況且涪城戰役的益州降將也在座！於是乎，

第二節　弱肉強食

龐統突然變身捍衛仁義的戰士，非常嚴肅地對劉備說：「把討伐別國當作快樂，不是仁者之兵。」

劉備有點糊塗了：不是你勸我來益州搞偷襲嗎，現在裝什麼大尾巴狼？劉備大怒道：「以前周武王伐暴虐的商紂，前歌后舞，難道不是仁義之師嗎？你說得非常不好，出去反省！」龐統也不跟醉鬼一般見識，二話不說，起身便走。

龐統剛出宴會廳，劉備立刻反省明白，趕緊又派人把龐統請回。不一會兒，龐統若無其事地回到座位，也不理會劉備，只顧自己大吃大喝。劉備有點尷尬地問：「剛才是誰的過失？」龐統相當不給面子又相當給面子地說：「你我都有過失！」劉備聽後，忍不住開懷大笑。

高興得有點早。《三國志‧龐統傳》記載：「進圍雒縣，統率眾攻城，為流矢所中，卒，時年三十六。」涪城、綿竹等地前仆後繼投降的劉璋軍，居然一反常態，在距成都僅百里的雒城，組織起頑強抵抗，並且把「鳳雛」龐統的年齡，無情定格在風華正茂的36歲。

建安十九年（西元214年）夏，殺紅眼的劉備，終於攻克雒城，與諸葛亮、張飛、趙雲率領的荊州東進兵團，以及在涼州和漢中都混不下去的馬超所部，烏泱泱地會師於成都郊外。儘管成都尚有兵三萬，糧食夠支撐一年，城中大多數官吏和百姓也不想放棄，但仁義厚道的劉璋明白，抵抗徒勞無益，大勢已去。《三國志‧劉璋傳》記載：「遂開城出降，群下莫不流涕。」

史書記載，劉備曾莊重許諾，只要劉璋放棄抵抗，一定「禮其君而安其人」。

當劉備大軍開進成都時，官方府庫被搶掠一空，尋常百姓家也不能倖免。

沃野千里的益州到手，仁義大旗殘破不堪。

第六章　千古風流

第三節　暗流湧動

　　人生痛苦莫過於，原來比我窮，現在比我闊。

　　孫權憋著一肚子悶氣！八年前，劉備比叫化子強不了多少！要不是東吳軍隊在赤壁大戰的神勇表現，劉備早已餵了長江魚。可現如今，劉備像變戲法一樣，弄出雄兵十多萬，跨有荊州和益州的大部分領土。

　　孫權怎能不鬱悶！憑什麼出力最多、貢獻最大，得到最少？赤壁之戰後，周瑜帶領東吳軍隊逆水行舟，硬碰硬曹軍重兵駐守的南郡江陵。劉備卻去撿便宜，乘虛占領長沙、桂陽、武陵、零陵四個郡，然後又花言巧語借走南郡。至此荊州七郡，劉備占據近五個。

　　更窩心的是，盟友變蒙友！孫權曾與劉備友好協商，希望共同西進奪取益州。劉備委婉拒絕：「益州崇山峻嶺，劉璋足以自守。曹賊又蠢蠢欲動，這事再議吧。」孫權不甘心，沒多久又舊事重提，劉備乾脆裝瘋賣傻地說：「你們若執意攻取蜀地，我將披頭散髮、隱遁山林，不能在天下人面前失信。」但劉備信誓旦旦的話音剛落，自己卻舉著助人為樂的旗號，「仗義」入川！

　　上當受騙，火冒三丈。孫權覺得這樣的妹夫，簡直是無勝於有，他立刻派大船至荊州，接回妹妹。以媳婦賭氣回娘家要挾劉備，顯然最沒用。沒過兩年，劉備按計畫成功獨吞益州，孫權氣得再度肝火旺盛，怒不可遏地派出使者，強烈譴責劉備背信棄義的行為，並要求歸還荊州。慷慨豪邁的劉備當即表示：「請轉告前二舅哥，消消氣，有事好商量，等我占領涼州，一定歸還荊州。」

　　多次上當受騙的孫權，再也不相信劉備的承諾。等不了！連本帶息，一個子不能少——孫權決定放「鷹」！這隻「鷹」不簡單，儘管沒有前任

第三節　暗流湧動

鷹派領袖周瑜的深厚家世，但出身寒微的他，從不放棄努力，經過堅持不懈的奮鬥，終於成長為文武全才的東吳名將，《三國志》稱讚其有「國士之量」。

下坡容易，上坡難。多少人站在坡下，便已認命，但他沒有——迎難而上！他為出人頭地，十五六歲便偷偷混入姐夫的部隊，參加作戰、謀求立功。打仗不是鬧著玩，小舅子有個閃失，回家沒法交代。他姐夫反覆勸阻都沒用，只好告知他母親。他不等母親責問，搶先解釋道：「母親！貧賤日子難以生活，我想建功立業謀富貴。正所謂『不入虎穴，焉得虎子』！」他母親內心五味雜陳，既然兒子有志氣要翻身，那就由他去吧。

翻身路上，滿是荊棘。他從軍年紀小，不免要挨老兵欺負。火暴脾氣的他，不肯三番五次受辱，揮刀直接殺掉嘴欠的老兵。這可壞了！還沒殺敵立功，先殺戰友犯罪，他姐夫連忙託人跟孫策說情，希望從寬發落。

沒想到，愛好逞勇鬥狠的孫策，本著「生者為大」的實用主義原則，不僅沒有追究罪責，還對他非常欣賞、特別關照。幾年後，他姐夫去世，他順勢接替別部司馬的職位。眼看窮小子剛有人樣，罩他的孫策遇刺身亡。

一朝天子一朝將。孫權接管江東大權，號稱要精兵簡政，淘汰一批沒能力的年輕將領。其實說白了，孫權就是找藉口取締非嫡系部隊，兵員拿去補充嫡系。為保住部隊番號，他靠賒帳搞來軍需物資，趕製出軍服和綁腿，並加緊操練陣法。當孫權檢閱部隊時，他的士兵戎裝整齊、訓練有素，很可能還高喊誓死捍衛孫權領袖的響亮口號。孫權眼前一亮，這傢伙是人才！不但沒有取消部隊番號，反而給他增加兵員，納入嫡系部隊序列。

他的仕途正式開掛，在討伐山越、西征劉表、抗擊曹操等戰鬥中屢立戰功，從都尉到中郎將，再到偏將軍，逐漸成為孫權的心腹愛將。孫權有意繼續栽培他，曾語重心長地說：「你以後要注意文化修養，不求成為儒

第六章　千古風流

家學者，但要粗略閱讀，增長見識。不要藉口工作忙，你再忙有我忙？我還常常讀書呢。」從此，他開始發憤讀書，日積月累中，漸漸不輸儒生。

士別三日，當刮目相看。主持東吳荊襄軍務的魯肅，途經他的防區，聽說這個大老粗手不釋卷，心生好奇來拜訪。有文化有見識的他，不僅給魯肅詳細分析了荊州各種複雜關係，還一口氣獻出五條對付關羽的計策。魯肅興奮地離席起身，拍著他的後背讚嘆：「行啊，沒想到你這麼有長進。今日之你，不是昨日之你。」

起點高低會影響人生成就，但歸根結柢取決打拚過程——東吳名將呂蒙，完美詮釋了這個亙古不變的道理。建安二十年（西元 215 年），文武兼備、厚積薄發的呂蒙大展身手，率領兩萬士兵，一舉攻取劉備集團的長沙、零陵、桂陽三個郡。

對比之下，劉備集團的荊州主帥關羽，表現得有失水準，楞是讓魯肅所部阻攔在益陽，眼睜睜看著三郡易手。關羽這才醒悟，東吳不好惹，呂蒙不好惹，就連在邊境摩擦中，屢屢息事寧人的魯肅，原來也不好惹！很快，魯肅用實際行動表明，不是不好惹，而是很不好惹——「肅邀羽相見，各駐兵馬百步上，但請將軍單刀俱會。」

魯肅這些年很委屈，為聯盟大計的各種忍讓，換來的卻是關羽先生變本加厲的輕視。一肚子氣的魯肅率先發難：「當年你們途窮道盡，要不是東吳大軍擊退曹操，又借給你們荊州土地，你們早就灰飛煙滅。現在你們奪取益州，也該歸還荊州土地了！若不願歸還南郡，我們也有拿長沙、零陵、桂陽三郡替代的方案。你們都不同意，到底想怎麼樣？」

關羽毫不客氣地反駁：「當年在烏林打敗曹軍，左將軍（指劉備）同樣出力很多，燒掉曹軍不少戰船，還差點在華容道截住曹賊，怎麼不能擁有荊州土地？」

魯肅當然不同意：「你騙誰也騙不了我，長坂坡慘敗是我親眼所見。

當時豫州（指劉備）缺兵少糧，無路可走，是我家主公同情豫州沒有棲身之地，才割愛借荊州（大抵主要指南郡）。現在豫州已得益州，仍不歸還荊州，這種行為連凡夫俗子都做不出來，何況是有頭面的領袖人物！」

關羽紅著臉沒吭聲，確實有點理虧。赤壁之戰是孫劉各出一半力，荊州的五個多郡（曹操控制的南陽郡、江夏郡北部和南郡北部）也該對半分，可如今孫權只有江夏郡的南部以及很少部分的長沙郡。

談不攏，只能打！劉備率領士氣正盛的五萬精銳大軍馳援荊州！眼看孫劉兩家即將血拼荊襄，曹軍主力突然現身漢中！擔心益州有失的劉備猶豫了，占便宜的孫權也想見好就收。於是，孫劉雙方在曹操的隔空調解下，各退一步，以湘水為界，東邊的長沙郡、桂陽郡、江夏郡歸孫權，西邊的零陵郡、武陵郡、南郡歸劉備。

簽署和平協定的劉備趕赴漢中。

簽署和平協定的孫權奔向淮南。

金戈鐵馬，戰鼓雷鳴。

第四節　馬革裹屍

膨脹了，絕對膨脹了。

剛奪取荊州兩個郡，又打起合肥的主意。

孫權會算帳——合肥的曹軍只有七千，東吳軍隊可以集結十萬。人超多打人超少，絕對穩操勝券！不僅要上，還要親自上。可惜孫權算清士兵多寡，沒算清將領強弱，忽略合肥城裡有曹軍第一戰將——張遼。

寶劍鋒從磨礪出。張遼出生於東漢帝國北部邊陲的并州雁門郡，自幼

第六章　千古風流

經歷頻繁戰亂，練就一身過硬的戰場本領。起初，張遼武運不太好，先後跟隨有勇無謀的丁原、優柔寡斷的何進、殘暴妖孽的董卓、輕狡反覆的呂布，一直顛沛奔波。

直到張遼遇到曹操，人生豁然開朗，從此開啟常勝模式，馳騁中原、戰無不克。尤其是白狼山大戰，張遼在曹軍「左右皆懼」的情況下，信心百倍地請纓出戰，帶領曹軍各部以氣吞山河的大無畏氣勢，奮勇搏殺，一舉擊敗人多勢眾的烏桓騎兵，烏桓首領蹋頓也為張遼所部斬殺。

好漢不提當年勇，還是抓緊時間想想，怎麼七千打十萬吧。合肥城的張遼、樂進、李典三位守將不敢耽擱，趕緊開啟曹丞相的錦囊妙計。原來，曹操在率領主力部隊出征漢中前，已料到孫權不會安分守己，特意留下一封密函，指示「賊至乃發」。既然曹丞相料敵在先，就必然有撒豆成兵的曠世奇計，三位將軍滿懷希望地拆開，結果只有一句：「若孫權至，張、李兩位將軍出戰，樂將軍守城。」

七千人守城都不夠，還要出城作戰？樂進表示：「將在外，君命有所不受，堅守待援吧。」張遼的理解能力更勝一籌，領會到計策真諦：「丞相的意思，是要趁東吳軍隊立足未穩，出其不意先發制人，滅掉敵人銳氣，才可以長久堅守。」樂進向來看不起降將張遼，當場激烈反對。好在李典比較識大體，覺得張遼說得有沒有理先放一邊，丞相的指示精神必須貫徹。二比一，通過。

事不宜遲！次日清晨，張遼身披鎧甲、手持戰戟，帶著精心挑選並且飽餐一頓的八百勇士，突然向東吳軍隊發起奇襲！孫權望見數百曹軍衝擊數萬東吳大軍，咧著嘴開懷大笑──絕對活膩了！沒高興太久，孫權發現不對勁了，張遼及八百勇士的戰鬥力爆表，東吳士兵稀裡嘩啦地躺下一片又一片。戰不多時，張遼率領的敢死隊，漸漸逼近孫權所在的中軍。

好漢不吃眼前虧，快躲！孫權看見不遠處有座可能是墓地的小土丘，

第四節　馬革裹屍

顧不上吉利與否，趕緊爬上去。東吳數千中軍將士也算訓練有素，及時重新列陣，圍著小土丘設定十幾圈防禦陣地。張遼率隊殺到，厲聲大喝：「雁門張遼在此，孫權小兒敢否下丘與我一戰！」

一般遇到這種情況，有涵養的人都選擇鬥智不鬥勇。張遼知道孫權肯定有涵養，所以不再廢話，趁東吳軍隊尚未合圍，隨即反身左衝右突。闖出重圍的張遼轉身一望，發現還有部分弟兄被圍，毫不猶豫又撥馬殺回，幾進幾出，直到救出所有曹軍。這一戰，張遼從清晨殺到中午，血染征鞍、震天動地，直殺得吳軍人人為之奪氣。

士氣受挫的東吳軍隊，果然萎靡不振、攻城乏力，不久軍中又暴發疫病。孫權感覺這次出征點太背，便藉口大家生病不宜再戰，下令撤軍。孫權決定撤退很英明，但選擇斷後太愚蠢。要說孫權行軍打仗的水準，恐怕還不如劉備，不學劉備撤退時的奮勇在前，硬要學曹操的神武斷後——孫權帶著號稱「車下虎士」的一千多精銳士兵，走在全軍最後。

想來隨便來，想走可不是隨便走。張遼率領士氣正盛的曹軍步騎從城中殺出，直撲東吳殿後部隊。由於孫權親自壓陣，「車下虎士」把吃奶勁兒都使出來，拚命抵抗。孫權也不，一邊指揮撤退，一邊騎馬回射，幾乎箭無虛發，曹軍一時不能迫近。

這還得了！張遼召集親衛隊發起不要命的猛攻，「車下虎士」再也抵擋不住，紛紛轉身逃跑。當孫權帶著「車下虎士」狼狼退到逍遙津渡口，才發現曹軍不僅勇猛，還很狡猾奸詐——津橋中間的一丈多橋板，讓曹軍提前拆走了！打也打不過，跑也跑不掉，孫權一聲長嘆，莫非今日要魂斷此地？

天下英雄誰敵手？！孫權寶刀出鞘，掉轉馬頭大喝：「張遼，孤跟你拼了！」孫權剛要爺們兒，身邊侍衛及時拉住說：「主公穩住，與其跟張遼血拼，不如試試跳斷橋吧。」孫權算了算一丈多的距離，瞅了瞅橋下湍急的河水，感覺這方案很不可靠。可孫權又看了看岸邊死傷慘重的「車下虎

第六章　千古風流

士」，忽然覺得跳斷橋還是很可靠的。

事已至此，願父兄在天保佑吧！孫權回馬數丈，再催馬疾馳向前，馬踏斷橋缺口的一瞬間，又狠狠加上一鞭子。孫權的戰馬也不傻，不想掉到河裡餵魚，拚盡全力一躍而起。剎那間，孫權的心跳彷彿停止，岸邊的殺聲不覺入耳，直到飛馬落在橋南，滿頭大汗的孫權才醒過神來。孫權很幸運，但橋北奮戰的「車下虎士」幾乎全軍覆沒，真是前所未有的慘敗。

《建康實錄》記載：「權既免，至大軍，垂泣齧指出血，以為終身之戒。」建安二十年（西元 215 年）的合肥大戰，張遼不僅打得孫權哭著咬破手指警醒自己，也讓曹軍各將心服口服，成為當之無愧的第一戰將。不久，曹操親臨合肥，特地前往逍遙津等戰場視察，不禁讚嘆良久，必須火速提拔——「太祖大壯遼，拜征東將軍。」

幾年後，曹丕上位掌權，對張遼更是尊寵日盛。拿張遼生病來說，猶如國家大事，曹丕破格按照三公待遇，派遣侍中帶太醫問診，並學習老爸曹操對待郭嘉生病的做法，頻繁下令通報病情，問完病情回去彙報的使者，在路上總能遇到要去問詢的使者。即便如此，曹丕仍嫌關心不夠，乾脆把張遼接到自己的行營。曹丕親臨張遼病榻，溫言問候、賜給御衣，指示要按御膳標準供應伙食。

愛屋及烏，曹丕對張遼家人也是倍加恩寵，給張遼母親修建別墅、賞賜輿車，封張遼哥哥為侯爵，並派遣曹軍儀仗隊送張遼家人，到張遼駐軍所在地。事先沿途張貼告示、廣泛宣傳，要求張遼所督諸軍將士在道路兩側拜迎。

放眼曹魏軍界，將領家屬能到軍營以示榮耀，極是罕見。文武雙全的張遼明白，自己得到曹氏父子的崇高禮遇，表面是表彰他以往的功績，實際是要他繼續拚命。為了家族及子孫後代的榮光，張遼只要一息尚存，就必須奮戰到底，迎接注定馬革裹屍的歸宿。

當身患重病的張遼最後一次出現在淮南戰場時候，孫權心有餘悸地告誡東吳各將：「張遼雖病，仍然勇不可當，你們一定要小心！」孫權先生的提示準確到位，張遼臨終前再次大勝東吳軍隊，威名響徹江東，甚至東吳老百姓嚇唬孩子，都要請他幫忙 ──「江東小兒啼，恐之曰：『遼來，遼來！』無不止矣。」

這正是，自古用兵，未之有也。

第五節　必有漢川

孫權止步淮南，劉備遙望關中。

取得定軍山大捷的劉備，感慨萬千、壯志凌雲，靜待與老對手曹操的重逢。

堅韌不拔的曹操來了，但到得很遲。建安二十三年（西元218年）秋，曹操已經率大軍抵達長安，卻始終按兵不動。直到次年一月，曹軍漢中主帥夏侯淵陣亡，曹操才揮師南下。曹操不是不知道前線戰況激烈，也不是不惦念好哥們兒夏侯淵的安危，只是心有餘而力不足。

在親征漢中前，曹操釋出了一條頗有深意的命令：「古代喪葬，一定要用貧瘠土地。我把西門豹祠以西的高原劃為墓地，不要培土加高，也不要種樹。」仗還沒打，先安排身後事，曹操也許意識到，自己大限將至，要與曹魏事業、鄴城、銅雀臺永別了。

撇開身體欠佳的原因，曹操很可能還認為，劉備打不下漢中。曹軍漢中主帥是「虎步關右，所向無前」的夏侯淵，又有張郃、徐晃等百戰名將相輔。而且，曹操率軍到達長安時，劉備大軍正受阻於陽平關，繞道偷襲

277

第六章　千古風流

漢中的偏師也被打得滿地找牙。曹軍形勢一片大好，誰能料到急轉直下。

踹不開門，改爬牆。劉備放棄硬碰硬陽平關，轉而率大軍翻山越嶺，出其不意地從定軍山脈冒出頭。夏侯淵趕緊調整部署，帶領張郃等部前來爭奪。占據有利地形的劉備不慌不忙，玩起聲東擊西，先是猛攻張郃，待吸引夏侯淵分兵去救，隨即集中精銳，突襲夏侯淵，一舉奠定勝局。

「吾故知玄德不辦有此，必為人所教也。」曹操了解老對手劉備有幾把軍事刷子，覺得漢中之戰必然另有隱情。的確如曹操所料，劉備有高參支著，就是《三國志》評價為「著見成敗，有奇畫策算」的法正。自從足智多謀的龐統不幸陣亡，足智多謀的法正便脫穎而出，力壓同樣足智多謀的首席文臣諸葛亮，成為劉備身邊不可或缺的參謀長。

都是足智多謀，法正為什麼更受劉備信賴？也許正如曹操指出：「我收奸雄略盡，獨不得正邪！」就是說，曹操認為法正是奸雄。在某些特定時期，奸雄比英雄好使，奸雄沒有道德框框約束，辦起事來思路開闊多變、方法隨意多樣，效果自然好。

拿劉備娶媳婦來說，法正發揮了諸葛亮發揮不出的作用。話說劉備為鞏固統治，想與益州實權派聯姻。經過一番篩選，名門望族出身的吳氏進入候選名單，但劉備覺得吳氏是劉璋已故兄長的妻子，娶同族寡婦有違禮法。

通古知今的奸雄法正，不以為然地說：「春秋五霸之一的晉文公娶過姪子的妻子，您和劉璋兄長的關係遠了去，根本不算事。」在法正胡攪蠻纏的論證下，劉備順利破除心理障礙，完成新主子和舊權貴的政治聯姻。

如何對待名士許靖，法正又獻出不拘常理的妙計。話說劉備圍困成都時，古稀之年的許靖，想早日更弦易轍，企圖越城投降。可惜許老先生腿腳不太俐落，被巡邏士兵抓個現行。劉備對背主都背不俐落的許靖，著實看不起。

第五節　必有漢川

　　通古知今的奸雄法正，繼續不以為然地說：「許靖徒有虛名，但主公正是開創大業之際，不妨效仿古代燕昭王厚待郭隗的做法，也厚待許靖，彰顯您是尊重名士的賢君。」劉備連連點頭，頓時發現廢柴許靖的重要性，馬上任命許靖為左將軍長史。

　　所以，有了足智多謀又不拘原則的高參法正，軍事才能日漸增長的劉備如虎添翼，進占益州、攻取漢中，連戰連捷。難怪劉備站在定軍山上，終於霸氣十足地坦言：「曹公雖來，無能為也，我必有漢川矣。」

　　既然來，誰也不想空手歸。曹操對漢中並不陌生，四年前他曾親率大軍收服盤踞此地多年的軍閥張魯。不過，當時曹丞相惦記推進登頂步驟，沒有趁勢南下進攻益州，而是選擇凱旋。如果從統一天下的角度來看，曹操似乎喪失絕佳機會；但如果從曹氏家族代漢而立的角度來看，曹操無疑做出英明決斷。曹操不是不想得隴望蜀，而是魚與熊掌不可兼得。

　　時也、運也、命也，曹操回想起整整二十年前，許都司空府的亭榭內，那個哆囉哆嗦拾筷子的劉備，如今神采飛揚地站在定軍山上，俯視漢中，瞭望長安，心繫中原，恐怕真要由衷讚嘆一句：「今天下英雄，唯使君與操耳。」

　　英雄對英雄最崇高的敬意，就是用盡全力擊敗對方。據險而守的劉備，宛若隱匿在暗處的眼鏡蛇，一旦瞅準機會，就強力出擊！當獲悉曹軍糧草運到漢中前線時，在定軍山斬殺夏侯淵的黃忠將軍，再次披掛上陣、勇猛出擊，劫營燒糧！

　　由於黃忠在約定時間內沒返回，負責接應的趙雲立即啟動應急預案，帶領數十騎前往高地檢視情況。趙雲還沒來得及登高遠眺，便撞上曹軍大隊人馬。這些年輕曹軍，不知遇見誰！只覺眼前的劉備軍人少，隨即展開狂攻。想當年，趙雲單槍匹馬抱孩子都能在曹軍虎豹騎中自由出入，現在身邊多出幾十個幫手，對付這些普通曹軍更不用說。

第六章　千古風流

必須把長坂英雄的光輝形象，在曹軍中代代相傳！趙雲帶領幾十騎一次次猛突曹軍陣列，殺得曹軍人仰馬翻。在一次突擊中，趙雲的部將受傷被圍，趙雲立刻馳馬殺回曹軍陣中，直到救出受傷部將，這才下令徐徐向營寨退去。

曹軍壯著膽子，跟到趙雲部隊營寨。只見營門大開，營內無聲無息，唯有趙雲跨馬橫槍守在門口微笑致意。曹軍此時已被趙雲反覆突擊搞得心跳加速，又懷疑營內有伏兵，全都拖拖拉拉，不敢前進。

正在曹軍士兵胡思亂猜、心神不定時，趙雲突然長槍指天，營內登時擂鼓震天，埋伏的弓弩手萬箭齊發！果然有伏兵！驚駭萬分的曹軍顧不上數誰人多，掉頭就跑，自相踐踏、潰不成軍，墜入漢水淹死者不計其數。次日，劉備來到戰場巡視，看到橫屍遍野的曹軍，不由讚嘆道：「子龍一身都是膽也！」

趙雲還是那個趙雲，曹操已不是那個曹操，儘管依舊豪邁——「烈士暮年，壯心不已」，但情懷只能是情懷。在漢中會戰中，損兵折將、糧草不繼，身體又每況愈下，65歲的曹操不得不承認，漢川丟了，好哥們兒夏侯淵的仇也報不成了。《三國志・武帝紀》黯然記下：「夏五月，引軍還長安。」

曹操無奈撤退，劉備高歌猛進。

第六節　天下有變

風水輪流轉。

劉備軍又攻下漢中以東的上庸、房陵、西城三郡，聲勢更振。

建安二十四年（西元219年）初秋，攻無不克、戰無不勝的劉備，在

第六節　天下有變

諸葛亮、關羽、張飛、法正等一百二十多位大臣聯名請願的「巨大壓力」下，不得已「勉為其難」地戴上漢中王的王冠。

三十多年，彈指之間。跌倒爬起來，再跌倒再爬起來的劉備，總算看到了「復興漢室」的希望。按照「隆中策」規劃，只待「天下有變」，派一位上將統率荊州士卒進軍宛城、洛陽，劉備親率益州兵馬出秦川占領關中，就能實現驚天大逆轉。然而，在大好形勢下，腦袋讓王冠壓得有些昏沉的劉備，犯下策略性錯誤，走出與「隆中策」不和諧的步伐──「是歲，羽率眾攻曹仁於樊。」

很顯然，最希望帶領荊州軍團北伐的是關羽。鑒於諸葛亮、張飛、趙雲、法正、黃忠等人屢立功勳，好面子的關羽先生肯定很著急，請戰申請如雪片般飛向益州。年近花甲的漢中王劉備也想加速，在有生之年完成「復興漢室」的夙願，於是決定變被動為主動，不等「天下有變」，而是創造「天下有變」！關羽如果順利攻取襄樊地區，不就是「天下有變」嘛！

沒有「天下有變」，也沒有從益州和荊州兩路進軍，諸葛亮難道沒表態反對？也許，根本輪不到諸葛亮決策。《三國志·先主傳》記載：「先主復領益州牧，諸葛亮為股肱，法正為謀主。」就是說，雖然諸葛亮仍是劉備集團不可或缺的首席文臣，但法正已成為劉備的最重要的謀士。坐鎮成都負責後勤保障的諸葛亮，先不論會不會反對荊州軍團獨自北伐，恐怕能不能第一時間知道，都是問題！

為時兩年多的漢中之戰，一直是法正陪在劉備身邊。法正運用奇謀策劃，不僅幫助劉備奪取漢中，還透過有膽有識的表忠心，與劉備建立起生死交情。某次戰鬥中，劉備軍形勢不利，但劉備大怒不肯撤軍，嚇得眾人不敢進諫。法正也不廢話，直接迎著曹軍如雨下的箭矢，擋在劉備身前。劉備急忙喊道：「孝直（法正）避箭啊！」法正一臉不在乎地說：「明公都冒箭雨、飛石，何況小人我？」劉備感動得一塌糊塗，主動妥協道：「老弟，

第六章　千古風流

我們一起撤。」

　　忠心耿耿、屢立大功的法正，得到「火箭式」提拔，成為尚書令、護軍將軍，一時風頭正盛。據《資治通鑑》講，法正得勢猖狂、睚眥必報，擅自殺死有私仇的數人。法正作為《蜀科》（治理蜀漢的法律）的五位制定者之一，竟然帶頭作奸犯科，影響十分惡劣，很多人希望諸葛亮伸張正義，向劉備舉報法正的不軌行徑。

　　此時，法正深受劉備寵信，連「魚水情」的諸葛亮都自忖難以爭鋒。知道告狀也沒用，諸葛亮只能無奈地說：「主公在荊州時，北邊畏懼曹操的強大，東邊害怕孫權的威脅，於內擔心孫夫人生事。自從法正輔佐以後，主公才猶如有飛翔翅膀，不再受制於人。這種情況下，如何能禁止法正，不許他稍稍違法亂紀呢？」

　　東晉著名史學家習鑿齒評價諸葛亮：「可謂能用刑矣，自秦、漢以來未之有也。」以執法鐵面無私著稱的諸葛亮，若非無能為力，又怎會公然容忍違法亂紀！諸葛亮很務實，若能繩之以法，就一定不會放過；但若不能繩之以法，向來不去辦，因為他吸取了先祖的慘痛教訓。《漢書》記載，諸葛亮的先祖諸葛豐，由於為人正派，堅持彈劾貪官汙吏，漸漸失去皇帝寵信，免官貶為庶人，落得老死家中的淒涼下場。

　　若想堅守道義，就必須先學會不堅守道義，諸葛亮不得不隱忍不發、等待時機。所以，當關羽申請攻取襄陽、樊城，得到劉備和法正的支持時，諸葛亮又能說什麼？只能與劉備和法正保持一致。於是，與「隆中策」規劃不協調的襄樊會戰拉開序幕！

　　剛剛丟失漢中，襄樊又出問題，曹操急忙率大軍趕往洛陽坐鎮，並派名將于禁統領七路曹軍馳援！號稱曹軍「五子良將」之一的于禁，無論是濮陽血拼呂布，還是官渡力敵袁紹，幾乎未遇敵手。就在于禁將軍以為功勞簿又要厚實時，突然感覺情況不太妙。

第六節　天下有變

　　襄樊會戰的上半場，關羽先生的運氣好到爆炸！按理來說，即便關羽的荊州大軍拚盡全力，也至多與實力雄厚的曹軍打成平手。可沒承想，下雨了，還是好大的雨，大到連《後漢書》都有記錄：「漢水溢流，害民人。」

　　百姓深受水患痛苦，關羽發現天賜良機！由於樊城北部地勢低窪，駐紮於此的曹軍七路援兵，都被突如其來的洪水所擾，步騎無從發力，幾乎喪失戰鬥力。關羽的荊州軍團，非但沒受影響，還及時利用地利優勢進行兵種切換，棄戰馬乘大船，威風凜凜地圍攻只有少量應急小船，並被洪水分割圍困的曹軍，史稱：「禁所督七軍皆沒。」

　　千軍易得，一將難求。身處絕境的樊城守將曹仁，在援兵盡沒的情況下，沒有輕言放棄！曹仁跟隨曹操在己吾起兵討伐董卓，至今整整三十年，什麼大風大浪沒見過，什麼刀山火海沒經歷過！如今是像于禁一樣，舉手投降、身敗名裂，還是戰死沙場、千古留名？這還用選嗎！《三國志・曹仁傳》記下熱血沸騰的一句：「仁激厲將士，示以必死，將士感之皆無二。」

　　如果關羽的運氣再好一點點，曹仁以及樊城數千守軍的必死心願，可能就真的實現了。可惜老天爺偏偏緩口氣，洪水距淹沒城牆只差幾尺──雨停天晴。哪怕再多下一天或半天，歷史很可能為之改變。

　　下不下雨都能贏，少不少幾尺無所謂。自以為戰神附體的關羽先生滿不在乎，率領水軍把襄陽、樊城重重包圍，箭如雨下的同時，掀起鋪天蓋地的宣傳攻勢：曹軍的弟兄們，趕緊投降吧，現在船上還有座，再晚就沒地方啦。

　　曹操委任的荊州刺史、南鄉太守，以及許都以南群盜紛紛響應，搶著隨波逐流。與此同時，魏王國首府鄴城也受到襄樊戰局影響，爆發了以荊州籍人士為主的反曹叛亂。甚至連英明一世的曹操，都開始恍惚，是不是要遷都？

　　《三國志・關羽傳》寫下霸氣十足的五個字：「羽威震華夏。」

第六章　千古風流

第七節　窮途末路

《古今刀劍錄》留下無比感傷的七個字：「羽惜刀，投之水中。」

寒風凜冽！無路可走！刮骨療傷都神情自若的關羽將軍，落寞地坐在漳河岸邊，懷抱用聞名天下的都山鐵鍛造成的寶刀，仔細端詳刀上的銘文——萬人敵。

良久不語，百感交集！誰都沒想到，襄樊會戰的下半場，風雲突變！心高氣傲的關羽不得不承認，自己痛失好局，輸得乾乾淨淨、徹徹底底，再無翻身機會。呵呵，萬人敵？關羽將軍用盡力氣，把寶刀投進漳河水，濺起人生的最後一朵浪花。

悽慘敗亡，多因傲慢驕狂。萬軍之中取猛將顏良首級的關羽先生，肯定有本事，所以歷來很張揚，而且一視同仁，有時連劉備的感受都不顧。長坂坡大敗時，關羽埋怨劉備道：「要是當年聽我的，在許都圍獵時殺掉曹賊，今天會這麼窘迫嗎？」

劉備說，若是殺掉曹賊，肯定玉石俱焚，今日倒不會窘迫，因為都沒有今天！劉備頗不客氣地反擊回去：「當刺客與曹賊同歸於盡，不明智。堂堂正正擊敗曹賊，才最好。」所幸劉備能鎮住關羽，總算沒鬧出大事。可自從關羽坐鎮荊州獨當一面，終於一發不可收拾，走上狂妄自大的滅絕之路。

建安十九年（西元 214 年），威震西涼的猛將馬超歸順劉備。儘管馬超與關羽素不相識，又隔著千山萬水，但抵不上關羽閒得發慌，大老遠竟產生醋意，寫信給諸葛亮求證馬超勇武可與誰比。關羽作為荊州軍政「一把手」，來信不彙報工作，卻如小孩一樣鬥氣！

無奈歸無奈，諸葛亮考慮到關羽跟劉備的親密關係，以及目前重要的職位職責，必須得哄關羽開心，趕緊回信表示：「馬超將軍文武兼備、雄

第七節　窮途末路

烈過人，堪稱一世之傑，與張飛將軍並駕齊驅，但還不及美髯公的絕倫逸群。」收到書信的關羽，捋著漂亮長鬍鬚偷樂還不夠，逢人便拿出信函顯擺。

關羽對威名赫赫的馬超還算客氣，只要自己排名在前就行，過分的在後面。建安二十四年（西元219年），劉備晉升漢中王，拜關羽為前將軍、馬超為左將軍、張飛為右將軍、黃忠為後將軍。結果落選的趙雲沒意見，排在第一的關羽發飆道：「大丈夫終不與老兵同列！」

也不知道關羽將軍能拿出什麼戰績，憑什麼看不起黃忠？定軍山上，黃忠手持血色寶刀，一日內手刃百餘曹兵，並擊殺曹軍名將夏侯淵。關羽呢？建安五年（西元200年），守衛下邳，暢快淋漓地投降曹操；建安二十年（西元215年），鎮守荊州，看著呂蒙軍隊輕取長沙、桂陽和零陵三郡，毫無辦法。

負責來荊州宣布任命決定的特使，直到搬出劉備指示精神彈壓，才算讓關羽勉強接受排名第一的前將軍。到頭了吧？沒有呢，更過分的在後面。建安二十四年（西元219年）秋，在狂風暴雨的幫助下，關羽終於抖起來，水淹七軍、大殺四方，俘虜數萬曹軍。由於驟然多出幾萬張要吃飯的嘴，關羽居然盯上東吳的湘關糧倉，招呼也不打，直接劫掠乾淨。

本來東吳鴿派代表魯肅在建安二十二年（西元217年）病逝後，鷹派代表呂蒙就一直慫恿孫權再接再厲，從劉備手中多走剩下的荊州領土。雖然孫權確實也想，但站位比較高，不願率先破壞同盟約定。孫權有涵養，一直憋著沒動手，耐心等待一個正大光明的理由。這下可好，關羽把絕好的藉口送上門。

到頭了吧？沒有呢！更過分的還在後面！關羽先生搶走盟友的糧食，非但沒有一點不好意思，竟然發表諸多不滿。《典略》記載，關羽聲色俱厲地訓斥東吳使者，指責東吳軍隊遲遲不來配合荊州大軍，完全是給臉不

第六章　千古風流

要臉，號稱等打下樊城騰出手，一定要給孫權小兒好看！關羽一而再，再而三地羞辱東吳，甚至是孫權本人，的確讓人忍無可忍，使得孫權不惜冒著孫劉攜手走向滅亡的可能，也要殺掉關羽！

其實，如果關羽運用合理的外交策略，孫權不一定選擇跟曹操聯手。對東吳來說，荊州很重要，合肥同樣關鍵，孫權可以趁關羽牽制曹軍主力於襄樊之機，順勢北擊，搶占偌大的淮南！或者靜觀曹劉兩敗俱傷，再伺機而動，也不失為一種佳選。

然而，孫權為什麼要冒著與關羽主力火併的風險，替曹操積極解圍；孫權又為什麼在已占領荊州的情況下，仍然布下天羅地網，執意擒殺關羽，非要把事情做絕？因為關羽擊穿人類情商底線，讓孫權別無選擇，也不想選擇別的。

「偽手書以謝羽，許以自往。」孫權在下狠手前，上演影帝級的演技。孫權在糧食被搶、使者被罵、自己受侮辱的情況下，仍然繼續忍耐，回信給關羽時，惶恐又謙卑地表示：一定積極改正錯誤，親率大軍給關將軍助陣。

當面賠笑臉，轉身緊捯飭。孫權很清楚，一旦殺掉關羽、奪取荊州，就會遭到劉備的瘋狂反撲。為避免兩線作戰，孫權先向曹操大表忠心，號稱願意為朝廷效力、討伐關羽。襄樊會戰處於下風的曹操，巴不得聯合孫權揍關羽，立刻達成友好共識，並把駐守合肥的曹軍主力調往荊襄附近，以實際行動表示一起揍關羽的誠意。

受到曹孫夾擊的關羽，儘管形勢危急，但不一定失敗。因為曹操不打算與孫權真聯手，不僅讓從合肥調來的大部分曹軍按兵不動，還把孫權要偷襲荊州的消息洩漏給關羽。然而，關羽不相信曹軍送來的真消息，依然堅信東吳名將呂蒙在賦閒養病，不僅喪失最後的撤兵良機，還把荊州部隊繼續調到襄樊前線。

第七節　窮途末路

　　具有諷刺意味的是，恰在此時，宣稱休病假的呂蒙正帶領東吳大軍，晝夜兼程殺向南郡。呂蒙把精銳士兵隱藏在大船內，讓老弱士兵裝扮成商人坐在船上，成功騙過關羽的沿江哨所，對公安、江陵發動閃電奇襲。

　　即便老巢被抄，也不一定完敗。關羽率領的數萬士兵，家眷多在南郡，聽到家人落入敵手、生死不明，無不摩拳擦掌要跟東吳軍隊拚個魚死網破。可惜關羽情商不線上，居然頻繁與呂蒙進行外交斡旋。如此一來，呂蒙正好藉機把東吳軍隊在南郡的傑出表現，不斷傳遞到關羽的部隊中。

　　相比之下，呂蒙情商很線上，奇襲控制南郡後，非但沒有縱兵燒殺搶掠，還高調處死違法亂紀的親兵，嚴令不得拿百姓一針一線。呂蒙又組織成立各種志願服務隊，對年邁老者噓寒問暖，送醫送藥給染疾患者，對有困難百姓送錢送糧。所以，當關羽士兵得知家人比以前過得還好時，那還打什麼打，數萬大軍一鬨而散。

　　忽而大勝，轉而大敗，稀里糊塗地只剩十餘騎，曾在萬軍之中取猛將顏良首級的關羽將軍，陷入絕境。以關羽的情商，恐怕很難想明白，到底發生了什麼，為什麼江陵、公安的守將不戰而降？關羽應該意識不到，他在擊穿情商底線的同時，還擊破道德底線。

　　在襄樊會戰時，關羽要求南郡太守糜芳等人供應軍需物資。可能任務指標太高，糜芳等人沒按時完成，於是關羽派人從前線捎回暴怒口信：「等我大勝回去，一定懲罰你們。」擁有假節鉞權力的關羽，可以不經請示就斬殺地方大員，使糜芳等人不寒而慄。

　　糜芳大概想不通，關羽怎麼有臉這麼對他？二十三年前，建安元年（西元 196 年），劉備軍隊接連慘敗、傷兵滿營、山窮水盡，是糜家送來數不清的金銀物資，又送來兩千家丁充實部隊。你關羽難道不是吃了我們糜家的糧食，才苟活下來的嗎？當年我們把自個家底都掏空，如今怎會不盡力供應物資呢？糜芳很生氣，後果很嚴重──呂蒙率領東吳大軍出現在

第六章　千古風流

江陵城下，糜芳高高興興地拿出牛肉和美酒，痛快投降。

糜芳不是狗熊。從興平二年（西元195年）開始，他便認準劉備，跟定劉備。糜芳放棄徐州超級土豪的優越生活，拒絕曹操授予的彭城國相，追隨一無所有的劉備顛沛流離、九死一生、無怨無悔。糜芳既不缺錢花，也不缺官做，更不貪生怕死！

糜芳不是狗熊。他要是留戀富貴，在家待著就是！糜芳要是貪圖權勢，曹操早就虛位以待！糜芳要是貪生怕死，更不會跟著劉備到處跑路十多年！但古語有云：「士為知己者死」，徐州名士糜芳可以死，但絕不會為看不起自己的人、忘恩負義的人去死。

舉城而降的糜芳，也許對不起很多人，卻唯獨不包括關羽。

驕狂至極，必然滅亡。

關羽，身首異處。

第八節　亦正亦邪

建安二十五年（西元220年）春，洛陽。

孫權的使者到了，敬贈送來關羽頭顱的同時，帶來一封熱情洋溢又言辭謙卑的信函給曹操。孫權在信中肉麻地恭維道：「魏王您太威武了，東吳願意稱臣聽從您的英明，希望您趕緊稱帝，取代氣數已盡的漢室吧。」

剛剛艱難保住襄樊、平息鄴城叛亂，焦頭爛額的曹操哪有心思和條件稱帝。曹操隨手把信展示出來，以輕鬆愉悅的嘲諷口吻說：「你們看看，孫權小兒是想把我放在火爐上烤啊。」曹操身邊的文臣武將，都忍俊不禁。

第八節　亦正亦邪

平心而論，曹操從來不是刻板嚴肅的無聊老闆。儘管曹操鐵血掌軍三十餘年，但一直沒有放棄文藝的心。曹操白天研究兵法軍策，晚上思考經史傳記，登高必吟詩作賦，新詩用音樂演奏，都成為朗朗上口的名曲。

多才多藝的曹操，還喜歡書法，擅長打獵，會下圍棋，對美食和養生也頗有研究。《四時食制》中，曹操娓娓道來十幾種魚的用途、味道及吃法；《九醞酒法》中，曹操詳細介紹了家鄉美酒的釀造方法及創新想法；在養生方面，曹操常常邀請或寫信給知名方士，探討仙丹配方，甚至不惜嘗試以毒攻毒，吃野葛和飲鴆酒（均有毒性）。

史書記載，生活中的曹操很有文藝氣質，愛穿輕紗衣服，隨身攜帶放有手帕等細小物品的革制囊袋，經常通宵達旦與歌舞藝人沉浸在音樂殿堂。有時，曹操還會戴著絲織便帽會客，肆無忌憚與賓客開玩笑，蹦出諸如「世有人愛假子（繼子）如孤者乎？」的雷人話，或者大笑著一頭紮進桌上的杯盤，搞得湯湯水水沾滿頭巾。

曹操的玩笑不止如此，甚至可以坦率到親密無間。《太平御覽》講，曹操的好友丁沖得過精神疾病，雖然後來治癒，但曹操再也不敢與他徹夜長談。曹操既坦誠又戲謔地對丁沖說：「不留你在我家過夜了，萬一你半夜忽然發病，拿刀砍我怎麼辦？我會怕的。」曹操說完，兩人相視大笑。

即便處理政務，曹操也會時不時幽默一把。比如商議裁撤西曹還是東曹時，很多人表示：「依舊制，西曹為上，東曹為次，應撤銷東曹。」曹操心如明鏡，執掌東曹的官員清正廉潔，是有人想藉機整他。曹操也不挑明，笑著說：「太陽出於東方，月亮明於西方，凡人說到方位，都是先說東方，為什麼要撤東曹？」於是，裁撤西曹。

據《世說新語》宣稱，哪怕正式的外交場合，曹操也難掩娛樂精神。大概是匈奴使者第一次來訪，曹操居然突發奇想，以自己長得太醜，接待外賓有損國家形象為由，換了個儀表非凡的大臣冒充魏王，曹操則化身帶

第六章 千古風流

刀侍衛，站在一邊旁觀看戲。

　　如果你覺得曹操是喜歡開玩笑的老闆，那你就錯了。有些人被曹操的幽默可愛迷惑，興致勃勃地去開玩笑，大多死路一條。即便官渡之戰立下大功，與曹操有三十年交情的許攸，也不例外。建安九年（西元204年），曹操攻破鄴城，組織多場慶功會。許攸自恃獻計火燒烏巢的功勞最高，每次喝沒喝多都直呼曹操小名：「阿瞞，沒有我，你能有今天嗎？」曹操內心厭惡，表面卻嬉笑無常：「子遠兄，你說得太對了！」沉浸在哥兒倆好幻想中的許攸，一次出鄴城東門，又對身邊人得意忘形：「姓曹的要是沒我，進不得這個門。」愛吹牛的許攸終於被收押，臨死前不知明白沒，曹操的輕佻搞笑只是表象，心狠手辣才是真的。

　　如果你覺得曹操是冷酷無情的老闆，那你就錯了。曹操懂得感恩，對於並肩戰鬥、血染沙場的衛茲、鮑信、典韋等兄弟的子孫，極力厚待；對於賞識提攜過他的喬玄、何顒等名士，更是心存感激。甚至恩人作奸犯科，歷來執法如山的曹操，都能付之一笑。曾在戰場上救過曹操的典軍校尉丁斐很貪財，私自把家中病牛跟官家壯牛對換，東窗事發被免職關押。曹操趕忙去探監，開玩笑問：「文侯（丁斐的字），你的印綬在哪裡？」丁斐回以玩笑：「拿去換餅了。」曹操哈哈大笑，轉頭對陪同官員說：「很多人向我投訴丁斐，要我治他重罪。我也知道丁斐為官不清，但他有本事嘛，算了吧。」丁斐很快官復原職。

　　如果你覺得曹操是重感情的好老闆，那你就錯了。在曹操身邊工作很危險，稍有不慎，腦袋搬家。比如，曹操為威懾潛在刺客，高調宣稱睡覺時會不自知殺人。沒幾天，曹操假裝睡覺，故意把被子踹到地上。侍從擔心曹操受涼，輕輕走上前，準備給他蓋被子。曹操突然一躍而起，拔刀殺死侍從，隨即倒頭又睡，醒來表示一無所知，哭得那叫一個傷心欲絕。又如，曹操軍中缺糧，私下問糧官：「你看怎麼辦？」糧官說：「可以用小斗

第八節　亦正亦邪

量米給士兵。」曹操內心不悅，表面卻說：「好辦法！」沒多久，士兵發現小斗量米，都抱怨曹操欺騙大家。曹操招來糧官說：「你出的主意，你負責吧。」曹操斬殺糧官，平息了眾怒。

如果你覺得曹操是酷虐變詐的壞老闆，那你就錯了。曹操很多時候，既講法度又充滿溫情。有一次，曹操徵調百姓錐冰，不少百姓害怕徭役逃跑。曹操很生氣，下令不接受逃役者投降。不久後，逃跑的部分百姓回來自首，曹操開誠布公地說：「不殺你們是違背命令，殺死你們又是殺自首的人。你們跑吧，別讓我的官吏抓到。」又如，曹操的屬下袁渙去世，下令賞賜穀物兩千斛，一份叫「以太倉谷一千斛賜與郎中令家」，另一份叫「用垣下谷一千斛送給膻卿家」。很多人不明白，為什麼分兩份，搞這麼複雜？曹操深情解釋道：「用太倉谷，是依據官法慰問去世員工；用垣下谷，因為他是我的親密朋友。」

如果你覺得曹操是有理可講的通達老闆，那你就錯了。曹操得勢，大開殺戒、肆意報復。比如，曹操對不肯痛快給自己好評的名士許劭，一直耿耿於懷。《抱樸子外篇・自敘》記載：「魏武帝深亦疾之，欲取其（許劭）首，爾乃奔波亡走。」又如，曹操占領荊州後，派人前往交州，不遠千里去追殺輕視過自己的名士袁忠；另一位曾對曹操不敬的名士桓邵，即便在庭院中跪求寬恕，曹操也不為所動：「你跪下謝罪就能免死嗎？」晚年曹操殺戮更甚，冀州名士崔琰、老友婁圭都因言語可能不太友好，丟掉性命。還有年少聰明的周不疑，沒同意跟曹操女兒的婚事，曹操便以智商太高有隱患為由，將他送去地府。

如果你覺得曹操是嗜殺成性的惡棍老闆，那你就錯了。曹操非常愛惜人才，曾先後三次頒布求才令，號稱唯才是舉。大才子陳琳在〈為袁紹檄豫州〉文中，對曹家祖孫三代進行很不禮貌的「問候」。曹操俘虜陳琳後，只是輕描淡寫地責問一句：「陳大才子，你數落我就行了，怎麼還罵我的

第六章　千古風流

爺爺和老爸？」陳琳尷尬表示：「當時袁紹發俸祿，讓我罵誰，我就得罵誰，沒辦法的事。」曹操哈哈大笑，非但沒有追究，還任命陳琳為司空軍師祭酒。還有大才子阮瑀，也很不給曹操面子，多次拒絕做官邀請，甚至逃進深山躲起來。求才心切的曹操不達目的誓不罷休，命人放火燒山（猜想以燻為主），終於逼得阮瑀答應出山相助。

　　如果你覺得曹操是愛才沒邊際的糊塗老闆，那你一如既往地錯了。即便是曠世奇才的神醫華佗，曹操拼上頭風痛不治的風險，也要幹掉他。話說華佗替曹操治病，離家好久，有些想家。於是華佗以收到家書為由，請假回去。到家後，華佗謊稱妻子生病，多次請求延長假期。曹操頭痛得要命，三番五次寫信讓華佗回來，又下令讓郡縣徵發遣送。但華佗仗著會治曹操頭風痛，繼續編造各種理由，就是不上路。曹操只好無奈下令：「如果華夫人真病了，就賜小豆四千升，繼續放寬假期；如果是欺騙，就立刻逮捕華佗。」 結果可想而知，華佗認罪，身死獄中。儘管曹操讓中醫事業蒙受巨大損失，但忍著頭風痛，先讓華佗替妻子看病，可以了。

　　如果你覺得曹操是愛才有原則的睿智老闆，那你就錯到底了。面對漢末大才女蔡文姬，曹操執法必嚴、違法必究的原則蕩然無存！建安十二年（西元 207 年）年底，曹操不惜花費重金，贖回被南匈奴擄走十餘年的蔡文姬，並親自為其安排婚事。不過沒多久，蔡文姬便給曹操出了一道難題──為營救犯死罪的丈夫，蔡文姬披頭散髮光著腳，來到曹操組織的酒宴上磕頭求情。曹操為難地說：「判決文書已發出，我想改主意，也來不及了。」蔡文姬哀痛流淚道：「明公馬廄，好馬成千上萬；明公麾下，勇士數不勝數，有什麼事情不能挽救？」曹操這樣的男人，就怕女人誇，尤其還是才女。曹操性情一下上來了，立刻放棄法律底線，派人快馬加鞭，追回判決文書。

　　不只蔡文姬！面對袁紹外甥的近親屬高柔，曹操清除異己、斬草除根

第八節　亦正亦邪

的政治原則蕩然無存！曹操本想找個正大光明的殺人藉口，便派高柔擔任審案的刺奸令史。正所謂「常走山路必遇虎」，天天判案能不出錯嗎？出錯立刻法辦！曹操想法很高明，高柔做法更智慧，任你七八個心思、十幾個手段，我就悶頭努力工作。高柔對每一個案子都盡心竭力，每天忙到深夜，有時累得抱著卷宗都能睡著。這一幕剛好讓夜裡突擊抽查詢磕兒的曹操看到，深受觸動。曹操輕輕解下自己的裘皮大衣，慢慢替高柔披上，躡手躡腳離開。曹操的人類情感又一次壓倒政治理智。然而四十多年後，位列三公之一的高柔，還是站在曹氏家族的對立面。

曹操啊，曹操！運籌帷幄，高瞻遠矚，東征西討，克定中原，有申不害、商鞅的治國之方，有韓信、白起的奇謀妙策，還能克制感情、不計私怨，始終總攬朝政大權，完成建國大業，確實是非凡人物，超絕一世的豪傑！《三國志》毫不吝嗇華美的詞彙，對曹操的能力進行充分肯定。然而，曹操之所以沒能完成統一天下的終極目標，不僅因為當世有劉備、孫氏父子等蓋世英豪的頑強阻擊，後世有司馬氏家族、高柔等罕見雄傑的驚天逆轉，更有自己不經意的幾次致命失誤。

逆境中屢屢沉著冷靜、上演奇蹟的曹操，順境中卻常常驕傲自滿、痛失良機。

初平四年（西元 193 年），如果曹操不殺邊讓、不屠殺徐州百姓，那麼歷時一年多才平息的兗州叛亂，猜想不會發生。建安二年（西元 197 年），如果曹操能夠善待不戰而降的張繡，也不至於宛城大敗，平定彈丸之地的南陽多耗費數年。建安四年（西元 199 年），如果曹操能夠冷靜聽取程昱、郭嘉的建議，殺掉或者永久軟禁劉備，也不至於龍歸大海、遺患無窮。

建安十三年（西元 208 年），如果曹操能繼續忍耐碎嘴的孔融，也不至於讓頂級智囊團在赤壁之戰集體沉默，與一統天下擦身而過；如果曹操能夠堅持周公吐哺的胸懷，也不至於讓自告奮勇做內應的張松轉身去找劉

第六章　千古風流

備，喪失進入益州的絕佳機會。東晉著名史學家習鑿齒感嘆道：「昔齊桓一矜其功而叛者九國，曹操暫自驕伐而天下三分。」

譬如朝露，去日苦多！為夢想奮鬥四十多年的曹操，最終沒能實現〈對酒〉詩中勾勒的太平盛世景象：君王賢良英明，宰相及輔政大臣都是忠良，百姓糧食豐收，國家沒有戰爭；人人守禮謙讓、路不拾遺，沒有訴訟糾紛，連監獄都空蕩蕩，每個人可以長壽而終。

無言兩行淚，冉冉老已至。預感時日無多的曹操，派人修繕了洛陽北部尉的府衙。整整四十五年前，風華正茂的曹操出任洛陽北部尉，邁出人生仕途第一步。如今位極人臣卻已兩鬢斑白的曹操重遊故地，凝視著懸掛在府衙大門兩旁的全新五色大棒，萬千滋味湧上心頭。

與如日中天的閹黨決裂！與不可一世的董卓翻臉！與驍勇善戰的呂布廝殺！與兵強馬壯的袁紹爭雄！與死而不僵的漢室博弈！與百折不撓的劉備纏鬥！曹操選了最難的路，做了最累的事，取得了最大的成績，卻收穫了最複雜的身後評價。

英雄無悔！曹操一生波瀾壯闊，即將到達終點時，卻沒有豪言壯語，出奇平靜地絮絮叨叨：「半夜裡，我覺得有點不舒服，天明吃粥出了汗，服下當歸湯。我在軍中實行依法辦事是對的，至於小發怒和大過失，不應當學。天下還沒安定，不能遵守古代喪葬制度。我有頭痛病，很早戴起頭巾。我死後，穿的禮服要像活著時穿的一樣，別忘了。文武百官應當來殿中哭吊的，只要哭十五聲。安葬以後，大家便脫掉喪服。各地將士都不要離開駐地，官吏們要恪守職責。入殮時穿生前所穿的衣服，埋葬在鄴城西面的山岡，跟西門豹的祠堂靠近，不要用金玉珍寶陪葬。我的婢妾和歌舞藝人都很勤勞辛苦，把她們安置在銅雀臺，好好對待。在銅雀臺的正堂安放一個六尺長的床，掛上靈幔。早晚供上些肉乾、乾飯類的祭物，每月初一、十五兩天，從早至午向著靈帳歌舞。你們要常來登上銅雀臺，看望我

的西陵墓地。我遺下的薰香可分給諸位夫人,不要用香來祭祀。各房的人沒事做,可以學著編織絲帶和做鞋賣。我一生歷次做官所得的綬帶,都放到庫裡。我留下來的衣物,可放到另一個庫裡,不行的話,你們兄弟就分掉。」

曹操長時間緩了緩氣息,拚盡全力指著最小的兒子說:「告訴曹丕,他的小弟命最苦,三歲沒了母親,如今五歲又要沒有父親,多受累照顧吧。」

帶著對生的眷戀,帶著對死的無奈,曹操不知不覺中,停止遺言。

一世英雄,千古柔情。

第九節　霸業成空

天下第一,再無爭議。

即便曹操不死,劉備也這麼認為。

蜀漢章武元年(西元 221 年)五月,在群屬輪番請願下,劉備決心更好地肩負起「興復漢室」的重任,於成都武擔山即皇帝位,年號「章武」。不言而喻,劉備打算效仿漢高祖劉邦、漢光武帝劉秀,使用武功蕩平天下,重新恢復劉氏的法統。

劉備自信可以做到。儘管前半生打了數不清的敗仗,但自從赤壁之戰勝利後,劉備脫胎換骨,輕鬆掃平荊州四郡,分進合擊拿下益州,斬夏侯淵奪取漢中,防守反擊逼退曹操。劉備親率的主力部隊,已經十多年沒打過敗仗。

常勝將軍劉備覺得,憑自己怎麼打怎麼贏的軍事才幹,一統天下,只

第六章　千古風流

是時間問題。本著先易後難的步驟，劉備在收拾曹魏前，打算先把東吳的欠帳討回來。兩年前的襄樊會戰，劉備遠在益州，沒來得及施以援手，幾十年交情的好兄弟關羽戰死，大好荊州淪陷前二舅哥之手。深仇大恨，怎能不報？！

可惜舊恨未了，又添新怨。劉備正在積極推進戰前準備工作時，突然收到張飛軍營的都督送來信函。不是張飛來函，卻是屬下都督！劉備登時心口絞痛，一聲嘆息：「噫！飛死矣。」確如所料，捱過張飛不少鞭子的兩位部將，大概趁張飛醉酒不醒，割下張飛的頭顱，投奔孫權去了。

有錯不改，很要命。劉備對張飛隨意打人又不打死的缺點，不知告誡過多少回：「你喝多就鞭打健兒，這樣很不好。打完還讓他們繼續在左右侍奉，這樣更不好，是取禍之道。」但江山易改，本性難移，盛行放蕩不羈的西鄉侯（封地在涿郡）張飛，始終聽不進去，如今只能遺憾地夢迴故鄉。

張飛沒了、法正和黃忠病逝、馬超身染重疾、魏延要鎮守漢中、趙雲堅決反對、諸葛亮沉默不語的情況下，但劉備還是固執己見，執行原計畫——討伐東吳。劉備認為，曹丕很可能會趁火打劫，到時東吳要麼在夾擊中滅亡，要麼乖乖交出荊州求和，很有希望不戰而屈人之兵；即便曹丕坐山觀虎鬥，也沒關係，只要有無往不勝的自己帶隊，還不是怎麼打怎麼贏？況且呂蒙已在兩年前病逝於孫權的內殿，其餘東吳將領更是不足為懼，無論誰出戰，都是身首異處或者束手就擒。

一切按照劉備的計畫，順利進行。蜀漢章武元年（西元221年）秋，劉備率蜀漢軍隊長驅直入，連克巫縣、秭歸縣等軍事要地，銳不可當。誰能扭轉東吳軍隊節節敗退的頹勢？《三國志》評價能「任才尚計」的孫權，的確非浪得虛名，再次做出英明抉擇，出人意料地破格提拔陸遜為大都督，領五萬東吳軍隊迎戰。

第九節　霸業成空

書生陸遜當主帥？東吳將領炸窩！以文職官員出仕的陸遜，轉入軍界只打過會稽、鄱陽等地山賊，直到建安二十一年（西元216年）才擔任定威校尉；建安二十四年（西元219年），陸遜輔助呂蒙襲取荊州，總算有了些知名度。不過東吳將領一致認為，之所以陸遜成為呂蒙的助手，完全是因為書呆子氣質適合麻痺關羽，說到底是劇情需要，怎麼真讓他當主帥？

撤退！撤退！再撤退！面對御駕親征的梟雄劉備以及來勢洶洶、水陸並進的蜀漢數萬精銳部隊，陸遜完全不抵抗，一路後撤到猇亭、夷道才穩住陣腳。據《吳書》記載：「諸將不解，以為遜畏之，各懷憤恨。」其實，久經沙場的東吳將領未必不明白，陸遜的撤退非常明智，一方面，把難以展開兵力的數百里山地讓給蜀漢陸軍；另一方面，夷陵處的長江河道陡然收窄，水流湍急，暗礁叢生，也非常不利於蜀漢水軍前進。

同樣的事，不同的人做，評價往往不一樣。如果後撤命令出自周瑜、呂蒙等深孚眾望的統帥，東吳將領肯定齊刷刷豎起大拇指讚嘆：「主帥英明，好一招誘敵深入，拜服拜服。」換成陸遜下令後撤，東吳將領都是一臉不屑：「主帥廢物，畏敵如虎。」

這些將領很囂張，歸根結柢關係硬，要麼是皇親國戚，要麼是資深老將，誰也不把陸遜放在眼裡。為了給大家捋順關係薄厚，陸遜召開緊急軍事會議，一臉嚴肅地手握劍柄說：「劉備天下聞名，連曹操都有所畏懼。如今劉備親率大軍而來，這是生死存亡的緊要關頭，各位理應齊心協力殲滅強敵。我雖是書生，但接受主公委任，所以還要委屈各位聽從指揮。如果不能，就別怪軍法無情！」陸遜兜一大圈，核心無非一句話：我是主公目前最信任的人！

儘管陸遜不再退卻，但也不進攻，只是嚴令東吳軍隊扼守險要，不得野戰。簡單來說，陸遜的戰術就是一個字——拖。這個戰術看似消極，實則積極，因為吳、蜀拖起來，成本大不一樣。東吳軍隊背靠荊襄大糧倉

第六章　千古風流

和人口稠密的南郡，糧草運輸相當方便。而蜀漢軍隊輸送糧食則需輾轉千里，費力多了。另外，從主帥年齡來看，陸遜年方40歲，劉備60多歲，若真要拖個三年五載，說不定把某方主帥都拖沒了。

陸遜能拖，劉備得戰。為了引誘東吳軍隊出動，劉備派數千士兵在易攻難守的平地立營，自己則親率八千精兵埋伏在山谷裡。劉備要做什麼，陸遜當然知道，任憑挑戰的蜀漢士兵罵得天花亂墜，東吳軍隊安如磐石。

一計不成，再生一計。打你的心頭肉，看你動不動。劉備派軍隊圍攻孫權姪兒守備的夷道城，不能不救吧？沒想到，陸遜依舊不為所動，淡定表示：「夷道的城池堅固、糧草充足、將士同心，有什麼可擔憂的？不救。」

當所有人以為陸遜真要跟劉備比壽命時，陸遜出其不意地決定反攻。東吳將領不解地問：「蜀漢軍隊立足未穩，你不進攻，如今對峙大半年，很多要害關隘都已讓蜀漢軍隊控制，你反而要進攻？」陸遜一針見血地指出：「劉備很狡猾，閱歷也豐富，對峙初期考慮精密，不可輕易進犯。現在時間長了，劉備歲數大，精力不濟，難免大意，應該反攻了！」

陸遜對反攻時機拿捏得很準，不僅劉備身心俱疲，餐風露宿大半年的蜀漢軍隊也士氣低落。尤其是入夏以來，酷熱難耐，蜀漢水軍不得不捨船上岸避暑，失去水陸互為依託的有利態勢。而且，陸遜很清楚，孫權的耐心不是無限，曹丕的觀望也不是永遠，既然拖到最佳時期，就不能再拖了！

此時不攻，更待何時！雖然先鋒部隊的攻擊受挫，但陸遜堅持繼續發動總攻，命令數萬士卒各持大把茅草，乘夜突襲蜀漢軍營，要求先放火，再殺人。山林間的蜀漢軍營，周圍都是花草樹木等易燃物，在高溫、悶熱的環境裡點火還得了！不一會兒，大火便在夜空中閃亮起來。

正在忍耐暑氣並與蚊蟲做艱苦鬥爭的蜀漢士兵，哪想到壓著揍了大半

年的東吳軍隊突然發力！毫無思想準備的蜀漢士兵，稀里嘩啦潰敗開來。儘管劉備在馬鞍山組織起頑強抵抗，但疲憊不堪又逆風迎火作戰的蜀漢士兵，還是漸漸抵擋不住，死的死，降的降，逃的逃。

跑吧！劉備好久沒打敗仗，但奮勇逃跑的底子好，照樣誰也逮不到。夜色下，劉備依靠驛站兵卒焚燒鎧甲、鐃鈸，延緩了東吳士兵的追擊，有驚無險地狂奔回白帝城。然而，十幾年累積起的常勝之師，幾乎全軍覆沒，劉備既羞愧又憤恨：「竟敗給名不見經傳的書生陸遜，奇恥大辱，豈非天意啊！」

人生總是如此，在山窮水盡時，奮然崛起；在高歌猛進時，戛然而止。失敗，對於經歷過無數次失敗的劉備來說並不可怕。

可怕的是，這是最後一次。

第十節　百折不撓

心有不甘，又能奈何？

在永安行宮的病榻上，躺著奄奄一息的大英雄劉備。

出生於延熹四年（西元161年）的劉備，成長在東漢帝國最混亂的年代。

亂世出英雄！年僅15歲的劉備，已展現出把握機會的極高天賦！一個不喜歡讀書的學生，卻能讓大儒老師盧植留下深刻印象；一個需要救濟學費的學生，卻能跟權貴女婿公孫瓚稱兄道弟。劉備在老師盧植的庇護下，在同學公孫瓚的提攜下，逐漸在漢末亂世嶄露頭角。即便老師歸隱、同學敗亡也不打緊，劉備憑藉孜孜不斷的努力，陸續開發出更多大靠山。

第六章　千古風流

只不過，劉備運氣有點差，靠哪座山，哪座山倒；到哪座廟，哪座廟拆。

運氣差怎麼辦？唯有更努力。東晉著名史學家習鑿齒評價劉備：「雖顛沛險難而信義愈明，勢逼事危而言不失道。」面對人心喪亂的世道、面對不擇手段的群雄，劉備幾十年如一日高舉仁義大旗，奉行寬厚待人的原則，一次次化險為夷，一次次絕處逢生，人生之路越走越寬，終成一方霸業。

儘管《三國志》評價劉備「機權幹略，不逮魏武，是以基宇亦狹」，意思是嫌劉備稱霸地盤小，由此倒推出劉備才能和智謀不及曹操。但這顯然不合理，劉備沒有爺爺和老爸提供的高起步平臺，更沒有父兄開創的一片現成基業。一無所有的劉備能鼎足三分有其一，實是最不易。

白手起家的劉備，自帶奇幻光環。無論是販夫走卒簡雍，還是文武全才陳登、土豪地主糜竺、清流名士袁渙、頂級大儒孔融，沒有劉備處不來的。無論是秉公持重的諸葛亮、趙雲，還是夾帶私貨的張松、法正，抑或是脾氣暴躁的張飛、性情不羈的龐統、恃才傲物的關羽，沒有劉備處不好的。

劉備的人格魅力無窮無盡，方式方法千變萬化，跟關羽、張飛「寢則同床」，與趙雲「同床眠臥」，和諸葛亮「情好日密」，對張松、法正「皆厚以恩意接納，盡其殷勤之歡」。而且，劉備的弘毅寬厚，並非只對親信大將或機密謀士，而是已經達到普惠眾生的高度。《魏書》記載：「士之下者，必與同席而坐，同簋而食，無所簡擇。眾多歸焉。」

尤其人生失意時，劉備的氣量深如大海、闊入雲空。當糜芳投降導致關羽敗亡、荊州易手時，哥哥糜竺深感自責，誠惶誠恐向劉備請罪。劉備沒有一句怨言，反而再三安慰，賞賜優寵，無與為比，待之如初。當夷陵大敗時，退路被斷的黃權投降曹魏，劉備果斷否決抓捕黃權家人的懲罰提議，並十分坦誠地說：「是我沒採納黃權的作戰方案，黃權沒有對不起我，

第十節　百折不撓

是我對不起黃權。」氣概頂天立地的劉備，無須問出處，何人不歸心？！

人定勝天！只有大氣磅礴的劉備可以做到，讓數次兵敗逃散的關羽、張飛，始終不離不棄；讓時隔八年未見的趙雲，毅然趕來相會；讓麋竺、麋芳不屑高官厚祿，追隨左右；讓袁渙在呂布尖刀威脅下，歸然不動；讓自私自利的法正挺身而出，為之擋箭；讓冷血刺客充滿愧疚，扔下匕首。無數次的失敗，無數次的爬起，足以印證，劉備的成功不是運氣好，而是努力深。

成功歷盡艱辛，失敗猝不及防。劉備打拚三十多年創下的基業，三年多就損失大半，襄樊會戰丟掉荊州三郡，夷陵之戰又把精銳大軍喪失殆盡。但這能怪誰？哪怕不按「隆中策」規劃，不等待「天下有變」，也完全可以由諸葛亮乃至劉備親自坐鎮荊州，然後再發兵進攻襄樊。可劉備在漢中戰勝老對手曹操後，頭腦就無法保持清醒，一連串的慘敗，不可避免到來。經歷過無數次失敗的劉備，從不怕挫折，從頭再來就好。

然而，這次不能再來過，因為劉備已病入膏肓。未來怎麼辦？《三國志・先主傳》記載：「先主病篤，託孤於丞相亮，尚書令李嚴為副。」沒辦法的辦法——除了託孤的必需人選諸葛亮，劉備還選擇了文武兼備的李嚴，授予其統率蜀漢東部兵團的軍權。

按劉備分配的職權，諸葛亮是丞相，掌控中樞政務，坐鎮成都；李嚴是中都護，統領內外軍事，留鎮永安。這樣一來，掌握兵權的李嚴，遠離成都，避免控制朝政；控制朝政的諸葛亮，不能指揮全部軍事力量。深謀遠慮的劉備，在託孤人選捉襟見肘的情況下，為繼任者劉禪做出盡可能完美的安排。

然而，大英雄劉備最明白，再好的制衡機制，也遠不如「人和」的力量。宛如隆中山的相遇，劉備再次緊緊握住諸葛亮的手，坦蕩誠懇地說：「君的才幹勝過曹丕十倍，必能安國，終成大事。要是劉禪可以輔佐，你

第六章　千古風流

就輔佐；要是劉禪無可救藥，君可自取。」

劉備隨即指著在場的兒子——魯王和梁王——用盡氣力說：「我死以後，你們兄弟要向對待父親一樣對待丞相，要讓大臣與丞相團結共事！」話說到這份上，諸葛亮再也忍不住，傷痛欲絕地哭泣立誓言：「臣一定竭盡全力，忠心報國，鞠躬盡瘁，死而後已！」

劉備託孤諸葛亮，上千年眾說紛紜，有人判定君臣作秀、表演，甚至猜測埋伏刀斧手。很顯然，這些都是無稽之談。蜀漢政權生死存亡之際，如果劉備殺掉可以託孤的諸葛亮，相當於宣布亡國；如果諸葛亮篡位殺掉劉禪，必遭內外反對勢力的群起攻擊，無異於自掘墳墓。

「孤之有孔明，猶魚之有水也。」十七年前，劉備三顧茅廬，以最壯闊的雄心，以最至誠的真心，演繹了中國歷史上最曲折的求賢之路、最精彩的人生逆襲、最傳奇的君臣相惜。永安託孤的大英雄劉備和大英雄諸葛亮，必然是懷著赤誠之心，正如《三國志》作者陳壽的評論：「舉國託孤於諸葛亮，而心神無貳，誠君臣之至公，古今之盛軌也。」

要說劉備對誰不放心，最可能就是劉禪。劉備彌留之際，給劉禪留下遺言：「我已經60多歲，沒什麼遺憾，只是惦念你們兄弟。丞相驚嘆你的智慧和氣量有很大進步，遠比他期望的好。果真如此，我更沒什麼憂慮。你要繼續努力！勿以惡小而為之，勿以善小而不為。唯賢唯德，能服於人。我的德行不夠深厚，你不要效仿。你要讀《漢書》、《禮記》、《六韜》、《商君書》等諸子百家的經典書籍，不斷增長智慧。你更要向丞相學習，待他如父親一樣！不要忘記！也要讓你的兄弟都知道！一定要記得！」

一生從不認輸的劉備，漸漸闔上雙眼。生命最後一刹，意氣昂揚奮鬥幾十年的劉備，也許沒有回憶無數高光時刻，也許想起幾十年未曾回去的故鄉，想起含辛茹苦把他拉扯大的母親，想起屋舍東南角那棵五丈餘高的大桑樹，想起大桑樹下的兒時快樂時光，想起曾興致高昂地指著大桑樹

說：「我將來一定會乘坐這樣的羽葆蓋車。」

幾十年後，劉備得償所願，乘上真正的帝王車駕。

到頭來，卻無比懷念，無憂無慮的大桑樹下。

第十一節　勵精圖治

若干勸降信，如雪片般飛向成都。

曹魏的司徒華歆、司空王朗、尚書令陳群、謁者僕射諸葛璋、太史令許芝等人，排隊寫信給諸葛亮。雖然來信文采有別，但繞來繞去都是一個意思：夷陵大敗、劉備病亡、南中叛亂，只剩半個益州和幾萬士兵的蜀漢政權必然垮臺，諸葛丞相別硬撐了，做順應時代潮流的俊傑吧。

就不！莫說曹魏大臣，即便是曹操親自拉攏，諸葛亮也不曾動搖。《太平御覽》記載，曹操曾給諸葛亮送過一份特殊禮物，並附上含情脈脈的留言：「今奉雞舌香五斤，以表微意。」熟讀《漢書》的諸葛亮明白，漢代尚書郎向皇帝奏事要口含丁子香，以使口氣芬芳。曹操這是在邀請諸葛亮入朝為官，而且從斤數上掂量，官位好像小不了。不過，諸葛亮對曹操的好意沒有任何回應，因為之前的徐州大屠殺，已注定二人無緣。

時至今日，諸葛亮更不可能改變初衷！肩負蜀漢百廢待興重任的諸葛丞相，沒時間交這麼多無聊筆友，於是寫了〈正議〉進行統一答覆，對曹魏高官的謬論展開無情的批判，指出即便強大如楚霸王項羽，無德也會失敗；然後又舉東漢開國皇帝劉秀率領幾千人打敗四十萬人的昆陽之戰，以鮮活的例子重申態度──正義打敗邪惡，不看人多人少。

放狠話容易，解決問題還得一個一個來。面對虎視眈眈的曹魏，諸葛

第六章　千古風流

亮以守為主，繼續由猛將魏延率精兵駐紮漢中，嚴陣以待。對於反目開撕的東吳，諸葛亮以和為主，既然暫時沒能力奪回荊州，就別要什麼面子，及時派出使者恢復聯盟。相比起來，最難辦的是南中叛亂。劉備去世後，益州豪強雍闓連繫牂柯郡太守、越巂郡夷王以及南中首領孟獲等人抱團反叛，殺死益州郡太守等多名蜀漢官員，氣焰極其囂張。

只可惜，世界局勢風雲變幻的複雜程度，遠遠超出雍闓及孟獲等人的認知。夷陵大戰結束後，神經質的曹丕就是不按常理出牌，不向虛弱的蜀漢發起猛攻，反而與士氣正盛的東吳打得天翻地覆。東吳由於軍事壓力陡增，和談意願比蜀漢還積極，聯盟協定簽得相當敏捷。雍闓及孟獲等人大眼瞪小眼，這下尷尬了。

既然尷尬了，就不妨多尷尬一會兒吧。史書記載，即使對付雍闓及孟獲等地方部隊和部落民兵，諸葛亮也高度重視，親自過問徵兵訓練、器械修繕、籌措糧草等各種事務，常常累得「流汗竟日」。經過一年多的精心準備，蜀漢建興三年（西元 225 年）春夏之際，諸葛亮決定深入不毛、親征南中。在諸葛亮分進合擊的正確戰術下，人多勢眾、裝備精良、訓練有素的蜀漢大軍，如切瓜砍菜一般，只用半年多的時間，就輕鬆擊破各處叛軍。

不僅要贏，還要贏得漂亮。《漢晉春秋》記載，蜀漢大軍連戰連捷，叛將陸續伏法；諸葛亮提出新目標，希望不僅能打死敵人，更能打服敵人，要求生擒在南中地區享有較高威望的孟獲先生。蜀漢軍隊相當給力，說要死的給死的，說要活的給活的，很快就俘虜了孟獲。

心情大好的諸葛亮，主動給孟獲先生鬆綁，並饒有興致地邀請孟獲參觀蜀漢軍營。諸葛亮和藹可親地問：「孟先生，漢軍營區布防如何？」孟獲不服氣地說：「以前不知道你的虛實，不小心敗了。謝謝讓我參觀布陣，我看也就這麼回事，有種把我放了，下次一定能輕鬆打敗你。」

諸葛亮要的就是這個回答，趕緊把孟獲放了，請整軍再戰。孟獲也不

第十一節　勵精圖治

客氣，回去召集舊部又來較量，然後再次兵敗被俘。心情更好的諸葛亮，主動替孟獲先生鬆綁，並陪著孟獲再次逛了蜀漢軍營。諸葛亮和風細雨地問：「老孟，這回看清楚了嗎？」孟獲依舊不服氣地說：「上次看得太糙，這次我用心看了，下次一定能夠打敗您。」

諸葛亮要的就是這個回答，趕緊又把孟獲放了，請整軍再戰。孟獲仍舊不客氣，回去召集舊部又來較量，不出意外繼續做了階下囚。據《華陽國志》的誇張記錄，抓完放、放完抓，反覆到第七次，孟獲先生終於下決心打破這個循環惡性循環。任憑諸葛亮怎麼轟，孟獲就是不走，簡明扼要地說：「您太厲害了，南人不再反。」

取得心服口服的完勝，諸葛亮準備率領蜀漢大軍勝利班師。此時有人跟諸葛亮建議，留下親信官員擔任地方官吧，以鞏固勝利果實。諸葛亮微微一笑：「若留外人當官，不留兵則不安全，留兵又沒充足糧食，何必如此呢？」

話可以說得瀟灑隨意，但事還要穩妥地辦。為確保南中長治久安，諸葛亮班師回朝前，做出系列調整工作。首先，把南中四郡分為六郡，既能擴充地方官僚職位，又可以解決南中豪族子弟的就業問題，還削弱了各郡實力。其次，把南中夷人的精壯戰士納入蜀漢部隊，既能充實蜀漢軍事實力，又可以消除鬧事隱患。最後，把孟獲等南中首領提拔成朝廷高官，給中央吸納人才的同時，也為培養南中新領袖騰出空間。

蜀漢建興三年（西元 225 年）冬，諸葛亮挽救蜀漢政權於危厄，不僅安定了占蜀漢國土面積一半的區域，還從南中獲得金、銀、鹽、布等策略物資，號稱「軍資所出，國以富饒」。對於蜀漢政權和諸葛丞相來說，下一個目標很明確──北伐中原、還於舊都。但曹魏不是南中，不僅兵多將廣，帶頭的曹丕也算精明能幹。弱小蜀漢要想打敗強大曹魏，必須等待最佳時機。

諸葛亮沒有乾等，而是一直積極準備。經濟上，諸葛亮大力倡導植桑屯田、興修水利的同時，積極發揮資源優勢，維護鹽鐵專營等。尤其是鼓勵和扶持織錦業出口貿易，賺取了大量魏國貨幣，急得曹丕趕緊寫下〈與群臣論蜀錦書〉，勸告魏國的有錢階級，不要買質次價高的蜀錦，不要再花錢資助敵人！

軍事上，諸葛亮非常注重提升士兵素質，不斷強化軍規軍紀的宣貫執行，指揮操練八陣圖等全新戰法，希望「以率數萬之眾，其所興造，數十萬之功」。諸葛亮還特別重視兵種協同和改良武器裝備，陸續成立「無當飛軍」、「虎步軍」以及抽調三千勁卒擔當「連弩士」；委派能工巧匠打造三千把「神刀」，改進製成針對曹魏騎兵的十發連弩、四刺扎馬釘等。

幹架的錢籌集夠了，幹架的人訓練好了，幹架的傢伙也準備足了。

上天不薄情，幹架的機會也來了。

曹丕死了。

第十二節　北伐中原

夜深人靜，燈光搖曳。

即將揮師北上的諸葛亮，思緒萬千。

追憶二十年前在隆中山，47歲的劉備三顧茅廬，他們在寒冬中激情暢談天下大勢，在逆境中不曾放棄遠大理想。比起劉備困守樊城、兵不滿萬的窘境，如今蜀漢政權至少有偌大的益州和十餘萬的軍隊，沒理由不奮起一搏——47歲的諸葛亮伏案執筆、夜不能寐。

諸葛亮沉思良久，提筆緩緩寫下：「先帝創業未半而中道崩殂，今天

第十二節　北伐中原

下三分，益州疲弊，此誠危急存亡之秋也。」在這篇流傳千古的〈出師表〉中，諸葛亮開門見山，點明當前形勢。緊接著，諸葛亮言辭懇切地勸勉劉禪，希望繼承先帝遺志，開張聖聽、內外同法、親信賢良，絕不能滿足偏安享樂。隨後，諸葛亮飽含深情地緬懷先帝的知遇之恩，立場堅定地表明「興復漢室，還於舊都」的雄心壯志。寫到最後，撫今追昔的諸葛亮不知不覺淚流滿面，不知道再說什麼。

言必行，蜀漢建興五年（西元 227 年）春，諸葛亮率領十餘萬蜀漢大軍進駐漢中。這麼大規模的軍事調動，曹魏不可能不知道，但誰也沒當回事兒，權以為蜀漢想趁曹丕駕崩來占小便宜。隨著曹叡順利繼承帝位，諸葛亮又按兵不動大半年，更沒人把漢中的蜀漢軍隊放在心上。

只有諸葛亮最清楚，自己是認真的。蜀漢建興六年（西元 228 年）春，鳥獸相安八年之久的魏蜀邊境，狼煙再起！蜀漢大軍突然殺出漢中，趙雲率偏師為疑兵，擺出由箕谷北攻郿城、直取長安的態勢；諸葛亮則帶領主力部隊，向曹魏防守薄弱的隴右地區祕密挺進！

弱小蜀漢，主動出擊？強大曹魏很傷自尊！氣急敗壞的曹叡親臨長安坐鎮，並派出曹魏大將軍曹真指揮各路援軍，前往郿縣。曹真作為曹魏宗族二代將領的佼佼者，曾擔任過曹軍「虎豹騎」的指揮官，久經沙場。當曹真帶領大軍來到箕谷時，很快察覺到不對，有詐！

聲東擊西！諸葛亮率領蜀漢大軍現身隴右，發動猛烈攻勢，南安、天水、安定三郡官員很識相，估計撐不到援軍趕來，及時更換旗幟保命。上當受騙的曹叡焦頭爛額，急忙從各部又抽調數萬精銳，交給曹魏名將——左將軍張郃——急馳隴右！

必須把曹魏援軍阻擊在隴山之東，這是北伐成敗的關鍵！阻擊陣地好選，曹魏大軍若不想翻山越嶺，或是繞大圈圈，進入隴右必然經過——街亭。可是阻擊將領不好選，這麼艱鉅又光榮的任務派誰去？諸葛亮出乎

第六章　千古風流

所有人的意料，沒有選擇作戰經驗豐富的魏延等將領，竟力排眾議，派出沒有實戰經驗的參軍馬謖——「亮違眾拔謖，統大眾在前。」

打虎親兄弟、上陣父子兵，而且截至目前，馬謖值得信任。平定南中叛亂，馬謖提出「攻心為上、攻城為下」的正確策略，得到諸葛亮的充分肯定。諸如此類的軍政難題，馬謖經常與諸葛亮探討，有時從白天一直談到晚上。假如馬謖很草包，諸葛亮早就不跟他聊了。

當然，諸葛亮也意識到馬謖實戰經驗欠缺，特意挑選足智多謀、老成持重的王平擔任副將，軍隊也分配至少兩萬人。諸葛亮認為，只要馬謖按照商定的作戰計畫，老老實實堅守街亭要塞，就算還是打不過張郃，怎麼也能頂住十天半個月吧。

馬謖沒到街亭前，也是這麼認為的。從地形圖上看，街亭要塞建在西高東低的大路上，兩側都是高山，曹魏騎兵很難繞道通過。從東面發起攻擊，由於地形落差，只能仰攻，類似攻城。所以，只要蜀漢軍隊據險而守，別說十天半個月，保不齊能守住兩三個月。

馬謖趕到街亭，發現不是這麼回事。街亭曹魏守軍撤退前，為方便己方由東向西反攻，進行了最大限度的破壞——街亭要塞殘破不堪！如果不能依託堅固要塞，則很難抵擋張郃的數萬精銳大軍，不僅會失敗，還會很快失敗。怎麼辦？是按原計畫駐守街亭要塞，還是另闢蹊徑？

馬謖當機立斷：上南山！馬謖以為，高居南山，可以據險而守。如果張郃來攻山，曹魏騎兵優勢頓減，還得迎著蜀漢軍隊的連弩仰攻。如果不攻山過去，曹軍未來糧草補給就會困難，又面臨腹背受敵的險境。馬謖在阻擊條件發生重大變化時，勇於果斷調整，從想法和氣魄上，確實不是酒囊飯袋。

很可惜，馬謖還是嫩。因為從政治角度來講，馬謖的決定愚蠢至極。副將王平堅決反對上南山，表面理由是南山遠離水源，缺水不戰自亂。馬

第十二節　北伐中原

謖不以為然，水源憑什麼讓曹魏軍隊切斷，不能派精兵頑強守住嗎？就算水源失守，不能派敢死隊再奪回來嗎？仕途順風順水的馬謖，體會不到王平的勸諫根源。

吃苦的孩子早懂事。王平從小寄人籬下，長大從軍之路又頗多坎坷，先投曹魏，後降蜀漢。多災多難的經歷，讓大字不識幾個的王平，養成謹小慎微的性格和思維縝密的邏輯。在王平看來，如果失利不可避免，那麼堅守街亭要塞的潰敗，是沒能力貫徹落實丞相英明部署的失利，是可以原諒的失敗；而上南山的潰敗，是擅自改變丞相英明部署的失利，是萬劫不復的失敗。出身荊襄望族又是丞相心腹寵兒的馬謖，哪能悟透這些？！

「郃絕其汲道，擊，大破之。」在張郃大軍的猛烈攻擊下，很快控制住南山水源，並布下重兵把守，使蜀漢搶水敢死隊無可奈何。幾天後，張郃適時發動凌厲總攻，渴得連衝啊殺啊都喊不出的蜀漢士兵，潰不成軍、一敗塗地。

街亭失守！北伐失利！儘管蜀漢滿朝文武，乃至皇帝劉禪什麼都沒說，但很多雙眼睛盯著呢，況且諸葛亮在〈出師表〉裡白紙黑字寫道：「願陛下託臣以討賊興復之效，不效，則治臣之罪，以告先帝之靈。」必須說話算數，否則將迎來比戰敗更可怕的人心崩潰。

率先垂範吧，諸葛亮上奏請求貶職處分，從丞相降為右將軍；箕谷主將趙雲也打了小敗仗，由鎮東將軍降為鎮軍將軍；失街亭又畏罪潛逃落網的馬謖，在獄中丟掉性命。

臥薪嘗膽的蜀漢，再次遭遇極寒。

第六章　千古風流

第十三節　半生明主

忍耐蟄伏的東吳，總算迎來春天。

曹操、劉備相繼病逝，孫權以為天下第一再無爭議。

不曾想，曹丕依舊凶猛，指揮曹魏大軍連續攻伐東吳。最凶險的一次，曹真大軍圍困荊州重鎮江陵達半年之久，江陵的中洲都被張郃所部攻占，形勢岌岌可危。要不是上天再次庇佑，曹魏軍中又暴發疫病，這事就不好說了。

東吳被曹魏揍了好幾年，終於在吳黃武七年（西元228年）打出一場漂亮的翻身仗。在東吳名將陸遜的全權指揮下，擊敗久歷戰陣的曹魏大司馬曹休，斬殺萬餘士兵，繳獲大量輜重，史稱「石亭大捷」。大勝來之不易，讓孫權相當激動，親自帶領文武百官來到城外，迎接勝利歸來的陸遜。夠意思吧？

孫權覺得還不夠。當孫權遠遠望見陸遜的車駕時，立刻放出拉攏人心的大招。《吳書》記載：「上脫翠帽以遺遜。」「翠帽」就是車蓋，但一般的車蓋只能叫「車蓋」，只有鑲嵌著珠寶的車蓋才能叫「翠帽」。孫權摘掉價值連城的車蓋送給陸遜，自己在驕陽下繼續微笑迎候，榮耀、財富和君王的謙卑送出去，夠意思吧？

孫權覺得還不夠，必須繼續送。車蓋鑲嵌的珠寶再多，也比不得男子間充滿曖昧地餽贈貼身腰帶！《吳書》記載：「上脫御金校帶以賜遜，又親以帶之，為鉤絡帶。」孫權把陸遜迎接到貴賓休息室，隨即解下自己的金腰帶，躬身親手給陸遜繫上。榮耀、財富和君王的謙卑送出去，這次夠意思吧？

孫權覺得還不夠，必須繼續送。在慶功盛宴上，孫權飽含深情地來到陸遜面前，一把拉住陸遜的手，眨著妖嬈的眼睛，邀請跳一曲。《吳志》

記載,「上為郡僚大會酒,與遜對舞」,在東吳文臣武將的眾目睽睽之下,孫權與陸遜跳起雙人舞。孫權又把白鼯子裘衣脫下來,披在陸遜身上,給你,給你,都給你。榮耀、財富和君王的謙卑送出去,這次夠意思吧?

孫權覺得還不夠,必須繼續送。慶功盛宴後,陸遜要去西陵執行駐防任務,孫權親率公卿「祖道」,就是祭祀路神,求路神開恩不要為難行路人。孫權還送給陸遜一艘豪華大船,船上瓊樓高閣,裝飾華美富麗。望著繫著金腰帶,披著白鼯子裘衣,乘坐專屬大船碧波遠去的陸遜,孫權這才滿意地笑了。

沒有什麼身段放不下!又何止對陸遜!史書記載:周瑜去世,孫權「素服舉哀」;魯肅去世,孫權「為舉哀,又臨其葬」;呂蒙去世,孫權「哀痛甚,為之降損」;張昭去世,孫權「素服臨吊」;闞澤去世,孫權「痛惜感悼,食不進者數日」;董襲陣亡,孫權「改服臨殯,供給甚厚」;凌統去世,孫權「拊床起坐,哀不能自止,數日減膳,言及流涕」……孫權真是相當忙碌、非常辛苦,身著素服穿梭在文臣武將的葬禮中,哀痛、流涕、絕食等行為交錯進行。孫權放下身段的前半生,也是深得人心的前半生。

沒有什麼珍寶捨不得!孫權能與曹操、劉備等百年一遇的英雄爭霸,不是靠運氣,而是手筆大。沒有什麼不能送!不僅對功臣慷慨,對敵人更大方。《江表傳》記載,曹丕曾貪婪無禮地向東吳索要雀頭香、大貝、明珠、象牙、犀角、玳瑁、孔雀、翡翠、鬥鴨、長鳴雞等各種珍奇寶物若干。東吳大臣都非常氣憤地表示,向曹魏稱藩協定中,已商定好進貢數量標準,額外要求不能滿足。視錢財如糞土的孫權大笑:「在孤看來,這些珍寶如同破磚爛瓦。別吝嗇,給曹丕先生,請他玩物喪志吧。」

沒有什麼面子不能丟!夷陵大戰前,孫權為避免兩面受敵,趕緊寫了言辭謙卑的信函給曹丕,表示願意接受偉大曹丕的英明,成為大魏帝國的忠實藩屬。東吳很多大臣覺得太沒面子,好歹坐擁三州之地、兵甲數十

第六章　千古風流

萬，怎能主動稱藩請降？孫權滿不在乎又豪情萬丈地說：「漢高祖劉邦也曾接受項羽冊封的漢王，可有什麼妨礙，不是照樣把項羽消滅了？」

說到做到，石亭大捷，揚眉吐氣。次年，吳黃龍元年（西元229年），孫權決定攤牌了，不裝了，宣告擺脫曹魏藩屬地位，正式稱帝。《三國志》作者陳壽感慨評價道：「屈身忍辱，任才尚計，有勾踐之奇英，人之傑矣。故能自擅江表，成鼎峙之業。」

很遺憾，孫權黃袍加身，開始頭腦發熱，轉身走到下坡路。吳黃龍二年（西元230年），孫權不顧陸遜等大臣的勸阻，執意派出兩位將軍帶領萬餘士兵出海，南下尋找夷洲和亶洲。孫權開疆拓土的願望是好的，但沒找對方向。正如陸遜預言「萬里襲取，風波難測，民易水土，必致疾」，東吳軍隊果然在途中染疾，死了十之八九。決策失誤很打臉，孫權為緩解臉部疼痛，以「違詔」理由，處死帶隊的兩位將軍。意思很明白，之所以搞砸，不是決策失誤，而是執行不力。

孫權的賊心不泯，開疆拓土又轉向遠隔萬里的東北方向。吳黃龍四年（西元232年），孫權派遣使者，連繫上割據遼東的小軍閥公孫淵，宣傳大吳帝國的繁榮昌盛，希望其儘早迷途知返、棄魏投吳，走上光明正確的道路。公孫淵大概想看看投降東吳能不能跟著富強，沒過幾個月便派來使者回訪，遞交稱臣表文。

孫權高興極了，沒想到自己也有今天。以前都是孫權向曹魏稱臣當藩屬，如今自己稱帝不說，還發展了藩屬小弟，真是大快人心。吳嘉禾二年（西元233年），孫權以真命天子、君臨天下的口氣，封公孫淵為燕王，並把曹魏的幽州、青州慷慨劃撥為燕地。隨後，孫權不顧張昭等眾大臣的勸阻，堅持己見，派出太常、執金吾等高官以及萬餘士兵，帶著數不勝數的珍寶，前往遼東賞賜公孫淵。

公孫淵和孫權的你情我濃，讓曹魏大為不滿，並發出正式警告，奉勸

第十三節　半生明主

公孫淵不要鋌而走險，質問確定不緊跟掌控中原九州的大魏，而投靠遠隔重洋且只有邊遠三州的小吳嗎？公孫淵接到曹魏來信，很惶恐地惡補地理知識，覺得還是繼續跟著曹魏比較有陽壽。於是，公孫淵果斷與東吳翻臉，砍下東吳使者的人頭。

臉腫得不行的孫權，不得已暫停開疆拓土，轉而專心致志在內部折騰，設立特務機關，寵信小人亂搞，火燒大臣住宅等，弄得東吳雞飛狗跳、離心離德。《三國志》很犀利地評價道：「性多嫌忌，果於殺戮，暨臻末年，彌以滋甚。」

最要命的是，孫權在安排接班人的問題上亂來，故意挑唆兒子們鬥來鬥去，而且大有廢長立幼的傾向。關乎國本，不得不察，駐防荊襄的上大將軍、丞相陸遜看不下去了，上書直言不可廢長立幼，並請求回都城面談。孫權非但不同意見面，還屢次派遣使者去斥責陸遜。

文武雙全、戰無不勝的東吳擎天支柱陸遜，怎麼也想不到，自己會被那個曾經送寶石車蓋、金腰帶、白鼬子裘衣、豪華大船，邀請共舞的明主，三番五次地侮辱。《三國志·陸遜傳》記載：「遜憤恚致卒，時年六十三。」東吳的中流砥柱，就這樣被孫權一腳踢碎。

孫權終於如脫韁野馬，在一意孤行的道路上發足狂奔，不可阻擋。吳赤烏十三年（西元 250 年），孫權做了件很符合年分數字的事情：廢掉一個兒子，賜死一個兒子，另立一個歲數很小的兒子為太子。

吳太元二年（西元 252 年），小太子還沒來得及長大，年過古稀的孫權一病不起、溘然而逝。孫權精心挑選的四位託孤大臣，也是所託非人，張三殺了李四，李四殺了王五，宮廷政變一起接一起。

東吳帝國在風雨飄搖中，堅持徘徊了二十八年，終究沒能逃脫覆滅的宿命。

吳天紀四年（西元 280 年），金陵王氣黯然收。

第六章　千古風流

第十四節　棋逢對手

　　漢賊不兩立，王業不偏安！

　　時不我待！神勇無敵的趙雲身染重病、即將離世，部曲和屯兵將官七十餘人以及突將、無前、青羌、散騎、武騎等精銳士卒千餘人，或逝世，或染病，或年邁退伍。諸葛亮心急如焚，這些官兵都是劉備在南征北戰中所聚，絕非益州一地可以補充。如果以這種減員速度再過幾年，北伐中原會更加艱難。

　　蜀漢建興六年（西元228年）冬，右將軍諸葛亮迫不及待地發動了第二次北伐，數萬蜀漢大軍殺向只有千餘曹魏士兵的彈丸小城——陳倉。諸葛亮吸取上次的教訓，把一口氣吞下隴右的目標，降低到打下一座小城。

　　即便如此務實，仍是未能如願。蜀漢軍隊遭到曹魏守軍的頑強抵抗，戰況慘烈。曹魏守軍為籌措防禦物資，棺材板都徵用了。蜀漢軍隊也是相當辛苦，雲梯、衝車、井闌等攻城器械輪番使遍，甚至搞起道地戰，仍然沒有拿下陳倉。

　　一回生，二回熟，曹叡照方抓藥，繼續讓名將張郃牽頭，指揮曹魏各路援軍，急馳陳倉！蜀漢軍隊再打下去，必然陷入被動，但興師動眾又無功而返？右將軍諸葛亮壓力很大，正思索是不是再給自己降兩級時，曹魏的王雙將軍，及時站出來救場。

　　王將軍應該是率先趕到陳倉的曹魏援軍，他了解到數萬士兵打不下千餘人的小城，認定蜀漢軍隊是一群廢物，英明睿智地決定——追！儘管王將軍沒有如願建功立業，但也算千古留名。《三國志·諸葛亮傳》記下：「魏將王雙率騎追亮，亮與戰，破之，斬雙。」

第十四節　棋逢對手

再接再厲！蜀漢建興七年（西元 229 年）春，右將軍諸葛亮指揮蜀漢軍隊發動對曹魏的第三次攻勢。汲取前兩次的經驗教訓，諸葛亮選擇更穩妥的策略，以優勢兵力分割包圍曹魏雍州的武都、陰平兩郡，並親率主力部隊阻援。

由於武都、陰平兩郡是曹魏深入蜀漢疆域的突前領土，救援難度相當大。雍州刺史郭淮自知謀略不及諸葛亮，士兵數量又處於劣勢，當然不會來送死。諸葛亮也見好就收，以奪取曹魏兩郡的勝利結束戰役。

蘿蔔青菜，各有所愛。武都、陰平兩郡對曹魏來說是鳥不拉屎的邊遠山區，對蜀漢來說卻意義重大，不僅能振奮街亭戰敗、陳倉不勝的低落士氣，還能進一步完善蜀漢北部的整體防線。劉禪得到前線捷報，趕緊知冷知熱地下詔，恢復諸葛亮的丞相職位。

弱小蜀漢頻頻寇邊，長此以往，臉往哪裡放？剛剛享受「劍履上殿，入朝不趨」待遇的大司馬曹真，面子上掛不住，提議要給蜀漢點顏色看看！年輕氣盛的曹叡也希望完成統一天下的偉業，於是力排眾議，批准伐蜀方案。

來而不往非禮也。魏太和四年（西元 230 年）秋，曹魏二十多萬大軍浩浩蕩蕩殺向漢中。曹真親率主力部隊由斜谷南下，張郃領勁旅出子午谷，郭淮所部自祁山方向開拔。除了自北向南而來的三路大軍外，鎮守荊州的曹魏部隊也沿漢水由東向西挺進。

曹魏大軍傾巢而出，諸葛丞相淡定自若。諸葛亮料到曹魏會進犯漢中，提前修建了兩座堅固的城池——漢城、樂城——以及眾多堡壘要塞，早已設定好重重阻擊陣地。儘管曹魏軍隊人多勢眾，但十幾萬蜀漢大軍在堅固陣地中以逸待勞，未嘗勝算不大。一場主力對主力、王牌對王牌的精彩對決，即將上演。

一場好戲讓大雨攪和了——秦嶺地區迎來罕見的持續強降雨，一下

第六章　千古風流

就是三十多天。城池、要塞裡的蜀漢軍隊還好，只是苦了露天行進的曹魏士兵。本來戴盔披甲又翻山越嶺已很艱難，還要頂著沒完沒了的瓢潑大雨，踩著深一腳淺一腳的泥濘道路，躲避著隨時可能發生的山體下滑等次生災害，忍耐著因惡劣天氣得不到食物補給的飢餓。可憐的曹魏士兵，還沒見到蜀漢軍隊的影子，便連餓帶凍死掉不少。

曹魏先鋒部隊吭哧吭哧地走了一個多月，總算疲憊不堪地到達漢中邊緣的興勢要塞。但沒等曹魏士兵喘口氣，便遭到蜀漢軍隊圍攻，險些全軍覆沒。在「天時、地利、人和」都不占的情況下，硬漢曹真仍要咬牙堅持，立志把大部隊也帶到鬼門關。所幸曹叡不固執，及時下詔書解圍，表示曹魏大軍勝利完成威懾敵膽的光榮使命，考慮到天氣原因，暫時中止下一步行動。

敵退我追！諸葛亮立刻命令魏延等將，率部發起反攻！營房裡看了很多天雨景的蜀漢士兵，正想活絡活絡筋骨，三趕兩追便攆上逃跑不俐落的曹魏部隊。早已精疲力竭的曹魏士兵，鬥志渙散，一觸即潰、死傷無數。這一戰，蜀漢軍隊終於揚眉吐氣，對曹魏主力部隊取得空前大勝，《三國志·魏延傳》記載：「延大破淮（郭淮）等。」

自曹真領軍以來，何曾打過敗仗？結果頭一回失敗，竟敗得如此憋屈！不過俗話說得好，沒有最委屈，只有更委屈。曹魏各路大軍還沒全部撤回防區，秦嶺的持續強降雨忽然閃電般結束，隨之而來是數月晴空萬里、白雲飄飄。回到洛陽大司馬府養病的曹真，仰望著碧藍的天空，呼吸著清新的空氣，無論如何也想不通老天為什麼如此薄情，於是病死了。

世間之事，千變萬化。曹魏軍界享有極高威望又深通兵法的曹真死了，諸葛亮北伐中原之路卻變得更加坎坷——因為最難纏的對手來了！這就是帶領曹魏荊州部隊，沿漢水進犯的大將軍司馬懿。儘管《條亮五事》言之鑿鑿地說，司馬懿在諸葛亮第一次北伐時交過手，還上演了膾炙

第十四節　棋逢對手

人口的「空城計」。但綜合各類史料判斷，這種說法明顯有誤，因為駐紮在宛城的司馬懿，根本來不及趕到隴右參戰。

不過話說回來，無風不起浪。即便《條亮五事》對時間、地點的記載有誤，也不見得「空城計」一定子虛烏有。也許，「空城計」就發生在曹魏大軍伐蜀過程中。據《資治通鑑》記載：「漢丞相亮聞魏兵至，次於成固赤坂以待之。」

赤坂在哪裡？正是漢中地區的東邊，緊鄰子午道和漢水。雖然大雨澆趴了秦嶺山區的曹真等部，但沿漢水出發的司馬懿，還是可以抵達的。諸葛亮為誘敵深入，說不準在赤坂要塞給司馬懿擺過「空城計」。

當然，即便有「空城計」，也不是《條亮五事》說的那樣——曹魏兵多、蜀漢兵寡。自諸葛亮北伐以來，漢中常年屯駐十萬左右的軍隊，再加上這次各地趕來的援軍，漢中兵力應該突破歷史新高。即便去掉魏延等反擊部隊，再剔除漢中各城池、要塞的駐守士兵，赤坂附近的蜀漢軍隊也應該有四五萬，而司馬懿帶來的荊州部隊至多四五萬。在兵力不占優，皇帝有詔要求退兵的情況下，司馬懿怎會占領似乎空空如也的赤坂要塞，一頭紮進諸葛亮布下的口袋陣？

退幾萬步來說，假設諸葛亮一時兵力不足，真在赤坂要塞弄險布陣，司馬懿勇猛地衝過去，打了大勝仗，甚至活捉諸葛丞相，又能怎樣？恐怕大難臨頭！曹魏軍界說一不二的老大曹真敗退，排名老二的司馬懿打出軍威國威，這不是找死嗎？

已過天命之年的司馬懿很清楚，曹真這個很可能不姓曹的曹操養子有什麼心思！畢竟事情明擺著，曹真之前擁有「劍履上殿，入朝不趨」待遇的是曹操，再往前是董卓。

敗也是敗，勝更是敗，那還往前走什麼走？司馬懿及時勒住戰馬的韁繩。

第六章　千古風流

司馬懿仰頭，深深凝視著即將放晴的天空，果斷掉轉馬頭。

雨這麼大，我們也撤吧。

第十五節　忍者無敵

能忍天下事，才是非常人。

司馬懿是非常人中的非常人。

有幸成為漢末三國第一忍者，司馬懿首先得益於有一位狠爸——司馬防。司馬防在生兒子方面尤其狠，接連生出八個，號稱「司馬八達」。比生兒子更狠的是管兒子，號稱「不命日進不敢進，不命日坐不敢坐，不指有所問不敢言」。意思是說，司馬防沒允許進屋，兒子不能進屋；司馬防沒允許坐下，兒子不能坐下；司馬防沒問話，兒子不能主動發言。在霸道老爸的高壓管制下，司馬懿從小打下極好的忍功基礎。

對下狠，對上也狠，才是真狠。建安二十二年（西元 217 年），曹操晉升魏王，邀請曾舉薦自己做洛陽北部尉的司馬防敘舊。老哥兒倆暢飲正酣，曹操藉著醉意咄咄逼人地問：「我現在可以再當洛陽北部尉嗎？」若換常人，肯定賠著笑臉惶恐自責：「當年眼瞎，沒看出您文治武功天下第一，怎麼給您安排這等小官？讓您受委屈了。」但生出八個菁英兒子的司馬防微微一笑，從容淡定地說：「我舉薦大王時，大王正好能做北部尉。」

有狠父，就有狠兄。司馬懿的大哥司馬朗，也是狠角色。司馬朗 9 歲時，有客人來訪，直呼司馬防的字（不禮貌行為）。司馬朗不客氣地說：「輕慢他人親長，等於不尊敬自己親長。」使得客人當場道歉。司馬朗 12 歲時，參加經學考試並且成績優秀，但監考官覺得他過於高大強壯，懷疑

第十五節　忍者無敵

是大學生冒名頂替參加中考。司馬朗不客氣地回答:「我的家族中人,世代身材高大,我沒有也不屑謊報年齡。」

　　說話狠,決斷也狠。中平六年(西元189年),董卓廢立皇帝、朝綱混亂。司馬朗想帶領家人離開是非之地的洛陽,不惜拿出巨資賄賂董卓手下官吏,很快蓋齊出城所需的若干公章。回到家鄉後,司馬朗感覺也不安全,立即又帶著家族成員背井離鄉,從而成功避開隨後的兵亂。在身材高大、品學兼優、辦事穩準,散發著主角光環和氣質的司馬朗身後,年輕的二弟司馬懿,此時毫不起眼。

　　除了父兄,還有狠友。與司馬懿交往甚密的好友胡昭相當狠絕,說做隱士就不出山,無論邀請人是不可一世的袁紹,還是更不可一世的曹操。胡昭都靜如止水地回絕:「我乃閒雲野鶴,上馬不能打仗,下馬不能治國,既沒能耐也沒遠志,只想在山林間隱居,請不要再打擾我的生活。」大權在握、說一不二的曹操無可奈何,嘆氣道:「人各有志,出處異趣,勉卒雅尚,義不相屈。」

　　如願隱居山林的胡昭,未曾食言。胡昭養志不仕、躬耕樂道,以研讀經籍自娛,即便邀請做官的信函依舊如雪片飛來,胡昭也一直沒有應召,在亂世中以89歲高齡善終。胡昭的德行,不僅讓遠近鄉里無不敬愛,就連發動叛亂的賊寇都十分敬佩,相互發誓約定:「胡居士是賢者,我們不得侵犯他所在的地方。」《三國志》為此留下八個字的赫然評價:「一川賴昭,咸無忧惕。」

　　與諸多狠人為伍,想不狠都不行。21歲的司馬懿,做出人生第一次狠絕的選擇——不應曹操的徵召。建安六年(西元201年),河內郡上計掾司馬懿在例行述職時,得到尚書令荀彧的賞識,並推薦給求賢若渴的司空曹操。有荀彧的高度評價,又是司馬防的二公子,曹操打算重點培養司馬懿,誠意滿滿地向他發出任職邀請。當時取得官渡之戰勝利的曹操,穩

第六章　千古風流

居天下第一號霸主位置，很多人擠破腦袋想去司空府，但司馬懿卻表示不來。

「帝（司馬懿）知漢運方微，不欲屈節曹氏。」《晉書·宣帝紀》說得冠冕堂皇，但顯然是給晉朝奠基者司馬懿唱高調。實際上，由於司馬氏家族生活在緊鄰袁紹勢力的河內郡，有些事肯定要掂量著辦。況且司馬朗已經投效曹操，司馬懿還要不要再去？畢竟袁紹依然實力強勁，萬一知恥而後勇，大翻盤怎麼辦？哪怕只是奪回河內郡，也是相當尷尬。

司馬氏家族的小算盤，瞞不過曹操。來人啊，問問司馬家的二公子，為什麼上計掾能幹，司空府卻不能來？既然敢拒絕，就有所準備，司馬懿早已在床上躺平，一臉遺憾地對司空府官吏表示：突然患上風痹症，遺憾不能為曹司空效力了。

一派胡言！小時候裝中風糊弄過長輩的資深騙子曹操，哪會相信這等把戲？來人啊，暗查司馬懿！曹操的密探趁夜潛入司馬懿屋內，任憑各種花招試探，司馬懿躺在床上就是一動不動，以超一流的心理素質和演技，有驚無險地通過複查。

過些日子，司馬懿的「病情」似乎有所「好轉」，漸漸可以坐靠讀書。靜以修身的司馬懿，不曾虛度光陰，如飢似渴地閱讀。據司馬懿引用過的名人名言綜合推斷，他應該熟讀過《易經》、《管子》、《春秋》等先秦儒家著作，精研過《孫子兵法》、《軍志》等上乘兵書。

歲月靜好的日子，險些讓一場雨毀了。某日天氣不錯，司馬懿讓奴婢把書拿到院裡晾晒，去潮去溼。不料暴雨說下就下，愛書如命的司馬懿一時激動，竟忘記「身患風痹」，一躍而起，身手矯健地收書。這幕正好讓趕來的奴婢看到，驚得目瞪口呆。聰明睿智的司馬懿腦子轉動極快，頓時冒出四五種解決方法，並迅速評估出最佳方案。

能動手解決，盡量別費腦細胞——司馬懿的狠媳婦張春華大抵是這

第十五節　忍者無敵

樣想的。十六七歲的張春華從廚房悄悄尋來菜刀，乾脆果決地咔嚓掉奴婢，然後沉著冷靜地走回廚房，不一會兒端出若干道鮮美的飯菜。《晉書·宣帝紀》記載：「帝（司馬懿）由是重之。」史書真給留面子，司馬懿恐怕不是「重之」，而是怕之。英雄一世的司馬懿怕過誰？也就年輕時怕過如日中天的曹操。可對媳婦張春華，司馬懿一生都怕。

司馬懿在晚年時，因瑣事與張春華發生口角。張春華雷厲作風不減當年，立刻絕食抗議。有狠媽自然有狠兒，張春華生司馬師、司馬昭等兒子，小小年紀便露出狠絕崢嶸：既然媽絕食，那我們也絕食。以一敵眾的司馬懿敗下陣來，只好趕緊承認錯誤，做出深刻檢討。老臉丟盡的司馬懿，不好意思地跟圍觀奴婢說：「我不是怕媳婦，黃臉婆死了不可惜，我是怕苦了我的兒子。」

狠兒子不是第一次坑爹。建安十三年（西元208年），長子司馬師出生，給司馬懿帶來巨大麻煩。司馬懿喜得貴子的好消息，很快傳到曹丞相的耳朵裡。曹操心說，呦嗬，行啊，孩子都生出來了，看來你小子風痹症不僅好了，還好得很俐落嘛。來人啊，再去問問司馬家二公子，來不來司空府？不來就法辦吧。司馬懿知道若再推諉，剛出世的孩子就沒爹啦，不等來人說出「若覆盤桓，便收之」的口信，便直接扔掉枴杖，打了套拳，表示身體好，做什麼都行。

遇到狠爸、狠哥、狠妻、狠兒以及狠友的司馬懿，又遇到世間罕見的狠老闆 —— 曹操。雖然曹操看在司馬防舉薦之恩的面子上，沒有難為裝病耍賴的司馬懿，但司馬懿很清楚，欺騙曹操向來沒有好下場，必須時刻小心。

不是你小心就能平安無事。曹操聽說司馬懿可以像狼一樣，腦袋直接向後轉，身體和兩肩不動。懂些相術的曹操知道，這說明該人居心叵測、心懷不軌。為一探究竟，曹操曾突然叫住前面開路的司馬懿：「仲達！」聽

第六章　千古風流

見老大召喚，司馬懿趕緊扭過腦袋答應，不經意間暴露了「狼顧之相」。

私下裡，曹操不無擔憂地對曹丕說：「據為父觀察，司馬懿不僅是能吏，而且胸懷大志，有不甘人臣的面相，將來可能會干預我們的朝政家事，你要小心。」當時司馬懿擔任太子中庶子，在奪嫡之爭中屢屢獻出妙計，是曹丕倚重的左膀右臂。曹丕很不理解，好哥們兒司馬懿無非脖子靈活點，怎麼成了圖謀不軌？曹丕不動聲色地點頭認可，但經常找機會為司馬懿美言。

只要曹操沒死，曹丕永遠不頂事。為了保住性命，司馬懿必須起早貪黑、廢寢忘食、任勞任怨地勤勉工作，並積極向曹操靠攏，頻頻大表忠心，在討伐張魯、襄樊會戰中盡心出謀劃策，甚至還勸說曹操順應天意、代漢自立。在司馬懿的影帝級表演下，曹操漸漸收起殺意，可能覺得曹氏、夏侯氏將星輩出，只要司馬懿無法染指軍界，就折騰不出什麼名堂，留著做能吏吧。

可惜，誰算也不如天算。曹操去世不久，不僅曹仁等老一輩宗族名將相繼離世，新一代宗族將領在神經質曹丕的干預下，也開始凋零。曹丕大概閒來無事，居然插手荊襄軍團主帥夏侯尚的家事，以夏侯尚不寵愛妻子曹氏為由，絞死受寵的小妾。永失愛人又折面子的夏侯尚，很快鬱悶而死。

到此為止，尚無大礙。荊襄軍團主帥職位空出來，再選宗族將領接替就是。但曹丕沒來得及定人選，也去世了。接班的曹叡不懂相術，又沒得到爺爺曹操的告誡，老爸曹丕大概也沒傳達，於是大筆一揮，委任狀發給了一直從事後勤保障工作的司馬懿。

到此為止，並不致命，畢竟曹真和曹休掌握著西北、東南兩個戰鬥力更強的軍團。可惜，比司馬懿年輕不少的曹真和曹休，都死要面子。魏太和二年（西元228年），曹休在石亭大戰中敗於東吳名將陸遜，又急又氣地

很快病死。魏太和五年（西元231年），曹真伐蜀不利，讓諸葛亮防守反擊打得損兵折將，也又急又氣地很快病死。

能忍的人，運氣不會太差。司馬懿扛過雄才大略的曹操，撞上神經兮兮的曹丕，遇到不知內情的曹叡，碰上心理脆弱的曹真和曹休，好運連連。於是乎，並非曹魏宗族將領的司馬懿竟然脫穎而出，成為曹魏軍界的「一把手」。

從此，司馬懿開啟橫掃千軍、指點江山的偉大歷程。

哦，這個不存在。

還得忍。

第十六節　鷹揚之臣

司馬懿很委屈地坐在帥位上。

「公畏蜀如虎，奈天下笑何！」曹魏將領當面譏諷主帥！

司馬懿得忍，這些小將敢如此放肆，是有副帥張郃撐腰。雖然大將軍司馬懿在曹魏軍隊的職務最高，但資歷和戰功遠遠不及徵西車騎將軍張郃。從軍四十多年的張郃，自討伐黃巾叛亂開始，久經戰場，北逐遼東、西蕩涼州、南驅江陵、威震街亭，幾乎所向披靡。《三國志‧張郃傳》記載：「郃識變數，善處營陳，料戰勢地，無不如計，自諸葛亮皆憚之。」

按理來說，功勳章多得可以掛到後背的張郃，完全能勝任西北戰區統帥。可帥是帥了，但是副的。如果用兵如神的曹操當主帥，那麼張郃心服口服；如果虎步關右的夏侯淵當主帥，那麼張郃沒理由不服；如果曹氏宗族小字輩的曹真當主帥，那麼張郃不服也得服。可主帥偏偏是既無蓋世戰

第六章　千古風流

功又非曹氏宗親，還是文官轉行做武將沒幾年的司馬懿，張郃焉能服氣？

一加一很難大於二。魏太和五年（西元231年），諸葛亮第四次北伐來襲，曹叡派出張郃搭檔司馬懿的頂級組合，以為穩操勝券，然而卻適得其反。面對來勢洶洶的蜀漢大軍，張郃與司馬懿很快發生了第一次分歧。張郃勸司馬懿分兵駐守鄜城，防止諸葛亮又聲東擊西。司馬懿很委婉地表示，對付諸葛亮這種高等級的對手，必須集中兵力。張郃有理，司馬懿也有理，都有理，只能誰官大聽誰的。

說一套，做一套，這是司馬懿的拿手好戲。司馬懿根本沒搞什麼集中兵力，主力部隊尚未到達前線，便讓郭淮等部先行救援被蜀漢軍隊圍困的祁山堡。早已做好「圍點打援」準備的諸葛亮，親率蜀漢主力擊潰郭淮等部，隨即揮師殺向上邽。司馬懿率領大軍也趕到上邽，卻在城東險要屯兵不動，任由城外麥田讓蜀漢士兵損毀。天天拿麥田撒氣也不是事兒，為尋求野戰殲敵機會，諸葛亮帶領蜀漢軍隊向鹵城徐徐退去。

一加一不見得等於二。要不要追？張郃與司馬懿發生了第二次分歧。司馬懿覺得要追但不打，與蜀漢軍隊保持間距，尾隨跟進。張郃很反感這樣的操作，表示要麼追上打，要麼乾脆不追，若即若離跟著又不動手，拖拖拉拉像什麼樣子。其他曹魏將領也被這種戰術搞得百爪撓心，排起長隊輪番請戰。由於有副帥張郃撐腰，這些將領對主帥司馬懿冷嘲熱諷、不屑一顧。眼看再不打有兵變的危險，司馬懿只得無奈開戰，派張郃率部進攻蜀漢南大營，自己親率大軍殺向諸葛亮坐鎮的蜀漢主營。

精神狀態欠佳的司馬懿，遇到軍事才能步入巔峰的諸葛亮。一番激戰過後，「退若山移，進如風雨，擊崩若摧，合戰如虎」的蜀漢軍隊，取得四次北伐以來的最大勝利，斬殺曹魏披甲士兵三千人（有職務或精銳士兵才能披甲），繳獲五千副鐵甲以及角弩三千一百張。按照繳獲物資的數量和質量推斷，曹魏軍隊此役死傷不下萬人。慘敗一次也好，曹魏將領都不鬧

第十六節　鷹揚之臣

了，乖乖跟著司馬懿逃回大營，重新龜縮防守。

一加一很可能小於二。大獲全勝的蜀漢軍隊突然退兵！要不要追？張郃與司馬懿發生了第三次分歧。司馬懿主張追擊，並要求張郃帶隊。張郃表示反對，認為諸葛亮用兵神出鬼沒，敗退都不要追，更何況勝利撤軍。張郃能明白的事，司馬懿肯定明白，但司馬懿要做的事，張郃未必能猜透。在司馬懿的一再堅持下，張郃不情願地執行命令，率軍追到木門道，遭遇埋伏多時的蜀漢連弩士，矢如雨下，曹魏士兵死傷無數，張郃也因中箭失血過多而亡。

凡事要先從自身找原因。張郃戰死沙場，本人有責任。即便司馬懿命令追擊，張郃不得不去，也完全可以遠遠喊幾句衝啊殺啊，練練嗓子回營交差就是。但張郃追著追著，大概追出感覺，看到蜀漢軍隊沿途丟棄的軍用物資以及鍋碗瓢盆等生活用品，漸漸放鬆警惕，忘記自己說的「歸軍不追」。直到連弩所發之箭由天而下，張郃追悔莫及！

「蜀未平而郃死，將若之何！」曹叡在朝堂上悲傷哀嘆！可這能怪誰？比起司馬懿的蓄意陷害和張郃的疏忽大意，曹叡的責任更大！為什麼把軍界職務第一和第二的兩個人，生生塞到一個戰區？否則怎會搞成這樣？正所謂，一著不慎，滿盤皆輸！

要說曹叡的智商和情商，也算線上。史書記載，曹叡博聞強識、過目不忘，即便不是神童，至少也是學霸。曹操都非常欣賞曹叡，自豪地說：「有了你，曹家基業可以傳承三代了。」相比智商，曹叡的情商似乎更線上，尤其在母親甄氏被父親曹丕賜死，自己小命也危如累卵之際，居然巧妙地打出情感牌，完成幾乎不可能完成的逆轉。

《魏末傳》記載，曹叡跟隨曹丕狩獵，撞見母子兩隻鹿。曹丕毫不猶豫地彎弓搭箭，乾淨俐落地射殺母鹿，然後命令曹叡射殺幼鹿。曹叡頗有深意地說：「陛下已殺死母鹿，兒臣不忍心再殺牠的孩子。」說完，曹叡哭

第六章　千古風流

泣不已。曹丕是聰明人，不自覺地垂下弓箭：那就放幼鹿一條生路吧。

間不容髮。曹叡竭力穩住精神不正常的曹丕，與此同時，更對陷害甄氏的郭皇后千依百順、親善孝敬，讓沒兒子的郭皇后都恍惚了，居然把曹叡當成親兒子撫養。直到曹叡繼承曹丕的帝位，並確定坐穩江山後，才對郭皇后展開報復。

大難不死的曹叡，有些放鬆大意，尤其在對司馬懿的任用上，接連失誤。曹叡的第一個錯誤就很嚴重，沒有選派宗族將領出任荊襄軍團主帥，而是委任司馬懿。第二個錯誤更嚴重，大司馬曹真病逝，曹叡又把關中軍權交給司馬懿。

第三個錯誤最要命。魏景初三年（西元239年），好大喜功、荒淫無度的曹叡病危，禁不住身邊近臣攛掇，兒戲般反覆更改託孤大臣。改就改吧，還改得很離譜，兩位託孤大臣的軍政威望天壤之別。一位是靠老爸曹真威勢上位 —— 志大才疏又心懷不軌的曹爽；另一位是憑自己數十年顯赫功勳上位 —— 剛剛率領大軍平定遼東，再立蓋世奇功的老謀子司馬懿。這樣的搭配真是絕了，難怪曹魏絕了！

曹爽和司馬懿共同輔政，從一團和氣開始。起初，曹爽先生積極塑造謙遜有禮的良好人設，凡事都與司馬懿商量，一度贏得朝野稱讚。不過曹爽並不打算和誰其樂融融的共享權力，曹叡駕崩尚不滿月，便忍不住邁開乾綱獨斷的第一步 —— 虛情假意地上奏尊司馬懿為太傅，卻在無形中把錄尚書事和衛戍宮廷的職責取消。

見微知著，不可不防。司馬懿洞若觀火，當然不能任由曹爽擺布，於是利用持節統兵都督諸軍事的權力，屢屢執意親征東吳。隨著一個勝利接著一個勝利，司馬懿的朝野威望日盛，用優異的軍事業績，不斷鞏固著軍權。

亂世還得有軍功。曹爽先生看在眼裡、急在心裡，也想搞些彪炳戰

第十六節　鷹揚之臣

績，以便奪下軍權。鑒於司馬懿打東吳順風順水，實在沒理由插手，曹爽便把建功立業的目光，投向西南，堅持要親率大軍，討伐蜀漢。

關係甚大，不可不察。司馬懿明白曹爽心思，自然據理力爭，堅決不肯同意。曹爽則是必須要打，甚至以司馬師可以擔任中護軍（首都禁軍副統帥）作為交換條件。曹爽已經先退一步，得到實惠的司馬懿，也不能不做讓步，只好鬆口。

費九牛二虎之力才換來的親征機會，曹爽沒抓住。儘管曹魏大軍人多勢眾，天氣也是風和日麗，可惜曹爽的軍事指揮能力太水，攻擊不利也就罷了，連撤退逃跑都出現問題。《漢晉春秋》寫道：「爽爭險苦戰，僅乃得過」。曹爽僥倖逃回來，但士兵死傷甚多，轉運物資糧草的牛馬，幾乎全部喪失。

每個人都有自己的特長。曹爽不擅長打仗，但他勝在心理素質過硬、勝在臉皮奇厚，慘敗也沒鬱悶生病，反而更加活蹦亂跳。曹爽依仗首席託孤大臣的權勢，肆意任命親兄弟擔任軍中要職，並強行削弱司馬師的禁軍指揮權。

看似占盡上風的曹爽，已經停不下橫行霸道的步伐。為進一步把控朝政，曹爽瞄準了與司馬懿家族有聯姻關係的郭太后。曹爽藉口皇帝長大，把郭太后遷到永寧宮。自以為得計的曹爽並不知道，他的這個行為，是在自掘墳墓。

若想讓其滅亡，必先使其瘋狂。面對咄咄逼人的曹爽，司馬懿選擇退讓示弱，並藉著夫人張春華去世，順勢祭出對付曹爽養爺爺的辦法——裝病。司馬懿回家養病，曹爽果然膨脹加速，侵占皇室田產，竊取宮中寶物，甚至把魏明帝曹叡生前的宮妃帶回大將軍府。

曹爽的僭越之事越做越多，眾多曹魏大臣滿腔怒火，甚至有大臣來到司馬懿府上，邊說邊涕泣橫流，希望司馬懿效仿伊尹、呂望的行跡，匡扶

第六章　千古風流

魏室！司馬懿沒跟著激動，冷靜說道：「且止（別哭了），忍不可忍。」

司馬懿向來說一套做一套，表面說忍耐到底，一副畏縮的樣子，實際暗中已經做好不忍的準備。《晉書・景帝紀》記載：「（司馬師）陰養死士三千，散在人間。」司馬懿說的忍，其實就是等，等待一擊必中的機會。

猖狂至極的曹爽，以為司馬懿只是在家等死的老頭，根本沒意識到自己才是失道寡助、危機四伏。西元249年，曹爽兄弟滿不在乎地傾巢而出，陪同皇帝去高平陵拜祭先帝，送給司馬懿絕佳的反擊機會。

裝病兩年的太傅司馬懿當機立斷，一骨碌翻身起床，連繫太尉蔣濟以及司徒高柔等諸多朝廷重臣，又爭取到郭太后的支持，在洛陽發動閃電政變。很快，司馬懿等人便控制武器庫、司馬門以及洛陽的禁軍，隨即公布罷免曹爽職務的太后詔書！

年近古稀的司馬懿押上家族成員的全部性命，鋌而走險！圖什麼？開創自己沒機會看到的偉大晉朝嗎？曹魏三朝老臣、受兩代託孤重任的司馬懿，如果有你好我好大家好的平局，還會這麼幹嘛？與其說司馬懿想贏——其實，真的只是不想輸。

垂死的司馬懿發動政變？這怎麼可能？曹爽先生宛如捱了晴天霹靂，實在想不通。因為就在前不久，曹爽的親信官員借外任辭行由頭，親切探望過司馬懿。親信官員回來後，做了詳細彙報，不是說老太傅已經耳聾眼花、四肢無力、行將就木了嗎？

上當受騙的事，別再想了，先說眼下怎麼辦吧！曹爽的謀士力勸不要放棄抗爭，先帶皇帝退到許昌，然後號召全國兵馬討伐司馬懿。不過說實話，司馬懿在關中、荊襄兩大野戰軍經營多年，又有郭太后及絕大多數朝廷重臣支持，響應曹爽的勤王兵馬能有多少？而且還有更實在的問題，曹爽先生帶領的數千士兵，能擺脫司馬懿指揮的數萬大軍的圍追堵截？安然退到許昌？

退到許昌繼續頑抗的計策，是沒辦法的辦法。曹爽經過一夜反覆思

第十六節　鷹揚之臣

考，最終認為放棄翻盤前途渺茫，但畢竟還有一絲希望的退往許昌。曹爽把佩刀扔在地上，選擇相信司馬懿指著洛水立下的誓言：只要放下武器，可以回洛陽做一輩子富家翁。

權力巔峰，或生或死，很難折中。曹爽回到洛陽，司馬懿立刻派兵包圍曹府，並在府邸四角搭起塔樓，日夜監視曹爽的一舉一動。曹爽挾彈弓想到後園消遣遊戲的這類小事，塔樓上的士兵都會高喊：「故大將軍向東南去了。」曹爽愁悶不已，不知如何是好。

曹爽愁不了多久，因為司馬懿知道如何是好。要麼不動手，動手就做絕！經歷太多九死一生的司馬懿，絕不可能履行所謂誓言。由於曹爽做過的僭越事情數不勝數，司馬懿很快蒐羅到足夠豐富的叛逆證據，把曹爽及其兄弟送上斷頭臺。

殺掉曹爽，不是結束，而是開始。打著匡扶魏室旗號，反對司馬氏專權的叛亂，一波接著一波。魏嘉平三年（西元251年），年過七旬的司馬懿再次披掛上陣，親率大軍以迅雷不及掩耳之勢，平息了第一次淮南叛亂，但也耗盡最後的氣力。

一生裝病近十年的司馬懿，真的病入膏肓。臨終前，司馬懿反覆叮囑司馬師和司馬昭：「聽著！我的喪事一切從簡，既不要封土堆，也不要植樹。尤其要記得，以後誰也不要來祭拜。切記！切記！子弟群官皆不得謁陵。」

為了避免老爹享受到掘墳拋屍、挫骨揚灰的崇高待遇，司馬師和司馬昭謹遵遺囑，並把心狠手辣、言而無信的原則貫徹到底，不給曹魏政權任何喘息機會。司馬師於魏正元二年（西元255年）、司馬昭於魏甘露三年（西元258年），先後平定第二次、第三次淮南叛亂，肅清了反對司馬氏的曹魏武裝力量。經過十多年的苦心經營，司馬氏家族終於把曹魏帝國挖成空殼。

第六章　千古風流

晉泰始元年（西元265年），司馬懿的孫子司馬炎以禪讓形式，徹底終結了短命的曹魏。

恍惚間，彷彿漢獻帝的淚水，又掛在曹氏子孫的臉龐上。

正所謂，天道好輪迴，蒼天饒過誰？

第十七節　波詭雲譎

人世間最難的事，就是人事。

無論是光復漢室，還是儲存蜀漢，再難都得動手。

諸葛亮把斷送第四次北伐大好形勢的矛頭，對準負責後勤保障工作的驃騎將軍李嚴。

平心而論，秦嶺地區山路險阻，再趕上陰雨連綿，糧草運輸難免缺貨，換誰都差不多。如果非要追究責任，通報批評到頭了，怎能把託孤大臣李嚴貶為庶人？所以，根子不在運糧。

李嚴運糧不力也就罷了，還編出三流騙子都不敢編的瞎話。李嚴先給諸葛亮寫信說，糧食運不到，趕緊撤兵吧。諸葛亮撤軍回來後，李嚴卻故作驚訝地說：「軍糧還多，丞相為什麼要撤？」向劉禪彙報時，李嚴又換了說辭，號稱諸葛丞相撤兵是要誘敵深入。面對漏洞百出、不攻都能自破的謊言，諸葛亮也不廢話，直接把李嚴前後矛盾的信函原件擺在桌面上。鐵證如山，李嚴無話可說，只能叩頭認罪。

凡事就怕認真推敲。劉備欽定的託孤大臣李嚴，素以行政能力卓越著稱，怎會編出這等拙劣的謊言？尤其詭異的是，諸葛亮彈劾李嚴的奏章，隻字沒提糧草運輸的事，通篇都在翻舊帳，指責李嚴妄想把益州劃出五個

第十七節　波詭雲譎

郡組建巴州，並企圖擔任巴州刺史；又痛斥李嚴對支援北伐中原時推三阻四、漫天要價，居然要求擁有開府辟召的權力。

實事求是地說，李嚴的政治站位不夠高，提的要求有點過分。但仔細想想，李嚴也不是沒道理。難道兩個託孤大臣，一個可以在中央擔任號令四方的丞相；另一個在地方當刺史都不行？一個可以天經地義地開府辟召；另一個想都不能想，提都不能提？

李嚴想的不對、提的過分，否決便是，大不了批評教育一番，怎麼就成為罪狀？別說難以服眾，就是皇帝劉禪也不會樂意。擅長保命的劉禪可不傻，即便諸葛丞相再好，也不如兩個託孤大臣相互牽制。

況且在劉禪看來，諸葛丞相好是好，但似乎有點好過頭。據《三國志・諸葛亮傳》記載：「政事無鉅細，咸決於亮。」曹魏方面的史料記載則更加直接惡毒：「亮外慕立孤之名，而內貪專擅之實。」總之，老大不小的劉禪，國家大事做不了主。

雖說劉禪性子好，具有隨遇而安、不爭不搶、不急不惱等諸多優秀特質，不做主就不做主，但面子仍時常無光。在名揚四海的〈出師表〉中，諸葛亮以相父的姿態，毫不客氣地頻頻教導，不僅要求劉禪「不宜妄自菲薄，引喻失義，以塞忠諫之路也」，還動不動搬出先帝這個那個，告誡劉禪遇到作奸犯科怎麼辦，宮中事務聽誰的，軍中事務聽誰的，不能親小人、遠賢臣，要親賢臣、遠小人等等。

好好好，都聽話，但劉禪萬萬沒想到，多納幾個嬪妃都不行！侍中董允阻攔道：「古代天子的後妃不超十二人，陛下目前已達標，不宜增加。」劉禪一肚子悶氣，但不敢反對，因為董允是諸葛亮欽點的宮中事務大總管。諸葛亮準備離開成都、北伐中原時，非常擔心劉禪「富於春秋，朱紫難別」（年輕氣盛，不能辨別是非），特意把正直的董允提拔為侍中、虎賁中郎將，統領皇宮宿衛親兵，號稱可以防止劉禪受小人的不良影響。

第六章　千古風流

　　得了，那就做好祭天、祭地、祭祖宗吧。《魏略》記載，找準人生定位的劉禪說：「政由葛氏，祭則寡人。」也許，劉禪沒有絲毫怨氣，但顯然不會是歡欣雀躍。劉禪很可能覺得，北伐中原、興復漢室是老爹和相父的理想，跟自己沒什麼關係。

　　劉禪不是對國家大事不理不睬，是國家大事對他不理不睬。吳黃龍元年（西元 229 年），孫權堂而皇之稱帝，諸葛丞相力排眾議，派出使者祝賀。孫權投桃報李，在吳蜀最新盟書中，半個字沒提劉禪，卻對諸葛亮進行高度讚揚：「諸葛丞相德威遠著，翼戴本國，典戎在外，信感陰陽，誠動天地，重複結盟，廣誠約誓，使東西士民咸共聞知。」所以說，事出必有因果，難怪在諸葛亮逝世以後，劉禪再也不設丞相，猜想他再也不想聽到「某某丞相德威遠著」的讚語了。

　　「此間樂，不思蜀。」──擅長保命的劉禪，不是一朝一夕養成的。長久以來，劉禪不敢奢求做主，只希望不被做了就好。劉備託孤諸葛亮時說的「如其不才，君可自取」，始終猶如高懸在劉禪頭上的一把利劍。為防止這把劍莫名其妙掉下來，劉禪本該對另一位託孤大臣也盡力關照，大錯化小、小錯化了，全力周旋才是。然而，劉禪堅定不移地支持諸葛丞相的決定，大印一蓋，李嚴回家。

　　諸葛丞相有硬貨，很可能送給劉禪，李嚴寫過的那封信──勸諸葛亮接受九錫、晉爵稱王。試問劉禪看到此信會作何想？今天能勸諸葛亮，明天就能勸諸葛暗，後天還能自己勸自己！諸葛丞相無非管得比較嚴，忠心沒得說，可李嚴是圖謀不軌！別說李嚴運糧不力又說謊，就是運糧得力不說謊，也得趕緊拿下。

　　這樣大逆不道的信，李嚴當真給諸葛亮寫過？沒錯，李嚴大大方方寫了，因為他以為自己最會相機行事。建安十三年（西元 208 年），曹操大軍殺入荊州，秭歸縣縣令李嚴迅速拋棄劉表父子，投靠了益州劉璋。建安

第十七節　波詭雲譎

十八年（西元213年），劉備與劉璋大打出手，李嚴又迅速拋棄劉璋，率軍投降劉備。蜀漢章武元年（西元221年），李嚴感應到劉備內心稱帝的吶喊，不辭辛苦走遍各個角落，終於在武陽赤水找到祥瑞黃龍。十幾年來，李嚴的每一次投機，都換來更大的官帽。

可是有些事，不懂的人，永遠不懂，與智商無關。李嚴懂得見風使舵，以為世間盡是利益，但他不知道，這個世間還有信仰。李嚴覺得諸葛亮拚命獨攬軍政大權，不是北伐中原，而是要自立為帝。很遺憾，以己度人的投機大亨李嚴，看走了眼。

諸葛亮看清了李嚴——這個毒瘤必須剷除。由於李嚴寫勸進信時，正在坐鎮江州，責難問罪肯定不是好辦法。諸葛亮不得不忍耐，非但沒翻臉，還在回信中風輕雲淡地開起玩笑，表示如果消滅曹魏、還於舊都，大家就一起升官發財，別說受九錫，受十錫都行。

要想剷除李嚴，必須把他調到漢中。諸葛亮正思索著理由，仗義的曹真將軍來幫忙——魏太和四年（西元230年），曹真指揮二十多萬曹魏大軍進犯蜀漢。諸葛亮趕緊修書一封，請李嚴率東部軍團來漢中增援。為確保李嚴聽從調遣，諸葛亮開出兩大優惠條件，不僅提拔李嚴為驃騎將軍，還讓李嚴兒子繼續擔任江州都督。幾十萬曹魏大軍壓境，李嚴父子得到破格提拔，江州根據也沒失去，還有什麼理由不來？滿朝文武瞪眼看著呢。

來了就別想走，必須拿下。於是，李嚴運糧不力又說些左右逢源的場面話，錯誤立刻無限擴大。李嚴不敢辯解，只能俯首認罪，否則以大逆不道的罪名收場，就不是免職回家了。李嚴被貶為庶人不久，李嚴兒子也卸任地方上不重要的江州都督，轉而提拔到丞相府從事文案整理等重要工作。

為了蜀漢的長治久安，為了漢室的光復偉業，諸葛亮不僅剷除了毒瘤李嚴，還曾力勸劉備賜死可能爭奪繼承權的養子劉封，堅持處死蠱惑馬超

第六章　千古風流

叛變的彭羕。對嚴重影響團結大局的來敏和廖立，諸葛亮也毫不留情地把他們免官或發配偏遠山區。

除了動搖國本的原則問題，諸葛亮對人、對事都相對寬容，能邀請的盡量邀請，能幫忙的盡量幫忙，能提攜的盡量提攜，團結了一切可以團結的力量。

大儒杜微裝耳聾不肯出仕，諸葛亮準備好紙筆，以文字形式耐心與其交流，態度極為誠懇。深受感動的杜先生，最終答應出來做官。

秦宓因反對征討孫權而惹惱劉備，眼看人生要結束，諸葛亮說盡好話，總算幫秦宓先生保住性命。劉備病逝次年，諸葛亮隨即起用秦宓，委以州別駕的重任。

蔣琬醉酒不理政務，在諸葛亮的力保下，才讓劉備免除死罪懲罰。後來，蔣琬得到諸葛亮的大力培養，直至成為蜀漢執政官，《三國志》譽其為「社稷之器」。

對曹魏降將姜維，諸葛亮充分信任、破格提拔，姜維也沒有辜負期望，成為蜀漢政權的最後捍衛者。還有費禕、楊洪、何祗、李恢、王平、鄧芝、馬忠等眾多才幹之士，諸葛亮也都提拔重用。

可以說，對待敵人像嚴冬一樣殘酷無情，對待個人主義像秋風掃落葉一樣乾淨俐落，對待工作像夏天一樣火熱，對待同事像春天般的溫暖，諸葛亮基本都做到了。

自從劉備病逝後，整整十年，在諸葛亮殫精竭慮的努力下，從復盟東吳，到平定南中，再到肅清毒瘤李嚴，風雨飄搖的蜀漢政權日益穩固。

然而，最重要的事情，始終壓在諸葛亮的心頭。

第十八節　渭水秋風

希望渺茫，唯有全力以赴。

即使不能改變結果，也要改變過程。

一次又一次的前行！諸葛亮從第一次北伐的慘痛失敗，到第二次北伐消滅曹魏偏師，到第三次北伐占領武都、陰平兩郡，再到第四次北伐力克曹魏主力，短短三年間的四次北伐，一次比一次打得好，其間還粉碎了曹魏數十萬大軍的進犯。曹魏名將郭淮、曹真、張郃、司馬懿，無一不是敗軍之將。儘管諸葛亮做得足夠出色，但離「還於舊都、光復漢室」的目標，依舊很遠。

畢其功於一役！經過三年的精心準備，蜀漢建興十二年（西元234年）春，兩鬢斑白的諸葛亮，踏上第五次北伐的征程，兵鋒直指長安！軍事能力處於巔峰的主帥諸葛亮，十餘萬訓練有素、裝備精良的蜀漢大軍，遍布斜穀道的城堡和糧倉，還有東吳盟友在揚州、荊州的強大攻勢，一切看上去那麼完美無瑕。

然而，歷史的悲涼往往在於，英雄的對手也是英雄。三年前，司馬懿臨危受命、匆忙上任，關中將領又是各種不服，導致吞下個人軍事生涯的第一場大敗。三年來，司馬懿臥薪嘗膽、發憤圖強，積極訓練士兵、補充裝備的同時，興修開通成國渠，解決了困擾曹魏關中部隊多年的缺糧問題。一切準備就緒的司馬懿，期盼著與諸葛亮再決高下。

諸葛亮終於來了！司馬懿立刻下令：「在渭水南岸背水紮營！」曹魏將領搖頭擺手加跺腳，覺得背水紮營不利於戰敗跑路，建議在渭水北岸立營，隔河對峙比較保險。司馬懿堅持己見地說：「關中百姓的糧食財物大多在渭南，這是必爭之地，再難再險也得上。」既然官最大的哥們兒不怕

第六章　千古風流

死，大家只能硬著頭皮陪著上。

仗還沒開打，曹魏將領就全都喪著臉，似乎已經認輸。為給大家鼓勁兒，司馬懿很快計上心來，神祕兮兮地說：「諸葛亮如果搶占郿縣以東的武功山紮營，長安很危險。如果在西邊的五丈原紮營，那沒什麼可怕。」不久，蜀漢大軍屯駐五丈原的消息傳來，曹魏將士群情振奮，高興得像中大獎一樣。其實，司馬懿很清楚，以諸葛亮用兵方略和補給保障情況，不可能冒險搶占武功山。

洋溢著祥和喜慶氣氛的曹魏軍營，只有數次被諸葛亮打得落花流水的郭淮將軍保持著頭腦冷靜，智慧爆發地強調：「先不要高興，如果諸葛亮跨過渭水登上北原，可以連兵北山、斷絕隴道，不僅造成軍事上的威脅，政治上也將陷入被動。」司馬懿何等英明，馬上命令郭淮率精兵搶占北原。屢次慘敗於蜀漢軍隊而不亡的郭淮，的確擅長跑步，搶先一步占據有利地形，打退了隨後趕到的蜀漢先鋒部隊，有驚無險地控制住北原。

司馬懿占得先手，但不打算擴大戰果，反而命令各部嚴防死守。這真不是司馬懿要留諸葛亮做邊境大患，以便挾關中大軍自重等。司馬懿要是熱衷姑息養奸，他為什麼要八日急行一千二百里，分兵八路狂攻十六天，以迅雷不及掩耳之勢平息新城叛亂？養著新城叛賊，不是照樣可以挾大軍自重嗎？司馬懿要是喜歡姑息養奸，他為什麼不對諸葛亮的大哥諸葛瑾也搞嚴防死守，為何直接拉起隊伍上，打得諸葛瑾兵敗如山倒、抱頭鼠竄？

至少在此時此刻，司馬懿仍舊是曹魏忠臣，沒有那麼多陰謀論，說到底是打不過。諸葛亮用兵如神，五丈原又是易守難攻的高地，司馬懿怎會跑來強攻捱揍？而且東吳軍隊在長江中下游發動全面攻勢，牽制大量曹魏部隊，現在幾乎沒有援軍可以再抽調關中。如果司馬懿貿然出擊而大敗，長安、洛陽將失去最後的屏障！那就只守不攻吧，司馬懿非常熟練地把部隊龜縮在營內，大門不出、二門不邁。

第十八節　渭水秋風

司馬懿可以守，諸葛亮只能攻。為了調動司馬懿大軍出營野戰，諸葛亮親率主力部隊大張旗鼓西行，看似瞄準曹魏軍事重鎮西圍。曹魏將領都表示要趕快增援，只有數次被諸葛亮遛得找不到北的郭淮將軍依然保持頭腦冷靜，智慧爆發地指出：「根據我多年作戰教訓，諸葛亮擅長聲東擊西，攻取西圍是假，偷襲東邊的陽遂是真。」司馬懿何等英明，果斷採納郭淮建議，立刻派兵增援陽遂。

一計不成，再來一計。諸葛亮派出最精銳的數千「虎步軍」，駐紮到武功水東岸，幾乎頂著司馬懿主力部隊立營。面對這麼過分的軍事挑釁，司馬懿本打算不為所動，但不料天降大雨，武功河河水突然暴漲，一時間竟沒過橋梁。如此一來，「虎步軍」與諸葛亮主力大軍被武功河河水切割開來。這是天賜良機啊，司馬懿動心了。

心動不如行動，殺出去，全殲蜀漢的「虎步軍」！司馬懿迅速派出萬餘騎兵，對孤立在武功河東岸的數千「虎步軍」發起猛烈圍攻。得到訊息的諸葛亮趕緊率領大軍來救，一邊派蜀漢工兵緊急架設浮橋，一邊指揮強弩兵隔河怒射。

「虎步軍」的戰鬥力異常強悍，又見援軍已至，士氣大振，打得虎虎生風、越戰越勇。不一會兒，浮橋搭好，蜀漢大軍開始渡河增援。真是偷雞不成蝕把米！司馬懿來不及後悔，也顧不上死傷的曹魏騎兵，立刻掉轉馬頭，快撤！快撤！

沒吃掉數千「虎步軍」，曹魏騎兵還英勇陣亡無數。逃回大營的司馬懿仍心有餘悸，「虎步軍」的勇猛彪悍，強弩的超遠射程，工兵的戰地能力，援軍的迅捷反應……司馬懿再次清醒認識到，諸葛亮調教的蜀漢大軍，真是要勇猛有勇猛，要裝備有裝備，要技術有技術，要速度有速度，打不過就是打不過。

又折一陣的司馬懿，更加堅定打平就是勝利的信念，鐵了心不再出

第六章　千古風流

營。任憑蜀漢士兵鋪天蓋地「問候」曹魏將士及其祖宗，司馬懿就是龜縮不動，窩在大營裡吃飯睡覺、療養身心。如果實在閒得發慌，司馬懿就回信給弟，報個平安。

寫信給家人，都是報喜不報憂。諸如讓諸葛亮堵得足不出營的糗事，司馬懿肯定避而不談。但實際戰況的確沒什麼能炫耀的，司馬懿只好上升到理論高度，提筆寫道：「亮志大而不見機，多謀而少決，好兵而無權，雖提卒十萬，已墜吾畫中，破之必矣。」

說說而已，司馬懿哪有什麼破敵之策！如果非說有，就是拖。因為司馬懿能拖，但是諸葛亮不能。但越是如此，諸葛亮越要表現出沉著冷靜，不能有一絲急躁。諸葛亮擺出長駐不走的架勢，下令分兵在渭、濱間屯田。

明知不可為而為之，明知不可勝而求勝，比起吃了睡、睡了吃的司馬懿，諸葛亮殫精竭慮。由於東吳軍隊已被曹魏大軍挫敗，曹魏部隊很快就會增援關中。兵力本不占優的蜀漢軍隊，即將面臨更加嚴峻的形勢。留給蜀漢大軍和諸葛亮的時間，不多了。

夜空寧靜，星河璀璨，諸葛亮凝視著中軍帳外「興復漢室」的大旗，久久不能釋懷。籌謀三年的第五次北伐，又將功虧一簣？有生之年還能不能「還於舊都」？這些問題，諸葛亮不是不知，只是不認。嘔心瀝血的諸葛亮，忽然感到一陣眩暈，再也堅持不住。

「會有長星墜亮之壘」，吃飽睡足沒事做的司馬懿，在營內消食散步、夜觀天象，看到一顆赤紅色的大星向五丈原落去。司馬懿狡黠地眨眨眼，莫非諸葛亮要不行了？如果諸葛亮病重不能掌兵，蜀漢軍隊就沒那麼可怕了。快！派出一支奇兵深入蜀漢大軍後方襲擾！果然不出司馬懿所料，這次奇襲非常順利，斬殺蜀漢士兵五百多人、俘虜六百多人。

一葉落而知天下秋。諸葛亮憂心忡忡，雷打不動的司馬懿，一定有所

第十八節　渭水秋風

察覺，否則不可能冒險突襲。一旦讓司馬懿吃準虛實，曹魏大軍的總攻就會來臨。快！挑戰的士兵再多去一些，「問候」的聲音再凶猛一些，還得再派約戰使者，請司馬懿趕緊決戰！強撐病體的諸葛亮非常虛弱，但必須展示出最強的求戰姿態。

聽著營外蜀漢士兵一浪高過一浪的咒罵聲，看著蜀漢使者帶來的約戰信函，以及精美蜀錦女士套裝，司馬懿有點糊塗了。諸葛亮不是大限將至嗎？叫陣罵聲這麼凶，求戰文書這麼勤，還送來女士套裝刺激出戰？！算了，打平就是勝利吧。醞釀大反攻的司馬懿，改了主意。

司馬懿能忍，但軍中的曹魏將領涵養有限，都快忍不住了。深通轉移矛盾之法的司馬懿，儘管身體很老實地留在大營，但嘴上叫得凶狠，號稱馬上向皇帝曹叡請旨，與蜀漢軍隊決戰。不久，曹叡果真見到司馬懿的請戰書，寫得句句殺氣騰騰、字字澎湃激昂。不過曹叡明白：將在外，君命有所不受。司馬懿派人大老遠來申請出戰，分明是不想打。心領神會的曹叡，立刻派出朝廷高官，持節制止出戰。

司馬懿打不打，諸葛亮的戰書都要繼續下。當蜀漢使者又來下戰書時，司馬懿微笑著看完，也不回應，卻拉著使者聊家常，親切問道：「孔明兄的起居飲食怎麼樣，一頓飯能吃多少啊？」為彰顯諸葛丞相勤勉敬業，使者顯擺地講：「我家丞相忙得很，每頓飯都吃不多，也就三四升。」司馬懿笑咪咪再問：「聽說孔明兄事必躬親，堪稱率先垂範的好榜樣，是不是這樣？」使者更得意地說：「沒錯，打二十軍棍以上的處罰，都是我家丞相親自審定。」

司馬懿滿臉佩服地堆笑：「好，好，我得向孔明兄學習。打仗的事不著急，待我想想哪天方便，你先回去給孔明兄帶好。」蜀漢使者心滿意足，踱著方步走遠後，司馬懿收起笑容，哭喪著臉對身邊將領說：「唉，諸葛亮真的要死了。」

第六章　千古風流

　　千古知音最難覓。料到諸葛亮命不長久，司馬懿也許有如釋重負的輕鬆愉悅，但更會有痛失敵手的無限遺憾！經過這些年的對峙交鋒，司馬懿對這位明知不可為而非要為的對手，逐漸生出越來越多的欽佩！史書記載，司馬懿在與諸葛亮往來的信函中，曾情不自禁地流露出敬意：「黃權是爽快人，經常從座位上起身，讚嘆著談論你，這種談論總不離口。」

　　史書還記載，在一次大戰前，司馬懿穿著層層護甲、嚴陣以待，派人祕密查探諸葛亮的情況。密探回來稟報：「諸葛亮坐白車戴葛巾，拿白羽扇指揮若定，三軍隨號令進退如風。」司馬懿看了看包裹得跟粽子一樣的自己，不由得一聲讚嘆：「真名士也！」「常慨然有憂天下心」的司馬懿，相比以天下為己任又文韜武略的諸葛亮，也只能自嘆弗如。

　　在群英薈萃的時代，每個英雄都有躲不過的悲涼。五丈原上，秋意漸濃，病入膏肓的諸葛亮艱難起身，望著似乎很近卻遙不可及的長安，悲從心來——「還於舊都，興復漢室」的理想，恐怕無法繼續追尋！

　　自知天命將至，諸葛亮顫巍巍地提筆，呈上最後一份表章給劉禪：「成都有桑八百株，薄田十五頃，子弟衣食，自有餘饒。至於臣在外任，無別排程；隨身衣食，悉仰於官；不別治生，以長尺寸。若臣死之日，不使內有餘帛，外有贏財，以負陛下。」要知道，早在劉備攻取益州時，一次性就獎勵諸葛亮黃金五百斤。此後二十年的賞賜，更是不可勝數。然而，本應億萬富翁的諸葛亮，只留下這些！

　　有諸葛丞相管著，感覺不自在；即將沒諸葛丞相管著，發覺更不自在！劉禪趕緊派出尚書僕射飛奔前往五丈原，徵詢國家大計。其中最重要的問題是，誰能夠擔任接班人。諸葛亮早已想好答案，果斷地推薦蔣琬。尚書僕射又問，蔣琬之後呢？諸葛亮也有答案，又推薦費禕。尚書僕射還問，費禕之後呢？諸葛亮沒有再說，臉色沉重地默而不答。尚書僕射心領神會，忍著無限哀痛，回成都覆命去了。

第十八節　渭水秋風

安排好國家大事，諸葛亮惦念不捨的，還有年僅8歲的兒子——諸葛瞻。這些年來，諸葛亮為國操勞，不得已少了父親的擔當。懷著深深的歉疚和殷切的希望，諸葛亮掙扎著，用盡最後的氣力，寫下千古流傳的《誡子書》：「夫君子之行，靜以修身，儉以養德，非淡泊無以明志，非寧靜無以致遠……」二十九年後，諸葛瞻沒有力挽狂瀾於既倒，卻不曾辜負父親的教導，明知無力迴天，也要拚盡全力、血戰到底、以身殉國。

悄然間，筆滑落，五丈原上秋風起。未定中原，此魂何甘歸故土！諸葛亮遺命要求安葬於漢中，因為這裡有他的心血汗水，有他的奮鬥歷程，有他的未竟事業，有他的理想抱負，有他的燦爛光輝，還有清秀蜿蜒的漢水，涓流不息，緩緩去到那片松柏翠綠的隆中山。

有一諸葛，已可使三國照耀後世。也許，諸葛亮帶著遺憾走了，他是一個失敗者，一個不能改變結果的失敗者。也許，諸葛亮又帶著希望走了，他是一個成功者，一個改變過程的成功者。也許，根本無關乎失敗與成功，這只是生而為人的一種態度與精神。

歷史長河奔流不息。幾十年後，諸葛亮為之傾盡全力守護的蜀漢政權，煙消雲散、不復存在。然而，諸葛亮永遠留下了他那矢志不渝的堅守道義、無怨無悔的追尋理想、孜孜不倦的打拚進取，還有不死不休的英雄氣概最是入了人心。

秋風掠過，在不能言悲的五丈原上，只剩下空蕩蕩的蜀漢軍營和「興復漢室」的大旗，還有那位痛失對手和知己的司馬懿，孤零零地佇立在歷史蒼穹下，發自肺腑地長嘆一聲：「天下奇才也！」

相遇，相知，難相忘！又何止諸葛亮與司馬懿！還有關羽和張飛、曹操和郭嘉、孫策和周瑜、劉備和法正、孫權和魯肅、孔融和禰衡、羊祜和陸抗……在浩瀚無垠的宇宙中，在數十億年過往的這一瞬間，有緣相聚於這個有史以來最激昂澎湃的時代，何其幸哉！

第六章　千古風流

　　這裡有數不勝數的惺惺相惜，有訴說不盡的英雄豪邁，還有不甘命運的奮起逆襲，還有難以磨滅的理想信仰，更有永存歷史的絢爛光芒。

　　是非成敗轉頭空，總會留下些，

　　照亮歷史深夜的，

　　閃耀群星！

第十八節　渭水秋風

青梅煮酒，那些影響後代數千年的三國梟雄與豪傑：

從宮廷鬥爭到戰場廝殺，烽煙四起中不滅的豪情

作　　　者：呂航	**國家圖書館出版品預行編目資料**
發　行　人：黃振庭	
出　版　者：崧燁文化事業有限公司	青梅煮酒，那些影響後代數千年的三國梟雄與豪傑：從宮廷鬥爭到戰場廝殺，烽煙四起中不滅的豪情 / 呂航 著 .-- 第一版 .-- 臺北市：崧燁文化事業有限公司, 2024.08
發　行　者：崧燁文化事業有限公司	
E-mail：sonbookservice@gmail.com	
粉　絲　頁：https://www.facebook.com/sonbookss	面；　公分
網　　　址：https://sonbook.net/	POD 版
地　　　址：台北市中正區重慶南路一段61 號 8 樓	ISBN 978-626-394-656-9(平裝)
	857.4523　　　　113011468

8F., No.61, Sec. 1, Chongqing S. Rd., Zhongzheng Dist., Taipei City 100, Taiwan

電　　　話：(02)2370-3310
傳　　　真：(02)2388-1990
印　　　刷：京峯數位服務有限公司
律師顧問：廣華律師事務所 張珮琦律師

—版權聲明———————

本書版權為淞博數字科技所有授權崧燁文化事業有限公司獨家發行電子書及紙本書。若有其他相關權利及授權需求請與本公司聯繫。

未經書面許可，不得複製、發行。

定　　　價：450 元
發行日期：2024 年 08 月第一版
◎本書以 POD 印製
Design Assets from Freepik.com

電子書購買

爽讀 APP　　臉書